金頭腦
分類成語典

十二年一貫學習小組 ◎ 編著

五南圖書出版公司 印行

本書特點圖示

側邊分類標示，方便查閱。

依教育部最新審訂音標註讀音。

解釋成語的涵義。

列舉意義相近或相反的成語，有助舉一反三，融會貫通。

標註成語的來由，並可從中學習古文。

示範造句，更快了解如何運用該則成語。

說明成語的運用方式。

情交深淺類

情交深淺類

一刀兩斷

解釋　一刀將原來相連的東西切成兩斷。

出處　《朱子全書・論語》：「克己者，是從根源上一刀兩斷，便斬絕了，更不復萌。」

用法　比喻堅決的斷絕雙方的關係。

例句　我和他早已經「一刀兩斷」，互不往來了。

相似　快刀斬亂麻

相反　藕斷絲連

一日三秋

解釋　一天沒有見面，就好像過了三年沒見一樣。

出處　《詩經・王風・采葛》：「一日不見，如三秋兮。」

用法　形容離別後濃烈的思念之情。

例句　熱戀中的情侶只要分開一會兒，就會有「一日三秋」之感。

相似　一日不見，如隔三秋

一刻千金

解釋　一刻鐘有一千金的價值。

出處　宋・蘇軾〈春夜〉：「春宵一刻值千金，花有清香月有陰。」

用法　比喻時間很寶貴。

例句　大考即將來臨，「一刻千金」，我們要把握時間，加緊衝刺。

一往情深

解釋　一向都是用情至深。

出處　《世說新語・任誕》：「桓子野每聞清歌，輒喚奈何，謝公聞之曰：『子野可謂一往有深情。』」

用法　指對人或事物有著深厚、不易改變的情感。

例句　我對她「一往情深」，

目錄

總筆畫順序索引

成語總筆畫索引

一畫

四畫

五畫

六畫

七畫

八畫

九畫

十畫

十一畫

十二畫

掌上明珠 22
提心吊膽 376
提綱挈領 47
揮金如土 9
揚眉吐氣 161
斐然成章 301
普天同慶 302
晴天霹靂 377
智勇雙全 161
曾參殺人 47
期期艾艾 47
朝三暮四 280
朝不保夕 344
朝令暮改 403
朝思暮想 280
朝秦暮楚 280
棋逢敵手 162
欺世盜名 207
游刃有餘 162
渾水摸魚 207
渾渾噩噩 9
焚琴煮鶴 377
焚膏繼晷 225
焦頭爛額 377
無人問津 263
無孔不入 263
無出其右 162
無可厚非 80
無地自容 378
無妄之災 344
無的放矢 48
無病呻吟 290
無傷大雅 378
無精打采 378
無與倫比 162
無遠弗屆 163
無懈可擊 163
煮豆燃萁 23
猶豫不決 378
琴瑟和鳴 302
畫地自限 80
畫虎類狗 163
畫蛇添足 80
畫餅充飢 9
畫龍點睛 163
痛心疾首 378
痛定思痛 207
登峰造極 164
登堂入室 164
短兵相接 428
童顏鶴髮 290
等量齊觀 81
筆掃千軍 302
結草銜環 81
絕處逢生 345
絲絲入扣 164
絡繹不絕 263
萍水相逢 281
華而不實 207
華堂毓秀 302

十三畫

十五畫

十六畫

十七畫

日常生活類

一貧如洗

解釋 窮苦得像被大水洗過那樣，什麼也沒有留下。

出處 元・關漢卿《山神廟裴度還帶》第一折：「小生幼習儒業，頗看詩書，爭奈小生一貧如洗。」

用法 形容非常窮困潦倒。

例句 我們即使窮得「一貧如洗」，家徒四壁，也不能喪失尊嚴與志氣。

相似 囊空如洗

相反 腰纏萬貫

一擲千金

解釋 賭博時一次下注就投下千金那麼多。

出處 唐・吳象之〈少年行〉：「一擲千金渾是膽，家無四壁不知貧。」

用法 形容任意揮霍金錢。

例句 若養成「一擲千金」的惡習，縱使家財萬貫，也終會敗光家產。

相似 揮金如土

相反 量入為出

人聲鼎沸

解釋 鬧哄哄的，就像鍋裡的開水沸騰般發出聲音。

出處 明・馮夢龍《醒世恆言・劉小官雌雄兄弟》：「一日午後，劉方在店中收拾，只聽得人聲鼎沸。」

用法 形容非常吵雜。

例句 跳蚤市場中「人聲鼎沸」，許多人都特地前來挖寶。

相似 沸沸揚揚

相反 萬籟俱寂

入不敷出

解釋 收入不夠支出。

出處 《紅樓夢》一百零七回：「但是家怎麼蕭條，入不敷出。」

用法 形容經濟困難，錢財不

夠使用。

例句 必須量入為出，養成理財好習慣，才能避免「入不敷出」的狀況。

相似 寅吃卯糧

相反 腰纏萬貫

千瘡百孔（ㄑㄧㄢ ㄔㄨㄤ ㄅㄞˇ ㄎㄨㄥˇ）

解釋 破洞很多，難以計數。

出處 《歧路燈》七五回：「實在此時，千瘡百孔，急切周章不開。」

用法 比喻被破壞得非常嚴重或弊病很多。

例句 櫥櫃底層的舊書，因為久未翻閱，早被蛀書蟲啃得「千瘡百孔」。

大快朵頤（ㄉㄚˋ ㄎㄨㄞˋ ㄉㄨㄛˇ ㄧˊ）

解釋 吃東西時腮幫子活動的樣子。

用法 形容享受美食時，吃得很痛快的樣子。

例句 這家餐廳菜單上的每樣食物，都讓人想「大快朵頤」一番。

相反 食不知味

牛衣對泣（ㄋㄧㄡˊ ㄧ ㄉㄨㄟˋ ㄑㄧˋ）

解釋 蓋著用麻草編製成的牛衣，相對哭泣。

出處 《漢書．王章傳》：「初，章為諸生，學長安，獨與妻居。章疾病，無被，臥牛衣中，與妻決（訣），涕泣。」

用法 形容貧苦夫妻同處困境，相對哭泣的情景。

例句 你們整夜「牛衣對泣」，不思考解決的辦法，怎能擺脫困境？

四海為家（ㄙˋ ㄏㄞˇ ㄨㄟˊ ㄐㄧㄚ）

解釋 全國各地都可以當作自己的家。

出處 《漢書．高帝紀》：「天子以四海為家。」

用法 泛指居無定所，到處都可以居住。

例句 船員「四海為家」的生活，既刺激又浪漫，但也非常辛苦。

相似 天下為家

左支右絀（ㄗㄨㄛˇ ㄓ ㄧㄡˋ ㄔㄨˋ）

解釋 應付了左面，右面又感到不夠。

出處 《戰國策．西周策》：「養由基曰：『……子何不代我射之也？』客曰：『我不能教子支左屈右。』」

用法 原指射箭時左臂撐弓、彎曲右臂扣弦的方法。後來常表示財力或能力不足，窮於應付。

例句 新手上場，面臨對方老手的頻頻殺球，不免「左支右絀」。

相似 捉襟見肘

相反 應付自如

因陋就簡（ㄧㄣ ㄌㄡˋ ㄐㄧㄡˋ ㄐㄧㄢˇ）

解釋 遷就既有的簡陋條件，勉強使用。

出處 漢．劉歆〈移書讓太常博士〉：「苟因陋就簡，分文析字，煩言碎辭，學者罷老且不能究其一藝。」

用法 比喻迫於環境或經濟，只好將就使用，並不講究品質。

例句 礙於經費不足，我們只能「因陋就簡」，把舊設備修理一下繼續使用。

相似 修舊利廢

安步當車（ㄢ ㄅㄨˋ ㄉㄤˋ ㄔㄜ）

解釋 慢慢的行走，當作是坐車。

出處 《戰國策．齊策四》：「晚食以當肉，安步以當車，無罪以當貴，清淨貞正以自虞。」

用法 稱人能安守貧困，不會做違法的事。

例句 隱士「安步當車」，怡然自得的生活，是許多官場失意的人所嚮往的。

相似 以步代車

安居樂業（ㄢ ㄐㄩ ㄌㄜˋ ㄧㄝˋ）

解釋 安心的過日子，從事自

己喜歡的工作。

出處 《漢書．貨殖傳》：「各安其居而樂其業，甘其食而美其服。」

用法 形容人們安定的生活，對所從事的工作感到滿意。

例句 人民最大的希望，就是能過著「安居樂業」的生活。

相似 安土樂業

相反 顛沛流離

坐吃山空（ㄗㄨㄛˋ ㄔ ㄕㄢ ㄎㄨㄥ）

解釋 光吃不做事，終有一天也會把家產敗光。

用法 比喻只知消費不工作，以致生活窮困。

例句 縱使家財萬貫，若不懂得開源節流，鐵定有「坐吃山空」的一天。

相似 坐耗山空

相反 強本節用

車水馬龍（ㄔㄜ ㄕㄨㄟˇ ㄇㄚˇ ㄌㄨㄥˊ）

解釋 車馬往來不絕。

出處 《後漢書．馬后紀》：「車如流水，馬如游龍。」

用法 形容繁華、熱鬧的街道景象。

例句 「車水馬龍」的街景，充分顯示出大城市活躍的脈動。

相似 川流不息

相反 門可羅雀

兩袖清風（ㄌㄧㄤˇ ㄒㄧㄡˋ ㄑㄧㄥ ㄈㄥ）

解釋 兩袖中除了清風之外，什麼也沒有。

出處 元．高文秀《好酒趙元遇上皇》第一折：「兩袖清風和月偃，一壺春色透瓶香。」

用法 比喻做官廉潔，沒有多餘的錢財。

例句 「兩袖清風」，愛民如子的官員，最受人民愛戴。

相似 廉潔奉公

相反 營私舞弊

孤注一擲（ㄍㄨ ㄓㄨˋ ㄧˊ ㄓˋ）

解釋 賭徒在輸急時，把所有

的錢併作一次下注，全部押下去。

用法 比喻在危急時用盡所有力量作最後的冒險。

例句 不加思索就「孤注一擲」，並不是解決問題的好方法。

相似 破釜沉舟

相反 穩操勝算

東食西宿（ㄉㄨㄥ ㄕˊ ㄒㄧ ㄙㄨˋ）

解釋 上東家吃飯，去西家住宿。

出處 《聊齋志異．黃英》：「黃英笑曰：『東食西宿，廉者當不如是。』馬亦自笑，無以對。」

用法 比喻見好就要，貪得無厭。

例句 為人要懂得知足，千萬不能有「東食西宿」的想法。

杯盤狼藉（ㄅㄟ ㄆㄢˊ ㄌㄤˊ ㄐㄧˊ）

解釋 桌上的杯盤東倒西歪，像狼窩裡的草那樣散亂。

出處 《史記．滑稽列傳》：「履舄交錯，杯盤狼藉。」

用法 形容宴飲後，桌上杯盤碗筷散亂的樣子。

例句 看著滿桌「杯盤狼藉」的情景，可以想見剛才的聚會是多麼暢快。

孟母三遷（ㄇㄥˋ ㄇㄨˇ ㄙㄢ ㄑㄧㄢ）

解釋 孟子的母親為了選擇好的居家環境，總共搬了三次家。

用法 形容環境的好壞對人影響的重要。

例句 現代仍有不少父母，效法「孟母三遷」，將孩子的戶籍轉到名校學區。

青黃不接（ㄑㄧㄥ ㄏㄨㄤˊ ㄅㄨˋ ㄐㄧㄝ）

解釋 舊糧已經吃完，新糧卻還未成熟。

出處 《元典章．戶部．倉庫》：「即日正是青黃不接之際，各處物斛湧貴。」

用法 比喻人力、財力暫斷，無法接續的現象。

例句 在這「青黃不接」的時節，大家都要盡量節省的過日子。

相似 後繼乏人

相反 後繼有人

垂涎三尺（ㄔㄨㄟˊ ㄒㄧㄢˊ ㄙㄢ ㄔˇ）

解釋 嘴饞想吃東西，忍不住流下口水。

用法 形容非常想得到某種東西的樣子。

例句 櫥窗裡精巧可愛的蛋糕，令人「垂涎三尺」。

相似 垂涎欲滴

流離失所（ㄌㄧㄡˊ ㄌㄧˊ ㄕ ㄙㄨㄛˇ）

解釋 在外轉徙流浪，失去了安身的地方。

出處 《詩經．王風．葛藟》朱熹集傳：「世衰民散，有去其鄉里家族，而流離失所者，作此詩以自嘆。」

用法 指因環境因素，被迫到處流轉離散，找不到安身的地方。

例句 因為風災而「流離失所」的災民，如今終於有了安全的落腳處。

相似 顛沛流離

相反 安居樂業

風餐露宿（ㄈㄥ ㄘㄢ ㄌㄨˋ ㄙㄨˋ）

解釋 在風裡吃飯，在露天睡覺。

出處 宋．蘇軾〈遊山呈通判承儀寫寄參寥師〉：「遇勝即倘佯，風餐兼露宿。」

用法 形容旅途或野外生活的勞苦。

例句 探險隊員們「風餐露宿」，備嘗艱辛，終於找到傳說中深藏在叢林裡的遺跡。

食指浩繁（ㄕˊ ㄓˇ ㄏㄠˋ ㄈㄢˊ）

解釋 家裡人多，消費也多。

用法 比喻家中人口多，開銷

大，感到吃不消。

例句　家裡「食指浩繁」，所以年紀大的兄姊都必須兼差，幫忙貼補家用。

家徒四壁

解釋　家裡除了四面牆壁，什麼設備都沒有。

出處　《史記．司馬相如列傳》：「文君夜亡奔相如，相如乃與馳歸成都，家居徒四壁立。」

用法　形容家境非常貧困。

例句　據說有些樂透第一特獎得主，因為任意揮霍，很快就「家徒四壁」了。

相似　一貧如洗

相反　堆金積玉

捉衿肘見

解釋　衣服破爛，生活窮困。也作「捉襟見肘」。

出處　《莊子．讓王》：「捉衿而肘見。」

用法　比喻顧此失彼，無法應付。或形容經濟困難。

例句　公司人手不足，業務量又大，不免讓人有「捉衿肘見」之感。

相似　左支右絀

相反　綽有餘裕

狼吞虎嚥

解釋　吃得很急，像野狼吞噬和老虎嚥下肉食般。

出處　《西遊記》第五十二回：「迎著裡面燈光，一個個狼餐虎嚥，正都吃東西哩。」

用法　形容吃東西粗魯又急又快的樣子。

例句　瞧他「狼吞虎嚥」的模樣，一定很久沒吃東西了。

相似　風掃殘雲

相反　細嚼慢嚥

紙醉金迷

解釋　被一些金光閃閃的東西迷惑住了。

出處　宋．陶穀《清異錄．居室》：「（孟斧）有一小室，窗牖煥明，器皆金飾，紙光瑩白，金彩奪目，所親見之，歸語人曰：『此室暫憩，令人金迷紙醉。』」

用法 形容奢侈、浮華的生活。

例句 「紙醉金迷」的生活，是引誘人墮落的惡魔。

相似 燈紅酒綠

飢不擇食（ㄐㄧ ㄅㄨˋ ㄗㄜˊ ㄕˊ）

解釋 肚子非常餓的時候，就不會挑選食物了。

出處 宋．釋普濟《五燈會元．天然禪師》：「一日訪龐居士，至門首相見。師乃問：『居士在否？』士曰：『飢不擇食。』」

用法 比喻非常需要時，來不及選擇。

例句 快四十歲的他，迫不及待想交女朋友，簡直有點「飢不擇食」了。

相似 寒不擇衣

相反 挑肥揀瘦

寅吃卯糧（ㄧㄣˊ ㄔ ㄇㄠˇ ㄌㄧㄤˊ）

解釋 在寅年就把卯年的糧食吃完了。

出處 《明臣奏議．畢自嚴〈蠲錢糧疏〉》：「大都民間止有此物力，寅支卯糧，則卯年之逋，勢也。」

用法 比喻預先挪用以後的費用，入不敷出。

例句 要擺脫「寅吃卯糧」的窘況，就必須做好理財規畫。

相似 入不敷出

相反 綽綽有餘

深居簡出（ㄕㄣ ㄐㄩ ㄐㄧㄢˇ ㄔㄨ）

解釋 居住在深山隱僻的地方，很少外出。

出處 唐．韓愈〈送浮屠文暢師序〉：「夫獸深居而簡出，懼物之為己害也。」

用法 指人長期待在家裡，很少出門。

例句 聽說對門那位終年「深居簡出」的老先生，從前是位名教授呢！

相似　足不出戶

相反　拋頭露面

揮金如土

解釋　把金錢當作泥土一樣花費，絲毫不珍惜。

出處　宋．周密《齊東野語》卷二：「揮金如土，視官爵如等閒。」

用法　形容非常奢侈浪費。

例句　那個暴發戶「揮金如土」的行為，看得友人直搖頭。

相似　一擲千金

相反　一毛不拔

渾渾噩噩

解釋　本形容渾厚嚴正的樣子。今形容迷糊無知。

出處　漢．揚雄《法言．問神》：「虞夏之書渾渾爾，商書灝灝爾，周書噩噩爾。」

用法　形容糊裡糊塗的過日子。

例句　整天「渾渾噩噩」的度日，即使醒著，不是跟睡著沒什麼差別嗎？

畫餅充飢

解釋　畫個餅來解餓。

出處　《三國志．魏志．盧毓傳》：「選舉莫取有名，名如畫地作餅，不可啖也。」

用法　比喻徒有虛名而無實質。或比喻以空想來自我安慰。

例句　那些「畫餅充飢」的計畫，是沒辦法實行的。

相似　望梅止渴

量入為出

解釋　根據收入的情形來制定開支的限度。

出處　《禮　記．王　制》：「冢宰制國用，必於歲之杪，五穀皆入，然後制國用，量入以為出。」

用法　指賺多少錢，就依實際

能花費的錢來規畫，不會超支。

例句 只有「量入為出」，才能夠避免陷入寅吃卯糧的狼狽困境。

相似 精打細算

相反 入不敷出

開源節流（ㄎㄞ ㄩㄢˊ ㄐㄧㄝˊ ㄌㄧㄡˊ）

解釋 開發水源，並且節省用水。

出處 《荀子．富國》：「故明主必謹養其和，節其流，開其源，而時斟酌焉。」

用法 比喻在錢財上增加收入，節省開銷。

例句 社團經費不足，必須想辦法「開源節流」才行。

相似 強本節用

相反 坐吃山空

煥然一新（ㄏㄨㄢˋ ㄖㄢˊ ㄧˊ ㄒㄧㄣ）

解釋 光彩耀眼，好像嶄新的一樣。

出處 唐．張彥遠《歷代名畫記．論鑒識收藏購求閱玩》：「其有晉宋名跡，煥然如新，已歷數百年，紙素彩色未甚敗。」

用法 形容發出光彩，呈現嶄新的面貌或氣象。

例句 年終大掃除後，家裡「煥然一新」。

相似 萬象更新

相反 一成不變

節衣縮食（ㄐㄧㄝˊ ㄧ ㄙㄨㄛ ㄕˊ）

解釋 節省衣服和飲食上的花費。

出處 宋．陸游〈秋荻歌〉：「我願鄰曲謹蓋歲，縮衣節食勤耕桑。」

用法 形容生活非常節儉。

例句 老師「節衣縮食」，把省下來的錢都拿去資助校內球隊。

相似 省吃儉用

相反 日食萬錢

熙來攘往（ㄒㄧ ㄌㄞˊ ㄖㄤˇ ㄨㄤˇ）

解釋　人潮絡繹不絕，喧嚷不息的樣子。

出處　《官場現形記》第八回：「只見這弄堂裡面，熙來攘往，攘擊肩摩；那出進的港子，更覺絡繹不絕。」

用法　形容人來人往，非常熱鬧。

例句　他在「熙來攘往」的人潮中，更感覺孤單寂寞。

相似　摩肩接踵

相反　冷冷清清

綽綽有餘（ㄔㄨㄛˋ ㄔㄨㄛˋ ㄧㄡˇ ㄩˊ）

解釋　非常寬裕，一點也不匱乏。

出處　《詩經．小雅．角弓》：「此令兄弟，綽綽有裕」。

用法　形容人力、財力寬裕，足以應付。

例句　要把這些書搬到樓上的圖書館，派三個同學就「綽綽有餘」了。

相似　綽有餘裕

相反　捉襟見肘

暴殄天物（ㄅㄠˋ ㄊㄧㄢˇ ㄊㄧㄢ ㄨˋ）

解釋　滅絕、殘害自然產生之物。

出處　《尚書．武成》：「今商王受無道，暴殄天物，害虐蒸民。」

用法　表示任意糟蹋、損害物品，並不珍惜。

例句　大自然的一切，都是老天爺給我們的禮物，不能「暴殄天物」。

窮奢極欲（ㄑㄩㄥˊ ㄕㄜ ㄐㄧˊ ㄩˋ）

解釋　極端的奢侈和荒淫。

出處　《漢書．谷永傳》：「窮奢極欲，駐湎荒淫。」

用法　形容非常的奢靡，過著荒唐腐化的日子。

例句　統治者的「窮奢極欲」，勢必引起人民的反抗。

相似　驕奢淫逸

相反　克勤克儉

醉生夢死（ㄗㄨㄟˋ ㄕㄥ ㄇㄥˋ ㄙˇ）

解釋 像喝醉酒和做夢那樣，昏昏沉沉。

出處 《程子語錄》：「雖高才明智，膠於見聞，醉生夢死，不自覺也。」

用法 比喻糊裡糊塗的生活。

例句 整天「醉生夢死」，渾渾噩噩的過著，那樣的人生有什麼意義呢？

相似 行尸走肉

相反 壯志凌雲

養尊處優（ㄧㄤˇ ㄗㄨㄣ ㄔㄨˇ ㄧㄡ）

解釋 處於尊貴的地位，過著優渥的生活。

出處 宋・蘇洵〈上韓樞密書〉：「天子者養尊而處優。」

用法 比喻人地位崇高，生活富裕。

例句 她一向「養尊處優」，什麼家事都不會做。

相似 嬌生慣養

相反 飽經風霜

燈紅酒綠（ㄉㄥ ㄏㄨㄥˊ ㄐㄧㄡˇ ㄌㄩˋ）

解釋 霓紅燈閃爍，酒杯搖晃，過著奢華的生活。

出處 《官場現形記》第十四回：「江山船的窗戶是可以捲起來的，十二隻船統通可以望見，燈紅酒綠，甚是好看。」

用法 比喻人生活糜爛，縱情於美酒、吃喝的玩樂中。

例句 花花世界「燈紅酒綠」的生活，往往讓許多初入社會的青年迷失自我。

相似 紙醉金迷

錦衣玉食（ㄐㄧㄣˇ ㄧ ㄩˋ ㄕˊ）

解釋 衣食都極精巧、華麗。

出處 《魏書・常景傳》：「錦衣玉食，可頤其形。」

用法 形容奢侈，講究豪華排場的生活。

例句 他雖然過著「錦衣玉食」的生活，卻並沒有忘記回饋社會，幫助需要的人。

相似 鮮衣美食

相反 粗食布衣

雕梁畫棟（ㄉㄧㄠ ㄌㄧㄤˊ ㄏㄨㄚˋ ㄉㄨㄥˋ）

解釋 彩繪裝飾的屋梁和大柱子。

出處 《紅樓夢》第三回：「正面五間上房，皆是雕梁畫棟，兩邊穿山遊廊廂房，掛著各色鸚鵡畫眉等雀鳥。」

用法 形容建築物華麗講究。

例句 傳統宮殿建築的「雕梁畫棟」，是文化的瑰寶。

聲色犬馬（ㄕㄥ ㄙㄜˋ ㄑㄩㄢˇ ㄇㄚˇ）

解釋 天天沉浸在歌舞、女色，以及養狗、騎馬的荒唐日子裡。

出處 唐．白居易〈悲哉行〉：「封錢還酒債，堆金選蛾眉，聲色狗馬外，其餘一無知。」

用法 形容人沉迷於玩樂之中，生活糜爛。

例句 「聲色犬馬」的生活，最容易消磨人的志氣。

相似 酒池肉林

蠅頭微利（ㄧㄥˊ ㄊㄡˊ ㄨㄟ ㄌㄧˋ）

解釋 如蒼蠅頭般的小利益。

出處 宋．蘇軾〈滿庭芳〉：「蝸角虛名，蠅頭微利。」

用法 形容很微薄的利潤。

例句 即使只能賺點「蠅頭微利」，這位誠實的商人也絕不偷工減料。

相似 涓滴微利

相反 一本萬利

靡靡之音（ㄇㄧˇ ㄇㄧˇ ㄓ ㄧㄣ）

解釋 萎靡不振的音樂。

出處 《淮南子．原道》：「耳聽朝歌北鄙靡靡之樂。」

用法 形容會使人沉迷，不想振作的樂聲。

例句 現代的流行歌，在孔夫子的時代恐怕都是「靡靡之音」吧？

相似 淫詞豔曲

相反　陽春白雪

鶉衣百結（ㄔㄨㄣˊ　ㄧ　ㄅㄞˇ　ㄐㄧㄝˊ）

解釋　衣服的補丁很多，什麼顏色都有，像鵪鶉的羽毛顏色般紛雜。

出處　《荀子・大略》：「子夏貧，衣若縣（懸）鶉。」

用法　形容衣服破破爛爛。

例句　那位「鶉衣百結」的遊民，經常在附近公園出沒。

相似　衣衫襤褸

相反　衣衫齊楚

囊空如洗（ㄋㄤˊ　ㄎㄨㄥ　ㄖㄨˊ　ㄒㄧˇ）

解釋　口袋裡什麼沒有，就像剛用水沖洗過的一樣。

出處　唐・杜甫〈空囊〉：「囊空恐羞澀，留得一錢看。」

用法　形容身上沒有任何錢。

例句　為了避免發生「囊空如洗」的狀況，平時就要養成儲蓄的好習慣。

相似　一貧如洗

相反　腰纏萬貫

倫理關係類

一丘之貉（ㄧˋ　ㄑㄧㄡ　ㄓ　ㄏㄜˊ）

解釋　同一個小土山裡的貉獸。

出處　《漢書・陽惲傳》：「古與今，如一丘之貉。」

用法　比喻都是同類，沒有差別（含有瞧不起的意味）。

例句　那些神棍騙徒全是「一丘之貉」，千萬不要上他們的當。

相似　狼狽為奸

一見如故（ㄧˊ　ㄐㄧㄢˋ　ㄖㄨˊ　ㄍㄨˋ）

解釋　初次見面，感覺就像老朋友一樣。

出處　宋・張洎《賈氏譚錄》：「李鄴侯為相日，吳人顧況西遊長安，鄴侯一見如故。」

用法　比喻彼此雖然沒有深交，但很談得來。

例句　沒想到他們一老一小竟

然「一見如故」，十分投緣。

相似 一面如舊

相反 六親不認

一面之雅（ㄧˋ ㄇㄧㄢˋ ㄓ ㄧㄚˇ）

解釋 只見過一次面的交情。

出處 《漢書・谷永傳》：「永奏書謝鳳曰：『永斗筲之才，質薄學朽，無一日之雅……』。」

用法 比喻交情淺。

例句 我與他只有「一面之雅」，沒什麼深厚交情。

相似 一面之緣

大逆不道（ㄉㄚˋ ㄋㄧˋ ㄅㄨˋ ㄉㄠˋ）

解釋 叛逆而且不合傳統道德的行為。

出處 《漢書・楊惲傳》：「為妖惡言，大逆不道，請逮捕治。」

用法 比喻罪大惡極。

例句 世風日下，人心不古，每天新聞都報導許多「大逆不道」的案件。

相似 犯上作亂

相反 赤膽忠心

大義滅親（ㄉㄚˋ ㄧˋ ㄇㄧㄝˋ ㄑㄧㄣ）

解釋 為君臣間的大義而斷絕父子間的親情。

用法 比喻為維護正義而不顧親屬間的情感。

例句 那個毒犯的家人「大義滅親」，向警方報案，遏止他一錯再錯。

相似 以義割恩

手足之情（ㄕㄡˇ ㄗㄨˊ ㄓ ㄑㄧㄥˊ）

解釋 兄弟間的情分。

出處 宋・蘇轍《為兄軾下獄上書》：「臣竊哀其志，不勝手足之情，故為冒死一言。」

用法 比喻親兄弟間密切，難以分割的情感。

例句 他們兄弟倆總是形影不離，「手足之情」格外的深厚。

水乳交融（ㄕㄨㄟˇ ㄖㄨˇ ㄐㄧㄠ ㄖㄨㄥˊ）

解釋　水和乳汁融合在一起，

出處　《老殘遊記》第十九回：「幾日工夫，同吳二擾得水乳交融。」

用法　比喻關係融洽或情感深厚。

例句　從格格不入到「水乳交融」，必須經過一段相當長的磨合期。

相似　如膠似漆

相反　水火不容

兄弟鬩牆（ㄒㄩㄥ ㄉㄧˋ ㄒㄧˋ ㄑㄧㄤˊ）

解釋　兄弟失和，在家爭吵不休。

出處　《詩經・小雅・棠棣》：「兄弟鬩於牆，外禦其侮。」

用法　比喻內部不和，互相爭鬥。

例句　社會新聞中，不少因為爭奪遺產而「兄弟鬩牆」的事件。

相似　骨肉相殘

相反　兄友弟恭

刎頸之交（ㄨㄣˇ ㄐㄧㄥˇ ㄓ ㄐㄧㄠ）

解釋　指足以犧牲生命的交情。

出處　《史記・廉頗藺相如列傳》：「卒相與驩，為刎頸之交。」

用法　比喻以性命相許，生死與共。

例句　他倆是「刎頸之交」，為對方付出一切在所不惜。

相似　患難之交

相反　狐朋狗友

同室操戈（ㄊㄨㄥˊ ㄕˋ ㄘㄠ ㄍㄜ）

解釋　一家人拿起刀子，互相殘殺。

出處　清・江藩《宋學淵源記序》：「為宋學者，不第攻漢儒而已也，抑且同室操戈矣。」

用法　比喻兄弟爭吵或內部紛紛擾擾。

例句　一家人應該相親相愛，

決不能發生「同室操戈」的事情。

相似 煮豆燃萁

相反 相親相愛

克紹箕裘（ㄎㄜˋ ㄕㄠˋ ㄐㄧ ㄑㄧㄡˊ）

解釋 繼承祖先流傳下來的行業。

出處 《禮記．學記》：「良冶之子，必學為裘；良弓之子，必學為箕。」

用法 比喻子孫能夠繼承祖傳下來的父業。

例句 兒子「克紹箕裘」，將老店經營得有模有樣，讓那位糕餅師父十分欣慰。

相似 肯堂肯構

尾大不掉（ㄨㄟˇ ㄉㄚˋ ㄅㄨˋ ㄉㄧㄠˋ）

解釋 尾巴太大就不好搖動。

出處 《左傳．昭公十一年》：「末大必折，尾大不掉。」

用法 比喻部下勢力強大，不聽上級的調動、指揮。

例句 「尾大不掉」的狀況，是對領導人最大的考驗。

相反 強幹弱枝

沆瀣一氣（ㄏㄤˋ ㄒㄧㄝˋ ㄧ ㄑㄧˋ）

解釋 唐代崔瀣參加科舉，被主考官崔沆錄取。當時人就嘲笑說：「座主門生，沆瀣一氣」。

用法 比喻氣味相投的人在一起（多含貶損的意味）。

例句 他倆「沆瀣一氣」，總是在聲色場所流連。

相似 臭味相投

相反 格格不入

坦腹東床（ㄊㄢˇ ㄈㄨˋ ㄉㄨㄥ ㄔㄨㄤˊ）

解釋 王羲之躺在東邊的床上，被郗鑒選為女婿。

出處 《世說新語．雅量》：「唯有一郎在東床上，坦腹臥，如不聞。」

用法 比喻條件優秀的好女婿。

例句 老先生選擇「坦腹東床」的唯一條件，就是要好好的善對女兒。

物以類聚（ㄨˋ ㄧˇ ㄌㄟˋ ㄐㄩˋ）

解釋　各種東西依種類相互聚集。

出處　《周易．繫辭上》：「方以類聚，物以群分。」

用法　比喻壞人互相勾結。或指同類的人、物經常集聚在一起。

例句　「物以類聚」，同樣性格、興趣的人，經常會互相吸引。

相似　各從其類

相反　牛驥同皂

近朱者赤，近墨者黑（ㄐㄧㄣˋ ㄓㄨ ㄓㄜˇ ㄔˋ，ㄐㄧㄣˋ ㄇㄛˋ ㄓㄜˇ ㄏㄟ）

解釋　接近紅色的，就會變成紅色的；接近黑色的，就會變成黑色的。

出處　晉．傅玄〈太子少傅箴〉：「夫金木無常，方員應形，亦有隱括，習與性成，故近朱者赤，近墨者黑。」

用法　比喻環境的好壞，對人的影響很大。

例句　「近朱者赤，近墨者黑」的道理，就是在告誡我們擇友的重要。

相似　潛移默化

相反　出淤泥而不染

金屋藏嬌（ㄐㄧㄣ ㄨ ㄘㄤˊ ㄐㄧㄠ）

解釋　建造華美的屋子，給愛慕的女子居住。

出處　《漢武故事》：「長主指左右長御百餘人，皆云不用。末指其女問曰：『阿嬌好不？』於是乃笑對曰：『好！若得阿嬌作婦，當作金屋貯之也。』」

用法　形容娶妻或納妾。

例句　近來娛樂版新聞爭相報導，某男明星「金屋藏嬌」的八卦新聞。

金蘭之交（ㄐㄧㄣ ㄌㄢˊ ㄓ ㄐㄧㄠ）

解釋　友情像金子般堅固，像蘭花般芬芳。

出處　南朝梁．劉峻〈廣絕交

論〉：「把臂之英，金蘭之友。」

用法 比喻十分投合而堅定的友情。

例句 劉備、關羽、張飛在桃園結為「金蘭之交」，是大家耳熟能詳的歷史故事。

相似 義結金蘭

相反 狐朋狗友

相依為命（ㄒㄧㄤ ㄧ ㄨㄟˊ ㄇㄧㄥˋ）

解釋 彼此依靠的生活。

出處 晉．李密〈陳情表〉：「母孫二人，更相為命。」

用法 指孤單的兩人，互相依賴、照顧。

例句 他自小與奶奶「相依為命」，祖孫之間有非常深厚的感情。

相似 脣齒相依

相敬如賓（ㄒㄧㄤ ㄐㄧㄥˋ ㄖㄨˊ ㄅㄧㄣ）

解釋 夫妻彼此以禮相待，如同對待賓客一樣。

出處 明．朱權《荊釵記》第十二齣：「夫妻交拜，相敬如賓。」

用法 形容夫妻互相尊敬。

例句 那對老夫妻結褵六十年來，始終「相敬如賓」，令人稱羨。

相似 琴瑟和鳴

相反 分釵破鏡

乘龍快婿（ㄔㄥˊ ㄌㄨㄥˊ ㄎㄨㄞˋ ㄒㄩˋ）

解釋 乘著龍的好女婿。

用法 比喻條件令人滿意的好女婿。

例句 老先生因為只有一位掌上明珠，所以一心一意要為女兒挑選「乘龍快婿」。

相似 如意佳婿

倦鳥知還（ㄐㄩㄢˋ ㄋㄧㄠˇ ㄓ ㄏㄨㄢˊ）

解釋 飛倦的鳥兒也知道要飛回巢。

出處 晉．陶淵明〈歸去來辭〉：「鳥倦飛而知還。」

用法 比喻人在外闖蕩，心生倦意，想返鄉落根。

例句　歷經十年海外求學的生活，她如今「倦鳥知還」，決定回國發展。

破鏡重圓 ㄆㄛˋ ㄐㄧㄥˋ ㄔㄨㄥˊ ㄩㄢˊ

解釋　碎裂成兩半的鏡子再重新黏合。

用法　比喻夫妻失散後又團聚，或分開後再復合。

例句　電視劇演到失散多年的夫妻「破鏡重圓」，讓許多觀眾感動落淚。

相似　斷釵重合

相反　分釵破鏡

素昧平生 ㄙㄨˋ ㄇㄟˋ ㄆㄧㄥˊ ㄕㄥ

解釋　向來都不認識。

出處　《醒世恆言》六：「與卿素昧平生，何得有救命之說？」

用法　指雙方互不相識，沒有交往。

例句　原本「素昧平生」的兩人，因為一場意外而成為至交，也算一段佳話。

相似　素不相識

相反　似曾相識

臭味相投 ㄔㄡˋ ㄨㄟˋ ㄒㄧㄤ ㄊㄡˊ

解釋　彼此的氣味難聞，卻很投合，不嫌棄。

出處　明·馮夢龍《醒世恆言·薛錄事魚服征仙》：「這二位官人，為官也都清正。因此臭味相投。」

用法　比喻彼此的嗜好、志願相投合（常帶有嘲笑戲謔的意味）。

例句　他倆「臭味相投」，經常在討論要去哪家夜店。

相似　注瀣一氣

相反　水火不容

舐犢情深 ㄕˋ ㄉㄨˊ ㄑㄧㄥˊ ㄕㄣ

解釋　母牛舔著小牛時，那種愛護的深情。

出處　《後漢書·楊彪傳》：「猶懷老牛舐犢之愛。」

用法　比喻父母對子女的深愛之情。

例句　女作家帶著女兒出席新

書發表會，流露出「舐犢情深」的關愛。

相似 舐犢之私

高朋滿座（ㄍㄠ ㄆㄥˊ ㄇㄢˇ ㄗㄨㄛˋ）

解釋 高貴的賓客坐滿了席位。

出處 唐・王勃〈滕王閣序〉：「千里逢迎，高朋滿座。」

用法 形容賓客眾多。

例句 這家義大利餐廳天天「高朋滿座」，想必餐點一定非常可口。

相似 座無虛席

相反 門可羅雀

望子成龍（ㄨㄤˋ ㄗˇ ㄔㄥˊ ㄌㄨㄥˊ）

解釋 希望自己的孩子像高貴的龍般，有一番作為。

出處 清・文康《兒女英雄傳》三十六回：「天如望子成名比自己功名念切，還加幾倍。」

用法 希望孩子能出人頭地，光耀門楣。

例句 因為父母「望子成龍」的想法，許多孩子從小就要上補習班加強課業。

相似 望女成鳳

殺彘教子（ㄕㄚ ㄓˋ ㄐㄧㄠˋ ㄗˇ）

解釋 用答應殺豬這件事，來教導兒子。

出處 《韓非子・外儲說左上》：「曾子之妻之市，其子隨之而泣，其母曰：『女還，顧反為女殺彘。』妻適市來，曾子欲捕彘殺之，妻止之曰：『特與嬰兒戲耳。』曾子曰：『嬰兒非與戲（戲，開玩笑的意思）也。嬰兒非有知也，待父母而學者也，聽父母之教（教，教導）。今子欺之，是教子欺也……。』」

用法 比喻父母教育子女，須注意自己要言行一致。

例句 「殺彘教子」的故事，給為人父母者很大的啟示。

莫逆之交（ㄇㄛˋ ㄋㄧˋ ㄓ ㄐㄧㄠ）

解釋 所交往的朋友，想法很一致。

出處 《莊子．大宗師》：「（子桑戶、孟子反、子琴張）三人相視而笑，莫逆於心，遂相與為友。」

用法 指彼此情投意合，友誼深厚的朋友。

例句 人生最難得的事，就是擁有幾位「莫逆之交」。

相似 管鮑之交

相反 點頭之交

割席絕交（ㄍㄜ ㄒㄧˊ ㄐㄩㄝˊ ㄐㄧㄠ）

解釋 表示不願與對方同坐，斷絕交誼與往來。

出處 《世說新語．德行》：「管寧、華歆嘗同席讀書，有乘軒過門者，寧讀如故，歆廢書出看，寧割席分坐，曰：『子非吾友也！』」

用法 指朋友間因志趣不合而斷絕往來。

例句 那兩人老早就「割席絕交」，你千萬別在他們面前提對方的事了。

勞燕分飛（ㄌㄠˊ ㄧㄢˋ ㄈㄣ ㄈㄟ）

解釋 伯勞鳥和燕子各朝不同的方向飛走。

出處 古樂府〈東飛伯勞歌〉：「東飛伯勞西飛燕，黃姑織女時相見。」

用法 比喻雙方離別後，不易再相見。

例句 那對人人稱羨的銀色戀人，最後居然也「勞燕分飛」，令人感到惋惜。

掌上明珠（ㄓㄤˇ ㄕㄤˋ ㄇㄧㄥˊ ㄓㄨ）

解釋 放在手掌裡珍貴的珍珠。

出處 晉．傅玄〈短歌行〉：「昔君視我，如掌中珠；何意一朝，棄我溝渠。」

用法 指受父母特別疼愛的女兒。

例句 備受呵護的「掌上明珠」，也要學著成長獨立。

相似 心肝寶貝

相反 眼中釘，肉中刺

煮豆燃萁（ㄓㄨˇ ㄉㄡˋ ㄖㄢˊ ㄑㄧˊ）

解釋 燃燒豆莖來煮豆子。

出處 《世說新語・文學》：「文帝嘗令東阿王七步中作詩，不成者行大法。應聲便為詩曰：『煮豆持作羹，漉菽以為汁。萁在釜下然（燃），豆在釜中泣。本自同根生，相煎何太急。』帝深有慚色。」

用法 比喻兄弟相逼，骨肉相殘。

例句 「煮豆燃萁」的事情，最教父母痛心。

相似 兄弟鬩牆

相反 情同手足

愛屋及烏（ㄞˋ ㄨ ㄐㄧˊ ㄨ）

解釋 喜愛那個人而連帶的愛護停留在他屋頂上的烏鴉。

出處 《尚書大傳・大戰》：「愛人者，兼其屋上之烏。」

用法 比喻愛那個人而連帶的喜愛跟他有關係的人或物。

例句 他對我這麼照顧，其實是因為喜歡我姊姊，所以「愛屋及烏」。

相反 殃及池魚

慎終追遠（ㄕㄣˋ ㄓㄨㄥ ㄓㄨㄟ ㄩㄢˇ）

解釋 辦理喪事必須謹慎敬重；祭祀祖先，雖然時間久遠，仍必須保持誠敬追念。

出處 《論語・學而》：「曾子曰：『慎終追遠，民德歸厚矣。』」

用法 指子孫應對祖先抱著尊敬思念的心態。

例句 子女對先祖「慎終追遠」的孝思，表現在清明祭祖的傳統習俗上。

管鮑之交（ㄍㄨㄢˇ ㄅㄠˋ ㄓ ㄐㄧㄠ）

解釋 春秋戰國時，齊人管仲和鮑叔牙相知最深。

出處 《列子・力命》：「管仲嘗嘆曰：『……生我者父

母，知我者鮑叔也。』此世稱管鮑善交者。」

用法 比喻交誼深厚的知己。

例句 我倆的情誼深厚，有如「管鮑之交」，遭遇任何困難都能相互扶持。

相似 管鮑之好

貌合神離（ㄇㄠˋ ㄏㄜˊ ㄕㄣˊ ㄌㄧˊ）

解釋 表面上和睦的兩人，其實想法早已背離，各有各的打算。

出處 《素書．遵義》：「貌合心離者孤，親讒遠忠者亡。」

用法 指表面上關係密切，實際上各懷鬼胎。

例句 那對藝人夫妻早已「貌合神離」，在螢光幕前不過是故作恩愛罷了。

相似 同床異夢

相反 情投意合

數典忘祖（ㄕㄨˇ ㄉㄧㄢˇ ㄨㄤˋ ㄗㄨˇ）

解釋 指身為司典的後裔，竟不知道過去的禮制、歷史。

用法 譏諷人忘本。

例句 我們曾受國家栽培，今日有所成就，豈可「數典忘祖」，不思回饋？

相反 飲水思源

舉案齊眉（ㄐㄩˇ ㄢˋ ㄑㄧˊ ㄇㄟˊ）

解釋 指漢代梁鴻的妻子為他送飯時，總是把端飯的托盤高舉至眉。

出處 《後漢書．梁鴻傳》：「（鴻）為人賃舂。每歸，妻為具食，不敢於鴻前仰視，舉案齊眉。」

用法 比喻夫妻恩愛，互相尊重。

例句 他倆是親友間公認「舉案齊眉」的恩愛夫妻。

相似 相敬如賓

相反 蕭郎陌路

薪火相傳（ㄒㄧㄣ ㄏㄨㄛˇ ㄒㄧㄤ ㄔㄨㄢˊ）

解釋 遞相傳授點燃的火把。

用法 比喻血統、種族、技藝、學術文化的傳承，綿延不絕。

例句　這家歷經數代「薪火相傳」的餐廳，分店已遍及兩岸三地。

舊雨新知

解釋　熟識的老友和新認識的朋友。

出處　唐．杜甫〈秋述〉：「當時車馬賓客，舊，雨來，今，雨不來。」《楚辭．九歌．少司命》：「樂莫樂兮新相知」

用法　指新朋友與老朋友。或指老顧客與新顧客。

例句　簡餐店裝潢後重新開張，歡迎「舊雨新知」，闔家光臨。

難兄難弟

解釋　共患難，一起吃過苦頭的兄弟。

用法　比喻共同面對困境，度過難關的人。

例句　他們不僅是事業上的好夥伴，也是攜手度過無數難關的「難兄難弟」。

言語影響類

一言九鼎

解釋　一句話抵得上九個銅鼎的重量。

出處　《史記．平原君虞卿列傳》：「毛先生一至楚而使趙重於九鼎大呂。」

用法　形容一個人說話很有分量，大家都會聽從。或比喻話一出口絕不輕易改變。

例句　他說話向來「一言九鼎」，因此得到大家的敬重與信賴。

相似　一諾千金

相反　輕諾寡信

一針見血

解釋　一針刺下去，就打進血管，見到血液。

出處　《後漢書．郭玉傳》：「一針即瘥」。

用法　比喻文章、言論簡明扼

要，能把握重點。

例句 《論語》每字每句都「一針見血」，是生活智慧的結晶，不朽的經典。

相似 一語中的

相反 隔靴搔癢

一語中的（一ˋ ㄩˇ ㄓㄨㄥˋ ㄉㄧˋ）

解釋 一句話就說中了事情的重點，就像射箭，一箭就射中了靶心。

用法 同「一針見血」。

例句 老師「一語中的」，指出了我的錯誤。

相似 一語道破

相反 言不及義

一諾千金（一ˊ ㄋㄨㄛˋ ㄑㄧㄢ ㄐㄧㄣ）

解釋 一句諾言價值千斤黃金。

出處 《史記・季布欒布列傳》：「得黃金百斤，不如得季布一諾。」

用法 比喻講話守信用。

例句 想得到別人的信賴，就要做到「一諾千金」。

相似 一言九鼎

相反 食言而肥

七嘴八舌（ㄑㄧ ㄗㄨㄟˇ ㄅㄚ ㄕㄜˊ）

解釋 你一句，我一句的講。

出處 清・袁枚《牘外餘言》：「楚公子圍，為虢之會，其時，子圍篡國之狀，人人知之，皆有不平之意。故晉大夫七嘴八舌，冷譏熱嘲，皆由於心之大公也。」

用法 形容人多嘴雜。或形容議論紛紛。

例句 開會時最忌諱「七嘴八舌」，沒有效率。

相似 眾說紛紜

相反 異口同聲

人多嘴雜（ㄖㄣˊ ㄉㄨㄛ ㄗㄨㄟˇ ㄗㄚˊ）

解釋 人多了話聲就紛雜。

出處 《紅樓夢》三十四回：「不論真假，人多嘴雜。」

用法 形容許多人聚在一起，意見繁雜。

例句　與其到時候「人多嘴雜」，不如我們幾個幹部先取得共識吧！

相似　人多口雜

人微言輕

解釋　人的身分卑微，言語不被重視。

出處　宋．蘇軾〈上執政乞度牒賑濟及因修廨宇書〉：「蓋人微言輕，理自當爾。」

用法　指人社會地位低下，說話起不了作用。

例句　他知道「人微言輕」的道理，所以拚命努力，想成為有影響力的人。

相似　身輕言微

相反　舉足輕重

三人成虎

解釋　三個人說市集裡有老虎，就會被當真。

出處　《戰國策．魏策二》：「夫市之無虎明矣，然而三人言而成虎。」

用法　比喻謠言越傳越廣，就會使人信以為真。

例句　再荒謬的傳言，在「三人成虎」下，也會讓人信以為真。

相似　一人傳虛，萬人傳實

三天三夜說不完

解釋　說了三天三夜還無法說完。

用法　比喻事情很複雜，難以敘盡。

例句　這件事「三天三夜說不完」，你還是別問了吧！

三令五申

解釋　三次命令，五次申誡。

出處　《史記．孫子吳起列傳》：「吳王出宮中美女得百八十人，孫子分為二隊……乃設成鈇鉞，即三令五申之。」

用法　形容再三的命令告誡。

例句　任憑老師「三令五申」，就是有幾個同學我行我素，不肯配合。

相似　三復斯言

相反　枉費脣舌

三姑六婆 ㄙㄢ ㄍㄨ ㄌㄧㄡˋ ㄆㄛˊ

解釋　像三姑六婆一類職業不高尚的婦女，經常走門串戶，造謠生事。

出處　明・陶宗儀《輟耕錄》卷十：「三姑者，尼姑、道姑、卦姑也；六婆者，牙婆、媒婆、師婆、虔婆、藥婆、穩婆也。」

用法　泛指喜歡搬弄是非，揭人隱私的婦女。

例句　大家的言行要謹慎，以免惹來那些「三姑六婆」在背後說長道短。

三緘其口 ㄙㄢ ㄐㄧㄢ ㄑㄧˊ ㄎㄡˇ

解釋　在嘴上加了三道封條。

出處　漢・劉向《說苑・敬慎》：「孔子之周，觀於太廟，右陛之前有金人焉，三緘其口，而銘其背曰：『古之慎言人也，戒之哉，戒之哉！無多言，多言必敗。』」

用法　比喻說話謹慎。或指一句話也不肯說。

例句　對於公司的最新產品規畫，研發部門對外是「三緘其口」。

口若懸河 ㄎㄡˇ ㄖㄨㄛˋ ㄒㄩㄢˊ ㄏㄜˊ

解釋　說話滔滔不絕，像河水傾瀉下來一樣。

出處　唐・韓愈〈石鼓歌〉：「安能以此上論列，願借辯口如懸河。」

用法　形容人說話流利，能言善辯。

例句　那位演講者「口若懸河」，風采迷倒全場觀眾。

相似　侃侃而談

相反　笨口拙舌

口碑載道 ㄎㄡˇ ㄅㄟ ㄗㄞˋ ㄉㄠˋ

解釋　滿路都是稱頌的聲音。

出處　明・張煌〈甲辰九月感

懷在獄中作〉：「口碑載道是還非，誰識蹉跎心事違。」

用法　形容處處受到讚揚。

例句　這座公園建成後，「口碑載道」，成為附近居民最喜愛的休閒場所。

相似　有口皆碑

相反　怨聲載道

口誅筆伐（ㄎㄡˇ ㄓㄨ ㄅㄧˇ ㄈㄚˊ）

解釋　用嘴巴和筆聲討。

出處　明．汪廷訥《三祝記．同謫》：「他捐廉棄恥，向權門富貴貪求，全不知口誅筆伐是詩人句，壟上播問識者羞。」

用法　用言語或文字對人加以聲討、譴責。

例句　那位演員對女友始亂終棄的行為，受到社會大眾的「口誅筆伐」。

相似　大張撻伐

相反　交口稱譽

口蜜腹劍（ㄎㄡˇ ㄇㄧˋ ㄈㄨˋ ㄐㄧㄢˋ）

解釋　嘴巴甜如蜜，肚裡卻像有一把傷人的劍。

出處　《資治通鑑．唐玄宗天寶元年》：「李林甫為相……尤忌文學之士，或陽與之善，啗以甘言而陰陷之。世謂李林甫『口有蜜，腹有劍』。」

用法　形容人嘴巴說得好聽，而內心險惡。

例句　「口蜜腹劍」的小人，總讓人防不勝防。

相似　佛口蛇心

相反　心口如一

大放厥辭（ㄉㄚˋ ㄈㄤˋ ㄐㄩㄝˊ ㄘˊ）

解釋　高調的發表言辭。也作「大放厥詞」。

出處　唐．韓愈《祭柳子厚文》：「玉佩瓊琚，大放厥辭。」

用法　本指寫文章時極力的陳述。現多指大發議論（含貶損的意味）。

例句　許多人在網路上「大放

厥辭」，不過是想藉機成名而已。

不可名狀（ㄅㄨˋ ㄎㄜˇ ㄇㄧㄥˊ ㄓㄨㄤˋ）

解釋 無法描述出來。

出處 晉．葛洪《神仙傳．麻姑》：「其衣有文章而非錦綺，光彩奪目，不可名狀。」

用法 指無法用言語形容。

例句 我看了那部電影，心中的感動「不可名狀」。

相似 莫可名狀

相反 不言而喻

不脛而走（ㄅㄨˋ ㄐㄧㄥˋ ㄦˊ ㄗㄡˇ）

解釋 沒有腿而跑得很快。

出處 北齊．劉晝《新論》：「玉無翼而飛，珠無脛而行。」

用法 比喻事物不用推行，就能迅速的傳播，流行開來。

例句 那位歌手吸毒，自毀前程的事「不脛而走」。

相反 祕而不宣

反脣相稽（ㄈㄢˇ ㄔㄨㄣˊ ㄒㄧㄤ ㄐㄧ）

解釋 反過口來計較。也作「反脣相譏」。

出處 《漢書．賈誼傳》：「婦姑不相說，則反脣而相稽。」

用法 比喻反過來責問對方的不對。

例句 他實在欺人太甚，怪不得別人「反脣相稽」。

相似 反咬一口

相反 反躬自責

天花亂墜（ㄊㄧㄢ ㄏㄨㄚ ㄌㄨㄢˋ ㄓㄨㄟˋ）

解釋 佛教神話中，雲光法師講經，感動上天，天上竟落下朵朵鮮花。

出處 《心地觀經．序品》：「六欲諸天來供養，天華亂墜徧虛空。」

用法 形容人講話巧妙動聽。多比喻誇張，不切實際。

例句 很多人逛街時，都因為店員說得「天花亂墜」，而買下根本用不到的商品。

相似 娓娓動聽

相反 語不驚人

天經地義（ㄊㄧㄢ ㄐㄧㄥ ㄉㄧˋ ㄧˋ）

解釋 天的常道和地的正義。

出處 《左傳．昭公二十五年》：「天之經也，地之義也。」

用法 比喻天地間不可更改的真理。也指理所當然，不容置疑。

例句 學生尊敬師長是「天經地義」的事。

相似 理所當然

相反 大謬不然

以訛傳訛（ㄧˇ ㄜˊ ㄔㄨㄢˊ ㄜˊ）

解釋 把錯誤的消息再傳出去。

出處 《紅樓夢》第五十一回：「古往今來，以訛傳訛，好事者竟故意的弄出這古跡來以愚人。」

用法 比喻謠言愈傳播，距離事實就愈遠。

例句 那些謠言聽聽就好，不要再跟著「以訛傳訛」了。

相似 別風淮雨

相反 言之有據

出爾反爾（ㄔㄨ ㄦˇ ㄈㄢˇ ㄦˇ）

解釋 你做出什麼，也會反回給你自身。

出處 《孟子．梁惠王下》：「出乎爾者，使乎爾者也。」

用法 本指你怎樣對人，別人就怎樣對你。現比喻人的言行前後矛盾，反覆無常。

例句 說話若經常「出爾反爾」，是無法獲得別人的信任。

相似 反覆無常

相反 一言九鼎

打開天窗說亮話（ㄉㄚˇ ㄎㄞ ㄊㄧㄢ ㄔㄨㄤ ㄕㄨㄛ ㄌㄧㄤˋ ㄏㄨㄚˋ）

解釋 打開天窗說坦率真實的話。也說「打開窗話說亮話」。

用法 直率的講出來，絲毫不隱瞞。

例句 咱們是多年老朋友，有事也不需要隱藏，就「打開天窗說亮話」吧！

打開話匣子

解釋 打開留聲機。

用法 比喻主動提起話題。

例句 他倆一「打開話匣子」，就能夠從天黑說到天亮。

用法 比喻愛說話的人。

危言聳聽

解釋 用荒誕誇張的話使傾聽的人吃驚。

用法 比喻故意說些讓人聽了會感到震驚害怕的話。

例句 不要聽信密醫的「危言聳聽」，購買來路不明的藥品，以免花錢又傷身。

相似 聳人聽聞

名正言順

解釋 名義正當，說話才能理直氣壯。

出處 《論語・子路》：「名不正則言不順。」

用法 指做事理由正當而充分，站得住腳。

例句 我們已事先提出申請，使用這塊場地是「名正言順」。

相似 理直氣壯

相反 理屈詞窮

守口如瓶

解釋 緊閉住嘴不說，向瓶子塞住瓶口一樣。

出處 《諸經要集・九》：「防意如城，守口如瓶。」

用法 形容說話謹慎，不輕易洩密。

例句 對於是否已經與女朋友公證結婚了，那位影星始終「守口如瓶」。

相似 祕而不宣

相反 走露風聲

有口皆碑

解釋 有嘴巴的都稱譽。

出處 宋・釋普濟《五燈會

元．太平安禪師》：「勸君不用鐫頑石，路上行人口似碑。」

用法 比喻人人稱讚。

例句 那家火鍋連鎖店的菜色和服務品質，在網路上「有口皆碑」。

相似 交口稱譽

相反 怨聲載道

老生常談（ㄌㄠˇ ㄕㄥ ㄔㄤˊ ㄊㄢˊ）

解釋 老書生常講的話，毫無創新。

出處 《三國志．魏志．管輅傳》：「此老生之常譚。」

用法 比喻平凡、沒有新意的言論。

例句 毫無新意的「老生常談」，不論是誰，聽了都要膩煩。

相似 老調重彈

相反 奇謀高論

耳提面命（ㄦˇ ㄊㄧˊ ㄇㄧㄢˋ ㄇㄧㄥˋ）

解釋 不但當面教誨，而且提著耳朵叮囑，希望對方牢記不忘。

出處 《詩經．大雅．抑》：「匪面命之，言提其耳。」

用法 形容教誨非常的殷勤、懇切。

例句 經過教練一番「耳提面命」，那位投手今天的表現格外亮眼。

相似 千叮萬囑

相反 放任自流

舌敝脣焦（ㄕㄜˊ ㄅㄧˋ ㄔㄨㄣˊ ㄐㄧㄠ）

解釋 講得嘴脣乾了，舌頭也破了。

出處 《史記．仲尼弟子列傳》：「日夜焦脣乾舌。」

用法 形容費盡口舌的勸說。

例句 任憑銀行行員勸得「舌敝脣焦」，那位老先生始終相信自己沒有被詐騙。

冷嘲熱諷（ㄌㄥˇ ㄔㄠˊ ㄖㄜˋ ㄈㄥˋ）

解釋 尖銳的嘲笑，辛辣的譏諷。也說「冷譏熱嘲」。

出處 清．袁 枚《牘 外 餘

言》：「楚公子圍為虢之會，其時子圍篡國之狀，人人知之，皆有不平之意，故晉大夫七嘴八舌，冷譏熱嘲，皆由於心之大公也。」

用法 形容用尖銳、辛辣的言語譏諷別人。

例句 面對世人的「冷嘲熱諷」，卻依然能堅定自己的信念者，並不多見。

相似 冷言冷語

含血噴人（ㄏㄢˊ ㄒㄧㄝˇ ㄆㄣ ㄖㄣˊ）

解釋 含著血去吐人。也說「血口噴人」。

出處 宋．釋普濟《五燈會元．慧方禪師》：「含血噀人，先污其口。」

用法 比喻用惡毒的手段誣衊、攻擊他人。

例句 你不要因為沒有選上校隊，就「含血噴人」的說對手壞話呀！

相似 含沙射影

相反 口角春風

妖言惑眾（ㄧㄠ ㄧㄢˊ ㄏㄨㄛˋ ㄓㄨㄥˋ）

解釋 用荒誕的話去蠱惑民眾。

出處 《漢書．眭弘傳》：「妄設妖言惑眾，大逆不道。」

用法 指用荒誕離奇的邪說，欺騙、蠱惑群眾。

例句 那些「妖言惑眾」的神棍，實在應該受到法律的制裁。

相似 造謠惑眾

良藥苦口（ㄌㄧㄤˊ ㄧㄠˋ ㄎㄨˇ ㄎㄡˇ）

解釋 良藥味苦但可治病。

出處 《孔子家語．六本》「良藥苦於口而利於病，忠言逆於耳而利於行。」

用法 比喻勸誡或批評雖不好聽，卻很有益處。

例句 「良藥苦口」，為了快點痊癒，還是須按時服用。

相似 忠言逆耳

言之鑿鑿（ㄧㄢˊ ㄓ ㄗㄠˋ ㄗㄠˋ）

解釋 說話確實。

出處 《聊齋志異．段氏》：「言之鑿鑿，確可信據。」

用法 形容說話有事實作為依據，並沒有造謠。

例句 面對目擊證人「言之鑿鑿」的指認，兇手終於俯首認罪。

相似 言之有據

相反 無稽之談

言不由衷（ㄧㄢˊ ㄅㄨˋ ㄧㄡˊ ㄓㄨㄥ）

解釋 說的話不是發自內心。

出處 《左傳．隱公三年》：「信不由中。」

用法 比喻所說的話與內心相違背，不是內心的真話。

例句 他的表情和語調搭不起來，這番稱讚恐怕是「言不由衷」。

相似 心口不一

相反 心口如一

言過其實（ㄧㄢˊ ㄍㄨㄛˋ ㄑㄧˊ ㄕˊ）

解釋 言語超過事實。

出處 《三國志．蜀志．馬良傳》：「馬謖言過其實，不可大用。」

用法 比喻言語浮誇，超過實際情況。

例句 廣告上說這瓶美白乳液三天見效，也未免太「言過其實」了吧！

相似 誇大其詞

相反 恰如其分

言歸正傳（ㄧㄢˊ ㄍㄨㄟ ㄓㄥˋ ㄓㄨㄢˋ）

解釋 說話回歸正題，為舊小說、話本中常用的套語。

出處 《兒女英雄傳》第五回：「如今說書的把這話交代清楚，不再絮煩，言歸正傳。」

用法 指說話離正題太遠，須拉回話題。

例句 老師在說完一段故事後「言歸正傳」，開始講解課文。

言簡意賅（ㄧㄢˊ ㄐㄧㄢˇ ㄧˋ ㄍㄞ）

解釋 言語簡單，內容完備而

深刻。

出處 清・無名氏《官場維新記》十六回：「把近日官場中人所有不傳之祕，都直揭出來，而且說得言簡意賅。」

用法 形容說話、寫文章簡明扼要。

例句 他的文章向來「言簡意賅」，十分精練。

相似 要言不煩

相反 連篇累牘

言聽計從（ㄧㄢˊ ㄊㄧㄥ ㄐㄧˋ ㄘㄨㄥˊ）

解釋 聽從別人的言語、計策。

出處 《魏書・崔浩傳》：「屬太宗為政之秋，值世祖經營之日，言聽計從。」

用法 形容對人十分信任。

例句 對於他的足智多謀，老闆幾乎是「言聽計從」。

相似 百依百順

相反 一意孤行

侃侃而談（ㄎㄢˇ ㄎㄢˇ ㄦˊ ㄊㄢˊ）

解釋 剛直的談論。

出處 《論語・鄉黨》：「朝與下大夫言，侃侃如也。」

用法 形容說話理直氣壯，從容不迫的樣子。

例句 他十分大氣，面對一群陌生人也能「侃侃而談」。

相似 娓娓而談

相反 默默不語

和盤托出（ㄏㄜˊ ㄆㄢˊ ㄊㄨㄛ ㄔㄨ）

解釋 端東西時連同盤子一起托了出來。

出處 《墨浪子・西湖佳話》：「和盤都托出，閨閣惹風流。」

用法 比喻毫無保留的將自己知道的事情全部說出來。

例句 想要他將祕密「和盤托出」，可需要用點技巧慢慢套問呢！

相似 全盤托出

相反 緘口不言

忠言逆耳

解釋 忠誠的話不中聽。

出處 《孔子家語・六本》：「良藥苦於口而利於病，忠言逆於耳而利於行。」

用法 形容忠誠的勸告常令人聽了不舒服，難以接受。

例句 「忠言逆耳」，但最能幫助我們發覺自身的問題。

相似 良藥苦口

空口無憑

解釋 嘴巴空說，沒有憑據。

出處 元・喬孟符《揚州夢》第四折：「咱兩個口說無憑。」

用法 比喻只是用嘴巴解釋，沒有真憑實據。

例句 「空口無憑」，你要如何讓大家相信，當選後一定會兌現這些支票呢？

相反 白紙黑字

空穴來風

解釋 空的孔穴招來風。

出處 戰國・宋玉〈風賦〉：「臣聞於師，枳句來巢，空穴來風。」

用法 比喻事情憑空發生。或比喻流言乘隙而入。

例句 那些「空穴來風」的消息，讓大家的工作情緒受到影響。

肺腑之言

解釋 發自內心的真誠話。

出處 《醒世恆言・三孝廉讓產立高名》：「下官此席，專屈諸鄉親下降，有句肺腑之言奉告。」

用法 形容言語很真誠。

例句 以上的話都是我的「肺腑之言」，投資的事還請您慎重考慮。

相似 由衷之言

相反 花言巧語

金玉良言

解釋 黃金和美玉般珍貴的言論。

出處 《官場現形記》第十一回：「老哥哥教導的話，句句是金玉良言。」

用法 比喻非常寶貴，對人有幫助的話。

例句 這本書搜羅了許多激勵人心的「金玉良言」。

相似 金石之言

金科玉律（ㄐㄧㄣ ㄎㄜ ㄩˋ ㄌㄩˋ）

解釋 像金子和美玉般貴重的律法。也作「金科玉條」。

出處 唐・陳子良〈平城縣正陳子干誄〉：「爰參選部，乃任平城，金科是執，玉律逾明。」

用法 本形容法律條文的盡善盡美。現多指寶貴而可奉為圭臬的言論。

例句 不能一味把古人的話當作「金科玉律」，必須學會明辨是非。

信口開河（ㄒㄧㄣˋ ㄎㄡˇ ㄎㄞ ㄏㄜˊ）

解釋 隨口說出來。

出處 元・無名氏《爭報恩》第三折：「那妮子一尺水翻騰做一丈波，怎當他只留支刺，信口開合。」

用法 形容毫無根據，隨口亂說話。

例句 很多小孩子都喜歡「信口開河」，炫耀自己父母的地位、財力。

相似 胡說八道

相反 言必有據

信口雌黃（ㄒㄧㄣˋ ㄎㄡˇ ㄘ ㄏㄨㄤˊ）

解釋 古時寫字用黃紙，寫錯了就用雌黃（一種礦物）塗抹。

出處 《文選》李善注引晉・孫盛《晉陽秋》：「王衍，字夷甫，能言，於意有不安者，輒更易之，時號口中雌黃。」

用法 比喻不顧真相，隨意批評。或指胡說八道。

例句 大家早已習慣他的「信口雌黃」，沒有人把他的話當真。

相似　妄下雌黃

相反　言之鑿鑿

信誓旦旦（ㄒㄧㄣˋ ㄕˋ ㄉㄢˋ ㄉㄢˋ）

解釋　誓言誠懇的樣子。

出處　《詩經．衛風．氓》：「信誓旦旦，不思其反。」

用法　形容誓言說得非常誠懇。

例句　很多癮君子「信誓旦旦」的說要戒菸，但沒多久又故態復萌。

相似　指天誓日

相反　言而無信

冠冕堂皇（ㄍㄨㄢ ㄇㄧㄢˇ ㄊㄤˊ ㄏㄨㄤˊ）

解釋　古代帝王、官吏的禮帽很體面。

出處　《兒女英雄傳》第二十二回：「他們如果空空水洞洞，心裡沒這樁事，使該合我家常瑣屑無所不談，怎麼倒一派的冠冕堂皇，甚至『安驥』兩個字都不肯提在話下？」

用法　比喻正大莊嚴。也形容表面光明正大，實際上並非如此（含貶損的的意味）。

例句　那些話說得「冠冕堂皇」，其實對改善現況一點幫助也沒有。

相似　堂而皇之

相反　鬼鬼祟祟

南腔北調（ㄋㄢˊ ㄑㄧㄤ ㄅㄟˇ ㄉㄧㄠˋ）

解釋　南邊和北邊的方言腔調。

出處　《儒林外史》第十一回：「兩邊一副箋紙的聯，上寫著：『兩間東倒西歪屋，一個南腔北調人。』」

用法　形容說話口音不純，夾雜各地的方言。也泛指各地的方言。

例句　中國大陸幅員廣大，各地人士「南腔北調」，常聽得人一頭霧水。

相似　方音方言

相反　中原雅音

指桑罵槐（ㄓˇ ㄙㄤ ㄇㄚˋ ㄏㄨㄞˊ）

解釋 指著桑樹罵槐樹。

出處 《紅樓夢》第十六回：「偏一點兒，他們就指桑罵槐的抱怨。」

用法 比喻不從正面說，而借指其他事物來影射罵人。

例句 大家都知道他那篇文章是「指桑罵槐」，另有影射。

相似 指東罵西

相反 開門見山

挑撥離間（ㄊㄧㄠˇ ㄅㄛ ㄌㄧˊ ㄐㄧㄢˋ）

解釋 引動、拆散別人。

用法 比喻從中搬弄是非，使別人感情不睦。

例句 他倆的感情，決不會因為少數人的「挑撥離間」而變質。

相似 搬弄是非

相反 排難解紛

流言蜚語（ㄌㄧㄡˊ ㄧㄢˊ ㄈㄟ ㄩˇ）

解釋 沒有根據的言語。也作「流言飛文」、「流言飛語」。

出處 《史記．魏其武安侯列傳》：「乃有蜚語，為惡言聞上。」

用法 指毫無根據的謠言。多指背後議論、誣蔑或挑撥離間的壞話。

例句 「流言蜚語」的力量十分恐怖，一不小心就會被影響，對人產生成見。

相似 無稽之談

相反 言之鑿鑿

津津樂道（ㄐㄧㄣ ㄐㄧㄣ ㄌㄜˋ ㄉㄠˋ）

解釋 興趣濃厚而樂於談論的樣子。

出處 《新論．崇學》：「道象之妙，非言不津津。」

用法 指很感興趣而常常談起的言論。

例句 當年黃梅戲流行的盛況，至今仍為老一輩人「津津樂道」。

相反　索然寡味

甚囂塵上（ㄕㄣˋ ㄒㄧㄠ ㄔㄣˊ ㄕㄤˋ）

解釋　人聲喧嚷，塵土飛揚。

出處　《左傳・成公十六年》：「楚子登巢車以望晉軍……曰：『甚囂，且塵上矣。』」

用法　形容消息四處流傳，眾口喧騰。

例句　關於那位歌手外遇的傳聞「甚囂塵上」，經紀人幾度澄清也不見效果。

相似　喧囂一時

相反　無聲無息

穿鑿附會（ㄔㄨㄢ ㄗㄠˋ ㄈㄨˋ ㄏㄨㄟˋ）

解釋　把講不通的硬要講通，把不相干的事拉在一起。

出處　宋・洪邁《容齋續筆・義理之說無窮》：「用是知好奇者欲穿鑿附會固各有說云。」

用法　形容道理說不通，硬加入本來沒有的意思，勉強曲解湊合。

例句　為文要謹慎，千萬不可「穿鑿附會」。

相似　牽強附會

苦口婆心（ㄎㄨˇ ㄎㄡˇ ㄆㄛˊ ㄒㄧㄣ）

解釋　以仁慈的心腸不辭煩勞的懇切規勸。

出處　《兒女英雄傳》第十六回：「這種人若不得個賢父兄、良師友苦口婆心的成全他、喚醒他，可惜那至性奇才終歸名隳身敗。」

用法　形容懷著慈愛之心再三懇切的勸告。

例句　他能夠有今日的成就，都要歸功當年「苦口婆心」，將他拉回正途的師長。

相似　語重心長

相反　口蜜腹劍

食言而肥（ㄕˊ ㄧㄢˊ ㄦˊ ㄈㄟˊ）

解釋　說話不算數，把話都吃下去就變胖了。

出處　《左傳・哀公二十五

年》：「公宴於五梧。武伯為祝，惡郭重，曰：『何肥也？』……公曰：『是食言多矣，能無肥乎？』」

用法 譏諷人說話不守信用。

例句 他總是「食言而肥」，日子一久，再也沒有人願意相信他說的話了。

相似 輕諾寡信

相反 一言九鼎

捕風捉影（ㄅㄨˇ ㄈㄥ ㄓㄨㄛ ㄧㄥˇ）

解釋 追捕風，抓住影子。也作「繫風捕影」。

出處 宋・朱熹《朱子全書・學一》：「若悠悠地，似做不做，如捕風捉影，有甚長進！」

用法 比喻說話或做事虛幻不實，毫無事實根據。

例句 八卦雜誌「捕風捉影」的報導，讓許多藝人非常困擾。

相似 無中生有

相反 鐵證如山

旁敲側擊（ㄆㄤˊ ㄑㄧㄠ ㄘㄜˋ ㄐㄧˊ）

解釋 從旁邊、側面敲擊。

出處 清・吳趼人《二十年目睹之怪現狀》第二十回：「只不過不應該這樣旁敲側擊，應該要明亮亮的叫破了他。」

用法 比喻不直接從正面表明本意，而從側面曲折的說出來。或指不從正面，而以間接手法探聽消息。

例句 她講話總是彆彆扭扭，還要大夥「旁敲側擊」，才能知道她真正的心意。

相似 拐彎抹角

相反 單刀直入

紙上談兵（ㄓˇ ㄕㄤˋ ㄊㄢˊ ㄅㄧㄥ）

解釋 只是在紙面上談論軍事。

用法 比喻不切實際的空談理論，不能解決實際問題。也比喻只是空談，不可能實現的事。

例句 光會「紙上談兵」，而沒有實際經驗是不行的。

相似 徒托空言

相反 言必有中

荒誕不經（ㄏㄨㄤ ㄉㄢˋ ㄅㄨˋ ㄐㄧㄥ）

解釋 虛妄不合常理。

出處 宋・王楙《野客叢書・相如〈上林賦〉》：「其誇苑囿之大，固無荒誕，不徑之說，後世學者，往往讀之不通。」

用法 形容言行、事件荒謬不合情理。

例句 那則「荒誕不經」的網路故事，引起網友的廣泛討論。

相似 荒謬絕倫

相反 合情合理

荒謬絕倫（ㄏㄨㄤ ㄇㄧㄡˋ ㄐㄩㄝˊ ㄌㄨㄣˊ）

解釋 荒誕、錯誤到了無可比擬的地步。

用法 形容非常的荒唐。

例句 藥商那些「荒謬絕倫」的廣告詞，就是要讓沒有判斷力的人上當。

相似 大謬不然

相反 理所當然

針鋒相對（ㄓㄣ ㄈㄥ ㄒㄧㄤ ㄉㄨㄟˋ）

解釋 針尖對針尖。

出處 《兒女英雄傳》第九回：「這十三妹本是個玲瓏剔透的人，他那聰明正合張金鳳針鋒相對。」

用法 比喻針對對方的論點或行動進行回擊。也比喻雙方以尖銳的言辭辯論。

例句 兩位社團幹部為了招收新成員的問題「針鋒相對」，引發激烈爭辯。

相似 水火不容

相反 唾面自乾

閃爍其詞（ㄕㄢˇ ㄕㄨㄛˋ ㄑㄧˊ ㄘˊ）

解釋 講話時像光亮動搖不定，吞吞吐吐，不直接說出詳情。

用法 比喻說話有所隱瞞。

例句 嫌犯「閃爍其詞」，一下子就被檢方抓出破綻。

相似 含糊其詞

唯唯諾諾（ㄨㄟˇ ㄨㄟˇ ㄋㄨㄛˋ ㄋㄨㄛˋ）

解釋 謙卑的連聲應答。

出處 《韓非子．八奸》：「未命而唯唯，未使而諾諾，先意承旨，觀貌察色，以先主心者也。」

用法 形容順從附和，不敢表示其他看法。

例句 你要改變「唯唯諾諾」的個性，才不會被有心人士利用。

相似 唯唯否否

相反 桀驁不馴

張口結舌（ㄓㄤ ㄎㄡˇ ㄐㄧㄝˊ ㄕㄜˊ）

解釋 張大嘴，舌頭像打了結，不能活動。也作「鉗口結舌」。

出處 《兒女英雄傳》第二十三回：「公子被他問的張口結舌，面紅過耳，坐在那裡只管發怔。」

用法 形容由於理屈或緊張，害怕得說不出話來。

例句 釣客看到同伴被瘋狗浪捲走，嚇得「張口結舌」。

相似 鉗口結舌

相反 滔滔不絕

強詞奪理（ㄑㄧㄤˇ ㄘˊ ㄉㄨㄛˊ ㄌㄧˇ）

解釋 以強辯的言語企圖說得像有道理一樣。

出處 《三國演義》第四十三回：「座一人忽曰：『孔明所言，皆強詞奪理，均非正論，不必再言。』」

用法 形容毫無理由的強辯。

例句 明明自己犯錯，還要「強詞奪理」，旁人看了都憤憤不平。

相似 蠻不講理

相反 義正詞嚴

斬釘截鐵（ㄓㄢˇ ㄉㄧㄥ ㄐㄧㄝˊ ㄊㄧㄝˇ）

解釋 敲斷釘子截下鐵塊。

出處 《朱子全書・孟子》：「看來惟是孟子說得斬釘截鐵。」

用法 比喻處理事情或說話堅決果斷，毫不猶豫。

例句 他既然都「斬釘截鐵」的表示一定會做到，我們就相信他吧！

相似 直截了當

相反 拖泥帶水

深入淺出（ㄕㄣ ㄖㄨˋ ㄑㄧㄢˇ ㄔㄨ）

解釋 進入到內部深處，但以很淺近的樣子表現。

出處 清・袁枚《隨園詩話》卷七：「王維構思，走入醋甕。今讀其詩，從容和雅，如天衣之無縫，深入淺出，方臻此境。」

用法 形容用淺近的語言、文字，來表達深奧的道理。

例句 科普書的內容必須「深入淺出」，才能被多數讀者接受。

相反 高深莫測

牽強附會（ㄑㄧㄢ ㄑㄧㄤˇ ㄈㄨˋ ㄏㄨㄟˋ）

解釋 把不相關的事物說成有聯繫。

用法 形容勉強湊合。

例句 這本偉人傳記「牽強附會」的成分居多。

相似 生拉硬扯

相反 理所當然

現身說法（ㄒㄧㄢˋ ㄕㄣ ㄕㄨㄛ ㄈㄚˇ）

解釋 佛教的說法。意思是佛祖能夠以種種的身形向眾生說法。

出處 《楞嚴經》：「我與彼前，皆現其身，而為說法，令其成就。」

用法 比喻以親身經驗為例，來說明道理或勸導別人。

例句 口腔癌患者的「現身說法」，讓許多紅唇族大受震撼。

相似 言傳身教

眾口鑠金（ㄓㄨㄥˋ ㄎㄡˇ ㄕㄨㄛˋ ㄐㄧㄣ）

解釋 大家都說相同的話，其

力足能熔化金屬。

出處 《國語·周語下》：「故諺曰：『眾心成城，眾口鑠金。』」

用法 比喻眾多的謠言，可以混淆是非，顛倒黑白。

例句 「眾口鑠金」，執政者不能輕忽流言的力量。

相似 人言可畏

絃外之音（ㄒㄧㄢˊ ㄨㄞˋ ㄓ ㄧㄣ）

解釋 弦樂器在撥弦外發出的聲音。也作「絃外之意」。

出處 南朝宋·范曄〈獄中與諸甥姪書〉：「其中體趣，言之不盡。絃外之意，虛響之音，不知所從而來。」

用法 比喻在文章或話裡間接透露，沒有直接明說，即言外之意。

例句 那位政治人物的退選聲明，似乎有「絃外之音」。

相似 言外之意

脣槍舌劍（ㄔㄨㄣˊ ㄑㄧㄤ ㄕㄜˊ ㄐㄧㄢˋ）

解釋 嘴脣像槍，舌頭像劍。也作「舌劍脣槍」。

出處 元·高文秀《保成公徑赴澠池會》第一折：「凭著我脣槍舌劍定江山。」

用法 形容辯論言詞鋒利，針鋒相對。

例句 他倆意見大相逕庭，討論時少不得「脣槍舌劍」的激辯。

相似 針鋒相對

莫衷一是（ㄇㄛˋ ㄓㄨㄥ ㄧ ㄕˋ）

解釋 沒有辦法成立一個定論。

出處 清·吳研人《痛史》第三回：「議論紛紛，莫衷一是。」

用法 形容各有各的意見，沒有一致的結論。

例句 針對組織改名的議題開會討論，沒想到耗了整個上午仍然「莫衷一是」

相似 各執一詞

陳腔濫調（ㄔㄣˊ ㄑㄧㄤ ㄌㄢˋ ㄉㄧㄠˋ）

解釋 陳舊、空泛的腔調。

用法 指老舊而空泛的話。

例句 那位政治人物的「陳腔濫調」，選民都已經聽膩了。

相似 舊調重彈

相反 驚人之語

單刀直入（ㄉㄢ ㄉㄠ ㄓˊ ㄖㄨˋ）

解釋 拿了一把刀就直接進入。

出處 宋．釋道原《景德傳燈錄．盧州澄心院旻德和》：「若是作家戰將，例請單刀直入。」

用法 本比喻認定目標，勇猛精進。後比喻直接切入問題的核心，不作緩衝語。

例句 「單刀直入」的質問，有時也會傷到人。

相似 開門見山

相反 拐彎抹角

提綱挈領（ㄊㄧˊ ㄍㄤ ㄑㄧㄝˋ ㄌㄧㄥˇ）

解釋 舉起綱繩，拾起衣領。也作「提綱舉領」。

出處 《宋史．職官志》八：「提綱而眾目張，振領而群毛理。」

用法 比喻掌握住事情最重要的部分。

例句 許多補習班在考前都會提供「提綱挈領」的重點整理，幫助考生複習。

相似 振領提綱

曾參殺人（ㄗㄥ ㄕㄣ ㄕㄚ ㄖㄣˊ）

解釋 指曾參的母親懷疑兒子殺人的故事。

用法 比喻流言可畏。也指被誣枉的禍端。

例句 「曾參殺人」的故事，告訴我們流言的可怕。

相似 曾母投杼

期期艾艾（ㄑㄧ ㄑㄧ ㄞˋ ㄞˋ）

解釋 周昌口吃，說話總要重複說「期期」；鄧艾口吃，開口就先說「艾艾」。

用法 形容口吃。或形容有難言之隱的人說話吞吞吐吐。

例句 面對這個敏感的問題，那位歌手不禁「期期艾艾」了起來。

相似 結結巴巴

相反 口若懸河

無的放矢（ㄨˊ ㄉㄧˋ ㄈㄤˋ ㄕˇ）

解釋 沒有目標的亂放箭。

用法 比喻說話、做事沒有明確目的。現多指沒有事實根據的攻訐。

例句 面對對手的「無的放矢」，那位候選人決定提出告訴。

相反 對症下藥

評頭論足（ㄆㄧㄥˊ ㄊㄡˊ ㄌㄨㄣˋ ㄗㄨˊ）

解釋 品評別人的容貌舉止。也說「評頭品足」。

用法 泛指對人、事說長道短，多方挑剔。

例句 對方家長的「評頭論足」，讓參加相親的她渾身不自在。

相似 說長道短

開門見山（ㄎㄞ ㄇㄣˊ ㄐㄧㄢˋ ㄕㄢ）

解釋 打開大門就望見山。

出處 宋・嚴羽《滄浪詩話・詩評》：「太白發句，謂之開門見山。」

用法 比喻說話、寫文章一開始就直接切入主題，不拐彎抹角。

例句 「開門見山」是寫作文時的一種常用手法。

相似 直截了當

相反 隱晦曲折

當頭棒喝（ㄉㄤ ㄊㄡˊ ㄅㄤˋ ㄏㄜˋ）

解釋 佛教禪宗師父常打弟子一棒或大喝一聲，要對方不假思索的回答問題，以考驗他對佛理領會的程度。也說「當頭一棒」。

用法 表示使人覺悟的警告。

例句 經過老師的「當頭棒喝」，他才驚覺再不好好準備，就來不及了。

相似 醍醐灌頂

道聽塗說（ㄉㄠˋ ㄊㄧㄥ ㄊㄨˊ ㄕㄨㄛ）

解釋 路上聽來的話又在路上轉告他人。也作「道聽途說」。

出處 《論語．陽貨》：「道聽而塗說，德之棄也。」

用法 指沒有根據的傳說。

例句 有判斷力的人，絕對不會輕易相信「道聽塗說」的傳言。

相似 街談巷語

相反 耳聞目睹

隔靴搔癢（ㄍㄜˊ ㄒㄩㄝ ㄙㄠ ㄧㄤˇ）

解釋 在靴子外面搔癢。

出處 宋．阮閱《詩話總龜》：「詩不著題，如隔靴搔癢。」

用法 比喻說話、作文沒有把握要點。也比喻做事情不切實際。

例句 那篇「隔靴搔癢」的文章，其實沒有太大的參考價值。

相似 膝癢搔背

相反 鞭辟入裡

頑石點頭（ㄨㄢˊ ㄕˊ ㄉㄧㄢˇ ㄊㄡˊ）

解釋 連無知覺的石頭都點頭了。

出處 《通俗編．地理》：「蓮社高賢傳：竺道生入虎邱山，聚石為徒，講涅槃，群石皆為點頭。」

用法 形容道理講得透徹，使人感化心服。

例句 你想要讓這群問題學生「頑石點頭」，恐怕要有更多的耐心。

對牛彈琴（ㄉㄨㄟˋ ㄋㄧㄡˊ ㄊㄢˊ ㄑㄧㄣˊ）

解釋 對著牛彈奏古琴。

出處 《莊子．齊物論》：「非所明而明之。」晉．郭象注：「是猶對牛鼓簧耳。」

用法 比喻對腦筋不靈光的人講大道理或向外行人說內行話，都是白費口舌（有瞧不起的意思）。也用來譏笑人說話、做事不看對象。

例句 臺下學生毫無反應，讓老師覺得自己是「對牛彈琴」。

相似 語不擇人

相反 對症下藥

禍從口出（ㄏㄨㄛˋ ㄘㄨㄥˊ ㄎㄡˇ ㄔㄨ）

解釋 災禍從口裡產生。

出處 《太平御覽》引傅玄〈口銘〉：「病從口入，禍從口出。」

用法 指言語不慎，足以招致災禍。

例句 所謂「禍從口出」，講話千萬不能不經大腦。

相似 多言多敗

蜚短流長（ㄈㄟˇ ㄉㄨㄢˇ ㄌㄧㄡˊ ㄔㄤˊ）

解釋 流傳於眾人口中的閒話。也作「飛短流長」。

出處 《聊齋志異．封三娘》：「造言生事者，飛短流長，所不堪受。」

用法 比喻無中生有，造謠中傷。

例句 身為公眾人物，就必須學會以智慧面對外界的「蜚短流長」。

相似 流言蜚語

語無倫次（ㄩˇ ㄨˊ ㄌㄨㄣˊ ㄘˋ）

解釋 說話沒有次序。

出處 宋．胡仔《苕溪漁隱叢話》引《詩眼》：「古人律詩亦是一片文章，語或似無倫次，而意若貫珠。」

用法 比喻話語雜亂，沒有頭緒條理。

例句 他因為太過緊張，又沒有充分準備，上臺自然「語無倫次」了。

相似 不知所云

相反 有條不紊

暮鼓晨鐘（ㄇㄨˋ ㄍㄨˇ ㄔㄣˊ ㄓㄨㄥ）

解釋 寺廟中早晚用來報時的鐘鼓。也作「晨鐘暮鼓」。

出處 唐．李咸用〈山中〉：「朝鐘暮鼓不到耳，明月孤雲長掛情。」

用法 比喻使人覺醒、警悟的語言。

例句 老師一席「暮鼓晨鐘」般的話語，幫助我找到未來的方向。

相似 暮鼓朝鐘

噤若寒蟬

解釋 閉口不作聲，像冷天的知了那樣不能鳴叫。

出處 《後漢書．杜密傳》：「劉勝位為大夫，見禮上賓，而知善不薦，聞惡無言，隱情惜己，自同寒蟬，此罪人也。」

用法 形容不敢作聲。

例句 受虐兒面對專制凶暴的父親，嚇得全身發抖，「噤若寒蟬」。

相似 張口結舌

相反 暢所欲言

瞠目結舌

解釋 瞪著眼睛說不出話來。

出處 清．霽園主人《夜譚隨錄．梨花》：「因耳語其故，公子大駭，入艙隱叩細君，細君結舌瞠目。」

用法 形容非常驚訝、恐懼的樣子。

例句 馬戲團演員吞刀吐火的把戲，看得觀眾「瞠目結舌」。

相似 目瞪口呆

相反 應對如流

頭頭是道

解釋 佛教語。處處都存在著道。

出處 《續傳燈錄．慧力洞源禪師》：「方知頭頭皆是道。」

用法 本指所有的途徑都會歸向相同的目標。現多形容說話或做事有條有理。

例句 他因為曾在這方面做過深入的研究，所以才能講得「頭頭是道」。

相似 有條有理

相反 顛三倒四

應對如流（ㄧㄥˋ ㄉㄨㄟˋ ㄖㄨˊ ㄌㄧㄡˊ）

解釋 應答像流水一樣。

出處 《南史・徐勉傳》：「雖文案填積，坐客充滿，應對如流，手不停筆。」

用法 形容人答話非常敏捷、流利。

例句 面對外國人也能「應對如流」，是許多學習外語的人追求的目標。

相似 對答如流

相反 期期艾艾

舊調重彈（ㄐㄧㄡˋ ㄉㄧㄠˋ ㄔㄨㄥˊ ㄊㄢˊ）

解釋 陳舊的調子又彈了一遍。也說「老調重彈」。

用法 比喻把舊時的理論、主張重新提及或重新再做。

例句 那位候選人的政見不過是「老調重彈」，毫無新意。

相似 陳腔濫調

相反 推陳出新

繪聲繪影（ㄏㄨㄟˋ ㄕㄥ ㄏㄨㄟˋ ㄧㄥˇ）

解釋 既描繪了形貌又描繪了聲音。

出處 清・蕭山湘靈子《軒亭冤》題詩：「繪聲繪影樣翻新，描寫秋娘事事真。」

用法 形容敘述和描寫很生動逼真。

例句 他「繪聲繪影」的描述在叢林中的所見所聞，大夥都聽得入迷了。

相似 繪聲繪色

難言之隱（ㄋㄢˊ ㄧㄢˊ ㄓ ㄧㄣˇ）

解釋 難以說出的，藏在內心深處的事。

出處 清・吳趼人《二十年目睹之怪現狀》第七十七回：「總覺得無論何等人家，那家庭之中，總有許多難言之隱的。」

用法 指難以說出口的事情或原因。

例句 你不要怪他不幫忙，他可能有「難言之隱」。

相似 難以啟齒

相反 暢所欲言

鸚鵡學舌

解釋 鸚鵡學人說話。

出處 明．張岱《烈帝紀論》：「只因先帝用人太驟，殺人太驟……以故侍從之臣，止有唯唯否否，如鸚鵡學舌，隨聲附和而已耳。」

用法 比喻不經過思索，毫無主見的人云亦云。

例句 不要一味的「鸚鵡學舌」，人云亦云，我們想聽聽你的想法。

一人做事一人當

解釋 自己做的事自己承擔責任，不連累別人。

出處 《紅樓夢》九二回：「我只恨他為什麼這麼膽小！『一身做事一身當』，為什麼逃了呢？就是他一輩子不來，我也一輩子不嫁人的。」

用法 比喻承擔起責任，決不抵賴。

例句 對於這次的決策失誤，經理決定「一人做事一人當」，請上級處分。

相似 好漢做事好漢當

一毛不拔

解釋 連一根毫毛也不願意拔下來。

出處 《孟子．盡心上》：「楊子取為我，拔一毛而利天下，不為也。」

用法 比喻非常吝嗇自私。

例句 昨夜家裡遭小偷光顧，讓那位「一毛不拔」的富翁痛心不已。

相似 嗇財如命

相反 慷慨解囊

一視同仁

解釋 一律看成同樣的。

出處 唐．韓愈〈原人〉：

「是故聖人一視而同仁，篤近而舉遠。」

用法 表示對人不偏袒，一律同等看待。

例句 父母對孩子都「一視同仁」，並沒有偏心，是你太小心眼，想太多了。

相似 不分畛域

相反 厚此薄彼

一筆抹煞

解釋 用一支筆就將全部的優點或事實作廢。也作「一筆煞殺」。

用法 形容徹底否決別人的優點和努力。

例句 他過去政績卓著，不能因為犯了這個小錯而「一筆抹煞」。

相似 一筆勾銷

一飯千金

解釋 韓信封楚王後，拿千金贈當年送飯給他吃的老婦。

用法 比喻厚報他人的恩惠。

例句 「一飯千金」的事蹟，不應只發生在古代，現代人也要懂得報恩。

相似 一飯之恩

一意孤行

解釋 只照自己的意見去作。

出處 《史記・張湯列傳》：「公卿相造請禹，禹終不報謝，務在絕知友賓客之請，孤立行一意而已。」

用法 形容不理別人的意見，只依個人想法去做。

例句 他的失敗，完全是「一意孤行」造成，並不是親友沒有提出勸誡。

相似 獨斷獨行

相反 言聽計從

一網打盡

解釋 用一張網全部捉住。

出處 宋・魏泰《東軒筆錄》：「劉待制元瑜既彈蘇舜欽，而連坐者甚眾，同時俊彥為之一空。劉見宰相曰：『聊為相公一網打盡。』」

用法　比喻全部逮住或徹底的消滅。

例句　警方部署了大批人力，要將詐騙集團的首腦和歹徒「一網打盡」。

相似　一掃而空

相反　漏網之魚

七擒七縱（ㄑㄧ ㄑㄧㄣˊ ㄑㄧ ㄗㄨㄥˋ）

解釋　傳說三國時諸葛亮曾經七度生擒南蠻酋長孟獲，又七次釋放他，最後使孟獲真正心服，不再反叛。

出處　《三國演義》第九十回：「孟獲垂淚言曰：『七擒七縱，自古未嘗有也。吾雖化外之人，頗知禮義，直如此無羞恥乎？』」

用法　比喻有收有放的控制對方。

例句　他表面看來對孩子不加約束，其實是有「七擒七縱」的把握。

人情世故（ㄖㄣˊ ㄑㄧㄥˊ ㄕˋ ㄍㄨˋ）

解釋　人之常情，世間約定俗成的事理標準。

出處　明．楊基〈聞蟬〉：「人情世故看爛熟，皎不如污恭勝傲。」

用法　指為人處世的道理。

例句　出了社會，不能不懂得「人情世故」。

入室操戈（ㄖㄨˋ ㄕˋ ㄘㄠ ㄍㄜ）

解釋　進我的屋子，拿起我的武器來進攻我。

出處　《後漢書．鄭玄傳》：「時任城何休好《公羊》學，遂著《公羊墨守》、《左氏膏肓》、《穀梁廢疾》。（鄭）玄乃發《墨守》，鍼《膏肓》，起《廢疾》。休見而嘆曰：『康成入吾室，操吾戈以伐我乎！』」

用法　比喻就對方的論點來反駁對方。

例句　他「入室操戈」，一一駁斥對方論點的漏洞，讓對方啞口無言。

入境隨俗（ㄖㄨˋ ㄐㄧㄥˋ ㄙㄨㄟˊ ㄙㄨˊ）

解釋 到某地方就隨著某地的習慣。

出處 《禮記·曲禮》：「入竟（境）而問禁，入國而問俗。」

用法 指到一個新地方要問清楚當地的禁忌、習俗，順應當地的風俗習慣。

例句 出國旅遊，就是要「入境隨俗」，體驗當地的文化特色。

相似 入鄉問俗

八竿子打不著（ㄅㄚ ㄍㄢ ˙ㄗ ㄉㄚˇ ㄅㄨˋ ㄓㄠˊ）

解釋 就算用八支長竿子接起來也打不著、搆不到。

用法 比喻沒有任何關係。

例句 我跟他「八竿子打不著」，他出了問題怎麼來找我呢？

相似 八棍子撂不著

八面玲瓏（ㄅㄚ ㄇㄧㄢˋ ㄌㄧㄥˊ ㄌㄨㄥˊ）

解釋 八個方向都很明亮清澈。

出處 元·馬熙〈閣窗看雨〉：「八面玲瓏得月多。」

用法 本指窗戶潔亮。現多形容為人處事手腕圓滑，處事周密，面面俱到。

例句 「八面玲瓏」是身為公關人員必要的條件之一。

相似 左右逢源

三顧茅廬（ㄙㄢ ㄍㄨˋ ㄇㄠˊ ㄌㄨˊ）

解釋 三國時的諸葛亮隱居在隆中的茅廬裡，劉備為了請他出來幫助自己打天下，三次去拜訪，最後一次才見到諸葛亮。

出處 三國·諸葛亮〈出師表〉：「先帝不以臣卑鄙，猥自狂屈，三顧臣於草廬之中。」

用法 比喻誠心誠意的邀請人家。

例句 劉備「三顧茅廬」請出

諸葛亮的故事，是禮賢下士的著名典實。

相似 三請諸葛

下逐客令（ㄒㄧㄚˋ ㄓㄨˊ ㄎㄜˋ ㄌㄧㄥˋ）

解釋 下令要客人離去。

用法 比喻主人對不受歡迎的客人，明示或暗示對方快離開。

例句 主人已經「下逐客令」了，我們也應該識趣離開了吧！

千里鵝毛（ㄑㄧㄢ ㄌㄧˇ ㄜˊ ㄇㄠˊ）

解釋 從千里之外送來一片鵝毛。

出處 宋・蘇軾〈揚州以土物寄少游〉：「且同千里寄鵝毛，何用孜孜飲麋鹿。」

用法 比喻禮物雖不貴重但是情意深厚。

例句 「千里鵝毛」的深厚情誼，比貴重禮物更加感人。

相似 物薄情厚

相反 束帛加璧

小手小腳（ㄒㄧㄠˇ ㄕㄡˇ ㄒㄧㄠˇ ㄐㄧㄠˇ）

解釋 手和腳都小小的。是貶人的話。

用法 形容不敢大膽的放手去做。也形容為人小氣。

例句 「小手小腳」，扭扭捏捏的，不免讓人覺得不夠大方。

相似 畏畏縮縮

不分青紅皂白（ㄅㄨˋ ㄈㄣ ㄑㄧㄥ ㄏㄨㄥˊ ㄗㄠˋ ㄅㄞˊ）

解釋 不區分青色、紅色、黑色、白色。

用法 比喻不問是非，就貿然的採取行動。

例句 不問情由，「不分青紅皂白」的指責對方，實在太不理性了。

相似 不分皂白

相反 是非分明

不可一世（ㄅㄨˋ ㄎㄜˇ ㄧˊ ㄕˋ）

解釋 不認可、不推崇當時天下的任何人。

出處 宋・羅大經《鶴林玉

露》：「荊公少時，不可一世士。獨懷刺候濂溪，三及門而三辭焉。」

用法 本指不推崇當世任何人。現在多形容人非常狂妄自大，自以為最優秀，無人能比。

例句 他那「不可一世」的樣子，讓旁人都覺得太過狂妄了。

相似 目空一切

相反 虛懷若谷

不吃回頭草（ㄅㄨˋ ㄔ ㄏㄨㄟˊ ㄊㄡˊ ㄘㄠˇ）

解釋 諺語。馬不會回頭吃當初不想吃的草。

用法 比喻有骨氣的人，失利時也不會走回頭路。

例句 「不吃回頭草」是他的愛情觀。

相似 好馬不吃回頭草

不足掛齒（ㄅㄨˋ ㄗㄨˊ ㄍㄨㄚˋ ㄔˇ）

解釋 不值得放在口頭上。

出處 《水滸全傳》第八十七回：「宋江答道：『無能小將，不足掛齒。』」

用法 形容事情很渺小，不值得一提。

例句 這件事本來就是我應該做的，實在「不足掛齒」。

相似 微不足道

相反 大書特書

不看僧面看佛面（ㄅㄨˋ ㄎㄢˋ ㄙㄥ ㄇㄧㄢˋ ㄎㄢˋ ㄈㄛˊ ㄇㄧㄢˋ）

解釋 不看和尚的面子，也要看佛祖的面子。

用法 比喻求人照顧，給予面子。

例句 「不看僧面看佛面」，您就幫個忙吧！

不苟言笑（ㄅㄨˋ ㄍㄡˇ ㄧㄢˊ ㄒㄧㄠˋ）

解釋 不隨便談笑說話。

出處 《禮記．曲禮上》：「不苟笑」。

用法 形容一個人的態度莊嚴穩重。

例句 老師「不苟言笑」的態度，讓許多學生都非常懼怕。

相似 一本正經

相反 嘻皮笑臉

不屑一顧（ㄅㄨˋ ㄒㄧㄝˋ ㄧˊ ㄍㄨˋ）

解釋 不值得一看。

出處 清・章學誠《章氏遺書補遺・上朱大司馬論文》：「而昌黎之於史學，實無所解……其敘列古人，若屈、孟、馬、揚之流，直以太史百三十篇與相如、揚雄辭賦同觀，以至規矩方圓如孟堅，卓識別裁如承祚，而不屑一顧盼焉，安可以言史學哉！」

用法 形容對某事物看不起，認為不值得一看。

例句 他早已吃遍山珍海味，這道家常小菜，恐怕「不屑一顧」。

相似 嗤之以鼻

相反 另眼相看

不恥下問（ㄅㄨˋ ㄔˇ ㄒㄧㄚˋ ㄨㄣˋ）

解釋 不以向學問比自己差或職位比自己低的人請教為可恥。

出處 《論語・公冶長》：「敏而好學，不恥下問。」

用法 形容肯虛心的向別人請教、學習。

例句 市長「不恥下問」的親民作風，獲得許多好評。

相似 詢於芻蕘

相反 目空一切

不速之客（ㄅㄨˋ ㄙㄨˋ ㄓ ㄎㄜˋ）

解釋 沒有經過邀請而自己來的客人。

出處 《周易・需》：「有不速之客三人來，敬之終吉。」

用法 指意想不到的訪客。

例句 沒想到宴會上出現的「不速之客」，竟會帶來這麼讓人震驚的消息。

相似 不請自來

不遺餘力（ㄅㄨˋ ㄧˊ ㄩˊ ㄌㄧˋ）

解釋 不留下任何力量。

出處 《戰國策・趙策三》：「王曰：『秦之攻我也，不遺餘力矣，必以倦而歸也。』」

用法 形容毫無保留的使出全力。

例句 老先生濟弱扶貧「不遺餘力」，是此地有名的大善人。

相似 全力以赴

相反 拈輕怕重

五十步笑百步

解釋 向後跑了五十步的士兵，嘲笑跑了一百步的士兵很膽小。

出處 《孟子・梁惠王上》：「孟子對曰：『棄甲曳兵而走，或百步而後止，或五十步而後止。以五十步笑百步，則何如？』」

用法 比喻缺點或錯誤相同，只是輕或重的區別。

例句 你的成績不過才高我兩分而已，何必「五十步笑百步」呢？

五體投地

解釋 佛家語。兩肘、雙膝和頭部著地，是佛教中最隆重的儀式。

出處 《楞嚴經》卷一：「五體投地，長跪點掌，而白佛言。」

用法 比喻敬佩到極點。

例句 那位魔術師的完美演出，讓所有觀眾佩服得「五體投地」。

相似 心悅誠服

相反 不甘示弱

仁至義盡

解釋 仁愛和義氣都已經做到底了。

出處 《禮記・郊特牲》：「仁之至，義之盡也」。

用法 本指竭盡仁義之道。現多指對人的幫助和愛護已經做到最大的限度。

例句 我對他的照顧已經是「仁至義盡」了，他若自己不努力，我也沒辦法。

相似　情至意盡

勾心鬥角（ㄍㄡ ㄒㄧㄣ ㄉㄡˋ ㄐㄧㄠˇ）

解釋　心裡互相勾連或鬥爭。

出處　唐．杜牧《阿房宮賦》：「五步一樓，十步一閣。廊腰縵回，檐牙高啄。各抱地勢，鉤心鬥角。」

用法　本指宮室簷角互相勾連，結構精巧。現多比喻各耍心機，算計對方。

例句　公司職員間的「鉤心鬥角」，是老闆亟需解決的難題。

相似　明爭暗鬥

相反　坦誠相見

犬馬之勞（ㄑㄩㄢˇ ㄇㄚˇ ㄓ ㄌㄠˊ）

解釋　古時臣子對君主常自比為犬馬，表示願意如犬馬般為主人效勞。

出處　《三國演義》二十一回：「玄德曰：『公既奉詔討賊，備敢不效犬馬之勞？』」

用法　現多作謙詞用。表示心甘情願為別人效勞。

例句　我願效「犬馬之勞」，回報當初大家對我的幫助。

相似　犬馬之力

以牙還牙（ㄧˇ ㄧㄚˊ ㄏㄨㄢˊ ㄧㄚˊ）

解釋　別人打落你的牙齒，你也還手把他的牙齒打落。

出處　《舊約全書．申命記》十九章：「你眼不可顧惜，要以命償命，以眼還眼，以牙還牙，以手還手，以腳還腳。」

用法　比喻報復時針鋒相對的還擊對方。

例句　這樣「以牙還牙」，並不是解決事情的好方法。

相似　以眼還眼

相反　逆來順受

以毒攻毒（ㄧˇ ㄉㄨˊ ㄍㄨㄥ ㄉㄨˊ）

解釋　用毒藥治毒瘡等病。

出處　明．陶宗儀《輟耕錄》：「骨咄犀，蛇角也，其性至毒，而能解毒，蓋以毒攻毒也。」

用法 比喻用同樣惡毒的方法制服對方。

例句 她總認為，對付十惡不赦的壞人就應該「以毒攻毒」。

相似 以牙還牙

相反 反其道而行之

以德報怨（ㄧˇ ㄉㄜˊ ㄅㄠˋ ㄩㄢˋ）

解釋 以恩德來回報仇怨。

出處 《論語．憲問》：「或曰：『以德報怨，何如？』子曰：『何以報德？以直報怨，以德報德。』」

用法 比喻不計較，以恩德來報答別人對自己的仇怨。

例句 當年他「以德報怨」，如今竟受到敵人的幫助而脫困，真是感慨莫名。

相似 澆瓜之惠

相反 恩將仇報

以鄰為壑（ㄧˇ ㄌㄧㄣˊ ㄨㄟˊ ㄏㄨㄛˋ）

解釋 把鄰國當作大水坑，把本國的洪水排洩到那裡去。

出處 《孟子．告子下》：「禹之治水，水之道也。是故禹以四海為壑，今吾子以鄰國為壑。」

用法 比喻把困難或災禍轉嫁給別人。

例句 遠親不如近鄰，實在不應該「以鄰為壑」，把垃圾堆到別人家門口。

相似 委過於人

相反 代人受過

外圓內方（ㄨㄞˋ ㄩㄢˊ ㄋㄟˋ ㄈㄤ）

解釋 外表是圓的，內部是方的。

用法 比喻人外表平易近人，實際卻很認真嚴肅。

例句 他「外圓內方」的性格，受到上司的賞識。

相似 外柔內剛

奴顏婢膝（ㄋㄨˊ ㄧㄢˊ ㄅㄧˋ ㄒㄧ）

解釋 擺出奴婢的面容，卑躬屈膝。

出處 晉·葛洪《抱朴子·交際》：「以奴顏婢睞者為曉解當世。」

用法 形容人卑躬屈膝，討好巴結的醜態。

例句 正人君子絕對不會做出「奴顏婢膝」的行為。

相似 奴顏媚骨

相反 高風亮節

打好了江山殺韓信（ㄉㄚˇ ㄏㄠˇ ˙ㄌㄜ ㄐㄧㄤ ㄕㄢ ㄕㄚ ㄏㄢˊ ㄒㄧㄣˋ）

解釋 指劉邦稱帝，擁有江山後，呂后就使計殺了韓信。

用法 比喻成功後，就一腳踢開有功勞的人。

例句 他不是那種「打好了江山殺韓信」的人，請你們別惡意造謠，中傷人家。

相似 過河拆橋

相反 感恩圖報

甘拜下風（ㄍㄢ ㄅㄞˋ ㄒㄧㄚˋ ㄈㄥ）

解釋 心甘情願站在下位。

出處 《鏡花緣》第五十二回：「寧寧聽了，不覺連連點頭道：『如此議論，才見讀書人自有卓見，實是家學淵源，妹子甘拜下風。』」

用法 表示真心佩服，自認不如對方，甘願居於下位。

例句 您精湛的球技，令我「甘拜下風」，自嘆不如。

相似 五體投地

相反 不甘雌伏

亦步亦趨（ㄧˋ ㄅㄨˋ ㄧˋ ㄑㄩ）

解釋 人家慢走，就跟著慢走；人家快走，就跟著快走。

出處 《莊子·田子方》：「夫子步亦步，夫子趨亦趨」。

用法 形容處處模仿、追隨他人。

例句 那家公司穩站繪圖軟體研發的龍頭位置，其他廠商只能「亦步亦趨」。

相似 鸚鵡學舌

相反 獨闢蹊徑

休戚相關（ㄒㄧㄡ ㄑㄧ ㄒㄧㄤ ㄍㄨㄢ）

解釋 彼此之間的憂喜、禍福都有連帶關係。元．石君寶《曲江池》第四折：「全無一點休戚相關之意。」

用法 形容彼此的關係密切，利害一致。

例句 團體中成員的言行與整個團體的榮譽「休戚相關」，千萬不能大意。

相似 患難與共

相反 漠不相關

任勞任怨（ㄖㄣˋ ㄌㄠˊ ㄖㄣˋ ㄩㄢˋ）

解釋 擔當所有勞苦與別人的埋怨。

出處 漢．桓寬《鹽鐵論．刺權》：「蒙其憂，任其勞。」

用法 指人熱心負責，不辭勞苦，不怕埋怨。

例句 對於工作，他向來「任勞任怨」，總是盡己所能做到最好。

相似 埋頭苦幹

相反 好逸惡勞

同甘共苦（ㄊㄨㄥˊ ㄍㄢ ㄍㄨㄥˋ ㄎㄨˇ）

解釋 可以共享甘美，也可以共抗患難。

出處 《戰國策．燕策一》：「燕王吊死問生，與百姓同其甘苦。」

用法 比喻情感真摯，能同歡樂共患難。

例句 能夠「同甘共苦」的朋友，才是真朋友。

相似 同舟共濟

相反 明爭暗鬥

各人自掃門前雪，莫管他人瓦上霜（ㄍㄜˋ ㄖㄣˊ ㄗˋ ㄙㄠˇ ㄇㄣˊ ㄑㄧㄢˊ ㄒㄩㄝˇ，ㄇㄛˋ ㄍㄨㄢˇ ㄊㄚ ㄖㄣˊ ㄨㄚˇ ㄕㄤˋ ㄕㄨㄤ）

解釋 每個人只掃除自家門前的積雪，別管他人屋瓦上的霜雪。

用法 比喻只管自己的事，不肯幫助別人（含貶義）。

例句 現代社會人情冷漠，許多人都抱著「各人自掃門前雪，莫管他人瓦上霜」的心態。

相似 自私自利

相反 熱誠助人

各行其是（ㄍㄜˋ ㄒㄧㄥˊ ㄑㄧˊ ㄕˋ）

解釋 各人按自己的意見做。

出處 清·吳趼人《痛史》第二十一回：「我之求死，你之求生，是各行其是。」

用法 形容思想、行動不一致。

例句 組織裡的成員「各行其是」，不聽領導人指揮，怎麼能達成任務呢？

相似 各自為政

相反 同心協力

有教無類（ㄧㄡˇ ㄐㄧㄠˋ ㄨˊ ㄌㄟˋ）

解釋 教育學生不管他們的類別。

出處 《論語·衛靈公》：「子曰：『有教無類』」。

用法 比喻無論貧富貴賤，都一樣施予教育。

例句 「有教無類」是推行教育最基本的原則。

相似 一視同仁

相反 因人而異

自顧不暇（ㄗˋ ㄍㄨˋ ㄅㄨˋ ㄒㄧㄚˊ）

解釋 連自己都照顧不過來。

出處 《晉書·載記第三·劉曜》：「彼方憂自固，何暇來耶？」

用法 多指能力有限，無法幫助別人。

例句 我已經忙到「自顧不暇」了，哪有工夫去管別的閒事？

相似 不遑他顧

相反 行有餘力

吹毛求疵（ㄔㄨㄟ ㄇㄠˊ ㄑㄧㄡˊ ㄘ）

解釋 吹開皮膚上的毛去尋找小毛病。

出處 《韓非子·大體》：「不吹毛而求小疵。」

用法 比喻故意挑剔別人的缺點、錯誤。

例句 他已經盡力了，你就不要太「吹毛求疵」了。

相似 挑毛揀刺

相反 揚長避短

含沙射影（ㄏㄢˊ ㄕㄚ ㄕㄜˋ ㄧㄥˇ）

解釋 古代傳說中有一種叫蜮的動物，在水中含沙噴射人的影子，被射到的人就會生病。

出處 唐·白居易〈讀史〉：「含沙射人影，雖病人未知。」

用法 比喻暗中攻擊或陷害人。

例句 選舉時，那種「含沙射影」，造謠抹黑的伎倆，讓選民很反感。

相似 暗箭傷人

坐山觀虎鬥（ㄗㄨㄛˋ ㄕㄢ ㄍㄨㄢ ㄏㄨˇ ㄉㄡˋ）

解釋 坐在山頭觀看兩隻老虎互相爭鬥。也說「坐山看虎鬥」。

用法 比喻有人爭鬥時，採旁觀態度，等到兩敗俱傷時再從中獲利。

例句 有時候先「坐山觀虎鬥」，等適當時機再出手，反而更有利。

相似 冷眼旁觀

相反 拔刀相助

完璧歸趙（ㄨㄢˊ ㄅㄧˋ ㄍㄨㄟ ㄓㄠˋ）

解釋 藺相如將和氏璧完整無缺的送回趙國。

出處 《史記·藺相如傳》：「秦果換城，璧請留秦，果不換城，相如請以完璧歸趙。」

用法 比喻把原物完整的歸還原主。

例句 警方破獲竊盜集團大本營，終於讓那批古董「完璧歸趙」。

相似 物歸原主

相反 久假不歸

投桃報李（ㄊㄡˊ ㄊㄠˊ ㄅㄠˋ ㄌㄧˇ）

解釋 你給我桃子，我回報你李子。

出處 《詩經·大雅·抑》：「投我以桃，報之以李。」

用法 比喻彼此間互相贈答和回報。

例句　人與人之間禮尚往來、「投桃報李」，才能使情誼更長久。

相似　桃來李答

相反　水米無交

每飯不忘（ㄇㄟˇ ㄈㄢˋ ㄅㄨˋ ㄨㄤˋ）

解釋　指吃飯的時候都還會記起來。

出處　《漢書》：「漢文帝謂馮唐曰：『令吾每飯不忘，意未嘗不在鉅鹿也。』」

用法　比喻時時刻刻都會牢記內心。

例句　他「每飯不忘」要報答教練的栽培之恩。

肝膽相照（ㄍㄢ ㄉㄢˇ ㄒㄧㄤ ㄓㄠˋ）

解釋　對人忠誠，很真心。

出處　《兒女英雄傳》第十六回：「如今承老弟你問到這句話，我兩個一見氣味相投，肝膽相照，我可瞞不上你來。」

用法　比喻赤誠相見。

例句　能夠結交「肝膽相照」的朋友，是人間一大快事。

相似　赤誠相見

相反　假仁假義

見風轉舵（ㄐㄧㄢˋ ㄈㄥ ㄓㄨㄢˇ ㄉㄨㄛˋ）

解釋　看著風向來改變船帆的方向。也說「看風使帆」。

出處　《官場現形記》十九回：「別事見風使帆，再作道理。」

用法　比喻看機會或看人的臉色行事，沒有堅定的立場或原則。

例句　團體中總是有那種「見風轉舵」的牆頭草。

相似　看風使帆

卑躬屈膝（ㄅㄟ ㄍㄨㄥ ㄑㄩ ㄒㄧ）

解釋　對人彎腰下跪，特意討好。

用法　形容人沒有骨氣，對別人一味巴結奉承。

例句　我可是憑實力才得到這個職位，不曾做出「卑躬屈膝」的行為。

相似 低聲下氣

相反 不亢不卑

咄咄逼人（ㄉㄨㄛˋ ㄉㄨㄛˋ ㄅㄧ ㄖㄣˊ）

解釋 講出令人驚懼的話，使人難受。

出處 《世說新語．排調》：「殷有一參軍在坐，云：『盲人騎瞎馬，夜半臨深池。』殷云：『咄咄逼人。』」

用法 形容說話盛氣凌人，使人難堪。

例句 即使自己是對的，也應該理直氣和，而不是「咄咄逼人」。

相似 氣勢洶洶

相反 平易近人

夜郎自大（ㄧㄝˋ ㄌㄤˊ ㄗˋ ㄉㄚˋ）

解釋 邊境小國夜郎國的君主，以為自己的國家比漢朝的疆域還大。

用法 比喻見識短淺，妄自尊大。

例句 他實在太「夜郎自大」了，不過有一點小本領，就自吹自擂。

相似 妄自尊大

相反 妄自菲薄

幸災樂禍（ㄒㄧㄥˋ ㄗㄞ ㄌㄜˋ ㄏㄨㄛˋ）

解釋 慶幸別人有災難，對別人遭遇禍患感到開心。

出處 北齊．顏之推《顏氏家訓．誡兵》：「若居承平之世，睥睨官闈，幸災樂禍……比皆陷身滅族之本也。」

用法 形容看見別人遭受災禍不但不同情，反而高興。

例句 看到別人發生事故而「幸災樂禍」，是非常不厚道的。

相似 親痛仇快

相反 同病相憐

拔刀相助（ㄅㄚˊ ㄉㄠ ㄒㄧㄤ ㄓㄨˋ）

解釋 拔出刀來幫忙。

出處 元．馬致遠《陳摶高

臥》：「每縱酒，路見不平，拔刀相助。」」

用法 形容見義勇為，幫助有困難的人。

例句 幸虧他「拔刀相助」，捐了一大筆錢，球隊才有足夠的經費出國比賽。

相似 見義勇為

相反 見死不救

拋到九霄雲外

解釋 拋到九重天之外無限遠的地方。

用法 比喻忘得一乾二淨。

例句 望見眼前山青水綠的美景，所有煩惱都「拋到九霄雲外」去了。

狗仗人勢

解釋 狗仗著主人的威勢對人狂吠。

出處 《紅樓夢》第七十四回：「你就狗仗人勢，天天作耗，在我們跟前逞臉。」

用法 比喻走狗、奴才仗著主人的權勢欺壓他人。

例句 那種「狗仗人勢」的傢伙，最令人厭惡。

相似 狐假虎威

狐假虎威

解釋 狐狸利用老虎的威勢嚇走其他動物。

用法 比喻借別人的威勢來恐嚇其他人。

例句 最近總有小混混打著知名黑幫的旗號「狐假虎威」，勒索商家。

相似 狗仗人勢

肥水不落外人田

解釋 好處不留給別人。

用法 比喻不讓外人占到便宜。

例句 他是「肥水不落外人田」，有什麼好處，外人別想分到一杯羹。

相似 肥水不過別人田

門戶之見

解釋 派別之間的偏見。

出處　清・錢大昕《十駕齋養新錄》卷七：「朱文公意尊洛學，故於蘇氏門人，有意貶抑，此門戶之見，非是非之公也。」

用法　指對不同派別的見解，常會有不以為然的看法。

例句　唯有摒除「門戶之見」，吸取他人之長，才能越來越進步。

相似　一家之見

前倨後恭（ㄑㄧㄢˊ ㄐㄩˋ ㄏㄡˋ ㄍㄨㄥ）

解釋　先前傲慢無禮，之後又謙卑恭敬。

出處　《史記・蘇秦列傳》：「蘇秦笑謂其嫂曰：『何前倨而後恭也？』」

用法　譏笑待人勢利，態度轉變迅速的人。

例句　網友們在討論板上，抱怨某些餐廳的服務生，「前倨後恭」的待客態度。

相似　前倨後卑

厚此薄彼（ㄏㄡˋ ㄘˇ ㄅㄛˊ ㄅㄧˇ）

解釋　重視或優待一方，而輕視冷淡另一方。

出處　《梁書・賀琛傳》：「並欲薄于此而厚于彼，此服雖降，彼服則隆。」

用法　形容對彼此待遇截然不同。

例句　老師對所有學生都一視同仁，平等對待，絕不會「厚此薄彼」。

相似　揀佛燒香

相反　一視同仁

既往不咎（ㄐㄧˋ ㄨㄤˇ ㄅㄨˋ ㄐㄧㄡˋ）

解釋　事情過去就不再追究。也說「不咎既往」。

出處　《論語・八佾》：「成事不說，遂事不諫，既往不咎。」

用法　指對已經過去的事不再追究責備。

例句　主廚寬宏大量，「既往不咎」，讓犯錯的實習生非常感激。

相似　寬大為懷

相反　嚴懲不貸

春風化雨（ㄔㄨㄣ ㄈㄥ ㄏㄨㄚˋ ㄩˇ）

解釋　和煦的春風、滋潤的夏雨能育養萬物。

用法　比喻良好教育的普及。現也常用來稱頌師長的恩澤深厚，教誨不倦。

例句　教師的「春風化雨」，讓滿園桃李都蒙受恩澤。

相似　春風夏雨

相反　誤人子弟

看風使舵（ㄎㄢˋ ㄈㄥ ㄕˇ ㄉㄨㄛˋ）

解釋　順著風向轉變船舵的方向。也說「看風使帆」。

出處　宋・釋普濟《五燈會元・圓通禪師》：「看風使帆，正是隨波逐浪。」

用法　比喻見機行事，隨機應變。

例句　「看風使舵」的性格，幫助他在競爭激烈的商場謀得一席之地。

相似　見機行事

相反　刻舟求劍

穿針引線（ㄔㄨㄢ ㄓㄣ ㄧㄣˇ ㄒㄧㄢˋ）

解釋　引著縫線穿過針孔。

用法　比喻在中間擔任聯絡、拉攏的工作。

例句　多謝您熱心的從中「穿針引線」，我才能得到這份好工作。

相似　搭橋引線

相反　挑撥離間

赴湯蹈火（ㄈㄨˋ ㄊㄤ ㄉㄠˋ ㄏㄨㄛˇ）

解釋　即使是滾燙的水、熾熱的火，也敢於去踐踏。

出處　《三國演義》第二十三回：「雖赴湯蹈火，一唯所命。」

用法　比喻冒險犯難，不害怕艱險。

例句　消防隊員都要有「赴湯蹈火」的心理準備，隨時拯救民眾脫離危難。

相似　水火不辭

相反　偷生惜死

面面俱到

解釋 各個方面都注意或照顧周全，沒有遺漏。

出處 《官場現形記》第五十五回：「但是據你剛才所說，究不夠面面俱到，總得斟酌一個兩全的法子才好。」

用法 形容辦事非常周全。或形容做人很圓滑。

例句 做事要考慮周詳，不衝動行事，才能夠「面面俱到」。

相似 八面玲瓏

相反 掛一漏萬

飛揚跋扈

解釋 放縱驕蠻的樣子。

出處 《北史．齊高祖紀》：「（侯）景專制河南十四年矣，常有飛揚跋扈志。」

用法 本指意氣舉動超越常軌，不受約束。現多指人態度蠻橫放肆，目中無人。

例句 他才華橫溢、少年得志，卻不免「飛揚跋扈」，引人側目。

相似 專橫跋扈

相反 循規蹈矩

俯首帖耳

解釋 像狗見了主人那樣低頭貼著耳朵。

出處 唐．韓愈〈應科目時與人書〉：「若俯首帖耳，搖尾而乞憐者，非我之志也。」

用法 形容卑躬屈膝，馴服順從的樣子。

例句 那種「俯首帖耳」、逢迎巴結的醜態，正人君子不屑為之。

相似 百依百順

相反 桀驁不馴

借花獻佛

解釋 用借來的花敬獻佛祖。

出處 元．無名氏《殺狗勸夫》楔子：「既然哥哥有酒，我們借花獻佛，與哥哥上壽咱。」

用法 比喻用別人的東西送給其他人，做順水人情。

例句 他不過是「借花獻佛」罷了，其實這些東西不是他準備的。

相似 順水人情

相反 借刀殺人

倒屣相迎（ㄉㄠˋ ㄒㄧˇ ㄒㄧㄤ ㄧㄥˊ）

解釋 倒穿著鞋子出來迎接客人。

出處 《三國志．魏志．王粲傳》：「時邕才學顯著，貴重朝廷，常車騎填巷，賓客盈坐。聞粲在門，倒屣迎之。」

用法 形容熱情歡迎客人。

例句 爸爸「倒屣相迎」，熱情歡迎剛從美國學成歸來的好朋友。

相似 倒屣而迎

剛愎自用（ㄍㄤ ㄅㄧˋ ㄗˋ ㄩㄥˋ）

解釋 強硬固執，只憑自己的主觀意識行事。

出處 《金史．赤盞合喜傳》：「性剛愎，好自用。」

用法 指人性情強硬任性，不肯接受別人的勸告。

例句 身為領導人，千萬不可以「剛愎自用」，必須廣納諫言才是。

相似 獨斷專行

相反 從善如流

師心自用（ㄕ ㄒㄧㄣ ㄗˋ ㄩㄥˋ）

解釋 以心為師，只相信自己。也說「師心自任」。

出處 唐．陸贄〈奉天請數對群臣兼許令論事狀〉：「又況不及中方，師心自用，肆於上人，以遂非拒諫，孰有不危者乎？」

用法 形容固執己見，自以為是。

例句 「師心自用」的人，做事容易出現盲點，反而不容易成功。

相似　剛愎自用

相反　從善如流

息事寧人

解釋　平息事端，使人安寧。

出處　《後漢書．章帝紀》：「冀以息事寧人，敬奉天氣。」

用法　本指執政時不製造勢端，騷擾百姓。現多指盡量把事情平息下來。

例句　這件事，應該要弄清楚始末根由、誰是誰非，不能一味「息事寧人」。

相似　排難解紛

相反　煽風點火

息息相關

解釋　呼吸是一呼一吸，接連不斷的。

出處　清．蔣士銓《第二碑．書表》：「昭明太子為我撰成墓表，仍求吳姐書丹，恰好上仙亦至，可見三人息息相關。」

用法　形容彼此關係密切。

例句　陽光、空氣、水和土地，與人類的生活「息息相關」，密不可分。

相似　休戚相關

相反　無關痛癢

拿了雞毛當令箭

解釋　拿普通的雞毛，當作可以用來發布命令的旗子。

出處　清．李漁《巧團圓．全節》：「（末持令箭上）小小一枝箭，發出如雷電，陵谷轉滄桑，世界須臾變。」

用法　比喻以假代真、以小充大來發號施令，嚇唬別人。

例句　他這樣「拿了雞毛當令箭」的行為，引起多數人的不滿。

桃李滿門

解釋　到處栽培桃樹和李樹。

用法　比喻一個人栽培許多學生或優秀人才，到處都有學生。

例句　當老師最開心的就是「桃李滿門」，到處都有自己教育出來的學生。

相似　桃李滿天下

相反　誤人子弟

逆來順受（ㄋㄧˋ ㄌㄞˊ ㄕㄨㄣˋ ㄕㄡˋ）

解釋　逆境來了不加抗拒的承受。

出處　《張協狀元》第十二齣：「張協只仗托詩書，奴家唯憑針指，逆來順受，須有通時。」

用法　形容忍受惡劣的環境或無理的待遇，不加抗拒。

例句　你應該改變這種「逆來順受」的態度，工作量才不會一直增加。

相似　委曲求全

相反　以牙還牙

退避三舍（ㄊㄨㄟˋ ㄅㄧˋ ㄙㄢ ㄕㄜˋ）

解釋　重耳退兵九十里，禮讓楚國。

出處　《左傳．僖公二十三年》：「重耳說：『晉楚治兵，遇於中原，其辟君三舍。』」

用法　比喻處處讓步，或迴避不與對方相爭。

例句　面對被颱風吹斷的樹幹，所有駕駛都「退避三舍」。

相反　當仁不讓

唯命是從（ㄨㄟˊ ㄇㄧㄥˋ ㄕˋ ㄘㄨㄥˊ）

解釋　只要吩咐便聽從。

出處　《左傳．昭公十二年》：「今周與四國，服事君王，將唯命是從，豈其愛鼎！」

用法　形容完全聽從命令，絲毫不敢反抗。

例句　在我們這個團體，有意見可以互相討論協調，不必「唯命是從」。

相似　言聽計從

相反　我行我素

推己及人（ㄊㄨㄟ ㄐㄧˇ ㄐㄧˊ ㄖㄣˊ）

解釋　用自己的心意推想別人

的心意。

出處 宋．朱熹〈與范直閣書〉：「學者之於忠恕，未免參校彼己，推己及人則宜。」

用法 形容替人著想。

例句 做人要懂得「推己及人」，不能光只顧著自己的利益。

相似 易地而處

推三阻四（ㄊㄨㄟ ㄙㄢ ㄗㄨˇ ㄙˋ）

解釋 再三的推卻。

出處 元．無名氏《鴛鴦被》第一折：「非是我推三，推三阻四；這事情應難，應難造次。」

用法 形容假借各種藉口來推托、阻撓。

例句 既然大家一致推選你為代表，你就別再「推三阻四」了。

相似 千推萬阻

相反 當仁不讓

推心置腹（ㄊㄨㄟ ㄒㄧㄣ ㄓˋ ㄈㄨˋ）

解釋 把自己赤誠的心，置於別人的腹中。

出處 《東觀漢記．光武帝紀》：「蕭王推赤心置人腹中，安得不投死！」

用法 比喻以真心誠意待人。

例句 唯有對人「推心置腹」，才能換來別人的坦誠相待。

相似 肝膽相照

相反 鉤心鬥角

眾叛親離（ㄓㄨㄥˋ ㄆㄢˋ ㄑㄧㄣ ㄌㄧˊ）

解釋 群眾和親人都背離他。

用法 形容不得人心，陷於孤立困境。

例句 那個政客機關用盡，落得「眾叛親離」，足以為其他人借鏡。

相似 舟中敵國

相反 歸之若水

眾星捧月（ㄓㄨㄥˋ ㄒㄧㄥ ㄆㄥˇ ㄩㄝˋ）

解釋 許多星星環繞著月亮。也說「眾星拱月」。

出處　宋・釋普濟《五燈會元・普覺禪師》：「稽首不可思議事，喻若眾星拱明月。」

用法　比喻許多東西圍繞著一個中心，或許多人共同簇擁著一個人。

例句　從「眾星捧月」到眾叛親離，這樣巨大的變化讓那位官員難以承受。

相似　眾星拱辰

相反　眾叛親離

眼中釘，肉中刺（ㄧㄢˇ ㄓㄨㄥ ㄉㄧㄥ，ㄖㄡˋ ㄓㄨㄥ ㄘˋ）

解釋　眼中的釘子，肉裡的尖刺。也說「肉中刺，眼中釘」。

出處　《紅樓夢》第八十回：「快叫個人牙子來，多少賣幾兩銀子，拔去肉中刺，眼中釘，大家過太平日子。」

用法　比喻非常厭惡、痛恨的人。

例句　妒才嫉賢的人，都把比自己優秀者視做「眼中釘，肉中刺」。

移樽就教（ㄧˊ ㄗㄨㄣ ㄐㄧㄡˋ ㄐㄧㄠˋ）

解釋　帶著酒杯移坐到別人席上共飲，就近請教。

出處　《鏡花緣》第二十四回：「老者道：『雖承雅愛，但初次見面，如何就要叨擾！』多九公道：『也罷，我們移樽就教罷。』」

用法　比喻主動向別人請教。

例句　部長經常「移樽就教」、不恥下問，謙虛的態度令人佩服。

粗枝大葉（ㄘㄨ ㄓ ㄉㄚˋ ㄧㄝˋ）

解釋　粗的枝條大片的葉子。

出處　《朱子語錄》：「書序不是孔安國做，漢文粗枝大葉，全書序細膩，只似六朝時人文字。」

用法　本比喻簡略或概括。現多指人做事粗略不細心、不認真、不深入。

例句　他做事一向「粗枝大葉」，當然不會注意到這麼細微的事情。

相似 馬馬虎虎

相反 一絲不苟

脣亡齒寒（ㄔㄨㄣˊ ㄨㄤˊ ㄔˇ ㄏㄢˊ）

解釋 嘴脣沒了，牙齒就會感到寒冷。也作「唇亡齒寒」。

出處 《左傳・僖公五年》：「晉侯復假道於虞以伐虢。宮之奇諫曰：『虢，虞之表也；虢亡，虞必從之……諺所謂「輔車相依，脣亡齒寒」者，其虞虢之謂也。』」

用法 比喻彼此的關係密不可分。

例句 這兩個鄰近社區，一向有著「脣亡齒寒」的密切關係。

相似 休戚相關

相反 風馬牛不相及

袖手旁觀（ㄒㄧㄡˋ ㄕㄡˇ ㄆㄤˊ ㄍㄨㄢ）

解釋 把手縮在袖子裡，在一旁觀看。

出處 唐・韓愈〈祭柳子厚文〉：「巧匠旁觀，縮手袖間。」

用法 比喻置身事外，不加干涉或協助。

例句 路人「袖手旁觀」的態度，讓被車撞傷的母子十分心寒。

相似 作壁上觀

相反 拔刀相助

責無旁貸（ㄗㄜˊ ㄨˊ ㄆㄤˊ ㄉㄞˋ）

解釋 不推卸責任給旁人。

出處 《兒女英雄傳》第十回：「講到護送，除了自己一身之外，責無旁貸者再無一人。」

用法 表示自己應盡的責任，絕不推卸給旁人。

例句 將孩子導向正途，為人師長者「責無旁貸」。

相似 義不容辭

相反 推三阻四

通情達理（ㄊㄨㄥ ㄑㄧㄥˊ ㄉㄚˊ ㄌㄧˇ）

解釋 通曉常情和道理。

出處 清・李海觀《歧路燈》第八十五回：「祇因民間有萬不通情達理者，遂爾家有殊俗。」

用法 形容說話、行事合乎情理。

例句 「通情達理」的人，一定不會計較這些枝微末節的事情。

相似 合情合理

相反 不近人情

雪中送炭（ㄒㄩㄝˇ ㄓㄨㄥ ㄙㄨㄥˋ ㄊㄢˋ）

解釋 在風雪之中為人送去炭火。

出處 宋・范成大〈大雪送炭與芥隱〉：「不是雪中須送炭，聊裝風景要詩來。」

用法 比喻在別人有急難的時候給予幫助。

例句 眾人多是錦上添花，鮮少「雪中送炭」。

相反 趁火打劫

鳥盡弓藏（ㄋㄧㄠˇ ㄐㄧㄣˋ ㄍㄨㄥ ㄘㄤˊ）

解釋 鳥打光了，彈弓就收藏起來了。

出處 《史記・越王句踐世家》：「蜚（飛）鳥盡，良弓藏；狡兔死，走狗烹。」

用法 比喻成功後，把有功勞的人拋棄或殺害。

例句 凡「鳥盡弓藏」、兔死狗烹的行為，都是那種忘恩負義，不知道感恩的人。

相似 兔死狗烹

相反 論功行賞

麻木不仁（ㄇㄚˊ ㄇㄨˋ ㄅㄨˋ ㄖㄣˊ）

解釋 肢體麻木，沒有感覺。

出處 《兒女英雄傳》第二十七回：「天下作女孩兒的，除了那班天日不懂麻木不仁的姑娘外，是個女兒便有個女兒情態。」

用法 比喻漠不關心。

例句 眼看別人遭遇災難，你卻「麻木不仁」，見死不救，實在太沒有同情心了。

相似 無動於衷

喧賓奪主 ㄒㄩㄢ ㄅㄧㄣ ㄉㄨㄛˊ ㄓㄨˇ

解釋 客人的喧鬧聲蓋過主人的聲音。

用法 比喻客人奪去主人的丰采。或指外來、次要的事物占據了原來、主要事物的位置。

例句 主持人在婚禮上又唱又跳，大秀才藝，真是「喧賓奪主」。

相似 反客為主

循循善誘 ㄒㄩㄣˊ ㄒㄩㄣˊ ㄕㄢˋ ㄧㄡˋ

解釋 有次序的引導。

出處 《論語·子罕》：「夫子循循然，善誘人。」

用法 表示善於有步驟的引導，教育很有一套。

例句 多虧老師當年的「循循善誘」，我才有今日傲人的成績。

相似 諄諄教誨

相反 誤人子弟

無可厚非 ㄨˊ ㄎㄜˇ ㄏㄡˋ ㄈㄟ

解釋 不必過分的責備。

出處 《漢書·王莽傳中》：「曰：（馮）英亦未可厚非。」

用法 形容一個人因為某些原因犯了小錯誤，有值得諒解的地方，不必過分苛責。

例句 你才剛學手拉坯，成品難免有些小瑕疵，其實也是「無可厚非」。

相似 無可非議

畫地自限 ㄏㄨㄚˋ ㄉㄧˋ ㄗˋ ㄒㄧㄢˋ

解釋 在地上畫一個範圍，自己限制自己。

用法 形容某個人本來可以做得更好，卻把自己限定在某個範圍內，不求上進。

例句 人生最悲哀的，不是有遙不可及的夢想，而是「畫地自限」。

相似 畫地為牢

畫蛇添足 ㄏㄨㄚˋ ㄕㄜˊ ㄊㄧㄢ ㄗㄨˊ

解釋 畫好了蛇，再為蛇畫上

腳。

用法　比喻多此一舉，弄巧成拙。

例句　這幅油畫作品已經很完美了，不需要再「畫蛇添足」。

相似　多此一舉

相反　恰如其分

等量齊觀（ㄉㄥˇ ㄌㄧㄤˋ ㄑㄧˊ ㄍㄨㄢ）

解釋　同等估量，同樣看待。

用法　對所有的事物不問性質、不分輕重的同等看待。

例句　這個秋颱來勢洶洶，決不能和前兩個小颱風「等量齊觀」。

相似　一視同仁

相反　另眼相看

結草銜環（ㄐㄧㄝˊ ㄘㄠˇ ㄒㄧㄢˊ ㄏㄨㄢˊ）

解釋　春秋時，夢中老人把草打結絆倒敵將，報了魏顆不讓女兒陪葬的恩德。東漢時，黃雀送來白玉環，感謝楊寶的救命之恩。也說「銜環結草」。

用法　比喻報答別人的恩情，至死不忘。

例句　海上救難隊冒著風浪出勤，讓從觸礁船隻上被救出的人員，感激得直說要「結草銜環」來報答。

相似　感恩圖報

相反　忘恩負義

虛與委蛇（ㄒㄩ ㄩˇ ㄨㄟ ㄧˊ）

解釋　假意、隨便應付。

出處　《莊子．應帝王》：「鄉吾示之以未始出吾宗，吾與之虛而委蛇。」

用法　指假意周旋，勉強敷衍、應酬。

例句　遇到難纏的客人，服務生只能「虛與尾蛇」一番，再報請店長處理。

相似　虛與周旋

相反　開誠相見

越俎代庖（ㄩㄝˋ ㄗㄨˇ ㄉㄞˋ ㄆㄠˊ）

解釋　主祭的、贊禮的人跨過禮器去代替廚師辦酒席。

出處 《莊子．逍遙遊》：「庖人雖不治庖，尸、祝不越樽俎而代之矣。」

用法 比喻逾越自己的職務去替代他人做事。

例句 你這種「越俎代庖」的行為，是無法讓新人學會獨當一面的。

相似 牝雞司晨

相反 各司其事

開誠布公（ㄎㄞ ㄔㄥˊ ㄅㄨˋ ㄍㄨㄥ）

解釋 敞開胸懷，揭示誠意。

出處 《三國志．蜀志．諸葛亮傳》：「諸葛亮之為相國也……開誠心，布公道。」

用法 形容態度誠懇，坦白無私的說出看法。

例句 這次會議中，因為大家都能「開誠布公」的表達意見，所以進行得非常順利。

相似 開誠相見

相反 爾虞我詐

陽奉陰違（ㄧㄤˊ ㄈㄥˋ ㄧㄣ ㄨㄟˊ）

解釋 表面遵從，暗地違背。

出處 明．范景文〈革大戶行招募疏〉：「如有日與胥徒比而陽奉陰違，名去實存者，斷以白簡隨其後。」

用法 指人表裡不一，表面遵從，暗地違背。

例句 他過去「陽奉陰違」的行為，被老闆知道了，也立即受到懲處。

相似 口是心非

相反 表裡如一

順水推舟（ㄕㄨㄣˋ ㄕㄨㄟˇ ㄊㄨㄟ ㄓㄡ）

解釋 順著水流推進小舟。也說「順水推船」。

出處 元．康進之《李逵負荊》第三折：「你休得順水推舟，偏不許我過河拆橋。」

用法 比喻順勢或利用機會達成某種目的。

例句 何必一定要硬碰硬，來個因風轉舵、「順水推舟」不是更省事？

相似 因利乘便

例句 逆風撐船

飲水思源

解釋 喝水時要想到水源。

出處 北周．庾信〈征調曲〉：「飲其流者懷其源。」

用法 比喻不忘本。

例句 俗語說，吃果子，拜樹頭——這就是「飲水思源」的道理。

相似 不忘溝壑

相反 數典忘祖

傾筐倒篋

解釋 把裝在竹器和箱子裡的東西，統統傾倒出來，招待客人。

用法 比喻盡其所有，絲毫不保留。也指將物品全部倒出來，一一檢查。

例句 我已經「傾筐倒篋」的表達自己的想法，現在該聽聽你的意見了。

嗤之以鼻

解釋 從鼻子中發出冷笑聲。

出處 清．頤瑣《黃繡球》第七回：「其初在鄉自立一學校，說於鄉，鄉人笑之；說於市，市人非之；請於巨紳貴族，更嗤之以鼻。」

用法 形容瞧不起他人。

例句 哥哥對於不做垃圾分類的人，總是「嗤之以鼻」。

相似 不屑一顧

相反 另眼相看

感恩圖報

解釋 感謝別人曾經施予的恩惠，想辦法來回報對方。

用法 比喻設法報答別人對自己的恩情。

例句 他不知「感恩圖報」，反而過河拆橋，實在太忘恩負義了。

相似 一飯千金

相反 忘恩負義

搭在籃裡便是菜

解釋 放在籃子裡的就是菜

肴。

用法 比喻不挑不揀，只要到手就可以。

例句 爸爸一向煮什麼就吃什麼，「搭在籃子裡便是菜」，一點也不挑剔。

相反 挑三揀四

搖尾乞憐（ㄧㄠˊ ㄨㄟˇ ㄑㄧˇ ㄌㄧㄢˊ）

解釋 狗搖著尾巴向主人乞求愛憐。

出處 唐・韓愈〈應科目時與人書〉：「若俛首帖耳，搖尾而乞憐者，非我之志也。」

用法 形容卑躬屈膝的逢迎、諂媚別人，希望得到一點好處。

例句 那些常在大官身旁「搖尾乞憐」的人，最後居然都高升了。

相似 乞哀告憐

當仁不讓（ㄉㄤ ㄖㄣˊ ㄅㄨˋ ㄖㄤˋ）

解釋 遇到仁義的事情不會推讓。

出處 《論語・衛靈公》：「當仁不讓於師。」

用法 表示遇到該做的事，就積極、主動的去做，並不推辭。

例句 我最擅長寫書法，這次代表班上參加比賽，自然「當仁不讓」。

相似 義不容辭

相反 推三阻四

睚眥必報（ㄧㄞˊ ㄗˋ ㄅㄧˋ ㄅㄠˋ）

解釋 被人瞪一眼都要報復。

出處 《史記・范睢蔡澤列傳》：「一飯之德必償，睚眥之怨必報。」

用法 比喻任何一點小事都要報復。

例句 小心不要得罪「睚眥必報」的人，以免禍患無窮。

相似 睚眥殺人

相反 豁達大度

置之度外（ㄓˋ ㄓ ㄉㄨˋ ㄨㄞˋ）

解釋 放在考慮之外。

用法 指不列入考慮中，也就是不放在心上。

例句 那些搶救核電廠輻射外洩的勇士，早就將個人生死「置之度外」了。

相似 置之腦後

相反 耿耿於懷

置若罔聞

ㄓˋ ㄖㄨㄛˋ ㄨㄤˇ ㄨㄣˊ

解釋 放在一邊不加理睬，好像沒有聽見。

出處 《七俠五義》五十九回：「北俠卻毫不介意，置若罔聞。」

用法 形容不理不睬。

例句 學生對自己的諄諄規勸「置若罔聞」，讓老師十分難過。

相似 置之不理

落井下石

ㄌㄨㄛˋ ㄐㄧㄥˇ ㄒㄧㄚˋ ㄕˊ

解釋 有人落在井裡，不去搭救，反而向井裡扔石頭。也說「投井下石」。

出處 唐．韓愈〈柳子厚墓志銘〉：「落陷阱，不一引手救，反擠之，又下石焉者，皆是也。」

用法 比喻乘人危急的時候加以陷害。

例句 這次他失勢，你就急著撤走資金，「落井下石」，未免太過份了。

相似 下井投石

相反 雪中送炭

解衣推食

ㄐㄧㄝˇ ㄧ ㄊㄨㄟ ㄕˋ

解釋 把自己的衣服脫下來給別人穿，把自己的食物讓給別人吃。

出處 《史記．淮陰侯列傳》：「漢王授我上將軍印，予我數萬眾，解衣衣我，推食食我。」

用法 形容對別人極為關懷，慷慨助人。

例句 育幼院的孩童都很感謝院長和義工們，「解衣推食」的照顧。

相似 樂善好施

相反 漠不關心

過河拆橋

解釋 過了河便拆掉橋。

出處 《元史·徹里帖木兒傳》：「治書侍御史普化誚（許）有壬曰：『參政可謂過河拆橋者矣。』」

用法 比喻利用他人達到目的後，便把那人一腳踢開。

例句 他是那種「過河拆橋」的人，達到目的就翻臉不認人了。

相似 過橋抽板

相反 知恩報恩

隔岸觀火

解釋 對岸失火，隔河觀望。

用法 比喻對別人的危難不加援救，而在一旁觀望。

例句 看見朋友陷入困境，你怎能「隔岸觀火」，無動於衷呢？

相似 袖手旁觀

相反 拔刀相助

寧可信其有，不可信其無

解釋 寧可相信會發生，也不要相信絕不會發生。

用法 勸人對於無法判斷的事物，不可斷然否認。

例句 「寧可信其有，不可信其無」，對於那些科學無法解釋的現象，還是不要太鐵齒才好。

察言觀色

解釋 仔細觀察他人的臉色、言行。

出處 《論語·顏淵》：「察言而觀色，慮以下人。」

用法 指觀察別人的言語和臉色來推測對方的心意。

例句 剛到一個新環境，必須懂得「察言觀色」，避免招惹事端。

相似 鑒貌辨色

爾虞我詐

解釋 你騙我，我騙你。也說「爾詐我虞」。

出處 《左傳・宣公十五年》：「我無爾詐，爾無我虞。」

用法 形容人心險惡，互相欺騙，玩弄手段。

例句 團體內部成員「爾虞我詐」、勾心鬥角，就會分散向心力。

相似 勾心鬥角

相反 肝膽相照

綿裡針，肉裡刺（ㄇㄧㄢˊ ㄌㄧˇ ㄓㄣ，ㄖㄡˋ ㄌㄧˇ ㄘˋ）

解釋 藏在綿絮裡的針，皮肉裡的尖刺。

用法 比喻外表和善，內心險惡狠毒。

例句 那一種「綿裡針，肉裡刺」，愛耍手段的人，最讓人難以提防。

相似 口蜜腹劍

相反 表裡如一

誨人不倦（ㄏㄨㄟˋ ㄖㄣˊ ㄅㄨˋ ㄐㄩㄢˋ）

解釋 教導別人，不知疲倦。

出處 《論語・述而》：「默而識之，學而不厭，誨人不倦，何有於我哉！」

用法 形容樂於教導人而不知疲勞。

例句 老師有教無類，「誨人不倦」，培育了許多優秀的人才。

相似 諄諄善誘

相反 不教而誅

賓至如歸（ㄅㄧㄣ ㄓˋ ㄖㄨˊ ㄍㄨㄟ）

解釋 客人到這裡就像回到自己的家一樣自在。

出處 《左傳・襄公三十一年》：「賓至如歸，無寧菑患，不畏盜寇，而亦不患燥濕。」

用法 形容招待客人非常的周到。

例句 這間服務親切的民宿，讓遊客有「賓至如歸」的感受，因此生意興隆。

相似 掃榻以待

相反 拒之門外

敷衍塞責（ㄈㄨ ㄧㄢˇ ㄙㄜˋ ㄗㄜˊ）

解釋 做事不認真，只會搪塞責任。

用法 形容做事苟且草率，不負責任，只是應付了事。

例句 出了問題只會「敷衍塞責」的人，最難以共事。

相似 敷衍了事

相反 一絲不苟

暴虎馮河（ㄅㄠˋ ㄏㄨˇ ㄆㄧㄥˊ ㄏㄜˊ）

解釋 赤手空拳打猛虎，徒步涉水過河。

出處 《詩經・小雅・小旻》：「不敢暴虎，不敢馮河。」

用法 比喻有勇無謀，僅憑血氣之勇冒險行事。

例句 智者行事靠計謀取勝；愚者行為多「暴虎馮河」，莽撞衝動。

相似 有勇無謀

親痛仇快（ㄑㄧㄣ ㄊㄨㄥˋ ㄔㄡˊ ㄎㄨㄞˋ）

解釋 讓親近的人感到痛心，仇敵感到痛快。

出處 漢・朱浮〈為幽州牧與彭寵書〉：「凡舉事，無為親厚者所痛，而為見讎者所快。」

用法 指因為行為不當而使親人痛心、仇敵高興。

例句 你們同室操戈，只會造成「親痛仇快」，對事情毫無幫助。

錦上添花（ㄐㄧㄣˇ ㄕㄤˋ ㄊㄧㄢ ㄏㄨㄚ）

解釋 在錦緞上再繡花。

出處 宋・黃庭堅〈了了庵頌〉：「又要涪翁作頌，且圖錦上添花。」

用法 比喻好上加好，美上加美。

例句 他表演拿手絕活，為這場聯合公演「錦上添花」。

相反 雪上加霜

頤指氣使（ㄧˊ ㄓˇ ㄑㄧˋ ㄕˇ）

解釋 用嘴部的表情示意，用神情指使人。也說「目指氣使」。

出處 《舊五代史・李振

傳》：「振皆頤指氣使，旁若無人。」

用法 形容人驕縱傲慢，任意指揮別人。

例句 即使才華洋溢，也不能目空一切，對別人「頤指氣使」啊！

相似 目使頤令

相反 低首下心

優柔寡斷（ㄧㄡ ㄖㄡˊ ㄍㄨㄚˇ ㄉㄨㄢˋ）

解釋 遲疑而少決斷。

出處 《韓非子．亡征》：「緩心而無成，柔茹而寡斷，好惡無決，而無所定立者，可亡也。」

用法 形容做事猶豫不決，缺乏決斷力。

例句 因為「優柔寡斷」的性格，才使他在工作上一直沒有出色表現。

相似 舉棋不定

相反 當機立斷

譁眾取寵（ㄏㄨㄚˊ ㄓㄨㄥˋ ㄑㄩˇ ㄔㄨㄥˇ）

解釋 用誇張的言行引起人們興奮，以博得人們的喜愛。

出處 《漢書．藝文志》：「然惑者既失精微，而辟者又隨時抑揚，違離道本，苟以譁眾取寵。」

用法 形容故意賣弄，以博取大眾的支持和讚揚。

例句 那位候選人的政見，不過是「譁眾取寵」罷了。

相反 實事求是

儀態外表類

人面桃花（ㄖㄣˊ ㄇㄧㄢˋ ㄊㄠˊ ㄏㄨㄚ）

解釋 臉龐像桃花般美麗。也說「桃花人面」。

出處 唐．崔護〈題都城南莊〉：「去年今日此門中，人面桃花相映紅。人面不知何處去，桃花依舊笑春風。」

用法 形容女子美豔動人。

例句 誰說一定要擁有沉魚落雁、「人面桃花」的長相，才能拍偶像劇？

相似 杏臉桃腮

相反 奇醜無比

小家碧玉

ㄒㄧㄠˇ ㄐㄧㄚ ㄅㄧˋ ㄩˋ

解釋 小戶人家的女兒。

出處 古樂府〈碧玉歌〉：「碧玉小家女，不敢攀貴德。」

用法 稱讚出身小戶人家的美貌少女。

例句 隔壁鄰居的女兒，「小家碧玉」，十分文靜秀氣。

相反 大家閨秀

不卑不亢

ㄅㄨˋ ㄅㄟ ㄅㄨˋ ㄎㄤˋ

解釋 既不驕傲，也不謙卑。

出處 《紅樓夢》五十六回：「他這遠愁近慮，不抗（亢）不卑，他們奶奶就不是和咱們好，聽他這一番話，也必要自愧的變好了。」

用法 形容態度恰如其分。

例句 那位官員始終保持「不卑不亢」的態度，面對議員的質詢。

相似 有禮有節

相反 卑躬屈膝

天生麗質

ㄊㄧㄢ ㄕㄥ ㄌㄧˋ ㄓˊ

解釋 與生俱有美麗的本質。

出處 唐．白居易〈長恨歌〉：「天生麗質難自棄。」

用法 形容女子美麗動人。

例句 若仗著「天生麗質」，就拚命熬夜、亂吃垃圾食物，那麼美麗一定很快就會褪色。

文質彬彬

ㄨㄣˊ ㄓˊ ㄅㄧㄣ ㄅㄧㄣ

解釋 文質兼備的樣子。

出處 《論語．雍也》：「文質彬彬，然後君子。」

用法 形容男子舉止文雅，態度斯文有禮。

例句 櫃檯接待員「文質彬彬」，讓來賓對這間公司留下良好的印象。

相似 溫文爾雅

相反 俗不可耐

牛鬼蛇神

解釋 頭似牛的鬼，身似蛇的妖魔。泛指妖魔鬼怪。

出處 唐·杜牧〈李賀詩序〉：「牛鬼蛇神，不足為其荒誕虛幻也。」

用法 比喻形形色色的各種惡人。

例句 巷口的紅茶店常有一些「牛鬼蛇神」出沒，勸你還是少去為妙。

相似 妖魔鬼怪

相反 正人君子

外強中乾

解釋 表面很強悍，內部很虛弱。

出處 《左傳·僖公十五年》：「張脈僨興，外強中乾，進退不可，周旋不能。」

用法 形容人或事物外表強壯，內部虛弱。

例句 那個大樓保全看來高壯，其實「外強中乾」。

相似 色厲內荏

相反 外怯內勇

巧言令色

解釋 話說得很動聽，臉色裝得很和善，想討人喜歡的樣子。

出處 《尚書·皋陶謨》：「何畏乎巧言令色孔壬。」

用法 指一味的用花言巧語來取悅他人，內心卻一點也不誠懇。

例句 孔子最討厭「巧言令色」者，而欣賞剛毅木訥的人。

相似 巧言善色

相反 正言厲色

正襟危坐

解釋 整理好衣襟，端正的坐著。

出處 《史記·日者列傳》：「宋忠、賈誼瞿然而悟，獵纓正襟危坐。」

用法 形容嚴肅恭敬的樣子。

例句　研究生「正襟危坐」，等待指導教授對他的論文提出建議。

相似　肅然危坐

相反　嘻皮笑臉

玉樹臨風（ㄩˋ ㄕㄨˋ ㄌㄧㄣˊ ㄈㄥ）

解釋　高雅的風度，就像玉樹迎風搖曳般美好。

出處　唐・杜甫〈飲中八仙歌〉：「宗之瀟灑美少年，舉觴白眼望青天，皎如玉樹臨風前。」

用法　形容男子風度瀟灑，儀態優雅。

例句　現在「玉樹臨風」的花美男大行其道，不修邊幅的性格浪子已經褪流行了。

白面書生（ㄅㄞˊ ㄇㄧㄢˋ ㄕㄨ ㄕㄥ）

解釋　面容白淨的讀書人。

出處　《宋書・沈慶之傳》：「陛下今欲伐國，而與白面書生輩謀之，事何有濟？」

用法　比喻年輕、見識少的讀書人。也比喻面容白淨斯文的男子。

例句　搬家公司看他一臉「白面書生」的生嫩模樣，都不願意錄用。

色厲內荏（ㄙㄜˋ ㄌㄧˋ ㄋㄟˋ ㄖㄣˇ）

解釋　臉上的神色很嚴厲，但內心很軟弱。

出處　《論語・陽貨》：「色厲而內荏，譬諸小人，其猶穿窬之盜也與！」

用法　形容外表故作威嚴強硬的樣子，實際上內心卻軟弱怯懦。

例句　他那強硬的模樣都是裝出來的，其實是「色厲內荏」，紙老虎罷了。

相似　外強中乾

相反　表裡如一

血氣方剛（ㄒㄧㄝˇ ㄑㄧˋ ㄈㄤ ㄍㄤ）

解釋　精力正是旺盛的時候。

出處　《論語・季氏》：「及其壯也，血氣方剛，戒之在鬥。」

用法 形容年輕人精力旺盛，容易衝動。

例句 青少年「血氣方剛」，最忌好勇鬥狠。

相似 年輕氣盛

相反 風燭殘年

行尸走肉（ㄒㄧㄥˊ ㄕ ㄗㄡˇ ㄖㄡˋ）

解釋 可以走動的屍體，和能行走卻沒有靈魂的肉體。

出處 晉・王嘉《拾遺記・後漢》：「（任末）臨終誡曰：『夫人好學，雖死若存，不學者，雖存，謂之行尸走肉耳。』」

用法 比喻庸碌無為，沒有活力的人。

例句 年紀輕輕，就成天「行尸走肉」，渾渾噩噩的度日，將來怎麼得了。

相似 酒囊飯袋

行步如飛（ㄒㄧㄥˊ ㄅㄨˋ ㄖㄨˊ ㄈㄟ）

解釋 走路的步伐像在飛行一樣。也說「健步如飛」。

用法 形容人腳步穩健，走路速度很快。

例句 他是急性子，連走路都「行步如飛」，常讓旁人跟不上。

衣冠楚楚（ㄧ ㄍㄨㄢ ㄔㄨˇ ㄔㄨˇ）

解釋 衣服、帽子很鮮明的樣子。

出處 《詩經・曹風・蜉蝣》：「蜉蝣之羽，衣裳楚楚。」

用法 形容穿戴的服飾整齊、漂亮。

例句 這個古董鑑定的課程，吸引不少「衣冠楚楚」的上流人士參與。

相似 衣衫齊楚

相反 不修邊幅

沉魚落雁（ㄔㄣˊ ㄩˊ ㄌㄨㄛˋ ㄧㄢˋ）

解釋 魚兒見了沉入水底，雁子見了降落沙洲。也說「落雁沉魚」。

出處 《莊子・齊物論》：「毛嬙、麗姬、人之所美也。魚見之深入，鳥見之高飛。」

用法 形容女子的容貌美豔無比。

例句 縱使有「沉魚落雁」的美貌，但個性驕縱，時常發脾氣，也會讓人反感。

相似 閉月羞花

沐猴而冠（ㄇㄨˋ ㄏㄡˊ ㄦˊ ㄍㄨㄢˋ）

解釋 猴子戴帽子，裝得像人，而實際行為卻不像。

出處 《史記．項羽本紀》：「人言楚人沐猴而冠耳，因然。」

用法 諷刺人依附惡勢力或竊據名位，徒有人形，沒有人性。

例句 那種「沐猴而冠」的民意代表，怎麼能為民喉舌？

相似 衣冠沐猴

秀外慧中（ㄒㄧㄡˋ ㄨㄞˋ ㄏㄨㄟˋ ㄓㄨㄥ）

解釋 外表秀美，內在聰慧。

出處 唐．韓愈〈送李愿歸盤谷序〉：「曲眉豐頰，清聲而便體，秀外而惠中。」

用法 形容人外貌秀麗，內心聰敏。多用於女性。

例句 那位「秀外慧中」的小姐，正是總經理的掌上明珠。

相反 秀而不實

秀色可餐（ㄒㄧㄡˋ ㄙㄜˋ ㄎㄜˇ ㄘㄢ）

解釋 美好的容色，看來非常可口。

出處 晉．陸機〈日出東南隅行〉：「秀色若可餐。」

用法 形容婦女姿色秀麗，引人疼愛。也形容花木、山林的秀麗。

例句 那位「秀色可餐」的展場模特兒，殺了在場男士不少底片。

相似 我見猶憐

放浪形骸（ㄈㄤˋ ㄌㄤˋ ㄒㄧㄥˊ ㄏㄞˊ）

解釋 放縱形體，不受拘束。

出處 晉．王羲之〈蘭亭集

序〉：「或因寄所托，放浪形骸之外。」

用法 本指放蕩的人不受世俗禮法的束縛。現多形容人行為放縱，不守禮法。

例句 某些性格藝術家「放浪形骸」的行為，難以為世人所理解。

相似 放蕩不羈

相反 循規蹈矩

河東獅吼（ㄏㄜˊ ㄉㄨㄥ ㄕ ㄏㄡˇ）

解釋 就像河東郡的獅子吼叫一樣。

用法 比喻嫉妒心強又凶悍的婦人發怒的樣子。

例句 他下了班就趕著回家，不然就等著面對「河東獅吼」呢！

相似 季常之懼

花枝招展（ㄏㄨㄚ ㄓ ㄓㄠ ㄓㄢˇ）

解釋 花枝迎風擺動。也作「花技招颭」。

出處 《紅樓夢》第二十七回：「每一棵樹頭，每一枝花上，都繫了這些物事。滿園裡繡帶飄颻，花枝招展。」

用法 比喻婦女打扮得很豔麗動人。

例句 新娘打扮得「花枝招展」，嬌豔欲滴，人人都誇讚不已。

相似 桃紅柳綠

相反 荊釵布裙

金枝玉葉（ㄐㄧㄣ ㄓ ㄩˋ ㄧㄝˋ）

解釋 像金子打造的花枝，玉雕出來的葉子般尊貴。

出處 《古今注・輿服》：「常有五色雲聲，金枝玉葉，止於帝上，有花葩之象。」

用法 古時用來指稱皇族。現多比喻嬌貴的人。

例句 她雖然是企業家之女，卻經歷過大風大浪，絕非嬌生慣養的「金枝玉葉」。

相似 千金之子

相反 村夫俗子

亭亭玉立 (ㄊㄧㄥˊ ㄊㄧㄥˊ ㄩˋ ㄌㄧˋ)

解釋 亭亭聳立的樣子。

出處 清・沈復《浮生六記・閨房記樂》：「見冷香已半老，有女名憨園，瓜期未破，亭亭玉立，真『一泓秋水照人寒』者也。」

用法 形容少女身材高挑纖細的樣子。

例句 很多減肥廣告，都會找天生就「亭亭玉立」的藝人代言。

相似 亭亭倩影

相反 癡肥臃腫

修飾邊幅 (ㄒㄧㄡ ㄕˋ ㄅㄧㄢ ㄈㄨˊ)

解釋 把布帛的邊緣修整齊。

用法 比喻講究儀容。

例句 在出席重要場合之前「修飾邊幅」，是基本的社交禮儀。

相似 神采奕奕

相反 萎靡不振

容光煥發 (ㄖㄨㄥˊ ㄍㄨㄤ ㄏㄨㄢˋ ㄈㄚ)

解釋 面容上神采四射的樣子。

出處 《聊齋志異・阿繡》：「母亦喜，這之盥濯，竟妝，容光煥發。」

用法 形容人身體健康，精神飽滿。

例句 能夠一圓登臺表演的夢想，讓她「容光煥發」，欣喜不已。

弱不勝衣 (ㄖㄨㄛˋ ㄅㄨˋ ㄕㄥ ㄧ)

解釋 瘦弱得連衣服的重量都承受不起。

出處 《荀子・非相》：「葉公子高微小短瘠，行若將不勝其衣。」

用法 形容女性嬌弱不堪。

例句 許多設計師都盡量避免找「弱不勝衣」的模特兒，以免被批評扭曲了大眾的審美觀。

相似 弱不禁風

相反 身強力壯

弱不禁風（ㄖㄨㄛˋ ㄅㄨˋ ㄐㄧㄣ ㄈㄥ）

解釋 瘦弱得禁不起風吹。

出處 唐・杜甫〈江雨有懷鄭典設〉：「弱雲狼藉不禁風。」

用法 形容人非常瘦弱。

例句 一場大病，讓原本身強體健的他，變得「弱不禁風」，講話有氣無力。

相似 蒲柳之姿

相反 身強力壯

笑容可掬（ㄒㄧㄠˋ ㄖㄨㄥˊ ㄎㄜˇ ㄐㄩ）

解釋 臉上的笑容多得好像可以用雙手捧取。

出處 明・淩濛初《二刻拍案驚奇》卷十四：「惜惜接宣教，笑容可掬道：『甚好風吹得貴人到此？』」

用法 形容滿臉笑容的樣子。

例句 「笑容可掬」的服務生，特別受到顧客歡迎。

粉妝玉琢（ㄈㄣˇ ㄓㄨㄤ ㄩˋ ㄓㄨㄛˊ）

解釋 就像白粉裝飾、白玉雕琢的一樣。

出處 《紅樓夢》第一回：「士隱見女兒越發生得粉妝玉琢，乖覺可喜，便伸手接來，抱在懷中。」

用法 形容雪景。也形容人生得清秀白淨，多指小孩或少男、少女。

例句 北國「粉妝玉琢」的銀白世界，是許多居住在熱帶地區的民眾嚮往的美景。

相似 粉妝玉砌

粉墨登場（ㄈㄣˇ ㄇㄛˋ ㄉㄥ ㄔㄤˇ）

解釋 以粉墨油彩化妝準備上臺演戲。也說「粉墨登場」。

出處 清・梁紹王《清勤堂隨筆》：「粉墨登場，所費不貲。致滋喧雜之煩，殊乏恬適之趣。」

用法 指登場演戲。也比喻登上政治舞臺。

例句 那位演員底子深厚，又十分用功，所以每次「粉墨登場」，都非常亮眼，博得觀眾熱烈的掌聲。

高不可攀（ㄍㄠ ㄅㄨˋ ㄎㄜˇ ㄆㄢ）

解釋 高得沒法攀登。

出處 東漢・陳琳〈為曹洪與魏文帝書〉：「且夫墨子之守，縈帶為垣，高不可登。」

用法 形容難以達到。

例句 她高貴的打扮、莊嚴的面容、優雅的舉止，都給人「高不可攀」的印象。

相似 不可企及

相反 居高臨下

國色天香（ㄍㄨㄛˊ ㄙㄜˋ ㄊㄧㄢ ㄒㄧㄤ）

解釋 全國最美麗的容色，天下最馥郁的氣息。也說「天香國色」。

出處 《摭異記》：「唐文皇好詩，大和中賞牡丹，上謂程修己曰：『今京邑人傳牡丹詩，誰為首出？』對曰：『中書舍人李正封詩：天香夜染衣，國色朝酣酒。』」

用法 本指牡丹花。後形容美豔迷人的女子。

例句 那幅畫中「國色天香」的女子，就是中國四大美人之一的楊貴妃。

相似 國色天姿

相反 其貌不揚

從容不迫（ㄘㄨㄥˊ ㄖㄨㄥˊ ㄅㄨˋ ㄆㄛˋ）

解釋 舉止舒緩不急迫。

用法 形容人的行動不慌不忙，一點也不急迫。

例句 面對大家的質疑，他依舊「從容不迫」的剖析利害，終於消除眾人的疑慮。

相似 好整以暇

相反 手忙腳亂

望而生畏（ㄨㄤˋ ㄦˊ ㄕㄥ ㄨㄟˋ）

解釋 見了令人害怕。

出處 《論語・堯曰》：「君子正其衣冠，尊其瞻視，儼然人望而畏之，斯不亦威而不猛乎？」

用法 形容威嚴的樣子，使人感到敬畏。

例句 修車廠老闆留著濃密的落腮鬍，加上大嗓門，令人「望而生畏」。

相似 望而卻步

逐臭之夫（ㄓㄨˊ ㄔㄡˋ ㄓ ㄈㄨ）

解釋 追逐臭味的人。

出處 《呂氏春秋・遇合》：「人有大臭者，其親戚、兄弟、妻妾、知識無能與居老，自苦而居海上，海上有人說其臭者，晝夜隨之而弗能去。」

用法 比喻嗜好特殊，有怪癖的人。

例句 世界之大，無奇不有，自然也有不少「逐臭之夫」。

趾高氣揚（ㄓˇ ㄍㄠ ㄑㄧˋ ㄧㄤˊ）

解釋 走路時腳抬得很高，神氣十足。

出處 《戰國策・齊策三》：「今何舉足之高，志之揚也？」

用法 形容驕傲自大，目中無人的樣子。

例句 連續奪得三座冠軍獎杯，那位選手不禁「趾高氣揚」起來。

相似 不可一世

相反 低首下心

閉月羞花（ㄅㄧˋ ㄩㄝˋ ㄒㄧㄡ ㄏㄨㄚ）

解釋 使月亮躲避，使花朵含羞。也說「羞花閉月」。

出處 《武王伐紂平話》卷上：「面如白玉，貌似姮娥，有沉魚落雁之容，閉月羞花之貌。」

用法 形容女子的美貌。

例句 想擁有「閉月羞花」之貌，必須先調理好體質。

相似 國色天香

相反 貌似無鹽

傾國傾城（ㄑㄧㄥ ㄍㄨㄛˊ ㄑㄧㄥ ㄔㄥˊ）

解釋 美到可以為她不要國家和城池。也說「傾城傾國」。

出處 《漢書．外戚傳上．李夫人》：「延年侍上起舞，歌曰：『北方有佳人，絕世而獨立，一顧傾人城，再顧傾人國。寧不知傾城與傾國，佳人難再得。』」

用法 形容女子很美麗。

例句 古代那些「傾國傾城」的美女，常無辜背負了滅亡國家的罪名。

相似 沉魚落雁

相反 奇醜無比

溫文爾雅（ㄨㄣ ㄨㄣˊ ㄦˇ ㄧㄚˇ）

解釋 有禮貌而且文雅。

出處 《聊齋志異．陳錫九》：「太守愕然曰：『此名士之子，溫文爾雅，烏能成賊！』」

用法 形容人的態度溫和，舉止端莊。

例句 那位年輕講師「溫文爾雅」的舉止，擄獲臺下許多少女的心。

相似 文質彬彬

相反 俗不可耐

腹有詩書氣自華（ㄈㄨˋ ㄧㄡˇ ㄕ ㄕㄨ ㄑㄧˋ ㄗˋ ㄏㄨㄚˊ）

解釋 肚子裡裝滿書籍，人自然展現光彩。

用法 指學問淵博的人，自然風度翩翩。

例句 我相信「腹有詩書氣自華」，平時一定要多閱讀，培養氣質。

腦滿腸肥（ㄋㄠˇ ㄇㄢˇ ㄔㄤˊ ㄈㄟˊ）

解釋 腦袋塞滿，肚子也很肥胖。

出處 《北齊書．琅玡王儼傳》：「琅玡王年少，腸肥腦滿，輕為舉措。」

用法 形容生活優裕，飽食終日，一點也不用心的樣子。

例句 任何人都不喜歡與「腦滿腸肥」、庸俗不堪的人交朋友。

相似 大腹便便

相反 骨瘦如柴

落落大方 ㄌㄨㄛˋ ㄌㄨㄛˋ ㄉㄚˋ ㄈㄤ

解釋 心胸坦率，舉止自然。

出處 清・石玉琨《三俠五義》六十九回：「杜雍卻不推辭，將通身換了，更覺落落大方。」

用法 形容人的舉止自然、坦率、不造作。

例句 「落落大方」的人，能給別人留下好印象。

相似 雍容爾雅

相反 扭扭捏捏

裝腔作勢 ㄓㄨㄤ ㄑㄧㄤ ㄗㄨㄛˋ ㄕˋ

解釋 故意裝出一種腔調，作出一種姿態。

出處 明・西湖居士《郁輪袍・十二・誤薦》：「窮秀才裝腔作勢，賢王子隆禮邀賓。」

用法 形容故意做作的姿態。

例句 參加演講競賽時，聲調要平穩，態度要自然，不宜「裝腔作勢」。

相似 故作姿態

相反 天真爛漫

道貌岸然 ㄉㄠˋ ㄇㄠˋ ㄢˋ ㄖㄢˊ

解釋 外貌嚴肅的樣子。

出處 《聊齋志異・成仙》：「又八九年，九忽自至，黃巾氅服，岸然道貌。」

用法 形容人外貌嚴肅，一本正經的樣子。

例句 沒想到那位「道貌岸然」的教授，竟然會犯下騷擾學生的罪行。

相似 一本正經

相反 嘻皮笑臉

慢條斯理 ㄇㄢˋ ㄊㄧㄠˊ ㄙ ㄌㄧˇ

解釋 做事緩慢有條理。

出處 《儒林外史》第一回：「老爺親自在這裡傳你家兒子說話，怎的慢條斯理！」

用法 形容說話或做事有條有理，不慌不忙。或指慢吞吞，從容遲緩的樣子。

例句 他做事總是那麼「慢條斯理」，讓急性子的我難以忍受。

相似　不慌不忙

相反　慌慌張張

獐頭鼠目（ㄓㄤ　ㄊㄡˊ　ㄕㄨˇ　ㄇㄨˋ）

解釋　中國的相術家稱頭尖露骨者為獐頭，眼圓而小為鼠目，都是奸邪之相。

出處　《舊唐書．李揆傳》：「龍章風姿之士不見用，獐頭鼠目之子乃求官。」

用法　形容人面目醜惡猥瑣，心術不正的樣子。

例句　瞧他那「獐頭鼠目」的模樣，恐怕為人也不怎麼正派。

相似　尖嘴猴腮

相反　相貌堂堂

蓬頭垢面（ㄆㄥˊ　ㄊㄡˊ　ㄍㄡˋ　ㄇㄧㄢˋ）

解釋　頭髮很亂、臉上很髒。

出處　《魏書．封軌傳》：「君子整其衣冠，尊其瞻視，何必蓬頭垢面，然後為賢。」

用法　形容人儀容不整齊的樣子。

例句　很多人都把宅男和「蓬頭垢面」畫上等號，其實並非全部如此。

相似　囚首垢面

相反　衣冠楚楚

器宇軒昂（ㄑㄧˋ　ㄩˇ　ㄒㄩㄢ　ㄤˊ）

解釋　人的風度、儀表氣度不凡。

出處　《三國演義》四十三回：「張昭見孔明丰神飄灑，器宇軒昂，料到此人必來遊說。」

用法　形容人的胸襟、度量、儀表都高超不凡。

例句　姊姊嫁給一位「氣宇軒昂」的年輕企業家，過得非常幸福。

相似　器宇不凡

橫眉豎目（ㄏㄥˊ　ㄇㄟˊ　ㄕㄨˋ　ㄇㄨˋ）

解釋　聳眉瞪眼的樣子。

用法　形容生氣或兇狠貌。

例句　爸爸生氣起來「橫眉豎

目」的樣子，讓孩子害怕極了。

靜若處子，動若脫兔

解釋 安靜時像未出嫁的女子，動作時像逃跑的兔子。

出處 《孫子．九地》：「是故始如處女，敵人開戶，後如脫兔，敵不及拒。」

用法 形容安靜時很穩重，一行動就非常敏捷。

例句 他是「靜如處子，動如脫兔」，讀書時，專注沉穩；一到了運動場，就活潑的不得了。

矯揉造作

解釋 故意做作，使彎的變直的，使直的變彎的。

出處 《鏡花緣》二回：「若唐花不過矯揉造作，更何足道。」

用法 形容態度裝模做樣，不自然。

例句 那些新手模特兒在伸展臺上，不夠自然大方，顯得「矯揉造作」。

相似 裝模作樣

相反 天真爛漫

聲色俱厲

解釋 聲音和臉色都非常的嚴厲。

出處 《晉書．明帝紀》：「（王敦）大會百官而問溫嶠曰：『皇太子以何德稱？』聲色俱厲，必欲使有言。」

用法 指說話和表情都很嚴厲的樣子。

例句 在檢察官「聲色俱厲」的追問下，被告終於坦承他夥同流氓恐嚇鄰居的罪行。

相似 正顏厲色

相反 和顏悅色

才能見識類

一木難支

解釋 一根木頭擋不住要倒的大廈。

出處 隋・王通《文中子・事君》：「大廈將顛，非一木所支也。」

用法 比喻艱鉅的任務，不是一個人能夠完成的。

例句 結合眾人的力量，才能夠完成那些「一木難支」的工作。

相似 獨木難支

一孔之見

解釋 只透過一個小孔洞來窺見事物。

出處 《禮記・中庸》：「反古之道。」鄭玄注：「反古之道，謂曉一孔之人，不知今王之新政可從。」

用法 比喻狹隘、片面、不客觀的見解。

例句 科學講究實驗、證據，僅憑「一孔之見」就貿然發表看法，是非常不妥當的。

相似 一管之見

相反 遠見卓識

一石兩鳥

解釋 用一顆石頭，打中兩隻鳥。

用法 比喻做一件事可以獲得兩種好處。

例句 這個「一石兩鳥」的計畫，不只幫助警方捉到嫌犯，也引出了幕後的主謀。

相似 一箭雙鵰

相反 事倍功半

一氣呵成

解釋 呼一口氣就做完。

出處 清・李漁《閒情偶寄・賓白第四》：「北曲之介白者，每折不過數言。即抹去賓白而止閱填詞，亦皆一氣呵成，無有斷續，似並此數言亦可略而不備者。」

用法 形容文藝作品的結構完整、流暢。也指一口氣做完工作，中間不停頓。

例句 這幅繁複的工筆畫，應

該沒辦法「一氣呵成」。

相似 一鼓作氣

相反 一波三折

一鳴驚人（ㄧˋ ㄇㄧㄥˊ ㄐㄧㄥ ㄖㄣˊ）

解釋 一叫就使人震驚。

出處 《史記・滑稽列傳》：「此鳥不飛則已，一飛沖天；不鳴則已，一鳴驚人。」

用法 比喻平常默默無聞，突然做出驚人的事情。

例句 沒想到平時不起眼的她，竟在謝師宴上帶來這麼曼妙多姿的舞蹈，真是「一鳴驚人」。

相似 一飛沖天

一箭雙鵰（ㄧˊ ㄐㄧㄢˋ ㄕㄨㄤ ㄉㄧㄠ）

解釋 發出一支箭就射中兩隻鵰。

出處 《北史・長孫晟傳》：「嘗有二鵰飛而爭肉，因以箭兩隻與晟，請射取之。晟馳往，遇鵰相攫，遂一發雙貫焉。」

用法 本指射箭技術高超。後比喻做一件事可以達到兩方面的目的。

例句 參加藝文活動，既增廣見聞，又結交了不少好朋友，真是「一箭雙鵰」。

相似 一石二鳥

相反 賠了夫人又折兵

一竅不通（ㄧˊ ㄑㄧㄠˋ ㄅㄨˋ ㄊㄨㄥ）

解釋 兩眼、兩耳、兩個鼻孔及嘴，沒有一個孔竅是通的。

出處 《呂氏春秋・過理》：「（紂）殺比干而視其心，不適也。孔子聞之，曰：『其竅通，則比干不死矣。』」高誘注：「紂性不仁，心不通，安於為惡，殺比干。故孔子言其一竅通，則比干不見殺也。」

用法 比喻人對某種技藝完全不懂。也指人不通情理。

例句 原本對音樂「一竅不通」的他，參加了國樂社以後，竟也能對中國古代名曲如數家珍。

相似　一無所知

相反　無所不知

人無遠慮，必有近憂

解釋　做事沒有長遠的打算，就會有眼前的憂患。

出處　《論語・衛靈公》：「子曰：『人無遠慮，必有近憂。』」

用法　指行動前必須事前事後設想周到。

例句　凡是不能只看眼前，要知道「人無遠慮，必有近憂」啊！

九牛二虎之力

解釋　九頭牛和兩隻老虎合起來的力氣。

出處　《孤本元明雜劇・鄭德輝〈三戰呂布〉楔子》：「兄弟，你不知他靴尖點地，有九牛二虎之力，休要放他小歇。」

用法　比喻極大的力量。

例句　救援隊花了「九牛二虎之力」，才把衝下山坡的車子吊掛上來。

相似　拔山舉鼎

相反　縛雞之力

八仙過海，各顯神通

解釋　漢鍾離、張果老、韓湘子、鐵拐李、呂洞賓、曹國舅、藍采和、何仙姑八位神仙渡過大海，各自顯示他們神奇的能力。

出處　《西遊記》第八十一回：「正是八仙同過海，獨自顯神通。」

用法　比喻各有一套辦法。也指各自拿出本領。

例句　為了爭取唯一的正式名額，所有參加教師甄選的考生都是「八仙過海，各顯神通」。

十年樹木，百年樹人

解釋　十年才能培植一棵樹

木，百年才能培植一個人才。

出處 《管子‧權修》：「一年之計，莫如樹穀；十年之計，莫如樹木；終身之計，莫如樹人。」

用法 比喻培養人才是長久之計。也表示培養人才是很不容易的。

例句 許多學校的牆上，都可以看到「十年樹木，百年樹人」的字樣。

三折肱而成良醫（ㄙㄢ ㄓㄜˊ ㄍㄨㄥ ㄦˊ ㄔㄥˊ ㄌㄧㄤˊ ㄧ）

解釋 多次折斷手臂，也就能成為一個好醫生。

出處 《左傳‧定公十三年》：「三折肱，知為良醫。」

用法 比喻人多次遭遇挫折，自然對該方面經驗豐富。

例句 歷經多次失敗，他只能以「三折肱而成良醫」來安慰自己。

相似 久病成醫

三教九流（ㄙㄢ ㄐㄧㄠˋ ㄐㄧㄡˇ ㄌㄧㄡˊ）

解釋 儒教、道教、佛教三教，以及儒家、道家、陰陽家、法家、名家、墨家、縱橫家、雜家、農家九流。

出處 宋‧趙彥衛《雲麓漫鈔》六：「（梁武）帝問三教九流及漢朝舊事，了如目前。」

用法 泛指宗教、學術中的各種流派。現在多指從事各行各業的人。

例句 身為地方首長，少不得結交一些「三教九流」的朋友。

相似 九流十家

三頭六臂（ㄙㄢ ㄊㄡˊ ㄌㄧㄡˋ ㄅㄧˋ）

解釋 三個頭六支手臂，是佛家守護神金剛夜叉的法相。

出處 宋‧釋道原《景德傳燈錄‧汾州善昭禪師》：「曰：『如何是主中主？』主師曰：『三頭六臂擎天地，忿怒那吒撲帝鐘。』」

用法 比喻人的神通廣大，本領高強。

例句 我想恐怕要有「三頭六臂」，才能解決他捅出來的大樓子。

相似 神通廣大

相反 鼯鼠技窮

上天入地（ㄕㄤˋ ㄊㄧㄢ ㄖㄨˋ ㄉㄧˋ）

解釋 升上天空，鑽入地下。

出處 唐．李復言《續幽怪錄．盧僕射從史》：「吾已得煉形之術也，其術自無形而煉成三尺之形，則上天入地，乘雲駕鶴，千變萬化，無不可也。」

用法 形容神通廣大。

例句 隨著科技的日新月異，人類「上天入地」已不成問題。

大惑不解（ㄉㄚˋ ㄏㄨㄛˋ ㄅㄨˋ ㄐㄧㄝˇ）

解釋 極糊塗的人一輩子不懂道理。

出處 《莊子．天地》：「大惑者終身不解。」

用法 表示非常迷惑，無法了解真相（含有不滿或質問的意思）。

例句 他為何會採取這種吃力不討好的作法，真令人「大惑不解」。

相似 百思莫解

相反 茅塞頓開

大智若愚（ㄉㄚˋ ㄓˋ ㄖㄨㄛˋ ㄩˊ）

解釋 真正聰明的，看起來好像很愚笨。

出處 宋．蘇軾〈賀歐陽修致仕啟〉：「大勇若怯，大智如愚。」

用法 形容真正具有聰明智慧的人，表面上看來卻好像很愚笨的樣子。

例句 不要以貌取人，很多看來不聰明的人，其實都是「大智若愚」呢！

相似 大巧若拙

大雅之堂（ㄉㄚˋ ㄧㄚˇ ㄓ ㄊㄤˊ）

解釋 風雅人物聚會的廳堂。

出處 清·沈德潛《說詩晬語》：「求新在此，不登大雅之堂正在此。」

用法 比喻高雅的境界。

例句 她希望自己有一天能進入國家音樂廳那樣的「大雅之堂」演奏。

大器晚成（ㄉㄚˋ ㄑㄧˋ ㄨㄢˇ ㄔㄥˊ）

解釋 大材需要長時間才能成器。

出處 《老子》四十一章：「大器晚成，大音希聲。」

用法 指人老了才建立事業或才有可觀的成就。

例句 不少名人都因為年少時沒有好的發展環境而「大器晚成」。

相反 老大無成

小巫見大巫（ㄒㄧㄠˇ ㄨ ㄐㄧㄢˋ ㄉㄚˋ ㄨ）

解釋 小巫師見到大巫師，就無法施展他的法術。

出處 《太平御覽·莊子》：「小巫見大巫，拔茅而棄，此其所以終身弗如也。」

用法 比喻高下相差很大，相形見絀。

例句 淡水河比起黃河是「小巫見大巫」呢！

相似 相形見絀

相反 不相上下

小時了了，大未必佳（ㄒㄧㄠˇ ㄕˊ ㄌㄧㄠˇ ㄌㄧㄠˇ，ㄉㄚˋ ㄨㄟˋ ㄅㄧˋ ㄐㄧㄚ）

解釋 小時候很聰明，長大後不一定有成就。

出處 《世說新語·言語》：「（陳）韙曰：『小時了了，大未必佳。』文舉曰：『想君小時，必當了了。』」

用法 諷刺人小時候很優秀，長大後卻表現很普通。

例句 爺爺經常用「小時了了，大未必佳」等話語來激勵晚輩。

工力悉敵（ㄍㄨㄥ ㄌㄧˋ ㄒㄧ ㄉㄧˊ）

解釋 功夫和力量完全相等。

出處 宋·計有功《唐詩紀事·上官昭容》：「唯沈（佺期）、宋（之問）二詩不下；又移時，一紙飛墜，競取而觀，乃沈詩也。及聞其評曰：『二詩工力悉敵。』」

用法 表示雙方程度完全相等，不分上下。常指藝術方面的造詣。

例句 她倆的芭蕾舞蹈技巧「工力悉敵」，是舞團的兩大臺柱。

相似 旗鼓相當

相反 高下懸殊

工欲善其事，必先利其器

解釋 工匠要做好工事，必須先使器具精良。

出處 《論語．衛靈公》：「子曰：工欲善其事，必先利其器。」

用法 比喻做事時要使工作完善，就必須先準備好精良的工具。

例句 沒聽說「工欲善其事，必先利其器」嗎，這麼爛的電腦怎麼跑得動繪圖軟體？

才高八斗

解釋 曹植的文才有八斗那麼多。

出處 《南史．謝靈運傳》：「天下才共一石，曹子建獨得八斗，我得一斗，自古及今共用一斗。」

用法 形容才學淵博，文才很高。

例句 放眼文壇，如今誰敢自稱「才高八斗」呢？

相似 七步之才

相反 才疏學淺

才疏學淺

解釋 才智、學識都很淺薄。

出處 《老殘遊記》第六回：「一則深知自己才疏學淺，不稱揄揚。」

用法 謙稱自己的才能、學識都非常空疏淺薄。

例句 他雖一直謙稱自己「才疏學淺」，實際上卻穩坐國內天文界第一把交椅。

相似 粗通文墨

相反　學富五車

不入虎穴，焉得虎子

解釋　不進老虎洞，怎麼能捉到小老虎？

出處　《後漢書・班超傳》：「不入虎穴，不得虎子。當今之計，獨有因夜以火攻虜，使彼不知我多少，必大震怖，可殄盡也。」

用法　比喻不冒險犯難，就不能獲得成功。

例句　他「不入虎穴，焉得虎子」的決心與行動，令人佩服。

相似　甘冒虎口

相反　知難而退

不分軒輊

解釋　不分高低、輕重。

出處　《詩經・小雅・六月》：「戎車既安，如軒如輊。」

用法　表示兩人實力相當。

例句　他倆的球技「不分軒輊」，纏鬥良久仍然分不出勝負。

相似　伯仲之間

相反　天壤之別

不同凡響

解釋　不同於平凡的音樂。

用法　形容事物特別出色，超出一般的水準。

例句　那是享譽國際的高水準合唱團，表演絕對是「不同凡響」。

相似　出類拔萃

相反　不足為奇

不自量力

解釋　不衡量自己的能力而去做達不到的事。

出處　《左傳・隱公十一年》：「不度德，不量力。」

用法　指人高估自己的能力。

例句　你想一個人搬家？不要「不自量力」，請幾個朋友幫忙吧。

相似　蚍蜉撼樹

相反　量力而行

不知天高地厚

解釋　不知道天有多高，地有多厚。

用法　形容人狂妄無知，不曉得事情的複雜、困難。

例句　剛出社會的年輕人，一定要放低姿態、多看多學，才不會被批評是「不知天高地厚」。

不到長城非好漢

解釋　沒有到過萬里長城的，不算勇敢有為的男子。

用法　比喻沒有達目的就絕對不停止。

例句　俗話說：「不到長城非好漢」，今天我們終於登上山海關，可是值得紀念的一刻呢！

不登大雅之堂

解釋　不能登上高雅的廳堂。

用法　指粗俗的文藝作品或事物上不了正式場合。有時也指人沒有見過大場面或不適合參與重要的場合。

例句　我的作品實在「不登大雅之堂」，留著自己欣賞就好了。

相似　不登大雅

相反　高貴典雅

不著邊際

解釋　摸不到邊。也說「不落邊際」。

出處　《水滸傳》第十八回：「在此不著邊際，怎生奈何？」

用法　比喻說話或做事不切合實際情況。

例句　面對這個重大議題，那位候選人「不著邊際」的發言，已經讓許多選民產生疑慮。

相似　漫無邊際

相反　切中要害

不經一事，不長一智

解釋　不經歷那件事情，就不能增長關於那件事情的知識。也說「不因一事，不長一智」。

出處 《紅樓夢》第六十回：「俗語說：『不經一事，不長一智。』我如今知道了。」

用法 指智慧因為閱歷漸廣而增加。一般指經過失敗後，取得教訓。

例句 「不經一事，不長一智」，經過這次霸凌事件，他終於懂得如何捍衛自己的權益，不向惡勢力低頭。

相似 吃一塹，長一智

相反 重蹈覆轍

不蔓不枝（ㄅㄨˋ ㄇㄢˋ ㄅㄨˋ ㄓ）

解釋 蓮莖不蔓生也不分枝。

出處 宋．周敦頤〈愛蓮說〉：「中通外直，不蔓不枝。」

用法 用來稱讚文章精練，簡潔流暢。

例句 這篇「不蔓不枝」、言簡意賅的文章，毫無意外的奪得作文比賽的優勝。

相似 言簡意賅

相反 生拉硬扯

不學無術（ㄅㄨˋ ㄒㄩㄝˊ ㄨˊ ㄕㄨˋ）

解釋 沒有學問沒有技術。

出處 《漢書．霍光傳》：「然光不學亡（無）術，暗於大理。」

用法 譏諷人沒有學問，沒有本領。

例句 「不學無術」的人，再怎麼裝模作樣，也會很快露餡。

相似 胸無點墨

相反 博學多才

不識一丁（ㄅㄨˋ ㄕˋ ㄧ ㄉㄧㄥ）

解釋 連最簡單的「丁」字也不認識。也說「一丁不識」、「目不識丁」。

出處 《新唐書．張宏靖傳》：「天下無事，爾輩挽兩石弓，不如識一丁字。」

用法 形容人一個字也不認識。

例句 那位「不識一丁」的仁兄，是怎麼考上大學的？真令人百思不得其解。

相似 不識之無

相反 滿腹經綸

中流砥柱

解釋 黃河急流中的砥柱山，任憑河水沖擊仍屹立不動。

出處 《晏子春秋．內篇諫下》：「以入砥柱之中流。」

用法 比喻人屹立不搖，能夠擔當大任。

例句 每個團體都少不了「中流砥柱」的人物。

相似 砥柱中流

相反 隨波逐流

井底之蛙

解釋 井底下的青蛙，只能看到井口那麼大的一塊天。

出處 《莊子．秋水》：「井蛙不可以語於海者，拘於虛也。」

用法 比喻眼界褊狹，見識短淺的人。

例句 他決心充實好好自己，一舉洗刷「井底之蛙」的譏評。

相似 坐井觀天

相反 見多識廣

允文允武

解釋 有文德，有武略。

出處 《詩經．魯頌．泮水》：「允文允武，昭假烈祖。」

用法 形容能文能武，文事武功一樣出色。

例句 培養出「允文允武」的孩子，是許多父母的希望。

相似 文武雙全

相反 百無一能

分庭抗禮

解釋 古代賓主相見時，賓客和主人分別站在庭院的兩邊，相對行禮表示地位平等。

出處 《莊子．漁父》：

「萬乘之主，千乘之君，見夫子未嘗不分庭伉（抗）禮。」

用法 本指以平等禮節相見。現多形容競賽時，雙方旗鼓相當，不分上下。

例句 這兩支啦啦隊旗鼓相當、「分庭抗禮」，讓這場競技分外有看頭。

相似 平分秋色

匹夫之勇（ㄆㄧˇ ㄈㄨ ㄓ ㄩㄥˇ）

解釋 普通人逞其個人勇氣。

出處 《孟子．梁惠王下》：「此匹夫之勇，敵一人者也。」

用法 指不用智謀，單憑個人血氣之勇。

例句 仗著「匹夫之勇」衝動行事，很容易讓自身陷入危險之中。

相似 血氣之勇

反掌折枝（ㄈㄢˇ ㄓㄤˇ ㄓㄜˊ ㄓ）

解釋 把手掌反過來折取樹枝，是非常容易的事。

用法 比喻事情非常容易。

例句 對體育系畢業的他來說，跑步、跳高、游泳都是「反掌折枝」。

相似 探囊取物

相反 移山填海

天衣無縫（ㄊㄧㄢ ㄧ ㄨˊ ㄈㄥˋ）

解釋 天仙做的衣服沒有接縫。

出處 《太平廣記》卷六八引前蜀牛嶠《靈怪錄．郭翰》：「稍聞香氣漸濃，翰甚怪之，仰視空中，見有人冉冉而下，直至翰前，乃一少女……徐視其衣並無縫。」

用法 比喻詩文渾然天成，不做作。也比喻事物周密，沒有一點破綻或缺點。

例句 經過裱褙大師的巧手，這幅古畫上的破洞，被修補得「天衣無縫」。

相似 渾然一體

相反 破綻百出

引經據典（ㄧㄣˇ ㄐㄧㄥ ㄐㄩˋ ㄉㄧㄢˇ）

解釋 援引經書，依據典籍。也說「引經據古」。

出處 《後漢書・荀淑傳》：「引據大義，正之經典。」

用法 指引用經典中的話作為說話、作文的依據。

例句 這部歷史小說過度的「引經據典」，反而大大降低文學性。

相似 旁徵博引

相反 不見經傳

心悅誠服（ㄒㄧㄣ ㄩㄝˋ ㄔㄥˊ ㄈㄨˊ）

解釋 心裡高興，誠心佩服。

出處 《孟子・公孫丑上》：「以力服人者，非心服也，力不贍也；以德服人，中心悅而誠服也。」

用法 比喻真心誠意的信服。

例句 聽完名師這一番入情入理的剖析，大夥都「心悅誠服」，點頭稱是。

相似 心服口服

心猿意馬（ㄒㄧㄣ ㄩㄢˊ ㄧˋ ㄇㄚˇ）

解釋 心思如猿猴輕躁，意念如快馬奔馳。也說「意馬心猿」。

出處 《敦煌變文・維摩詰經・菩薩品》：「卓定深沉莫測量，心猿意馬罷顛狂。」

用法 形容心思、意念不定。

例句 弟弟對每件事都只有三分鐘熱度，「心猿意馬」的態度讓他錯過不少好機會。

相似 心不在焉

相反 專心一致

心領神會（ㄒㄧㄣ ㄌㄧㄥˇ ㄕㄣˊ ㄏㄨㄟˋ）

解釋 心裡接受、理解。

出處 明・李東陽《懷麓堂詩話》：「苟非心領神會，自有所得，雖日提耳而教之，無益也。」

用法 表示不用對方明說，心裡已經徹底領悟理解。

例句 對於菩提祖師的暗示，只有孫悟空能夠「心領神會」，因此得到真傳。

相似　神會心契

相反　百思不解

手無縛雞之力

ㄕㄡˇ ㄨˊ ㄈㄨˋ ㄐㄧ ㄓ ㄌㄧˋ

解釋　兩手沒有捆縛雞的力氣。

出處　元．無名氏《賺蒯通》第一折：「那韓信手無縛雞之力，只淮陰市上兩個少年要他在胯下鑽過去，他就鑽過去了，有什麼本事在那裡？」

用法　形容人身體瘦弱、力氣小。

例句　誰說讀中文系就一定「手無縛雞之力」？我們班還曾保持校內拔河七連霸的紀錄呢！

日暮途遠

ㄖˋ ㄇㄨˋ ㄊㄨˊ ㄩㄢˇ

解釋　太陽落山了，而目的地還很遠。

出處　《史記．伍子胥列傳》：「吾日莫（暮）途遠，吾故倒行而逆施之。」

用法　比喻計窮力盡，走投無路了。

例句　餐廳開張至今，生意一直沒有起色，「日暮途窮」的老闆決定把店面頂讓了。

相似　走投無路

相反　漸入佳境

毛遂自荐

ㄇㄠˊ ㄙㄨㄟˋ ㄗˋ ㄐㄧㄢˋ

解釋　毛遂向平原君自我推荐。也作「毛遂自薦」。

用法　比喻自告奮勇，向人自我推荐。

例句　他最喜歡唱歌，所以「毛遂自荐」，代表班上參加這次的班際歌唱大賽。

相似　自告奮勇

相反　婉言謝絕

以管窺天

ㄧˇ ㄍㄨㄢˇ ㄎㄨㄟ ㄊㄧㄢ

解釋　從竹管的小孔看天空。

出處　《韓詩外傳》卷一〇：「荀如子之方，譬如以管窺天，以錐刺地，所窺者大，所見者小；所刺者巨，所中者少。」

用法 比喻所見很狹隘。

例句 這篇文章提出的論點都是「以管窺天」的片面見解。

相似 用管窺天

代人捉刀（ㄉㄞˋ ㄖㄣˊ ㄓㄨㄛ ㄉㄠ）

解釋 代替人執刀筆。

出處 《世說新語．容止》：「魏武將見匈奴使，自以形陋不足雄遠國，使崔季珪代，帝自捉刀立床頭。既畢，令間諜問曰：『魏王如何？』匈奴使答曰：『魏王雅望非常，然床頭捉刀人，此乃英雄也。』」

用法 比喻代替別人辦事。多喻代人寫文章。

例句 他「代人捉刀」，替朋友完成好幾期的漫畫連載，想不到後來也成了漫畫家。

出神入化（ㄔㄨ ㄕㄣˊ ㄖㄨˋ ㄏㄨㄚˋ）

解釋 神妙到極高超的境界。

出處 《文明小史》第六十回：「周之杰先去打開手卷，見這個手卷畫許多乞丐，也有弄蛇的，也有牽猴子的，約略數去，約有二十幾個，用筆真是出神入化，平中丞連連讚好。」

用法 形容文章、藝術或技藝達到高妙的境界。

例句 那位調酒師「出神入化」的甩瓶技巧，看得顧客目瞪口呆。

相似 神乎其技

相反 技止此耳

出類拔萃（ㄔㄨ ㄌㄟˋ ㄅㄚˊ ㄘㄨㄟˋ）

解釋 超過同類、同群。

出處 《孟子．公孫丑上》：「出於其類，拔乎其萃。」

用法 形容品德、才能特出，超過一般人。

例句 在競爭激烈的國標舞壇，想要「出類拔萃」，恐怕需要付出更多努力。

相似 鶴立雞群

相反　碌碌無能

叱吒風雲（ㄔˋ ㄓㄚˋ ㄈㄥ ㄩㄣˊ）

解釋　怒喝一聲，就使風雲變色。

出處　唐・駱賓王〈代徐敬業討武氏檄〉：「叱吒則風雲變色。」

用法　形容人的勢力、聲威極大，足以左右世局。

例句　不管生前如何「叱吒風雲」，死後也和凡夫俗子一樣同歸塵土。

相似　氣吞山河

相反　微不足道

巧奪天工（ㄑㄧㄠˇ ㄉㄨㄛˊ ㄊㄧㄢ ㄍㄨㄥ）

解釋　人工的精巧勝過天然生成的東西。

出處　元・趙孟頫〈贈放煙火者〉：「人間巧藝奪天工。」

用法　形容技藝精妙。

例句　「巧奪天工」的翠玉白菜，是臺北故宮博物院的鎮館之寶。

相似　鬼斧神工

相反　平淡無奇

平分秋色（ㄆㄧㄥˊ ㄈㄣ ㄑㄧㄡ ㄙㄜˋ）

解釋　共賞秋景，兩人平均各得一半。

用法　形容兩人或雙方的實力難以分出高下。

例句　兩人的棋藝「平分秋色」，對弈中不禁興起惺惺相惜之感。

未雨綢繆（ㄨㄟˋ ㄩˇ ㄔㄡˊ ㄇㄡˊ）

解釋　還沒下雨時，就要把門窗捆綁牢固。

出處　《詩經・豳風・鴟鴞》：「迨天之未陰雨，徹彼桑土，綢繆牖戶。」

用法　比喻事前做好準備工作。

例句　聽說又有颱風，部分商家「未雨綢繆」，先把廣告看板釘牢。

相似　曲突徙薪

相反　臨渴掘井

瓦釜雷鳴

解釋 聲音低沉的砂鍋發出雷鳴般的響聲。

出處 《楚辭·卜居》：「黃鐘毀棄，瓦釜雷鳴。」

用法 比喻才能平庸的人反得志，占據高位。

例句 「瓦釜雷鳴」、小人得志，是許多古代文人心中共同的苦悶。

相似 瓦罐雷鳴

生吞活剝

解釋 唐人張懷慶整篇抄襲名人詩句，被譏笑是「活剝張昌齡，生吞郭正一」。

用法 比喻不能瞭解或吸收別人的言論，只生硬的抄襲或模仿。

例句 他這篇文章根本是「生吞活剝」別人的作品嘛，怎麼有臉發表呢？

相似 生搬硬套

相反 融會貫通

生花妙筆

解釋 筆頭上開出花來。

出處 五代·王仁裕《開元天寶遺事·夢筆頭生花》：「李太白少時，夢所用之筆頭上生花，後天才贍溢，名聞天下。」

用法 讚美別人文章很出色。

例句 真希望我也有「生花妙筆」，才能真切記下眼前壯闊美景帶來的感動。

相反 夢筆生花

目不見睫

解釋 人的眼睛看不見自己的睫毛。

出處 《史記·越王句踐世家》：「吾不貴其用智之如目，見毫毛而不見其睫也。」

用法 比喻沒有自知之明。

例句 他犯了「目不見睫」的毛病，卻一味指責別人的錯誤。

目不識丁

解釋　連「丁」這樣簡單的字都不認識。

出處　宋．文天祥〈不睡〉：「眼不識丁馬前卒，隔床鼾聲正陶然。」

用法　形容人不識字。

例句　隨著國民義務教育的普及，「目不識丁」的文盲已經很少了。

相似　不識一丁

相反　學富五車

目光如豆

解釋　眼光像豆子那樣小。

用法　形容見識短淺，胸襟狹窄。

例句　他那樣「目光如豆」、毫無遠見，如何能擔任組織領導的工作？

相似　鼠目寸光

相反　目光遠大

目空一切

解釋　一切都不放在眼裡。

出處　《鏡花緣》第十八回：「誰知腹中雖離淵博尚遠，那目空一切、旁若無人光景，卻處處擺在臉上。」

用法　形容妄自尊大。

例句　就算再怎麼優秀，也不能「目空一切」，要知道人外有人，天外有天呀！

相似　目中無人

相反　虛懷若谷

匠心獨運

解釋　運用巧妙的心思。

出處　清．平步青《霞外捃屑》卷七：「文之模擬龍門，似有套話填寫者，使人厭棄，至匠心獨運之作，色韻古雅，掌故淹通，實與荊川方駕。」

用法　形容獨特的藝術巧思。

例句　那位裁縫師「匠心獨運」，將住所布置成充滿蕾絲拼布的童話小屋。

相似　獨出心裁

相反　襲人故技

各有千秋（ㄍㄜˋ ㄧㄡˇ ㄑㄧㄢ ㄑㄧㄡ）

解釋　各自都能流傳久遠。

出處　《文明小史》第六十回：「兄弟擔著這個責任，時時捏著一把汗，諸君流芳遺臭，各有千秋，何必在這裡頭混呢？」

用法　比喻各有專長，各有優點。

例句　既然兩位參賽者的演出「各有千秋」，就讓他們並列第二名吧！

相似　各有所長

妄自尊大（ㄨㄤˋ ㄗˋ ㄗㄨㄣ ㄉㄚˋ）

解釋　很狂妄的認為自己很尊貴、很偉大。

出處　《後漢書．馬援傳》：「子陽井底蛙耳，而妄自尊大。」

用法　比喻為人狂妄，自高自大，看不起別人。

例句　「妄自尊大」的行為，反而會讓人瞧不起。

相似　自高自大

相反　自輕自賤

妄自菲薄（ㄨㄤˋ ㄗˋ ㄈㄟˇ ㄅㄛˊ）

解釋　輕率的看輕自己。

出處　三國．諸葛亮〈出師表〉：「不宜妄自菲薄，引喻失義，以塞忠諫之路也。」

用法　形容自己看輕自己。

例句　要相信自己的潛能，切莫因為一兩次失敗就「妄自菲薄」。

相似　自輕自賤

相反　妄自尊大

名不虛傳（ㄇㄧㄥˊ ㄅㄨˋ ㄒㄩ ㄔㄨㄢˊ）

解釋　不是只有傳揚空名而已。

出處　《三國演義》四十五回：「兵精糧足，名不虛傳。」

用法　比喻名聲與實際相符，不是徒具虛名。

例句　這家店的小籠湯包皮薄餡多，「名不虛傳」，難怪每天都大排長龍。

相似 名副其實

相反 徒有其名

名師出高徒（ㄇㄧㄥˊ ㄕ ㄔㄨ ㄍㄠ ㄊㄨˊ）

解釋 有名的師傅教出高明的徒弟。

用法 指由學問好、技術好的老師，教導出來的學生，學問、技術也像老師一樣好。

例句 那位知名烘焙師傅的弟子，日前得到國際創意麵包競賽大獎，果然「名師出高徒」。

名副其實（ㄇㄧㄥˊ ㄈㄨˋ ㄑㄧˊ ㄕˊ）

解釋 名聲與實際相符合。

出處 清·袁枚《隨園詩話》卷五：「如欲狀元之名副其實，則狀元二字，胸中不可一日忘也。」

用法 形容名聲或名稱與實際內涵一致。

例句 他是「名副其實」的魔術大師，表演總是出神入化，一點破綻也沒有。

相似 名不虛傳

相反 有名無實

名落孫山（ㄇㄧㄥˊ ㄌㄨㄛˋ ㄙㄨㄣ ㄕㄢ）

解釋 名字還在最後一名的孫山先生的後面。

出處 宋·范公偁《過庭錄》：「解名盡處是孫山，賢郎更在孫山外。」

用法 比喻落榜。

例句 現在不好好努力，小心明年又要「名落孫山」了。

相似 榜上無名

相反 金榜題名

因地制宜（ㄧㄣ ㄉㄧˋ ㄓˋ ㄧˊ）

解釋 根據地方特性制定適當的方法。

出處 《吳越春秋·闔閭內傳》：「夫築城郭，立倉庫，因地制宜，豈有天氣之數，以威鄰國者乎？」

用法 指按照各地情況，採取適當措施。

例句 交通建設必須「因地制

宜」，不可淪為選舉支票。

相似 相機行事

相反 膠柱鼓瑟

因材施教（ㄧㄣ ㄘㄞˊ ㄕ ㄐㄧㄠˋ）

解釋 依據人才不同，施以不同教法。

出處 《論語．為政》：「子游問孝……」、「子夏問孝……」朱熹注引程頤曰：「子游能養而或失於敬，子夏能直義而或少溫潤之色，各因其材之高下與其所失而告之，故不同也。」

用法 依照受教者的性情、才能不同，而採取不同的方法教導。

例句 孔子門下之所以人才輩出，實有賴「因材施教」的教學方針。

相似 因人施教

相反 一張方子吃藥

因勢利導（ㄧㄣ ㄕˋ ㄌㄧˋ ㄉㄠˇ）

解釋 順著趨勢引導。

出處 《史記．孫子傳》：「善戰者，因其勢而利導之。」

用法 比喻順著事物自然發展的趨勢，加以利用引導。

例句 大禹採用「因勢利導」的方式，才順利平定洪水。

相似 順水推舟

相反 逆水行舟

因噎廢食（ㄧㄣ ㄧㄝ ㄈㄟˋ ㄕˊ）

解釋 因為怕吃東西會卡住喉嚨，就不再吃了。

出處 《呂氏春秋．蕩兵》：「有以饐（噎）死者，欲禁天下之食，悖。」

用法 比喻偶然受一次挫折或發生一點小問題，就放棄該做的事。

例句 勇敢的人，跌倒了，擦乾眼淚，再爬起來，絕不會「因噎廢食」，自我捆綁。

相似 聞噎廢食

相反 百折不撓

好學近乎智，知恥近乎勇（ㄏㄠˋ ㄒㄩㄝˊ ㄐㄧㄣˋ ㄏㄨ ㄓˋ，ㄓ ㄔˇ ㄐㄧㄣˋ ㄏㄨ ㄩㄥˇ）

解釋 好學接近有智，知道羞恥就接近勇敢。

用法 表示只要做到好學和知恥，就會有勇氣和謀略。

例句 他總是以「好學近乎智，知恥近乎勇」的格言時時砥礪自己。

如法炮製（ㄖㄨˊ ㄈㄚˇ ㄆㄠˊ ㄓˋ）

解釋 依照古法，炮製中藥。

出處 《兒女英雄傳》五回：「等明日早走，依舊如法炮製，也不怕他飛上天去。」

用法 比喻依照舊規矩處理事情。

例句 看來這個方法挺管用，下回我們就「如法炮製」吧！

相似 依樣畫葫蘆

相反 不落窠臼

如虎添翼（ㄖㄨˊ ㄏㄨˇ ㄊㄧㄢ ㄧˋ）

解釋 像老虎長了翅膀。

出處 《三國演義》三十九回：「今玄德得諸葛亮為輔，如虎生翼矣。」

用法 比喻本領很大的人又增加新的力量，能力更大。或指惡人得到援助，更加的凶惡。

例句 那位投手新練成了伸卡球，果然「如虎添翼」，頻頻讓對方打者出局。

如雷貫耳（ㄖㄨˊ ㄌㄟˊ ㄍㄨㄢˋ ㄦˇ）

解釋 像雷聲傳入耳朵那樣響亮。

出處 元．無名氏《凍蘇秦》第一折：「久聞先生大名，如雷貫耳，今日幸遇尊顏，實乃小坐萬幸。」

用法 比喻人的名聲極大。

例句 真不敢相信眼前這位年輕人，就是大名「如雷貫耳」的鋼琴家。

相似 大名鼎鼎

相反 默默無聞

字斟句酌（ㄗˋ ㄓㄣ ㄐㄩˋ ㄓㄨㄛˊ）

解釋 對文章中的每字每句都

仔細地斟酌、推敲。

出處 清・紀昀《閱微草堂筆記・灤陽消夏錄一》：「《論語》、《孟子》，宋儒積一生精力，字斟句酌，亦斷非漢儒所及。」

用法 形容說話或寫作時態度慎重。

例句 那位作家向來都「字斟句酌」，所以作品並不多，但都很暢銷。

相似 咬文嚼字

相反 率爾操觚

成竹在胸（ㄔㄥˊ ㄓㄨˊ ㄗㄞˋ ㄒㄩㄥ）

解釋 心中已有竹子的形象。也作「胸有成竹」。

出處 宋・蘇軾〈文與可畫篔簹谷偃竹記〉：「畫竹必先得成竹於胸中。」

用法 比喻處理事情前心裡已有定見。

例句 對於這件事，他已做好萬全的準備，可說是「成竹在胸」了。

相似 心中有數

扣槃捫燭（ㄎㄡˋ ㄆㄢˊ ㄇㄣˊ ㄓㄨˊ）

解釋 敲擊銅盤，撫摸蠟燭

出處 宋・蘇軾〈日喻〉：「生而眇者不識日，問之有目者。或告之曰：『日之狀如銅槃。』扣槃而得其聲。他日聞鐘，以為日也。或告之曰：『日之光如燭。』捫燭而得其形。他日揣籥，以為日也。日之與鐘、籥亦遠矣，而眇者不知其異，以其未嘗見而求之人也。」

用法 比喻因為認識不深入、不正確而導致錯誤，難以得到真相。

例句 他批評別人是「扣槃捫燭」，但自己又何嘗沒有這樣的毛病？

曲突徙薪（ㄑㄩ ㄊㄨˊ ㄒㄧˇ ㄒㄧㄣ）

解釋 把煙囪改建成彎的，把灶旁的木柴搬開，避免發生火災。

出處 《漢書・霍光傳》：

「今論功而請賓，曲突徙薪亡恩澤，焦頭爛額者為上客耶！」

用法 比喻事先採取措施，防止危險發生。

例句 應該把熱水器裝在室外，「曲突徙薪」，才能避免一氧化碳中毒的危險。

相似 未雨綢繆

相反 江心補漏

有眼不識泰山（ㄧㄡˇ ㄧㄢˇ ㄅㄨˋ ㄕˋ ㄊㄞˋ ㄕㄢ）

解釋 魯班長了眼睛，卻認不出徒弟泰山。

用法 比喻認不出或不知道禮敬有權勢的人物。

例句 恕我「有眼不識泰山」，一下子沒能認出您老人家來。

有備無患（ㄧㄡˇ ㄅㄟˋ ㄨˊ ㄏㄨㄢˋ）

解釋 有準備就沒有災患。

出處 《尚書．說命中》：「惟事事，乃其有備，有備無患。」

用法 比喻事先有所準備，就可以免除禍患。

例句 他自認為「有備無患」，家裡總囤積一堆根本用不到的東西。

相似 未雨綢繆

相反 臨陣磨槍

有聲有色（ㄧㄡˇ ㄕㄥ ㄧㄡˇ ㄙㄜˋ）

解釋 有聲音也有形象。

出處 清．洪亮吉《北江詩話》一：「寫月有聲有色如此，後人復何從著筆耶？」

用法 形容表演得精采動人。也形容敘述或描繪得十分生動。

例句 他成功解決招生不足的難題，將社團經營得「有聲有色」。

相似 繪聲繪色

相反 死氣沉沉

汗牛充棟（ㄏㄢˋ ㄋㄧㄡˊ ㄔㄨㄥ ㄉㄨㄥˋ）

解釋 書籍很多，搬運時會使牛累得出汗，收藏時要放滿整個屋子。

出處 唐・柳宗元〈陸文通先生墓志〉：「其為書，處則充棟宇，出則汗牛馬。」

用法 形容藏書很多。

例句 老師家的藏書「汗牛充棟」，簡直可以媲美大型圖書館了。

相似 坐擁百城

相反 寥若晨星

江郎才盡（ㄐㄧㄤ ㄌㄤˊ ㄘㄞˊ ㄐㄧㄣˋ）

解釋 文學家江淹的才華用完了。

出處 南朝梁・鍾嶸《詩品》卷中：「（江淹）夢一美丈夫，自稱郭璞，謂淹曰：『我有筆在卿處多年矣，可以見還。』淹探懷中，得五色筆以授之。爾後為詩，不復成語，故世傳『江淹才盡』。」

用法 比喻文思枯窘。

例句 那位作家近年的作品越來越難吸引讀者，恐怕是「江郎才盡」了。

相似 才竭智疲

相反 文思泉湧

牝牡驪黃（ㄆㄧㄣˋ ㄇㄨˇ ㄌㄧˊ ㄏㄨㄤˊ）

解釋 挑選千里馬不管雌的、雄的、黑的、黃的。

用法 比喻對事物不計較外表，注重實質。

例句 選擇人才著重的是實力，不論「牝牡驪黃」都不應設限。

百尺竿頭，更進一步（ㄅㄞˇ ㄔˇ ㄍㄢ ㄊㄡˊ，ㄍㄥˋ ㄐㄧㄣˋ ㄧˊ ㄅㄨˋ）

解釋 比百尺高的竿子，還要再更超前一些。

出處 《秉燭談》：「師示一偈曰：『百尺竿頭不動人，雖然得入未為真，百尺竿頭須進步，十方世界是全身。』」

用法 勉勵人不要滿足於已有的成就，還要繼續努力求進步。

例句 「百尺竿頭，更進一步」，雖然衛冕成功，還是要繼續努力才行。

相似　再接再厲

相反　停滯不前

百步穿楊（ㄅㄞˇ ㄅㄨˋ ㄔㄨㄢ ㄧㄤˊ）

解釋　能在百步以外射穿選定的某一片楊柳葉子。

出處　《史記．周本紀》：「楚有養由基善射，能在百步外射柳葉，箭不虛發。」

用法　形容射箭或射擊技術非常高明。

例句　那位選手據稱有「百步穿楊」的功夫，今日觀看他的比賽情況，果然名不虛傳。

相似　百發百中

百發百中（ㄅㄞˇ ㄈㄚ ㄅㄞˇ ㄓㄨㄥˋ）

解釋　射出一百次，一百次都射中目標。

出處　《戰國策．西周策》：「（蘇厲）謂白起曰：『楚有養由基者，善射，去柳葉者百步而射之，百發百中。』」

用法　形容射箭或射擊準確。也比喻料事精準。

例句　要是沒有「百發百中」的把握，大師也不會輕易出手。

相似　彈無虛發

百聞不如一見（ㄅㄞˇ ㄨㄣˊ ㄅㄨˋ ㄖㄨˊ ㄧˋ ㄐㄧㄢˋ）

解釋　聽別人說一百次，不如自己親眼看到一次來得確實。

出處　《漢書．趙充國傳》：「百聞不如一見，兵難隃度。臣願馳至金城，圖上方略。」

用法　指多聽不如眼見可靠。

例句　這座古老教堂如此華麗壯觀，真是「百聞不如一見」。

相似　眼見為實

相反　貴耳賤目

羽毛未豐（ㄩˇ ㄇㄠˊ ㄨㄟˋ ㄈㄥ）

解釋　小鳥身上的羽毛還長得不多。

出處　《戰國策・秦策一》：「秦王曰：『寡人聞之，毛羽不豐滿者，不可以高飛。』」

用法　比喻年輕人閱歷少。也比喻勢力微弱。

例句　他雖然「羽毛未豐」，但已展現出相當的才華。

老蚌生珠（ㄌㄠˇ ㄅㄤˋ ㄕㄥ ㄓㄨ）

解釋　老蚌蛤生出珍珠。

出處　漢・孔融〈與韋端書〉：「不意雙珠，近出老蚌。」

用法　比喻老年得子。特指高齡婦女生子。

例句　隨著醫學進步與結婚年齡的提高，「老蚌生珠」已不再是新聞。

相似　老來得子

老馬識途（ㄌㄠˇ ㄇㄚˇ ㄕˋ ㄊㄨˊ）

解釋　老馬認識回國的路。

出處　《韓非子・說林上》：「管仲、隰朋從於桓公而伐孤竹，春往冬返，迷惑失道，管仲曰：『老馬之智可用也。』乃放老馬而隨之，遂得道。」

用法　比喻對某事有豐富的經驗，可以為先導。

例句　多虧他「老馬識途」，我們才能嘗到主廚的私房菜。

相反　少不更事

老驥伏櫪（ㄌㄠˇ ㄐㄧˋ ㄈㄨˊ ㄌㄧˋ）

解釋　駿馬身在馬廄中，心卻馳騁在千里之外。

出處　東漢・曹操〈步出夏門行〉：「老驥伏櫪，志在千里；烈士暮年，壯心不已。」

用法　比喻人年紀雖大，但仍懷著雄心壯志。

例句　他雖然七十多歲了，卻仍懷著「老驥伏櫪」的壯志。

相似　老當益壯

相反　暮氣沉沉

行雲流水

解釋　飄行的雲，流動的水。

出處　《宋史．蘇軾傳》：「軾嘗自謂：『作文如行雲流水，初無定質，但常行於所當行，止於所不可不止。』」

用法　比喻心性隨性自然，不受拘束。也比喻文章自然流暢。

例句　雲門舞者「行雲流水」的舞蹈動作，深深打動所有觀眾的心。

相似　天馬行空

相反　矯揉造作

別出心裁

解釋　出於個人的創造和裁斷。

出處　《鏡花緣》四十五回：「但這裡兒有三十餘口之多，不知賢妹可能別出心裁，另有泡製？」

用法　比喻另想出一種與眾不同的新風格、新點子。

例句　社長那張「別出心裁」的招生海報，成功的吸引許多學弟妹到社團洽詢入社事宜。

相似　別出機杼

相反　千篇一律

別開生面

解釋　另外開出新的面貌。

出處　唐．杜甫〈丹青引〉：「凌煙功臣少顏色，將軍下筆開生面。」

用法　形容另尋途徑，開創新風格、新面貌。

例句　這場「別開生面」的閉幕式，讓各國選手們永難忘懷。

相似　別具一格

相反　陳陳相因

呆若木雞

解釋　呆得像木頭作的雞一樣。也說「蠢若木雞」。

用法　形容因恐懼或驚訝而發愣的樣子。

例句　行道樹突然倒在公車面前，嚇得全車乘客「呆若木雞」。

相似　泥塑木雕

吳下阿蒙

解釋　三國時長江下游南岸一帶吳國大將呂蒙。

用法　本指只有膽識、武功而沒有學識的人。後譏諷人沒有才學、技能。

例句　你別取笑他，他早已不是當年的「吳下阿蒙」了。

吳牛喘月

解釋　江淮一帶氣候炎熱，水牛怕熱，見到月亮就懷疑是太陽，因而喘起氣來。

出處　《世說新語．言語》：「臣猶吳牛，見月而喘。」

用法　比喻因疑心而害怕。

例句　他是出自於關心，沒有不良企圖，你又何苦「吳牛喘月」，自己嚇自己呢？

相似　杯弓蛇影

囫圇吞棗

解釋　把整個棗子咽下去，不加咀嚼，不辨滋味。

出處　《古今雜劇．吳昌齡．二郎收豬八戒劇》一：「我見你須臾下禮有蹺蹊，我這裡囫圇吞棗不知酸淡。」

用法　比喻學習時籠統接受，不求深入理解。

例句　不加理解，只是「囫圇吞棗」的猛看書，怎麼能真正吸收到知識呢？

相似　食古不化

相反　融會貫通

坐井觀天

解釋　坐在井底仰望天空，只能看到一小部分。

出處　唐．韓愈〈原道〉：「坐井而觀天，曰天小者，非天小也。」

用法　比喻眼界狹小，見識有限。

例句 他決定到國外去留學，接觸點不一樣的東西，才不致「坐井觀天」。

相似 管中窺豹

相反 見多識廣

壯士斷腕（ㄓㄨㄤˋ ㄕˋ ㄉㄨㄢˋ ㄨㄢˋ）

解釋 壯士被蛇咬了，就自己把被咬到的手腕給砍斷。

出處 《三國志·魏書·陳泰傳》：「古人有言，蝮蛇螫手，壯士解其腕。」

用法 比喻當機立斷，毫不猶豫。

例句 他為了讓公司能正常運作，「壯士斷腕」，裁撤數百名冗員，盡量精簡人事預算，降低管銷成本。

壯志未酬（ㄓㄨㄤˋ ㄓˋ ㄨㄟˋ ㄔㄡˊ）

解釋 壯偉的志向沒有實現。

出處 唐·李頻〈春日思歸〉：「壯志未酬三尺劍，故鄉空隔萬重山。」

用法 指人有遠大的抱負和志向，卻因故無法實現。

例句 古代英雄豪傑，縱使年事已高，但是依然「壯志未酬」，滿腔熱血。

相反 如願以償

孜孜不倦（ㄗ ㄗ ㄅㄨˋ ㄐㄩㄢˋ）

解釋 努力不倦怠的樣子。

出處 《三國志·蜀書·向朗傳》：「乃更潛心典籍，孜孜不倦。」

用法 形容勤奮努力，毫不倦怠。

例句 姊姊非常喜歡讀書，每天都看她「孜孜不倦」的坐在書桌前。

相似 終日乾乾

相反 中道而廢

弄巧成拙（ㄋㄨㄥˋ ㄑㄧㄠˇ ㄔㄥˊ ㄓㄨㄛˊ）

解釋 想取巧而誤了事。

出處 黃庭堅〈拙軒頌〉：「弄巧成拙，為蛇畫足。」

用法 形容本想投機取巧，結果反而弄糟了事情。

例句 他為了節省裝潢費用，

決定自己動手，想不到「弄巧成拙」，打翻了油漆、貼歪了磁磚，攪得一團亂。

相似 刻鵠似鶩

相反 恰到好處

技藝超群

解釋 才能比別人優秀。

用法 比喻才藝、本領超出眾人之上。

例句 她不僅功課好、口才佳，而且「技藝超群」，是班上的菁英分子。

相似 超群絕倫

扶不起的阿斗

解釋 指三國蜀漢後主阿斗（劉禪）平凡而無所作為，即使有賢臣諸葛亮輔佐，也沒有建樹。

用法 比喻庸碌無能、沒有作為的人。

例句 若不爭上游，將來仍舊是個「扶不起的阿斗」。

束手無策

解釋 像手被捆住一樣，一點辦法也沒有。

出處 《宋季三朝政要》：「（秦）檜死而逆（完顏）亮南牧，孰不束手無策。」

用法 形容遇到問題時沒有解決的辦法。

例句 醫生對這種罕見的遺傳疾病「束手無策」，讓病患家屬非常著急。

相似 一籌莫展

相反 急中生智

牡丹雖好，全憑綠葉扶持

解釋 牡丹雖然嬌豔，但全靠綠葉來襯托才能突顯。

用法 比喻有能力的人，也少不了別人的幫助。

例句 「牡丹雖好，全憑綠葉扶持」，就算是配角也非常重要呢！

良莠不齊

解釋 好的壞的不整齊。

用法 指素質參差，好的、壞

的夾雜在一起。

例句 班上學生程度「良莠不齊」，老師必須改變教學方式。

相似 魚龍混雜

相反 整齊劃一

見仁見智（ㄐㄧㄢˋ ㄖㄣˊ ㄐㄧㄢˋ ㄓˋ）

解釋 同一件事，有仁德者看到說那是仁，有智慧者看到說那是智。

出處 《周易．繫辭上》：「仁者見之謂之仁，知者見之謂之知。」

用法 比喻對於同一問題，各人從不同的角度、立場來看便持有不同的看法。

例句 這是個「見仁見智」的問題，本來就沒有標準答案。

相似 各持己見

相反 不謀而合

見機行事（ㄐㄧㄢˋ ㄐㄧ ㄒㄧㄥˊ ㄕˋ）

解釋 看時機辦事。

出處 《周易．繫辭下》：「君子見幾而作，不俟終日。」

用法 比喻依照客觀的形勢變化而採取適當的措施。

例句 既然大家沒有時間充分準備，到時候只好「見機行事」了。

相似 隨機應變

相反 因循守舊

並駕齊驅（ㄅㄧㄥˋ ㄐㄧㄚˋ ㄑㄧˊ ㄑㄩ）

解釋 幾匹馬並排拉一輛車一齊快跑。

出處 《文心雕龍．附會》：「並駕齊驅，而一轂統輻。」

用法 比喻在地位、程度上齊頭並進，不分上下。

例句 這兩家報社在新聞界的地位與影響力可說是「並駕齊驅」。

相似 並行不悖

相反 大相逕庭

乳臭未乾（ㄖㄨˇ ㄒㄧㄡˋ ㄨㄟˋ ㄍㄢ）

解釋 身上還有奶腥味。

用法 譏笑人年少無知。

例句 那個「乳臭未乾」的小子，居然假扮檢察官行騙，引起社會一陣譁然。

相似 少不更事

相反 老成持重

事半功倍（ㄕˋ ㄅㄢˋ ㄍㄨㄥ ㄅㄟˋ）

解釋 事情減半，功效倍增。

出處 《孟子．公孫丑上》：「萬乘之國，行仁政，民之悅之，猶解倒懸也，故事半古之人，功必倍之，惟此時為然。」

用法 形容不費什麼力而效果很大。

例句 想收到「事半功倍」的效果，就不能輕忽行動前的計畫工作。

相反 事倍功半

事倍功半（ㄕˋ ㄅㄟˋ ㄍㄨㄥ ㄅㄢˋ）

解釋 事情加倍，功效減半。

出處 唐．白居易〈為人上宰相書〉：「故時未至，聖賢不進而求；時既來，聖賢不退而讓。蓋得之則不啻乎事半而功倍也；失之列不啻事倍而功半也。」

用法 形容花費很多力氣而沒有成果。

例句 若沒有充分的準備，僅一味的埋頭苦做，到時候可能會「事倍功半」。

相反 事半功倍

刻舟求劍（ㄎㄜˋ ㄓㄡ ㄑㄧㄡˊ ㄐㄧㄢˋ）

解釋 佩劍掉進水裡，卻在掉落處的船身上刻記號，希望能找回來。

用法 比喻固執刻板，不知道變通。

例句 你那種「刻舟求劍」的作法，在這非常時期是行不通的。

相似 膠柱鼓瑟

相反 隨機應變

刮目相看（ㄍㄨㄚ ㄇㄨˋ ㄒㄧㄤ ㄎㄢˋ）

解釋 擦亮眼睛來看待。也說

「刮目相待」。

出處　《三國志．吳書．呂蒙傳》：「肅拊蒙背曰：『吾謂大弟但有武略耳，至於今者，學識英博，非復吳下阿蒙。』蒙曰：『士別三日，即更刮目相待。』」

用法　指別人已有顯著進步，必須以全新的眼光看待他。

例句　沒想到三年不見，他竟變得如此成熟穩重，實在該對他「刮目相看」了。

相似　另眼相待

相反　不屑一顧

奇貨可居（ㄑㄧˊ ㄏㄨㄛˋ ㄎㄜˇ ㄐㄩ）

解釋　罕見珍貴的物品可以囤積。

出處　《史記．呂不韋傳》：「子楚，秦諸庶孽孫，質於諸侯，車乘進用不饒，居處困，不得意。呂不韋賈邯鄲，見而憐之，曰：『此奇貨可居。』」

用法　指把珍貴的貨物囤積起來，希望能夠謀取更高的利益。

例句　那枚絕版郵票「奇貨可居」，是許多蒐藏家競逐的珍品。

相似　囤積居奇

孤芳自賞（ㄍㄨ ㄈㄤ ㄗˋ ㄕㄤˇ）

解釋　獨秀的香花自我欣賞。

出處　宋．張孝祥〈念奴嬌．過洞庭〉：「應念嶺表經年，孤芳自賞，肝膽冰雪。」

用法　比喻自命清高，自我欣賞。也指人品格高潔，懷才不遇。

例句　我這作品只能「孤芳自賞」，實在難登大雅之堂。

相似　自命清高

孤陋寡聞（ㄍㄨ ㄌㄡˋ ㄍㄨㄚˇ ㄨㄣˊ）

解釋　見聞淺陋貧乏。

出處　《禮　記．學　記》：「獨學而無友，則孤陋而寡聞。」

用法　形容人學識短淺，見識

貧乏。

例句　你也太「孤陋寡聞」了吧？居然連世界最知名的男高音也不認識。

相似　淺見寡聞

相反　博學多聞

抛磚引玉（ㄆㄠ ㄓㄨㄢ ㄧㄣˇ ㄩˋ）

解釋　抛出磚去，引回玉來。

出處　《景德傳燈錄・從諗禪師》：「比來抛磚引玉，卻得個墼子。」

用法　謙稱自己先發表粗淺的意見或文章，目的在引出別人的高見或佳作。

例句　我這篇文章不過是「抛磚引玉」，希望能得到更多迴響。

相似　引玉之磚

抱殘守缺（ㄅㄠˋ ㄘㄢˊ ㄕㄡˇ ㄑㄩㄝ）

解釋　守著舊的、殘缺的東西。也說「保殘守缺」。

出處　清・顧炎武《國朝漢學師承記》：「二君以瑰異之質，負經世之才……豈若抱殘守缺之俗儒，尋章摘句之世士也哉！」

用法　比喻守舊而不肯接受新事物。

例句　在這競爭激烈的社會，千萬不能以「抱殘守缺」的態度面對新事物。

相似　墨守成規

相反　推陳出新

抱薪救火（ㄅㄠˋ ㄒㄧㄣ ㄐㄧㄡˋ ㄏㄨㄛˇ）

解釋　抱著柴薪去救火，反而讓火越燒越旺。也說「負薪救火」。

出處　《戰國策・魏策三》：「以地事秦，譬猶抱薪而救火也，薪不盡火不滅。」

用法　比喻用錯誤的方法解決問題，反而使問題愈來愈糟糕。

例句　一味引進外勞來解決國內勞動力不足的問題，其實是「抱薪救火」的作法。

相似　潑油救火

相反　釜底抽薪

斧快不怕木柴硬

解釋　刀斧銳利不怕木柴硬，砍不斷。

用法　比喻只要有決心和方法，就不怕重重困難。

例句　「斧快不怕木柴硬」，咱們想好對策，就不擔心問題不能解決。

易如反掌

解釋　像翻一下手掌那麼容易。

出處　漢．枚乘〈上書諫吳王〉：「變所欲為，易於反掌，安於泰山。」

用法　形容事情非常容易。

例句　他對附近環境非常熟悉，擔任地陪對他來說是「易如反掌」。

相似　唾手可得

相反　難於登天

明察秋毫

解釋　眼睛明亮可以察覺秋天鳥獸身上新長的細毛。

出處　《孟子．梁惠王上》：「明足以察秋毫之末，而不見輿薪，則王許之乎？」

用法　形容能夠洞察一切。

例句　多虧檢察官的「明察秋毫」，才讓真正的兇手無法逍遙法外。

相似　洞若觀火

東不成，西不就

解釋　各方面都難以成就。

用法　比喻做什麼都不合適而難有成就。

例句　如果不培養一技之長，將來勢必會「東不成，西不就」，增加求職的困難度。

相似　高不成，低不就

相反　學有所用

東施效顰

解釋　醜女東施模仿美女西施皺眉頭的樣子。

出處　《莊　子．天　運》：「西施病心而矉（顰）其里，其里之醜人見而美之，歸亦捧心而矉其里。其里之富人見之，堅閉門而不出；貧人見之，挈妻子而去之走。」

用法 比喻以醜拙學美好，反更加醜拙。泛指模仿者的愚蠢可笑。

例句 你為什麼要「東施效顰」，而不好好發揮自己的專長呢？

相似 邯鄲學步

相反 另闢蹊徑

杯水車薪（ㄅㄟ ㄕㄨㄟˇ ㄐㄩ ㄒㄧㄣ）

解釋 用一杯水來救一車著火的柴草。也說「杯水輿薪」。

出處 《孟子．告子上》：「猶以一杯水救一車薪之火也。」

用法 比喻力量太小，無濟於事。

例句 社福團體今年中秋節只收到零星幾張月餅訂單，根本是「杯水車薪」。

相似 於事無補

狗尾續貂（ㄍㄡˇ ㄨㄟˇ ㄒㄩˋ ㄉㄧㄠ）

解釋 官員太多，做官員帽飾的貂尾不夠用，便用狗尾代替。

出處 《晉書．趙王倫傳》：「貂不足，狗尾續。」

用法 原指任官冗濫。現在則比喻事物後不如前，好壞不相稱（多指文藝作品）。也用來謙稱為既有的文章再寫續文。

例句 那部熱門電影的續集，不論劇情或選角都遠遜前作，實是「狗尾續貂」。

盲人摸象（ㄇㄤˊ ㄖㄣˊ ㄇㄛ ㄒㄧㄤˋ）

解釋 幾個瞎子摸一隻大象，摸到象腿的說大象似一根柱子，摸到身子的說大象似一堵牆，摸到尾巴的說大象似一條蛇，爭論不休。

出處 《涅槃經》：「眾盲摸象，觸其耳者言象如箕，觸其腹者言象如甕……。」

用法 比喻看問題只知片面，不知全體，未對事物作全面的了解，以偏概全。

例句 「盲人摸象」的故事，告訴我們不能用一孔之見以偏概全。

相似 扣槃捫燭

初出茅廬（ㄔㄨ ㄔㄨ ㄇㄠˊ ㄌㄨˊ）

解釋 諸葛亮年輕時隱居在南陽茅廬，劉備去請了他三次，他才出來幫助劉備打天下。

用法 比喻人初入社會，缺乏經驗。

例句 那位素人演員「初出茅廬」的第一部電影，就奪得奧斯卡獎的榮譽。

相似 涉世未深

相反 身經百戰

初生之犢不畏虎（ㄔㄨ ㄕㄥ ㄓ ㄉㄨˊ ㄅㄨˋ ㄨㄟˋ ㄏㄨˇ）

解釋 剛生下的小牛犢不害怕老虎。也說「初生之犢不懼虎」。

出處 《三國演義》第七十四回：「俗云：『初生之犢不懼虎。』」

用法 比喻年輕人大膽勇敢，敢於創新。

例句 「初生之犢不畏虎」，他才剛畢業，就加入偏鄉行醫的行列。

初試啼聲（ㄔㄨ ㄕˋ ㄊㄧˊ ㄕㄥ）

解釋 初次顯露自己的才藝、本領。

用法 比喻第一次展現才華。

例句 她「初試啼聲」的作品，居然登上書店排行榜前幾名，真是始料未及。

迎刃而解（ㄧㄥˊ ㄖㄣˋ ㄦˊ ㄐㄧㄝˇ）

解釋 碰著刀口就分割開來了。

出處 《晉書．杜預傳》：「今兵已振，譬如破竹，數節之後，皆迎刃而解。」

用法 比喻事情很容易解決，一點也不困難。

例句 只要有周詳的計畫，按部就班的執行，任何事情都能「迎刃而解」。

相似 刃迎縷解

長袖善舞（ㄔㄤˊ ㄒㄧㄡˋ ㄕㄢˋ ㄨˇ）

解釋 長長的袖子增添舞姿的美妙。

出處 《韓非子．五蠹》：「鄙諺曰：『長袖善舞，多錢善賈。』」

用法 原比喻有所憑藉，事情容易成功。後形容人善於逢迎、交際手腕高明。

例句 那位「長袖善舞」的女子，是商界有名的交際花。

相似 多財善賈

青出於藍（ㄑㄧㄥ ㄔㄨ ㄩˊ ㄌㄢˊ）

解釋 靛青是從蓼藍等草中提煉出來的，但顏色卻比蓼藍等更深。

出處 《荀子．勸學》：「青，取之於藍而青於藍；冰，水為之而寒於水。」

用法 比喻學生勝過老師或後人勝過前人。

例句 不廢教練父親的努力調教，他果然「青出於藍」，得到奧運的參賽資格。

相似 青勝於藍

相反 每況愈下

邯鄲學步（ㄏㄢˊ ㄉㄢ ㄒㄩㄝˊ ㄅㄨˋ）

解釋 燕國人到邯鄲去學習趙國人走路的樣子。

出處 《莊子．秋水》：「子獨不聞夫壽陵餘子之學行於邯鄲歟？未得國能，又失其故行矣！」

用法 形容一味的模仿別人，反而失去自己的風格。

例句 「邯鄲學步」的故事，警惕我們不能盲目的模仿。

信手拈來（ㄒㄧㄣˋ ㄕㄡˇ ㄋㄧㄢˊ ㄌㄞˊ）

解釋 隨手取來。

出處 宋．釋普濟《五燈會元．報恩禪師》：「昔日德山臨濟信手拈來，便能坐斷十方，壁立千仞。」

用法 形容創作或言談時材料豐富，能從容運用。

例句 教授博學多聞，講課時史事、時事「信手拈來」，聽得臺下津津有味。

相似 意到筆隨

相反 搜索枯腸

削足適履（ㄒㄩㄝ ㄗㄨˊ ㄕˋ ㄌㄩˇ）

解釋 為了適應小鞋而把腳上的肉削去一塊。

出處 《淮南子．說林》：「夫所以養而害所養，譬猶削足而適履，殺頭而便冠。」

用法 比喻沒有原則，勉強遷就不合適的事。

例句 他為了把書裝進箱子，居然把它們都拆解了，那不是「削足適履」嗎？

相似 截趾適履

相反 隨機應變

南轅北轍（ㄋㄢˊ ㄩㄢˊ ㄅㄟˇ ㄔㄜˋ）

解釋 打算往南方去，車子卻向北走。

出處 《申鑒．雜言下》：「先民有言，適楚而北轅者曰：『吾馬良、用多、御善。』此三者益侈，其去楚亦遠矣。」

用法 比喻背道而馳，行動和目的相反。

例句 他倆個性「南轅北轍」，居然結成莫逆之交，跌破眾人眼鏡。

相似 北轅適楚

相反 有志一同

咬文嚼字（ㄧㄠˇ ㄨㄣˊ ㄐㄩㄝˊ ㄗˋ）

解釋 咬嚼文字。

出處 元．無名氏《殺狗勸夫》第四折：「哎，使不的你咬文嚼字。」

用法 形容過分的斟酌字句。也指賣弄才學或強詞奪理。

例句 這位作者一味的「咬文嚼字」，讓整部作品變得艱澀難讀。

相似 字斟句酌

後生可畏（ㄏㄡˋ ㄕㄥ ㄎㄜˇ ㄨㄟˋ）

解釋　後輩年輕人也能讓前輩畏懼。

出處　《論語·子罕》：「後生可畏，焉知來者之不如今也。」

用法　表示年輕人的未來不可限量，成就可能超越前人。

例句　現代許多孩子年紀小小就是國標高手，實在是「後生可畏」呀！

相似　青出於藍

相反　少不更事

後來居上（ㄏㄡˋ ㄌㄞˊ ㄐㄩ ㄕㄤˋ）

解釋　堆積柴火時，後面搬來的會放在上面。

出處　《史記·汲鄭列傳》：「陛下用群臣，如積薪耳，後來者居上。」

用法　原諷刺用人不當，資格淺的新人反而位居老資格者之上。現在多讚揚後來的人或事物超越先前的。

例句　沒想到那匹黑馬「後來居上」，讓許多押錯寶的觀眾都傻了眼。

相似　青出於藍

相反　後不僭先

恍然大悟（ㄏㄨㄤˇ ㄖㄢˊ ㄉㄚˋ ㄨˋ）

解釋　猛一下清醒而明白。也說「豁然大悟」。

出處　《紅樓夢》九十五回：「大家此時恍然大悟。」

用法　形容忽然間明白覺悟。

例句　經過專家的說明，大家才「恍然大悟」，原來那兩個名字指的是同一種植物。

相似　豁然貫通

相反　百思不解

按圖索驥（ㄢˋ ㄊㄨˊ ㄙㄨㄛˇ ㄐㄧˋ）

解釋　依照畫好的圖樣尋求好馬。也說「按圖索駿」。

出處　明·楊慎《藝林伐山》卷七：「伯樂《相馬經》有『隆顙蛈日，蹄如累麴』之語，其子執《馬經》以求馬，出見大蟾蜍，謂其父曰：『得一馬，略與相同；但蹄不如累麴爾。』伯樂知其子之愚，但轉怒為笑曰：『此馬好跳，不堪御也。』」

用法 比喻辦事拘泥於舊法。現在多指按照資料、線索去尋找事物。

例句 我們只要「按圖索驥」，照著這張地圖走，相信很快就能到達目的地。

相似 刻舟求劍

相反 隨機應變

指揮若定（ㄓˇ ㄏㄨㄟ ㄖㄨㄛˋ ㄉㄧㄥˋ）

解釋 發令調度好像早有規劃一樣。

出處 唐・杜甫〈詠懷古跡〉詩之五：「伯仲之間見伊呂，指揮若定失蕭曹。」

用法 形容作戰時指揮調度時有條不紊，神態從容鎮定。

例句 面對重大事故時，領導人的「指揮若定」，能給人民更多信心。

相似 穩操左券

相反 瞎子摸象

拾人牙慧（ㄕˊ ㄖㄣˊ ㄧㄚˊ ㄏㄨㄟˋ）

解釋 摭取別人說過的話。

出處 《世說新語・文學》：「殷中軍云：『康伯未得我牙後慧。』」

用法 比喻抄襲別人的意見、文字或言語。

例句 這篇新聞報導，完全是抄襲網路舊資料，「拾人牙慧」，毫無價值。

相似 拾人涕唾

相反 自出胸臆

洋洋灑灑（ㄧㄤˊ ㄧㄤˊ ㄙㄚˇ ㄙㄚˇ）

解釋 盛大而連綿不斷的樣子。

出處 宋・張端義《貴耳集》：「誦諸尊宿語錄，先後次序數百言，灑灑可聽。」

用法 形容文章的篇幅很長且文詞優美暢達。

例句 他那封「洋洋灑灑」的

情書，成功擄獲了心上人的芳心。

相似 洋洋萬言

相反 三言兩語

洞若觀火（ㄉㄨㄥˋ ㄖㄨㄛˋ ㄍㄨㄢ ㄏㄨㄛˇ）

解釋 看事物十分明白清楚，好像看火一樣。

出處 清·錢謙益《錢牧齋尺牘·致郎制臺》：「老祖臺察吏安民，洞若觀火。」

用法 比喻觀察事物清楚透徹。

例句 幸虧那位法醫的「洞若觀火」，才能發現之前被忽略的關鍵證據。

相似 洞見癥結

相反 霧裡看花

洛陽紙貴（ㄌㄨㄛˋ ㄧㄤˊ ㄓˇ ㄍㄨㄟˋ）

解釋 左思創作〈三都賦〉，有名人幫忙寫序、稱讚，造成時人互相傳抄，讓洛陽的紙都變貴了。

用法 稱譽某種著作流傳很廣，風行一時。

例句 頭彩得主聲稱是看了那本書才中獎，結果該作馬上賣到缺貨，「洛陽紙貴」，讓出版社也意外。

相似 一字千金

玲瓏剔透（ㄌㄧㄥˊ ㄌㄨㄥˊ ㄊㄧ ㄊㄡˋ）

解釋 透明精巧的樣子。

出處 《兒女英雄傳》二十三回：「又是一對玲瓏剔透的新媳婦。」

用法 形容器物精巧細緻。也形容人聰明靈活。

例句 店員在「玲瓏剔透」的水晶杯裡插上一枝紅玫瑰，格外鮮明美麗。

相似 透徹玲瓏

相反 粗製濫造

相形見絀（ㄒㄧㄤ ㄒㄧㄥˊ ㄐㄧㄢˋ ㄔㄨˋ）

解釋 互相比較就看出不足。

出處 《宋史·賈似道傳》：「自慚形穢，相形見絀。」

用法 形容互相比較之下，就顯出一方的不足。

例句　他進入樂隊後，才知道自己的演奏技巧比起其他團員是「相形見絀」。

相似　相形失色

相得益彰（ㄒㄧㄤ ㄉㄜˊ ㄧˋ ㄓㄤ）

解釋　互相配合就更能彰顯。

出處　漢．王褒〈聖主得賢臣頌〉：「聚精會神，相得益章。」

用法　形容兩者相互配合、協助，就更能顯露出雙方的優點和長處。

例句　香濃的巧克力，配上醇美的葡萄酒，兩者「相得益彰」，更加可口。

相似　相輔相成

相反　黯然失色

相提並論（ㄒㄧㄤ ㄊㄧˊ ㄅㄧㄥˋ ㄌㄨㄣˋ）

解釋　兩相對照，同等比較。

出處　《史記．魏其武安侯列傳》：「相提而論，是自明揚主上之過。」

用法　指把性質不同的兩件事或兩個人不加區別的放在一起，同時談論或比較。

例句　這兩件文物的年代、形制都不同，怎麼能夠「相提並論」？

相似　混為一談

相反　就事論事

相輔相成（ㄒㄧㄤ ㄈㄨˇ ㄒㄧㄤ ㄔㄥˊ）

解釋　互相補充，互相配合。

出處　清．頤瑣《黃繡球》第七回：「有你的勇猛進取，就不能無我的審慎周詳，這就叫做相輔相成。」

用法　指兩件事物能夠互相補充、增益。

例句　他倆一個寫腳本、一個繪畫，「相輔相成」，是知名的漫畫搭檔。

相似　相得益彰

相反　適得其反

茅塞頓開（ㄇㄠˊ ㄙㄜˋ ㄉㄨㄣˋ ㄎㄞ）

解釋　原本像被茅草堵塞一樣的心，一下子暢通了。

出處　《孟子．盡心下》：

「山徑之蹊間，介然用之而成路；為間不用，則茅塞之矣。今茅塞子之心矣。」

用法 形容受到啟發，一下子打開思路，理解了道理。

例句 多謝您的分析解說，在下有「茅塞頓開」之感。

相似 豁然貫通

相反 一竅不通

苦心孤詣（ㄎㄨˇ ㄒㄧㄣ ㄍㄨ ㄧˋ）

解釋 刻苦地用心造詣。

出處 清・翁方綱〈格調論下〉：「今且勿以意匠之獨運者言之，且勿以苦心孤詣戛戛獨造者言之，公且以效古之作若規仿格調者言之。」

用法 稱許人刻苦鑽研，到了別人達不到的境地。

例句 這部書是老師二十年「苦心孤詣」的智慧結晶。

相似 煞費苦心

相反 無所用心

面授機宜（ㄇㄧㄢˋ ㄕㄡˋ ㄐㄧ ㄧˊ）

解釋 當面傳授關鍵。

出處 《官場現形記》十八回：「欽差會意，等到晚上無人的時候，請了拉達過來，面授機宜，如此如此，這般這般的吩咐了一番。」

用法 表示當面傳授要訣，指點處理事情的關鍵。

例句 即使準備充分，登臺前，老師還是不忘對大家「面授機宜」一番。

食古不化（ㄕˊ ㄍㄨˇ ㄅㄨˋ ㄏㄨㄚˋ）

解釋 指仿古而不善運用，就像把食物吃下去不能消化一樣。

出處 清・陳撰《玉几山房畫外錄》引惲向《題自作畫冊》：「可見定欲為古人而食古不化，畫虎不成、刻舟求劍之類也。」

用法 指人死讀古書而不知靈活運用。

例句 讀書如果「食古不化」，就很容易做出悖於世情的舉動。

相似 食而不化

相反 融會貫通

首屈一指（ㄕㄡˇ ㄑㄩ ㄧˋ ㄓˇ）

解釋 屈指計數時首先彎下大拇指。

出處 《兒女英雄傳》第二十九回：「千古首屈一指的孔聖人，便是一位有號的。」

用法 表示位居第一。

例句 日月潭是國內「首屈一指」的觀光勝地。

相似 無出其右

相反 瞠乎其後

乘風破浪（ㄔㄥˊ ㄈㄥ ㄆㄛˋ ㄌㄤˋ）

解釋 駕著風突破海浪前進。

出處 《宋書．宗愨傳》：「愨年少時，炳問其所志，愨曰：『願乘長風，破萬里浪。』」

用法 形容趁著好時機前進。也用來比喻志向遠大，不怕困難。

例句 我們就順這這股氣勢，「乘風破浪」，繼續挑戰冠軍寶座吧。

相似 長風破浪

相反 畫地自限

剜肉補瘡（ㄨㄢ ㄖㄡˋ ㄅㄨˇ ㄔㄨㄤ）

解釋 挖下完好的肉來修補瘡口。

出處 唐．聶夷中〈傷田家〉：「二月賣新絲，五月糶新穀，醫得眼前瘡，剜卻心頭肉。」

用法 比喻用有害的辦法暫時解救眼前的急難，而完全不計較後果。

例句 這種「剜肉補瘡」的行為，未來必然造更大的禍患。

相似 飲鴆止渴

差強人意（ㄔㄚ ㄑㄧㄤˊ ㄖㄣˊ ㄧˋ）

解釋 還可以振奮人們的意志。

出處 《後漢書．吳漢傳》：「諸將見戰陳不利，或多惶懼，失其常度，漢意氣自若，方整厲器械，激揚士吏。帝時遣人觀大司馬何為，還言方修戰攻之具，乃嘆曰：『吳公差彊（強）人意，隱若一敵國矣。』」

用法 本指還算能振奮人心。現在則表示大致上還算令人滿意。

例句 那位新進球員的表現雖然沒有非常亮眼，但也「差強人意」了。

相反 大失所望

徒勞無功（ㄊㄨˊ ㄌㄠˊ ㄨˊ ㄍㄨㄥ）

解釋 白花力氣而沒有功勞。

出處 《兒女英雄傳》十六回：「否則你便百般求他問他，也是徒勞無益。」

用法 白費力氣，沒有一點成就或好處。

例句 他這是小蝦米對抗大鯨魚，如果不尋求更有力的援助，恐怕會「徒勞無功」。

相似 緣木求魚

相反 事半功倍

旁徵博引（ㄆㄤˊ ㄓㄥ ㄅㄛˊ ㄧㄣˇ）

解釋 廣博的搜集引用。

用法 形容作文、說話多方引用材料作為依據、例證。

例句 老師上課時「旁徵博引」，補充很多資料，讓我們在課本內容外又學到更多知識。

相似 廣徵博引

相反 杞宋無徵

栩栩如生（ㄒㄩˇ ㄒㄩˇ ㄖㄨˊ ㄕㄥ）

解釋 活潑生動，好像是活的。

出處 《負曝閒談》第二十一回：「四壁俱鑲嵌著紫檀紅木，雕刻就的山水人物翎毛花卉，無不栩栩如生。」

用法 形容文學、藝術作品表現得非常生動逼真，好像活的一樣。

例句 這幅「栩栩如生」的油畫，吸引參觀民眾的目光。

相似 躍然紙上

海底撈月（ㄏㄞˇ ㄉㄧˇ ㄌㄠ ㄩㄝˋ）

解釋 想在大海裡撈起月亮。

出處 《拍案驚奇》二十回：「一面點起民壯，分頭追捕，多應是海底撈月，那尋一個？」

用法 比喻白費力氣，根本達不到目的。

例句 想要全班環遊世界當作畢業旅行？那根本是「海底撈月」，絕對不可能實現。

相似 大海撈針

相反 甕中捉鱉

烏合之眾（ㄨ ㄏㄜˊ ㄓ ㄓㄨㄥˋ）

解釋 像烏鴉那樣暫時聚合的眾人。

出處 《漢書・酈食其傳》：「足下起烏合之眾，收散亂之兵。」

用法 比喻倉促集合而毫無組織紀律的群眾。

例句 那隊「烏合之眾」，以極懸殊的比數被對方提早結束比賽。

相似 瓦合之卒

班門弄斧（ㄅㄢ ㄇㄣˊ ㄋㄨㄥˋ ㄈㄨˇ）

解釋 在魯班門前舞弄斧頭。

出處 宋・歐陽修〈與梅聖俞〉：「昨在真定，有詩七八首，今錄去，班門弄斧，可笑可笑。」

用法 比喻不自量力，在行家面前賣弄本領。

例句 我一個初學者，豈敢在大師門前「班門弄斧」？

相似 布鼓雷門

病急亂投醫（ㄅㄧㄥˋ ㄐㄧˊ ㄌㄨㄢˋ ㄊㄡˊ ㄧ）

解釋 病重時胡亂求醫治病而不問醫術如何。

出處 《紅樓夢》五十七回：「紫鵑笑道：『你也念起佛來，真是新聞。』寶玉笑道：『所謂病急亂投醫了。』」

用法 比喻事情危急時，盲目的求人想辦法。

例句 遇到事情最忌「病急亂

投醫」，應該要靜下來認真思考解決的方法。

相似　病篤亂投醫

神乎其技

解釋　技巧非常神妙。

出處　《二十年目睹之怪現狀》三十一回：「他仗著這個法子去拐騙金銀，又樂得人人甘心被他拐騙，這才是神乎其技呢！」

用法　形容技藝超群，出神入化。

例句　那位街頭藝人的「神乎其技」，讓圍觀群眾讚嘆不已。

相似　鬼斧神工

神來之筆

解釋　好像神力所畫的一樣。

出處　《二十年目睹之怪現狀》三十七回：「這三張東西，我自己畫的也覺得意，真是神來之筆。」

用法　比喻作品非常生動、出色。或指處理事情時，臨時加上一個巧妙的做法。

例句　這處「神來之筆」，是整部電影中最動人的片段。

相似　生花妙筆

相反　信筆塗鴉

神機妙算

解釋　以靈巧的心思籌劃。

出處　《三國演義》四十六回：「孔明神機妙算，吾不如也。」

用法　形容計謀高明精確，毫無失誤。

例句　就算他再怎麼「神機妙算」，也不知道我們這回要反其道而行吧？

相似　錦囊妙計

相反　無計可施

胸有成竹

解釋　畫竹子之前心目中已有現成完整的竹子形象。

出處　《歧路燈》第二九回：「豈知皮匠胸有成竹，早把火刀、火石摸在手中，一敲就著。」

用法　比喻處理事情之前，心裡早有通盤的考慮和打算。

例句　這是我第十年辦這類活動了，有了多次經驗，自然「胸有成竹」。

相似　成竹在胸

胸無點墨

解釋　胸裡連一點墨水都沒有。

出處　宋・釋普濟《五燈會元・浮全禪師》：「師自贊曰：『甦挑不上個村夫，文墨胸中一點無；曾把空虛揣出骨，惡聲贏得滿江湖。』」

用法　形容人毫無見識，沒有學問。

例句　知書達禮的讀書人，絕不和「胸無點墨」的莽夫斤斤計較。

相似　不識之無

相反　學貫古今

能者多勞

解釋　能幹的人往往要多負責任，多勞累一些。

出處　《莊子・列禦寇》：「巧者勞而知者憂。」

用法　現在多用於讚譽或慰勉人多才、能幹。

例句　他們怎麼能因為「能者多勞」的理由，就把自己的工作全部推給你？

酒囊飯袋

解釋　就像裝酒裝飯的口袋一樣。

出處　《論衡・別通》：「飽食快飲，慮深求臥，腹為飯坑，腸為酒囊。」

用法　比喻只會吃喝而毫無才能的人。

例句　他自從畢業後就整天宅在家裡打電動，既不找工作也不幫忙作家事，真是「酒囊飯袋」。

相似　酒甕飯囊

相反　才高八斗

馬首是瞻

解釋　看著馬頭的方向行動。

出處　《左傳・襄公十四年》：「荀偃令曰：『雞鳴而駕，塞井夷灶，唯余馬首是瞻。』」

用法　比喻眾人服從某一個人的指揮或樂於追隨某一個人，採取一致的行動。

例句　這個隊伍裡，就屬你的經驗最豐富，我們唯你「馬首是瞻」。

相似　唯命是從

相反　我行我素

高瞻遠矚（ㄍㄠ　ㄓㄢ　ㄩㄢˇ　ㄓㄨˇ）

解釋　站在高處就能看得遠。

出處　《野叟曝言》第二回：「一路高瞻遠矚，要領略湖山真景。」

用法　比喻眼光遠大。

例句　唯有「高瞻遠矚」，當機立斷的人才，才適合擔任重大的職務。

相似　目光遠大

相反　鼠目寸光

鬼斧神工（ㄍㄨㄟˇ　ㄈㄨˇ　ㄕㄣˊ　ㄍㄨㄥ）

解釋　彷彿鬼神的工法一樣。

出處　清・袁枚《隨園詩話》卷六：「二樹畫梅，題七古一篇，疊鬚字韻八十餘首，神工鬼斧，愈出愈奇。」

用法　形容技能精巧，非人工所能。

例句　清澈的立霧溪，切出險峻的太魯閣峽谷，大自然的「鬼斧神工」教人驚嘆。

相似　巧奪天工

相反　粗製濫造

蚍蜉撼樹（ㄆㄧˊ　ㄈㄨˊ　ㄏㄢˋ　ㄕㄨˋ）

解釋　小螞蟻想搖動大樹。

出處　唐・韓愈〈調張籍〉：「蚍蜉撼大樹，可笑不自量。」

用法　比喻自不量力。

例句　一位一年級學生，就想改變實行幾十年來的校規，無異「蚍蜉撼樹」。

相似　螳臂擋車

相反　量力而行

問道於盲 ㄨㄣˋ ㄉㄠˋ ㄩˊ ㄇㄤˊ

解釋 向瞎子問路。也說「求道於盲」。

出處 唐·韓愈〈答陳生書〉：「是所謂藉聽於聾，求道於盲。」

用法 比喻向無知的人求教。常用作謙辭。

例句 我對這方面的知識一竅不通，你來請教我，不啻「問道於盲」。

相似 借聽於聾

強將手下無弱兵 ㄑㄧㄤˊ ㄐㄧㄤˋ ㄕㄡˇ ㄒㄧㄚˋ ㄨˊ ㄖㄨㄛˋ ㄅㄧㄥ

解釋 能力強的將領手下沒有弱的士兵。

出處 《金瓶梅詞話》五四回：「自古道：『強將手下無弱兵。』畢竟經了他們，自然當停。」

用法 比喻能力強的領導人，下屬的能力也不會太低。

例句 學生會長是「強將手下無弱兵」，找來的每位幹部，都是校內菁英。

相似 強將下無弱兵

得心應手 ㄉㄜˊ ㄒㄧㄣ ㄧㄥˋ ㄕㄡˇ

解釋 心手相應，做起來自然順手。也說「得手應心」。

出處 《莊子·天道》：「不徐不疾，得之於手而應於心。」

用法 形容技藝純熟。也形容做事非常順手。

例句 我對裁縫工作「得心應手」，家裡的窗簾、被套、椅墊都使我自己做的。

相似 心手相應

相反 左支右絀

探囊取物 ㄊㄢˋ ㄋㄤˊ ㄑㄩˇ ㄨˋ

解釋 手伸到口袋裡取東西。

出處 《新五代史·南唐世家》：「中國用吾為相，取江南如探囊中物爾。」

用法 比喻事情極容易辦成，毫不費力。

例句 本校已連續多得三次全國烹飪比賽優勝，這次的冠軍獎盃對我們來說也是「探囊取物。」

相似　甕中捉鱉

相反　挾山超海

捷足先得（ㄐㄧㄝˊ ㄗㄨˊ ㄒㄧㄢ ㄉㄜˊ）

解釋　敏捷的腳步可以先達到目的地。

出處　《史記·淮陰侯列傳》：「蒯通曰：『秦失其鹿，天下共逐之，高材捷足者，先得焉。』」

用法　形容行動迅速的人能先達到目的，或能先得到所求的東西。

例句　免費贈品只有前一百名參觀者才有，我們要提早去排隊，才能「捷足先得」。

相似　疾足先得

相反　瞠乎其後

捨本逐末（ㄕㄜˇ ㄅㄣˇ ㄓㄨˊ ㄇㄛˋ）

解釋　放棄主要、根本的，而注重次要、枝節的。也說「捨本求末」。

出處　《晉書·熊遠傳》：「農桑不修，遊食者多，皆由去本逐末故也。」

用法　形容人不顧重點，只注意細微末節。

例句　社長這種「捨本逐末」作法，遭到多數幹部的質疑。

相似　本末倒置

相反　丟車保帥

敝帚自珍（ㄅㄧˋ ㄓㄡˇ ㄗˋ ㄓㄣ）

解釋　一把破掃帚也自我珍惜。

出處　《東觀漢記·光武帝紀》：「家有敝帚，享之千金。」

用法　比喻自己的東西即使不好，也十分珍惜。常用作自謙詞。

例句　這是我「敝帚自珍」的第一部小說作品。

相似　敝帚千金

相反　棄如敝屣

望文生義（ㄨㄤˋ ㄨㄣˊ ㄕㄥ ㄧˋ）

解釋 看字面而產生意義。

出處 清・王念孫《讀書雜志・戰國策第三・虎摯》：「鮑、吳皆讀『摯』為『前有摯獸』之『摯』，望文生義，近於皮傅矣。」

用法 比喻只按照字面斷章取義，牽強附會，不推求確切的含義。

例句 撰寫古文今注絕對要謹慎，切莫「望文生義」，以免誤人子弟。

相似 郢書燕說

望塵莫及 ㄨㄤˋ ㄔㄣˊ ㄇㄛˋ ㄐㄧˊ

解釋 遠遠望著前面人馬行走時飛揚起來的塵土，追趕不上。也說「望塵不及」。

出處 《後漢書・趙咨傳》：「（咨）復拜東海相，之官，道經滎陽，令敦煌曹暠，咨之故孝廉也，迎路謁候。咨不為留，暠送至亭次，望塵不及。」

用法 比喻別人進展很快，自己卻遠遠落後。

例句 學長累積了二十年的小提琴功力，我是「望塵莫及」。

相似 不可企及

相反 後來居上

殺雞取卵 ㄕㄚ ㄐㄧ ㄑㄩˇ ㄌㄨㄢˇ

解釋 殺掉雞來取得雞蛋。

用法 比喻只貪圖眼前的小利，而損害了長遠的利益。

例句 老闆過去「殺雞取卵」的決策，如今果然造成更多棘手的問題。

相似 焚林而獵

相反 量力而行

殺雞焉用牛刀 ㄕㄚ ㄐㄧ ㄧㄢ ㄩㄥˋ ㄋㄧㄡˊ ㄉㄠ

解釋 殺一隻雞哪需要用上宰牛的刀？也說「割雞焉用牛刀」。

出處 《論語・陽貨》：「子之武城，聞弦歌之聲。夫子莞爾而笑，曰：『割雞焉用牛刀？』」

用法 比喻處理小事情，不需

要用大才。

例句　「殺雞焉用牛刀」？這點小事不需要勞駕您出手。

相似　大材小用

相反　小材大用

淋漓盡致（ㄌㄧㄣˊ ㄌㄧˊ ㄐㄧㄣˋ ㄓˋ）

解釋　酣暢達到了極點。

出處　《兒女英雄傳》三十回：「我也沒姐姐說得這等透徹，這等淋漓盡致。」

用法　形容詳盡、暢達、充分、徹底。多用在文章、說話表達等方面。

例句　那位音樂家將所有鋼琴能展現的精湛技巧發揮得「淋漓盡致」。

相似　淋漓酣暢

略勝一籌（ㄌㄩㄝˋ ㄕㄥˋ ㄧˋ ㄔㄡˊ）

解釋　略為勝出一些。也說「稍勝一籌」。

出處　《聊齋志異・辛十四娘》：「公子忽謂生曰：『諺云：「場中莫論文」，此言今知其謬。小生所以恭出君上者，以起處略高一籌耳。』」

用法　指和某人或某事物比較起來，稍微強一點。

例句　去年兩隊實力相差懸殊，今年我們可能只「略勝一籌」。

相似　棋高一著

相反　稍遜一籌

異曲同工（ㄧˋ ㄑㄩˇ ㄊㄨㄥˊ ㄍㄨㄥ）

解釋　不同的曲調卻同樣美妙、精巧。

出處　唐・韓愈〈進學解〉：「子雲、相如同工異曲。」

用法　比喻事物雖然不同，但效果一樣好、一樣出色。

例句　這兩部電影的表現手法大有差異，造成的視覺震撼卻有「異曲同工」之妙。

相似　江河同歸

眼高手低（ㄧㄢˇ ㄍㄠ ㄕㄡˇ ㄉㄧ）

解釋　要求的標準很高，但實際工作能力很低。

用法　比喻只會批評別人，自己卻做不好。

例句　身為領導者，應避免「眼高手低」的毛病，否則難以服人。

相似　志大才疏

笨鳥先飛（ㄅㄣˋ ㄋㄧㄠˇ ㄒㄧㄢ ㄈㄟ）

解釋　不靈巧的鳥先行學飛。也說「夯雀先飛」。

出處　《古今雜劇·關漢卿〈陳母教子〉一》：「我似那靈禽在後，你這等笨鳥先飛。」

用法　比喻能力差的人做事時唯恐落後，所以要比別人先行動。多用作謙辭。

例句　我希望自己「笨鳥先飛」，才不會拖累大家的進度。

相似　駑馬十駕

脫胎換骨（ㄊㄨㄛ ㄊㄞ ㄏㄨㄢˋ ㄍㄨˇ）

解釋　道教修煉者認為人經過修煉可脫凡胎成聖胎、換凡骨成仙骨。

出處　《警世通言》二十七：「洞賓道：『凡人成仙，脫胎換骨，定然先將俗肌消盡，然後重換仙體。此非肉眼所知也。』」

用法　比喻經過良好的教育薰陶後，能夠改變一個人的立場和觀點。

例句　大家對他「脫胎換骨」的表現，都非常驚訝。

相似　洗心革面

相反　執迷不悟

脫穎而出（ㄊㄨㄛ ㄧㄥˇ ㄦˊ ㄔㄨ）

解釋　錐子的尖部透過布囊顯露出來。

出處　《史記·平原君虞卿列傳》：「使遂早得處囊中，乃穎脫而出。」

用法　比喻有才能的人終能顯現出來。

例句　這幾位選手在萬人海選中「脫穎而出」，將晉級下一階段的淘汰賽。

相似　英華外發

相反　不露鋒芒

連中三元

解釋　連續中了解元、會元、狀元。

出處　明·沈受先《三元記·格天》：「玉帝敕旨，謫下文曲星君與馮商為子，連中三元，官封五世。」

用法　指接連在鄉試、會試、殿試中考中第一名。現在則泛指連續三次名列榜首。

例句　她在連續幾場國家考試中都是榜首，可以說是「連中三元」了。

野人獻曝

解釋　鄉下人想貢獻晒太陽會溫暖的祕訣。

用法　比喻平凡人所能貢獻的微薄事物。

例句　我並沒有什麼高出前人的見解，這點小建議，只能算是「野人獻曝」。

閉門造車

解釋　關起門來造車子，用起來自然合轍。

出處　《朱熹·中庸或問》：「古語所謂『閉門造車，出門合轍』蓋言其法之同也。」

用法　現在多比喻只憑主觀想像處理問題，而不問是否符合實際。

例句　設計師若「閉門造車」，無法跟上時代脈動，一定無法創作出令人驚豔的作品。

相似　向壁虛造

唾手可得

解釋　往手上吐點唾液就能夠完成。

出處　《後漢書·公孫贊傳注》引《九州春秋》：「始天下兵起，我謂唾手可決。」

用法　比喻事情非常容易做到。也指東西很容易獲得。

例句　雖然照目前情況判斷，冠軍獎盃是「唾手可得」，但我們仍然不能大意。

相似　手到擒來

相反　水中撈月

循序漸進（ㄒㄩㄣˊ ㄒㄩˋ ㄐㄧㄢˋ ㄐㄧㄣˋ）

解釋　依照順序向前推進

出處　《論語・憲問》：「不怨天，不尤人，下學而上達。」朱熹注：「不得於天而不怨天，不合於人而不尤人，但知下學而自然上達；此但自言其反己自修、循序漸進耳。」

用法　表示依照次序，逐步向前推進。

例句　做學問一定要穩紮穩打、「循序漸進」，否則獲得的成就一定是很虛浮的。

相似　按部就班

相反　一步登天

揚眉吐氣（ㄧㄤˊ ㄇㄟˊ ㄊㄨˇ ㄑㄧˋ）

解釋　揚起眉頭，吐出了胸中憋著的那口氣。

出處　唐・李白〈與韓荊州書〉：「何惜前盈尺之地，不使白揚眉吐氣，激昂青雲耶？」

用法　形容人擺脫長期受壓抑和欺凌的困境後，心情暢快的樣子。

例句　連續兩年名落孫山，這次高中榜首，總算可以「揚眉吐氣」了。

相似　意氣風發

相反　灰心喪氣

智勇雙全（ㄓˋ ㄩㄥˇ ㄕㄨㄤ ㄑㄩㄢˊ）

解釋　智慧和勇氣都具備。

出處　元・張國賓《薛仁貴》楔子：「憑著你孩兒學成武藝，智勇雙全，若在兩陣之間，怕不馬到成功。」

用法　稱讚人同時具有智謀與勇氣。

例句　漆彈競賽講究「智勇雙全」，是體力、應變力、判斷力及合作能力的結合。

相似　文武雙全

相反　有勇無謀

棋逢敵手

解釋 下棋碰上了實力相當的對手。也說「棋逢對手」。

出處 唐·杜荀鶴〈觀棋〉：「有時逢敵手，對局到深更。」

用法 比喻雙方本領一樣強，不相上下。

例句 這次競賽，兩隊實力相當，「棋逢敵手」，分不出勝負。

相似 工力悉敵

相反 天差地遠

游刃有餘

解釋 運轉刀刃從容有餘地。

出處 《莊子·養生主》：「恢恢乎，其於遊刃必有餘地矣。」

用法 比喻技巧嫻熟，能勝任愉快。

例句 這次的環島旅行，交給號稱旅遊達人的他來規劃，一定「游刃有餘」。

相似 運斤成風

相反 手忙腳亂

無出其右

解釋 沒有人能超出他的上位。

出處 《漢書·高帝紀下》：「賢趙臣田書，孟維等十人，召見與語，漢廷臣無能出其右者。」

用法 指某人的才能、成就已達極點，沒有人能超越。

例句 他的歌聲宛若天籟，國內歌壇「無出其右」。

相似 無與倫比

無與倫比

解釋 沒有類似的事能比得上的。

出處 唐·韓愈〈諫迎佛骨表〉：「數千百年以來，未有倫比。」

用法 形容超出很多，別的人或事物難以相比。

例句 一〇一大樓高聳入雲，「無與倫比」，是臺灣第一高樓。

相似 超群絕倫

相反 天外有天

無遠弗屆（ㄨˊ ㄩㄢˇ ㄈㄨˊ ㄐㄧㄝˋ）

解釋 沒有什麼地方不能到達。

出處 《尚書．大禹謨》：「惟德動天，無遠弗屆。」

用法 形容人或事的影響力極大，再遙遠的地方都影響得了。

例句 網路的「無遠弗屆」，讓現代人的生活更加便利。

無懈可擊（ㄨˊ ㄒㄧㄝˋ ㄎㄜˇ ㄐㄧˊ）

解釋 找不到任何的漏洞可以攻擊。

出處 《孫子．計》：「攻其無備，出其不意。」曹操注：「擊其懈怠，出其空虛。」

用法 表示人的行為嚴謹。或形容事物完美、周全而沒有破綻。

例句 她這次的演奏，展現高難度的技巧，可說是「無懈可擊」，樂評是一片稱賞。

相似 天衣無縫

相反 破綻百出

畫虎類狗（ㄏㄨㄚˋ ㄏㄨˇ ㄌㄟˋ ㄍㄡˇ）

解釋 畫老虎畫不像，反而像隻狗。也說「畫虎類犬」。

出處 《後漢書．馬援傳》：「杜季良豪俠好義，憂人之憂，樂人之樂，清濁無所失，父喪致客，數郡畢至，吾愛之重之，不願汝曹效也……效季良不得、陷為天下輕薄子，所謂畫虎不成反類狗者也。」

用法 比喻好高騖遠，終究無所成就，反而被人當作笑柄。

例句 能力不足卻好高騖遠，經常會導致「畫虎類狗」的結果。

相似 刻鵠成鶩

畫龍點睛（ㄏㄨㄚˋ ㄌㄨㄥˊ ㄉㄧㄢˇ ㄐㄧㄥ）

解釋 畫條龍再點上眼睛。

出處 唐・張彥遠《歷代名畫記・張僧繇》：「武帝崇飾佛寺，多命僧繇畫之……金陵安樂寺四白龍不點眼睛，每云：『點睛即飛去。』人以為妄誕，固請點之。須臾，雷電破壁，兩龍乘雲騰去上天，二龍未點眼者見在。」

用法 比喻繪畫、作文時在重要的地方添上一筆，使作品更加生動傳神。

例句 她的這段即興演出，竟有「畫龍點睛」的效果，導演決定予以保留。

相似 神來之筆

相反 多此一舉

登峰造極（ㄉㄥ ㄈㄥ ㄗㄠˋ ㄐㄧˊ）

解釋 到達山峰的最高點。

出處 《世說新語・文學》：「簡文云：『不知便可登峰造極不？』」

用法 比喻成就達到最高的境地。

例句 這件文物的出土，顯示當時的製陶技巧便已「登峰造極」了。

相似 出神入化

相反 等而下之

登堂入室（ㄉㄥ ㄊㄤˊ ㄖㄨˋ ㄕˋ）

解釋 登上廳堂，進入內室。

出處 《漢書・藝文志》：「如孔氏之門人用賦也，則賈誼登堂，相如入室矣。」

用法 指進入屋子。或比喻造詣高深的程度或指造詣很深。

例句 因為大樓保全人員的疏忽，以致讓竊賊乘虛「登堂入室」，好幾戶人家的財物損失慘重。

相似 登峰造極

相反 不學無術

絲絲入扣（ㄙ ㄙ ㄖㄨˋ ㄎㄡˋ）

解釋 織布時，每條經線都毫不錯亂地從鋼筘（一種織布器件）中穿過。

出處 清・趙翼《甌北詩話》卷三：「查初白有《水碓》及《觀造竹紙》聯句，層次清澈，而體物之工，抒詞之雅，絲絲入扣，幾無一字虛設。」

用法 比喻做得十分細緻，緊湊合宜。多指文章或藝術表演方面。

例句 那位音樂家的演奏與舞蹈家的表演搭配得「絲絲入扣」，讓人耳目一新。

著手成春 ㄓㄨㄛˊ ㄕㄡˇ ㄔㄥˊ ㄔㄨㄣ

解釋 經過他的手就能充滿生機。

出處 唐・司空圖《二十四詩品・自然》：「俯拾即是，不取諸鄰，俱道適往，著手成春。」

用法 本指創作詩歌應該要自然清新。後多用來稱讚醫生醫術高明，手到病除。

例句 將來成為一位「著手成春」的醫師，是哥哥最大的心願。

相似 妙手回春

著作等身 ㄓㄨˋ ㄗㄨㄛˋ ㄉㄥˇ ㄕㄣ

解釋 完成的作品和身高一樣高。

出處 《宋史・賈黃中傳》：「黃中幼聰悟，方五歲，玭每日令正立，展書卷比之，謂之等身書，課其誦讀。」

用法 形容完成的文章或書籍數目非常多，疊起來和人一樣高。

例句 要達到「著作等身」的成就，必須經歷長時間的努力。

貽笑大方 ㄧˊ ㄒㄧㄠˋ ㄉㄚˋ ㄈㄤ

解釋 見笑於識見廣博的人。也作「見笑大方」。

出處 《鏡花緣》第十七回：「才女才說學士大夫論及反切尚且瞪目無語，何況我們不過略知皮毛，豈敢亂談，貽笑大方！」

用法 指被有學問或內行的人

取笑。

例句 只知皮毛就妄加批評，只會「貽笑大方」。

相似 貽人口實

買櫝還珠（ㄇㄞˇ ㄉㄨˊ ㄏㄨㄢˊ ㄓㄨ）

解釋 買下藏珠的木盒而歸還裡面的珍珠。

出處 《韓非子．外儲說左上》：「楚人有賣其珠於鄭者，為木蘭之櫝，迴煸桂椒，綴以珠玉，飾以玫瑰，輯以羽翠，鄭人買其櫝而還其珠，此可謂善賣櫝矣，未可謂善鬻珠也。」

用法 比喻本末倒置，取捨失當。

例句 為了贈品而去購買產品，不就是「買櫝還珠」嗎？

開卷有益（ㄎㄞ ㄐㄩㄢˋ ㄧㄡˇ ㄧˋ）

解釋 只要打開書就有好處。

出處 《澠水燕談錄．文儒》：「（宋太宗）嘗曰：『開卷有益，朕不以為勞也。』」

用法 形容只要多讀書就能有所得。

例句 許多父母相信「開卷有益」，總鼓勵孩子多閱讀好書。

相似 展卷有益

陽春白雪（ㄧㄤˊ ㄔㄨㄣ ㄅㄞˊ ㄒㄩㄝˇ）

解釋 古代楚國的一種藝術性較高、難度較大的歌曲。

出處 戰國．宋玉〈對楚王問〉：「其為《陽阿》、《薤露》，國中屬而和者數百人，其為《陽春》、《白雪》，國中屬而和者不過數十人而已。」

用法 比喻格調高妙的樂曲或文藝作品。

例句 一部打動人心的作品，通常不會是「陽春白雪」，多能貼近群眾生活。

相反 下里巴人

雅俗共賞

解釋　文化水準高的雅人和沒有文化的俗人都能欣賞。

出處　《紅樓夢》第五十回：「不如做些淺近的物兒，大家雅俗共賞纔好。」

用法　形容藝術創作優美、通俗，不論文化水準高低的人都能夠欣賞。

例句　這部「雅俗共賞」的影集，蟬聯好幾週的收視率冠軍。

相反　陽春白雪

雄材大略

解釋　偉大的才能和謀略。

出處　《漢書．武帝紀》：「如武帝之雄才大略，不改文景之恭儉以濟斯民，雖《詩》、《書》所稱，何有加焉？」

用法　形容人具有偉大的才能和謀略。

例句　唐太宗李世民的「雄才大略」，使他成為中國歷史上著名的明君。

相似　胸中甲兵

相反　庸碌無能

集思廣益

解釋　集中意見可以增廣益處。

出處　《三國志．蜀志．董和傳》：「夫參署者，集眾思，廣忠益也。」

用法　指集合眾人的意見和智慧，可以達到更大更好的效果。

例句　面對這個空前的難題，相信只要「集思廣益」，一定能想出解決的辦法。

相似　博採眾議

相反　一意孤行

飲鴆止渴

解釋　喝毒酒來止渴。

出處　《後漢書．霍諝傳》：「譬猶療飢於附子，止渴於酖毒，未入腸胃，已絕咽喉。」

用法 比喻只顧解決目前的問題，不顧後患。

例句 你趕快去醫院做徹底檢查吧！拚命吃止痛藥根本是「飲鴆止渴」，小心傷肝傷腎。

相似 剜肉補瘡

揠苗助長（ㄧㄚˋ ㄇㄧㄠˊ ㄓㄨˋ ㄓㄤˇ）

解釋 拔秧苗來幫助它長高。也說「拔苗助長」。

出處 《孟子・公孫丑上》：「宋人有閔其苗之不長而揠之者，芒芒然歸，謂其人曰：『今日病矣，予助苗長矣。』其子趨而往視之，苗則槁矣。」

用法 比喻不管事物的發展規律，只求速成，卻造成反效果。

例句 孩子才上國小二年級就天天補習，不是「揠苗助長」嗎？

相似 欲速不達

相反 瓜熟蒂落

勢均力敵（ㄕˋ ㄐㄩㄣ ㄌㄧˋ ㄉㄧˊ）

解釋 勢力相等。也說「力均勢敵」。

出處 《南史・劉穆之傳》：「……力敵勢均，終相吞咀。」

用法 形容雙方能力相等，不分上下。

例句 依據情報，兩支球隊「勢均力敵」，看來將會是一場苦戰。

相似 棋逢對手

相反 泰山鴻毛

搜索枯腸（ㄙㄡ ㄙㄨㄛˇ ㄎㄨ ㄔㄤˊ）

解釋 在腸肚中拚命搜索。

出處 唐・盧仝〈謝孟諫議惠茶歌〉：「三碗搜枯腸，唯有文章五千卷。」

用法 比喻絞盡腦汁，拚命苦思。

例句 多閱讀、多動筆，可以幫助擺脫寫作文時「搜索枯腸」的窘況。

相似 絞盡腦汁

相反　不假思索

溫故知新

解釋　溫習舊的，得到新的。

出處　《論語·為政》：「子曰：『溫故而知新，可以為師矣。』」

用法　指溫習已學過的東西，又能有新的體會，獲得新的知識。

例句　學習任何知識技能，都應「溫故知新」，才能有所成就。

滄海遺珠

解釋　大海中的珍珠被採珠者所遺漏。

出處　《新唐書·狄仁傑傳》：「仲尼稱觀過知仁，君可謂滄海遺珠矣。」

用法　比喻埋沒人才。或指被埋沒的人才。

例句　為減低「滄海遺珠」之憾，公司這次徵才決定增加錄取名額。

相反　珊瑚在網

瑕不掩瑜

解釋　玉上的斑點掩蓋不了好玉的精美。

出處　《禮記·聘義》：「瑕不揜（掩）瑜，瑜不揜（掩）瑕，忠也。」

用法　比喻雖有小缺點卻掩蓋不了優點。

例句　雖然有私德方面有小缺點，但「瑕不掩瑜」，他對整個藝術界的卓著貢獻是不可抹滅的。

相似　瑕瑜互見

當之無愧

解釋　承受它而沒有絲毫慚愧。

出處　《官場現形記》三二回：「趙大架子道：『若照蓋翁的大才，這幾句考語著實當之無愧。不過寫到摺子上，語氣似乎總還要軟些，叫上頭看著也受用。』」

用法　表示完全承當得起某種

稱號或榮譽。

例句　那位病患的性命確實是你拚力搶救回來的，家屬那番讚美與感謝，你「當之無愧」。

當局者迷，旁觀者清

解釋　下棋的人常會迷惑，旁邊看棋的人反而清楚。

出處　《舊唐書·元行衝傳》：「當局稱迷，傍（旁）觀見審。」

用法　形容當事人往往因為對利害得失考慮得太多，容易迷惑不清，旁觀的人由於冷靜、客觀，反而能夠看清楚問題。

例句　她一下子就抓住問題的關鍵，果然是「當局者迷，旁觀者清」。

相似　當事者迷，旁觀者明

當機立斷

解釋　時機到時能立刻判斷。也說「應機立斷」。

出處　東漢·陳琳〈答東阿王箋〉：「拂鐘無聲，應機立斷。」

用法　形容到了關鍵時刻，能毫不猶豫的作出決斷。

例句　那天幸虧釣客「當機立斷」，拋竿救人，才奇蹟似的將被急流沖走的小孩救回岸邊。

相似　毅然決然

相反　猶豫不決

萬無一失

解釋　一萬次也沒有一次失誤。

出處　漢·枚乘《七發》：「孔老覽觀，孟子持籌而筭之，萬不失一。」

用法　形容絕對不會出差錯，非常有把握。

例句　由您出馬，這次的談判絕對「萬無一失」。

相似　十拿九穩

相反　瞎子摸魚

蜀犬吠日

解釋 四川因為多雲霧，狗很少看到太陽，偶爾看到就會嚇得對著太陽吠叫。

出處 唐．柳宗元〈答韋中立論師道書〉：「僕往聞庸、蜀之南，恆雨少日，日出則犬吠。」

用法 諷刺人少見多怪。

例句 從網路上快速吸取最新資訊，可以避免鬧出「蜀犬吠日」的笑話。

相似 越犬吠雪

相反 習以為常

詰屈聱牙

解釋 文辭難讀不通順。

出處 唐．韓愈〈進學解〉：「周誥殷盤，詰屈聱牙。」

用法 形容文句曲折艱澀，讀起來不順口。

例句 這篇「詰屈聱牙」的作文，讓老師花了許多時間修改。

相似 艱深晦澀

相反 琅琅上口

隔行如隔山

解釋 隔了一行就像隔了一座大山。

用法 形容對本行以外的事十分生疏。

例句 你講工作的事情我是一點兒也不懂，確實「隔行如隔山」。

鼠目寸光

解釋 像老鼠的眼睛只能看到一寸內的範圍。

用法 形容眼光短淺，只能夠看到近處、小處，看不到遠處、大處。

例句 她居然為了一個網友，放棄高薪工作，真是「鼠目寸光」。

相似 目光短淺

相反 遠見卓識

嘔心瀝血

解釋 吐出心，滴出血。

用法 比喻費盡心思。多指在工作、事業、文藝創作上費盡苦心。

例句 大師「嘔心瀝血」的作品，居然因為展場人員保管不周而付之一炬。

相似 挖空心思

相反 敷衍了事

寧為雞口，無為牛後

解釋 寧可小而居前，不願大而居後。

出處 《戰國策．韓策一》：「臣聞鄙語曰：『寧為雞口，無為牛後。』」

用法 比喻寧可在局面小的地方自主，不願在局面大的地方任人支配。

例句 要不是「寧為雞口，無為牛後」的心態，他才不願意屈就在這個小地方呢！

相似 雞口牛後

嶄露頭角

解釋 頂端突出的樣子。也說「初露頭角」。

出處 唐．韓愈〈柳子厚墓志銘〉：「雖少年，已自成人，能取進士第，嶄然見頭角。」

用法 比喻才能和本領非常突出。

例句 在這講求創意的年代，許多年輕人都能憑著新奇的點子，在各行各業「嶄露頭角」。

相似 鋒芒畢露

相反 不露圭角

慢工出細活

解釋 慢慢做，才能完成細緻的工作。

用法 比喻完成精細的工作，需要花費較長時間。

例句 雖然「慢工出細活」有其道理，但因此拖延交件時間也不妥當。

旗鼓相當

解釋 雙方旗子和戰鼓都一樣多。

出處 《後漢書．隗囂傳》：「如令子陽到漢中三輔，願因將軍兵馬，鼓旗相當。」

用法 比喻雙方勢均力敵，不相上下。

例句 這兩派武術，「旗鼓相當」，各有特色。

相似 工力悉敵

相反 大相徑庭

滾瓜爛熟（ㄍㄨㄣˇ ㄍㄨㄚ ㄌㄢˋ ㄕㄡˊ）

解釋 就像熟透的瓜一樣熟。

出處 《儒林外史》第十一回：「五六歲上請先生開蒙，就讀的是四書、五經；十一、二歲就講書、講文章，先把一部王守溪的稿子讀的滾瓜爛熟。」

用法 形容背誦得非常純熟流利。

例句 他早已把每篇課文都背得「滾瓜爛熟」，每次老師抽問，他都能應對如流。

相似 倒背如流

滿腹經綸（ㄇㄢˇ ㄈㄨˋ ㄐㄧㄥ ㄌㄨㄣˊ）

解釋 滿肚子規劃、治理的能力。也說「經綸滿腹」。

出處 《歧路燈》第五十五回：「我看其人博古通今，年逾五旬，經綸滿腹，誠可為令婿楷模。」

用法 比喻人才識豐富，很有才能。

例句 縱使「滿腹經綸」，卻不通人情世故，在工作上還是容易遭遇阻礙。

相似 學富五車

相反 胸無點墨

漸入佳境（ㄐㄧㄢˋ ㄖㄨˋ ㄐㄧㄚ ㄐㄧㄥˋ）

解釋 逐漸進入更好的境界。

出處 《晉書·文苑傳·顧愷之》：「愷之每食甘蔗，恒自尾至本。人或怪之。云：『漸入佳境。』」

用法 比喻興味逐漸濃厚。或指境遇逐漸好轉。

例句 突破問題瓶頸後，一切就「漸入佳境」。

相似 柳暗花明

相反 每下愈況

碩學名儒
ㄕㄨㄛˋ ㄒㄩㄝˊ ㄇㄧㄥˊ ㄖㄨˊ

解釋 大有學問又有名氣的讀書人。

用法 指具有廣博學識的知名學者。

例句 能聘請到「碩學名儒」者到校任教，學生們都非常興奮。

管中窺豹
ㄍㄨㄢˇ ㄓㄨㄥ ㄎㄨㄟ ㄅㄠˋ

解釋 從管子裡看豹，只能看見豹的斑紋。

出處 《世說新語．方正》：「王子敬數歲時，嘗看諸門生摴蒱，見有勝負，因曰：『南風不競。』門生輩輕其小兒，迺曰：『此郎亦管中窺豹，時見一斑。』」

用法 比喻看到的不是整體，只是一小部分。

例句 關於那部著作，我只曾「管中窺豹」，瀏覽過其中一個章節。

相似 坐井觀天

相反 見多識廣

管窺蠡測
ㄍㄨㄢˇ ㄎㄨㄟ ㄌㄧˊ ㄘㄜˋ

解釋 從竹管孔裡看天，用瓢測量海水，看到的、量到的不過是極小的一部分。

出處 漢．東方朔〈答客難〉：「以管窺天，以蠡測海。」

用法 比喻對事物的了解有限。

例句 做學問一定要對研究的對象有宏觀的了解，不可「管窺蠡測」就輕率議論。

相似 以管窺天

相反 登山小魯

維妙維肖
ㄨㄟˊ ㄇㄧㄠˋ ㄨㄟˊ ㄒㄧㄠˋ

解釋 又巧妙又相像。

用法 形容藝術技巧好，描寫、模仿得非常逼真。

例句 身為一位口技演員，模仿各種動物的聲音必然要做到「唯妙唯肖」。

相似 活靈活現

舞文弄墨（ㄨˇ ㄨㄣˊ ㄋㄨㄥˋ ㄇㄛˋ）

解釋 耍弄筆墨文字。

出處 《隋書・王充傳》：「明習法律，而舞弄文墨，高下其心。」

用法 形容玩弄文字技巧。或形容以文字歪曲事實。

例句 這篇文章一味的「舞文弄墨」，其實一點內容也沒有。

相似 調墨弄筆

輕車熟路（ㄑㄧㄥ ㄔㄜ ㄕㄡˊ ㄌㄨˋ）

解釋 駕著輕車，走上熟路。

出處 《韓愈・送石處士序》：「若駟馬駕輕車，就熟路，而王良造父為之先後也。」

用法 比喻對事情熟悉，做起來容易。

例句 他對舉辦這類活動是「輕車熟路」，非常適合擔任總召。

相似 游刃有餘

嘆為觀止（ㄊㄢˋ ㄨㄟˊ ㄍㄨㄢ ㄓˇ）

解釋 讚嘆它已經到達極點。也作「歎為觀止」。

出處 《左傳・襄公二十九年》：「吳公子（季）札來聘……見舞《韶箾》者，曰：『德至矣哉，大矣！……雖甚盛德，其蔑以加於此矣，觀止矣。』」

用法 讚嘆所見的事物已好到了極點。

例句 穿過一片森林，眼前的壯麗的瀑布美景令人「嘆為觀止」。

履險如夷（ㄌㄩˇ ㄒㄧㄢˇ ㄖㄨˊ ㄧˊ）

解釋 行走在險峻的地方像走在平地上一樣。

出處 晉・孫綽〈庾冰碑〉：「履險思夷，處滿思沖。」

用法 比喻在困難、危險的處境中能夠保持鎮定，安然度過。

例句 想成為馬戲團的空中飛人，必須要有「履險如夷」

的本事才行。

相似　夷險一致

熟能生巧（ㄕㄡˊ ㄋㄥˊ ㄕㄥ ㄑㄧㄠˇ）

解釋　熟悉了自然就能巧妙。

用法　形容事情做得熟練，自然能找到竅門，做得巧妙。

例句　我並沒有比別人聰明，能獲得這樣的成果，完全是「熟能生巧」而已。

相似　游刃有餘

箭無虛發（ㄐㄧㄢˋ ㄨˊ ㄒㄩ ㄈㄚ）

解釋　射出的每支箭都沒有落靶的。

用法　指射箭時每次都能射中。後也比喻人做事每次都能切中目標，收到效果。

例句　不愧是奧運射箭比賽的冠軍，果然「箭無虛發」。

相似　百發百中

緣木求魚（ㄩㄢˊ ㄇㄨˋ ㄑㄧㄡˊ ㄩˊ）

解釋　爬到樹上去找魚。

出處　《孟子．梁惠王上》：「以若所為，求若所欲，猶緣木而求魚也。」

用法　比喻做事方向、方法錯誤，徒勞無功。

例句　如果我們不先解決根本問題，想成功無異「緣木求魚」。

相似　水中撈月

相反　探囊取物

緩不濟急（ㄏㄨㄢˇ ㄅㄨˋ ㄐㄧˋ ㄐㄧˊ）

解釋　緩慢的行動幫助不了緊急需要。

出處　《兒女英雄傳》第十三回：「正愁緩不濟急，恰好有現任杭州織造的富周三爺，是門生的大舅子，他有托門生帶京的一萬銀子。」

用法　形容雖然有解決的辦法，卻趕不上急用。

例句　他雖然有心幫忙，但「緩不濟急」，沒能發揮作用。

鋒芒畢露（ㄈㄥ ㄇㄤˊ ㄅㄧˋ ㄌㄨˋ）

解釋　銳氣、才幹完全顯露。

出處 《後漢書·袁紹傳》：「瓚亦梟夷，故使鋒芒挫縮。」

用法 比喻人的傲氣、才幹完全顯露出來。

例句 就算身懷大才，也不應「鋒芒畢露」，要懂得適時謙虛隱藏，以免遭忌。

相似 脫穎而出

相反 晦跡韜光

震古鑠今（ㄓㄣˋ ㄍㄨˇ ㄕㄨㄛˋ ㄐㄧㄣ）

解釋 震動古代，照耀今世。

出處 明·史可法〈復多爾袞書〉：「此等舉動，震古鑠今。」

用法 形容事業或功績的偉大，超越古代，顯耀當代。

例句 電燈的發明，可說是「震古鑠今」，徹底改變人們生活。

相似 光前裕後

相反 遺臭萬年

餘音繞梁（ㄩˊ ㄧㄣ ㄖㄠˋ ㄌㄧㄤˊ）

解釋 留下來的樂聲好像還在梁柱間迴盪。

出處 《列子·湯問》：「昔韓娥東之齊，匱糧，過雍門，鬻歌假食，既去，而餘音繞梁欐，三日不絕。」

用法 形容音樂優美，使人回味不盡。

例句 離開音樂聽後，那「餘音繞梁」的交響曲仍在我腦海中回響。

相似 餘音繚繞

相反 嘔啞嘲哳

駕輕就熟（ㄐㄧㄚˋ ㄑㄧㄥ ㄐㄧㄡˋ ㄕㄡˊ）

解釋 趕著輕快的車走上熟悉的路。

出處 唐·韓愈〈送石處士序〉：「若驅馬駕輕車，就熟路，而王良、造父為之先後也。」

用法 比喻對事情很有經驗，做起來得心應手。

例句 他對編輯事務早已「駕輕就熟」，你的作品交給他編排絕對沒問題。

相似　輕車熟路

學以致用（ㄒㄩㄝˊ ㄧˇ ㄓˋ ㄩㄥˋ）

解釋　學到了要應用於實際。

用法　指把學到的知識實際運用，強調學習要能夠運用於實際。

例句　許多學生畢業後無法「學以致用」，是一種人才與教學資源的浪費。

相反　學非所用

獨占鰲頭（ㄉㄨˊ ㄓㄢˋ ㄠˊ ㄊㄡˊ）

解釋　舊時科舉進士發榜時，規定狀元站在宮殿門口玉臺階上的巨鰲（也作「鼇」）浮雕前迎榜，因此人們稱中狀元為「獨占鰲頭」。

出處　元·無名氏《陳州糶米》楔子：「殿前曾獻升平策，獨占鼇頭第一名。」

用法　比喻居於首位。

例句　看到大家考完試的表情，想必這回又是班長「獨占鰲頭」。

相似　首屈一指

獨樹一幟（ㄉㄨˊ ㄕㄨˋ ㄧˊ ㄓˋ）

解釋　單獨打起一面旗號。也作「獨豎一幟」。

出處　清·袁枚《隨園詩話》卷六：「歐公學韓文，而所作文全不似韓，此八家中所以獨樹一幟也。」

用法　比喻自成一家，開創嶄新局面。

例句　那位設計師「獨樹一幟」的服裝作品，獲得許多女星的青睞。

相似　自成一家

相反　亦步亦趨

融會貫通（ㄖㄨㄥˊ ㄏㄨㄟˋ ㄍㄨㄢˋ ㄊㄨㄥ）

解釋　融合貫串以致通達。

出處　宋·朱熹《朱子全書·學三》：「舉一而三反，聞一而知十，乃學者用功之深，窮理之熟，然後能融會貫通，以至於此。」

用法　指把各方面的知識或道理融合貫穿起來，得到徹底的理解。

例句 讀書貴在能夠「融會貫通」，才能讓知識真正化為自己的東西。

相反 一知半解

謀事在人，成事在天

解釋 做事的是人，但事情成功要靠天意。

出處 《三國演義》一〇三回：「不期天降大雨，火不能著，哨馬報說司馬懿父子俱逃走了。孔明嘆曰：『謀事在人，成事在天，不可強求！』」

用法 指人只能爭取盡力辦好事情，但是結果如何，卻由天意決定。

例句 雖然說「謀事在人，成事在天」，但我相信只要盡心盡力去作，一定會有亮眼的收穫。

相似 謀事雖在人，成事還在天

錦囊妙計

解釋 裝在錦製袋子中的計策。

用法 比喻機密而完美的計策。

例句 《三國演義》中，諸葛亮的「錦囊妙計」，幫助劉備安全娶回孫夫人。

相似 神機妙算

相反 無計可施

隨機應變

解釋 隨著時機而應用變化。

出處 《舊唐書・郭孝恪傳》：「請固武牢，屯軍汜水，隨機應變，則易為克殄。」

用法 比喻隨著情況的變化而靈活、機動的應付。

例句 若只知道照著書上說的做，而不懂「隨機應變」，那是把書給讀死了。

相似 見機行事

相反 刻舟求劍

雕蟲小技

解釋 寫作詩文辭賦的技藝。

出處 漢・揚雄《法言・吾子》：「或問：『吾子少而好賦？』曰：『然。童子雕蟲篆刻。』俄而曰：『壯夫不為也。』」

用法 比喻微不足道的技能。

例句 她會的東西很多，編中國結對她來說不過是「雕蟲小技」。

頭角崢嶸（ㄊㄡˊ ㄐㄧㄠˇ ㄓㄥ ㄖㄨㄥˊ）

解釋 才能特出。

出處 元・鮮于必仁《折桂令・燕山八景・薊門飛雨》：「到處通津，頭角崢嶸，溥渥殊恩。」

用法 形容青少年才氣出眾。

例句 這屆畢業生的素質很高，個個「頭角崢嶸」，將來想必都能闖出一番事業。

相似 嶄露頭角

黔驢技窮（ㄑㄧㄢˊ ㄌㄩˊ ㄐㄧˋ ㄑㄩㄥˊ）

解釋 貴州的驢子把所有本領都用完了。

用法 比喻用盡所有的本領，已無技可施。

例句 貴賓因為塞車還未到，主持人拚命講笑話，已經快「黔驢技窮」了。

相似 黔驢之技

相反 神通廣大

龍飛鳳舞（ㄌㄨㄥˊ ㄈㄟ ㄈㄥˋ ㄨˇ）

解釋 像龍、鳳在飛舞一樣。

出處 宋・蘇軾〈表忠觀碑〉：「天目之山，苕水出焉，龍飛鳳舞，萃於臨安。」

用法 本形容氣勢雄壯、奔放。後形容書法筆勢生動或字跡潦草。

例句 他那「龍飛鳳舞」的字跡，就像他的人一樣豪邁、有個性。

相似 飛龍舞鳳

相反 信筆塗鴉

孺子可教（ㄖㄨˊ ㄗˇ ㄎㄜˇ ㄐㄧㄠˋ）

解釋　這個後輩可以造就。

出處　《史記．留侯世家》：「（張）良嘗閒從容步游下邳圯上，有一老父，衣褐，至良所，直墮其履圯下，……良業為取履，因長跪履之。父以足受，笑而去。……父去里所，復還，曰：『孺子可教矣。』」

用法　稱讚年輕人有潛力，值得造就。

例句　學生的舉一反三，讓老師認為「孺子可教」。

濫竽充數（ㄌㄢˋ ㄩˊ ㄔㄨㄥ ㄕㄨˋ）

解釋　南郭先生不會吹竽（一種樂器），卻拿著竽混進吹竽隊來湊數。

用法　比喻沒有本領的人混進來冒充，占據某一職位。

例句　為避免有人「濫竽充數」，入團之前必須先通過考試。

相似　魚目混珠

相反　貨真價實

瞭如指掌（ㄌㄧㄠˇ ㄖㄨˊ ㄓˇ ㄓㄤˇ）

解釋　很清楚就像指著手掌一樣。也說「瞭若指掌」。

出處　《宋史．道學傳》：「作《太極圖說》、《通書》，推明陰陽五行之理，命於天而性於人者，瞭若指掌。」

用法　比喻對事物了解得非常清楚。

例句　媽媽對自己孩子的性格是「瞭如指掌」。

相似　一清二楚

相反　一無所知

矯首游龍（ㄐㄧㄠˇ ㄕㄡˇ ㄧㄡˊ ㄌㄨㄥˊ）

解釋　昂起頭游動的蛟龍。

用法　形容身手靈活。為祝賀人體育比賽獲勝的賀詞。

例句　那位選手「矯首游龍」般的身手，為他奪得這次體操比賽的冠軍。

膾炙人口（ㄎㄨㄞˋ ㄓˋ ㄖㄣˊ ㄎㄡˇ）

解釋　像烤肉送入口中一樣。

出處 《容齋隨軍·連昌宮詞》：「元微之、白樂天，在唐元和長慶間齊名，其賦詠天寶時事，連昌宮詞、長恨歌皆膾炙人口。」

用法 比喻詩文等作品受到大眾的讚美和傳誦。

例句 這本小說之所以「膾炙人口」，是因為人物塑造非常成功。

臨渴掘井（ㄌㄧㄣˊ ㄎㄜˇ ㄐㄩㄝˊ ㄐㄧㄥˇ）

解釋 口渴時才去挖井。

出處 清·朱用純《治家格言》：「宜未雨而綢繆，毋臨渴而掘井。」

用法 比喻不早作準備，事到臨頭才想辦法，已經無濟於補。

例句 事前不先準備好充足的分量，現在缺貨才急著到處打電話，不是「臨渴掘井」嗎？

相似 江心補漏

相反 未雨綢繆

舉一反三（ㄐㄩˇ ㄧ ㄈㄢˇ ㄙㄢ）

解釋 舉一條就可以推論出三條。

出處 《論語·述而》：「舉一隅不以三隅反，則不復也。」

用法 比喻從已知的一點，類推而知道其他的。形容善於類推，能觸類旁通。

例句 老師最喜歡能「舉一反三」的學生。

相似 觸類旁通

相反 一竅不通

舉足輕重（ㄐㄩˇ ㄗㄨˊ ㄑㄧㄥ ㄓㄨㄥˋ）

解釋 一挪腳就影響兩邊的分量輕重。

出處 《後漢書·竇融傳》：「方蜀漢相攻，權在將軍，舉足左右，便有輕重。」

用法 形容對全體有極大影響的舉動。也形容所處地位的重要。

例句 那家醫院的外科主任，在國內醫學界有「舉足輕重」的地位。

相似　非同小可

相反　無足輕重

螳臂當車（ㄊㄤˊ ㄅㄧˋ ㄉㄤ ㄔㄜ）

解釋　螳螂舉起臂膀阻擋車子。

出處　《莊子・人間世》：「汝不知夫螳蜋乎？怒其臂以當車轍，不知其不勝任也。」

用法　比喻自不量力。

例句　怪不得大家都要說你「螳臂當車」，做這件事前，你曾衡量過自己的能力嗎？

相似　蚍蜉撼樹

相反　量力而行

豁然貫通（ㄏㄨㄛˋ ㄖㄢˊ ㄍㄨㄢˋ ㄊㄨㄥ）

解釋　開闊、通達的樣子。

出處　宋・朱熹《大學章句》：「至於用力之久，而一旦豁然貫通焉。」

用法　比喻忽然開通，領悟某種道理。

例句　看學生的表情，老師就知道他對這個課題已「豁然貫通」了。

相似　恍然大悟

相反　百思不解

鴻鵠之志（ㄏㄨㄥˊ ㄏㄨˊ ㄓ ㄓˋ）

解釋　像鴻鵠飛行般的志向。

出處　《史記・陳涉世家》：「庸者笑而應曰：『若為庸耕，何富貴也？』陳涉太息曰：『嗟乎！燕雀安知鴻鵠之志哉！』」

用法　比喻遠大的志向。

例句　他從小就有「鴻鵠之志」，想成為能造福全人類的科學家。

點石成金（ㄉㄧㄢˇ ㄕˊ ㄔㄥˊ ㄐㄧㄣ）

解釋　將石頭變成金子的法術。

出處　《列仙傳》：「許遜，南昌人。晉初為旌陽令，點石化金，以足通賦。」

用法 比喻把別人不好的作品改成好的。

例句 將原著拍成電影，如何「點石成金」而非點金成鐵，就要看導演的功力了。

相反 狗尾續貂

擲地有聲

解釋 丟在地上會發出聲響。

出處 《晉書．孫綽傳》：「當作天臺山賦，以示范榮期云：『卿試擲地，當作金石聲也。』」

用法 形容文章非常有分量、有價值。

例句 那位名教授曾發表過好幾篇「擲地有聲」的學術論文。

斷章取義

解釋 截斷文章語句，選取自己要的意思。

用法 形容引證文章或談話，只截取合乎己意的一句或一段，不顧作者原意。

例句 你這樣「斷章取義」，隨意在網路上發表看法，是非常不負責任的作法。

相似 掐頭去尾

相反 照本宣科

甕中捉鱉

解釋 在甕裡面捉起鱉。

出處 元．康進之《李逵負荊》第四折：「管教他甕中捉鱉，手到拿來。」

用法 比喻要逮捕的對象已在掌握中。形容很有把握。

例句 毒犯沒有發覺住家四周已有埋伏，在睡夢中被警方來個「甕中捉鱉」。

相似 十拿九穩

相反 挾山超海

雙管齊下

解釋 一手握住兩支筆管一起下筆。

出處 宋．郭若虛《圖畫見聞志．故事拾遺》：「唐張璪員外畫山水松石名重於世。尤於畫松特出意象，能手握雙管一時齊下，一為生枝，一為枯幹，勢凌風雨，氣傲煙霞。」

用法 比喻兩件事情同時進行。或指兩種方法同時採用。

例句 治療這個疾病，必須內服外敷「雙管齊下」才有效果。

相似 左右開弓

相反 單刀直入

雞鳴狗盜（ㄐㄧ ㄇㄧㄥˊ ㄍㄡˇ ㄉㄠˋ）

解釋 學雞叫，學狗鑽洞穴偷東西。

出處 《漢書．游俠傳》：「繇是列國公子……皆藉王公之勢，競為游俠，雞鳴狗盜，無不賓禮。」

用法 比喻微不足道的技能。也指具有卑微技能的人。

例句 那位民意代表交友廣闊，少不了認識些「雞鳴狗盜」之徒。

鞭辟入裡（ㄅㄧㄢ ㄅㄧˋ ㄖㄨˋ ㄌㄧˇ）

解釋 極盡全力的自我鞭策，往精微處仔細研究。也說「鞭辟近裡」。

出處 《近思錄．為學》：「學只要鞭辟近裡，著己而已。」

用法 本指作學問的工夫非常的深入、紮實。現多用於形容言辭或文章的見解十分深刻、透徹。

例句 這篇社論寫得「鞭辟入理」，部長指示要發給所有相關單位參考。

相似 入木三分

相反 浮光掠影

識時務者為俊傑（ㄕˋ ㄕˊ ㄨˋ ㄓㄜˇ ㄨㄟˊ ㄐㄩㄣˋ ㄐㄧㄝˊ）

解釋 能認清時勢才是有才能的人。

出處 《三國志．蜀書．諸葛亮傳》裴松之注引《襄陽記》：「儒生俗士，豈識時務？識時務者在乎俊傑。」

用法 指能認清當前形勢和潮流的人，才稱得上是真正的英雄豪傑。

例句　「識時務者為俊傑」，希望你好好考慮公司目前的營運狀況，再下決定。

寶刀未老（ㄅㄠˇ ㄉㄠ ㄨㄟˋ ㄌㄠˇ）

解釋　寶貴的刀依然沒有生鏽。

用法　比喻人雖老，精神、體力或本領仍不減當年。

例句　許多為了證明自己「寶刀未老」的爺爺，互相招呼報名了這次的路跑活動。

相似　老當益壯

爐火純青（ㄌㄨˊ ㄏㄨㄛˇ ㄔㄨㄣˊ ㄑㄧㄥ）

解釋　道士煉丹快成功時，爐子火焰會從紅色轉成青色。

出處　清．曾樸《孽海花》二十五回：「到了現在，可已到了爐火純青的氣候，正是兄弟們各顯身手的時期。」

用法　比喻技術或學問達到成熟、完美的境界，功力十分深厚。

例句　那位中醫師的把脈技巧，已經到達「爐火純青」的地步。

相似　出神入化

相反　初學乍練

觸類旁通（ㄔㄨˋ ㄌㄟˋ ㄆㄤˊ ㄊㄨㄥ）

解釋　接觸某一方面的事就能互相貫通。也作「觸類而通」。

出處　清．章學誠《文史通義．詩話》：「觸類旁通，啟發實多。」

用法　指懂得或掌握了某一事物的知識或規律，對同類的其他事物就能類推了解。

例句　若能夠做到「觸類旁通」，學問就真的是自己的了。

相似　聞一知十

相反　一竅不通

躍然紙上（ㄩㄝˋ ㄖㄢˊ ㄓˇ ㄕㄤˋ）

解釋　活躍地顯現在紙面上。

出處　清．薛雪《一瓢詩話》三十三：「如此體會，則詩神詩旨，躍然紙上。」

用法 形容描寫、刻畫得非常逼真、生動。

例句 透過他靈巧的筆與纖細的心思，小說中的人物都彷彿「躍然紙上」。

相似 栩栩如生

鶴立雞群

解釋 像鶴站在雞群之中一樣。

出處 《晉書·嵇紹傳》：「或謂王戎曰：『昨於稠人中始見嵇紹，昂昂然如野鶴之在雞群。』」

用法 比喻一個人的才能或儀表十分出眾。

例句 那位籃球國手，走在人群中總顯得「鶴立雞群」。

相似 出類拔萃

鑑往知來

解釋 看過去就可以推知將來。

出處 《易·說卦》：「數往者順，知來者逆。」

用法 比喻觀察、了解過去，就可以推知未來發展。

例句 我們學歷史，就是為了「鑑往知來」。

相似 數往知來

相反 重蹈覆轍

德行品格類

一絲不苟

解釋 一點也不馬虎。

出處 《儒林外史》第四回：「上司訪知，見世叔一絲不苟，升遷就在指日。」

用法 形容一個人做事認真、仔細，一點也不草率、敷衍。

例句 那位教授改起論文來「一絲不苟」，連標點符號都不放過。

相似 丁是丁，卯是卯

相反 敷衍了事

力能勝貧，謹能勝禍

解釋 辛勤的工作可以戰勝貧

困，謹慎行事就能避免災禍。

用法 告誡人應該辛勤工作，謹慎行事。

例句 三十年來，他始終緊記爺爺當年告訴他「力能勝貧，謹能勝禍」的道理。

十惡不赦（ㄕˊ ㄜˋ ㄅㄨˋ ㄕㄜˋ）

解釋 古代刑律所規定的不可饒恕的十種重大罪名。

出處 唐・張九齡〈東封赦書〉：「大辟罪已下，罪無輕重……咸赦除之，惟十惡死罪，不在此限。」

用法 形容罪大惡極，不能夠赦免。

例句 儘管多數民眾都認為那個罪犯「十惡不赦」，但還是要交給法律來判決。

相似 罪不容誅

相反 功德無量

三思而行（ㄙㄢ ㄙ ㄦˊ ㄒㄧㄥˊ）

解釋 再三思考才行動。

出處 《論語・公冶長》：「季文子三思而後行。」

用法 指反覆考慮後，才放手去做。

例句 這件事茲事體大，我必須「三思而行」，不能立刻下決定。

相似 謹言慎行

相反 草率從事

上下其手（ㄕㄤˋ ㄒㄧㄚˋ ㄑㄧˊ ㄕㄡˇ）

解釋 把手舉高、放低的做暗示。

出處 《左傳・襄公二十六年》：「（伯州犁）上其手曰：『夫子為王子圍，寡君之貴介弟也。』下其手曰：『此子為穿封戌，方城外之縣尹也。誰獲子？』囚（鄭將皇頡）曰：『頡遇王子，弱焉。』」

用法 比喻運用手段任意顛倒是非黑白，以方便自己行事。

例句 這次設計比賽，被媒體踢爆有承辦人員「上下其手」，左右名次。

相似 高下其手

上梁不正下梁歪（ㄕㄤˋ ㄌㄧㄤˊ ㄅㄨˋ ㄓㄥˋ ㄒㄧㄚˋ ㄌㄧㄤˊ ㄨㄞ）

解釋 上面的屋梁不正，下面的屋梁也會跟著歪斜。

用法 比喻在上位的人品行不好，下位的人也會跟著學壞。

例句 身為領導人，必須以身作則，否則一定「上梁不正下梁歪」。

大公無私（ㄉㄚˋ ㄍㄨㄥ ㄨˊ ㄙ）

解釋 公正無私心。

出處 清・龔自珍〈論私〉：「且今之大公無私者，有楊、墨之賢耶？」

用法 形容人處事公正，沒有私心。

例句 擔任司法人員，必須「大公無私」，才能取信於民。

相似 公正無私

相反 損公肥私

土豪劣紳（ㄊㄨˇ ㄏㄠˊ ㄌㄧㄝˋ ㄕㄣ）

解釋 鄉里間欺壓善良的惡霸和卑劣的知識分子。

出處 《南史・韋鼎傳》：「州中有土豪，外修邊幅，而內行不軌。」

用法 泛指仗勢欺人的有錢者或讀書人。

例句 都什麼年代了，居然還有「土豪劣紳」欺壓鄉民，實在應該受到制裁。

不足為訓（ㄅㄨˋ ㄗㄨˊ ㄨㄟˊ ㄒㄩㄣˋ）

解釋 不值得作為準則。

出處 《左傳・僖公二十八年》：「以臣召君，不可以訓。」

用法 形容某事不值得作為遵循或效法的準則。

例句 違背正道的作法，即使一時有成效，解決了問題，也「不足為訓」。

相似 事不可取

相反 奉為圭臬

不偏不倚 ㄅㄨˋ ㄆㄧㄢ ㄅㄨˋ ㄧˇ

解釋　不偏向任何一方。

出處　宋·朱熹《中庸章句》注：「中庸者，不偏不倚，無過不及。」

用法　形容一點也沒有偏差，剛剛好。

例句　那棵行道樹「不偏不倚」的橫躺在馬路當中，阻礙了車輛的通行。

相似　中庸之道

相反　重此輕彼

不識時務 ㄅㄨˋ ㄕˋ ㄕˊ ㄨˋ

解釋　不認識當前的潮流和形勢。

出處　《後漢書·張霸傳》：「時皇后兄虎賁中郎將鄧騭，當朝貴盛，聞霸名行，欲與為交，霸逡巡不答，眾人笑其不識時務。」

用法　形容人不識抬舉。也指不知掌握機運以求通達。

例句　大家都笑他「不識時務」，沒有趁這個機會在老闆面前表現，他卻另有想法。

相似　不知好歹

相反　知世達務

中飽私囊 ㄓㄨㄥ ㄅㄠˇ ㄙ ㄋㄤˊ

解釋　貪官汙吏對上欺瞞政府，對下蒙騙百姓，從中取得私利。

出處　《韓非子·外儲說右下》：「薄疑謂趙簡主曰：『君之國中飽。』簡主欣然而喜曰：『何如焉？』對曰：『府庫空虛於上，百姓貧餓於下，然而姦吏富矣。』」

用法　指經手辦事的人從中貪汙。

例句　相關協會的「中飽私囊」，是造成選手比賽缺乏經費的原因。

相反　兩袖清風

文過飾非 ㄨㄣˊ ㄍㄨㄛˋ ㄕˋ ㄈㄟ

解釋　掩飾錯誤。也作「飾非

文過」。

出處　唐・劉知幾《史通・曲筆》：「其有舞辭弄札，飾非文過。」

用法　指用假話掩飾自己的過失、錯誤。

例句　那樣「文過飾非」，只會突顯你的不負責任。

相似　掩非飾過

相反　聞過則喜

巧取豪奪（ㄑㄧㄠˇ ㄑㄩˇ ㄏㄠˊ ㄉㄨㄛˊ）

解釋　騙取與搶奪。也說「豪奪巧取」。

用法　形容用欺詐與暴力手段取得想要的東西。

例句　只要那位蒐藏家看上眼的文物，他一定「巧取豪奪」設法據為己有。

相似　鵲巢鳩占

光明磊落（ㄍㄨㄤ ㄇㄧㄥˊ ㄌㄟˇ ㄌㄨㄛˋ）

解釋　光亮而坦蕩蕩。

出處　宋・朱熹《朱子語類・易上繫上》：「譬如人光明磊落底便是好人，昏昧迷暗底便是不好人。」

用法　形容人胸懷坦白，心地光明。

例句　我行事向來「光明磊落」，那些流言，相信很快就會不攻自破。

相似　不欺暗室

相反　詭計多端

冰清玉潔（ㄅㄧㄥ ㄑㄧㄥ ㄩˋ ㄐㄧㄝˊ）

解釋　像冰一樣清亮、玉一樣潔白。

出處　東漢・桓譚《新論・妄瑕》：「伯夷、叔齊，冰清玉潔。」

用法　形容操守如清玉般清白高潔。也比喻官吏辦事清明公正。

例句　他是位「冰清玉潔」的君子，你可別隨便誣衊人。

相似　冰壺秋月

相反　寡廉鮮恥

同流合汙（ㄊㄨㄥˊ ㄌㄧㄡˊ ㄏㄜˊ ㄨ）

解釋　言行與混濁的風俗、世

道相合。

出處　《孟子．盡心下》：「同乎流俗，合乎汙世。」

用法　表示跟隨壞人一起做壞事。

例句　那位原本清廉的官員，最後竟也「同流合汙」，讓人十分痛心。

相似　沆瀣一氣

相反　潔身自愛

吃裡扒外（ㄔ ㄌㄧˇ ㄆㄚˊ ㄨㄞˋ）

解釋　吃著裡面的，又去扒挖外面的。

用法　指人不忠於所屬團體，反而暗地幫助外人。

例句　他這種把學生名單洩漏給別家補習班的行為，不是「吃裡扒外」嗎？

安分守己（ㄢ ㄈㄣˋ ㄕㄡˇ ㄐㄧˇ）

解釋　安於自己的本分。

出處　《古今小說》一：「這首詞名為〈西江月〉，是勸人安分守己，隨緣作樂，莫為酒色財氣四字損卻精神，虧了行止。」

用法　指安於現狀，守本分。

例句　在這個時代，「安分守己」的職員不見得就不會被裁員。

相似　安常守分

相反　胡作非為

衣冠禽獸（ㄧ ㄍㄨㄢ ㄑㄧㄣˊ ㄕㄡˋ）

解釋　穿戴衣帽的禽獸。

出處　《石點頭》三：「此乃衣冠禽獸，名教罪人。」

用法　指人的外表、服飾整齊，惡行惡狀卻如同禽獸。

例句　那位醫師假借看診名義騷擾女病患，被媒體批評是「衣冠禽獸」。

相似　人面獸心

相反　正人君子

作威作福（ㄗㄨㄛˋ ㄨㄟ ㄗㄨㄛˋ ㄈㄨˊ）

解釋　任意的施行賞罰，握有生殺大權。

出處　《尚書．洪範》：

「惟辟作福，惟辟作威，惟辟玉食，臣無有作福作威玉食。」

用法 形容人橫行霸道，濫用權勢欺壓別人。

例句 現在這個民主法治的社會，豈由得你利用父親是議員的名義「作威作福」？

相似 橫行霸道

利欲薰心（ㄌㄧˋ ㄩˋ ㄒㄩㄣ ㄒㄧㄣ）

解釋 名利欲望迷住了心。

出處 宋・黃庭堅〈贈別李次翁〉：「利欲薰心，隨人翕張。」

用法 形容被貪圖名利的欲望蒙蔽了心靈。

例句 許多民眾都因為一時「利欲薰心」，而落入詐騙集團設下的陷阱。

相似 財迷心竅

相反 淡泊名利

助桀為虐（ㄓㄨˋ ㄐㄧㄝˊ ㄨㄟˋ ㄋㄩㄝˋ）

解釋 幫助夏桀做暴虐的事。

出處 《史記・留侯世家》：「今始入秦，即安其樂，此所謂『助桀為虐。』」

用法 比喻幫助惡人做壞事。

例句 他這樣「助桀為虐」，和學長一起勒索學弟妹的行為，讓父母非常痛心。

相似 為虎添翼

相反 除暴安良

囤積居奇（ㄊㄨㄣˊ ㄐㄧ ㄐㄩ ㄑㄧˊ）

解釋 積存貨品等待高價。

用法 指以低價大量購存商品，待高價時出售，以獲取暴利的投機行為。

例句 為避免不肖商人「囤積居奇」，應設法降低米酒的價格。

相似 操奇計贏

坐地分贓（ㄗㄨㄛˋ ㄉㄧˋ ㄈㄣ ㄗㄤ）

解釋 坐在家裡分取同夥偷盜來的贓物。

出處 明・無名氏《八義雙桂記》十六：「昨日新發下一個坐地分贓的強盜下來，至今家信未通，不免取地出來騰那一番，豈不是好。」

用法 指盜賊搶奪或官員貪汙後，共同瓜分的財物。

例句 警方趁這些搶匪「坐地分贓」時，衝入賊窟將他們一網打盡。

改邪歸正（ㄍㄞˇ ㄒㄧㄝˊ ㄍㄨㄟ ㄓㄥˋ）

解釋 改掉邪行，回歸正道。

出處 《西遊記》十四回：「這等真是可賀！可賀！這纔叫做改邪歸正。」

用法 形容改正過去的錯誤，不再做壞事。

例句 將犯人關進監獄，就是希望他們能「改邪歸正」。

相似 洗心革面

相反 至死不悟

怙惡不悛（ㄏㄨˋ ㄜˋ ㄅㄨˋ ㄑㄩㄢ）

解釋 憑恃惡行，不知悔改。

出處 《宋史．王化基傳》：「若授以遠方牧民之官，其或怙惡不悛，恃遠肆毒，小民罹殃，卒莫上訴。」

用法 形容人堅持作惡，不知道反省悔改。

例句 根據民眾提供的線索，警方終於將那個「怙惡不悛」的通緝犯逮捕歸案。

相似 怙惡不改

招搖撞騙（ㄓㄠ ㄧㄠˊ ㄓㄨㄤˋ ㄆㄧㄢˋ）

解釋 故意引起別人注意藉以行騙。

出處 《清會典事例．刑部吏律職制》：「學臣應用員役，儻有招搖撞騙及受賄傳遞等弊，提調不行訪拿究治者，亦交部議處。」

用法 形容假借他人名義，進行欺詐、蒙騙的惡行。

例句 最近常有人謊稱餐廳食物不乾淨而白吃白喝，「招搖撞騙」的行為已引起業者注意。

相似 欺世盜名

放下屠刀，立地成佛（ㄈㄤˋ ㄒㄧㄚˋ ㄊㄨˊ ㄉㄠ，ㄌㄧˋ ㄉㄧˋ ㄔㄥˊ ㄈㄛˊ）

解釋 放下殺生的刀子，立刻

就能成佛。原是佛教勸人改惡從善的話。也作「放下屠刀，立便成佛」。

出處 宋．釋普濟《五燈會元．東山覺禪師》：「廣額正是個殺人不眨眼底漢，颺下屠刀，立地成佛。」

用法 比喻作惡的人一旦決心悔改，就能成為好人。

例句 佛家所謂「放下屠刀，立地成佛」，是在勸人及早改惡向善。

相似 回頭是岸

明哲保身（ㄇㄧㄥˊ ㄓㄜˊ ㄅㄠˇ ㄕㄣ）

解釋 明智的保全自身。

出處 《詩經．大雅．烝民》：「既明且哲，以保其身。」

用法 指明智的人善於保全自己，不參與可能危及己身的事。現也多指為維護個人利益，對原則性問題不置可否。

例句 在這複雜的環境，更要懂得「明哲保身」。

相似 全身遠禍

相反 同流合汙

玩世不恭（ㄨㄢˊ ㄕˋ ㄅㄨˋ ㄍㄨㄥ）

解釋 用遊戲的態度對待生活，並輕視當時的世俗禮法。

出處 《聊齋志異．顛道人》：「異史氏曰……予鄉殷生文屏，畢司農之妹夫也，為人玩世不恭。」

用法 形容以輕慢、消極的態度對待世事。

例句 他這種「玩世不恭」的態度，讓父母非常憂心。

相似 遊戲人間

附庸風雅（ㄈㄨˋ ㄩㄥ ㄈㄥ ㄧㄚˇ）

解釋 追隨的文雅之事。

用法 指庸俗之人刻意裝作風雅之士。

例句 他「附庸風雅」的到音樂廳欣賞演奏會，卻是從頭睡到尾。

前車之鑑

解釋 前車翻覆的原因，可作為後車的借鏡。

出處 《漢書．賈誼傳》：「前車覆，後車戒。」

用法 比喻前人的失敗，後人可以當作借鏡，避免再犯相同的錯誤。

例句 那位藝人因為吸毒而自毀前程，是其他人的「前車之鑑」。

相似 引以為戒

相反 重蹈覆轍

指鹿為馬

解釋 指著鹿說是馬。

出處 《史記．秦始皇本紀》：「趙高欲為亂，恐群臣不聽，乃先設驗，持鹿獻於二世，曰：『馬也。』二世笑曰：『丞相誤耶？謂鹿為馬。』問左右，左右或默，或言馬以阿順趙高。或言鹿，高因陰中諸言鹿者以法。後群臣皆畏高。」

用法 比喻顛倒黑白，混淆是非。

例句 這些「指鹿為馬」的官員，實在是政治的亂源。

相似 指黑為白

相反 是非分明

故態復萌

解釋 以前不好的行為舉止又逐漸恢復。

出處 《官場現形記》第十二回：「遇見撫臺下來大閱，他便臨期招募，暫時彌縫；只等撫臺一走，仍然是故態復萌。」

用法 形容重犯老毛病。

例句 別聽他滿口答應要改掉遲到的壞習慣，不出幾天一定又會「故態復萌」。

相似 重蹈覆轍

相反 洗心革面

洗心革面

解釋 洗滌自心，改變舊面目。也說「革面洗心」。

出處 《周易．繫辭上》：「聖人以此洗心。」

用法 比喻徹底改過自新。

例句 許多更生人已決心「洗心革面」，卻擔心難以被社會大眾接納。

相似 脫胎換骨

相反 怙惡不悛

為虎作倀（ㄨㄟˋ ㄏㄨˇ ㄗㄨㄛˋ ㄔㄤ）

解釋 古時傳說被老虎吃掉的人，死後會變成倀鬼，專門引誘人來給虎吃。

出處 《聽雨紀談》：「字書謂倀為虎傷。蓋人或不幸而罹於虎口，其神魂不散，必被虎所役，為之前導。」

用法 比喻成為壞人的幫凶，助人作惡。

例句 「為虎作倀」的幫兇，跟那些惡人一樣可惡。

相似 助紂為虐

相反 為民除害

狡兔三窟（ㄐㄧㄠˇ ㄊㄨˋ ㄙㄢ ㄎㄨ）

解釋 狡猾的兔子都挖有三個洞穴藏身。

出處 《戰國策．齊策四》馮諼曰：『狡兔有三窟，僅得免其死耳；今君有一窟，未得高枕而臥也，請為君復鑿二窟。』」

用法 比喻藏身計慮周密，能夠保身避禍。

例句 「狡兔三窟」才能避免危險，做什麼事都應該預留後路。

苟且偷安（ㄍㄡˇ ㄑㄧㄝˇ ㄊㄡ ㄢ）

解釋 馬馬虎虎，得過且過。

用法 指人貪圖安逸，得過且過，不顧將來。

例句 雖然目前有個短期的工作可糊口，但也不能「苟且偷安」，還是要找個正職才妥當。

相似 因循苟且

相反 發憤圖強

負荊請罪（ㄈㄨˋ ㄐㄧㄥ ㄑㄧㄥˇ ㄗㄨㄟˋ）

解釋 背著荊條向對方請罪。

出處 《史記．廉頗藺相如列傳》：「廉頗聞之，肉袒負荊，因賓客，至藺相如門謝罪。」

用法 表示完全承認自己的過錯，登門請求對方懲罰。

例句 他開車不小心撞到路人，除了登門「負荊請罪」，也保證將支付全部醫藥費。

相似 肉袒負荊

相反 興師問罪

借刀殺人（ㄐㄧㄝˋ ㄉㄠ ㄕㄚ ㄖㄣˊ）

解釋 借別人的刀來殺害另外的人。

出處 《紅樓夢》十六回：「坐山看虎鬥，借刀殺人。」

用法 比喻自己不出面，卻挑撥或利用別人去陷害、滅除對方。

例句 那個人以「借刀殺人」的方法，迫害對手退出競賽，引起輿論譁然。

相似 借客報仇

相反 借花獻佛

害群之馬（ㄏㄞˋ ㄑㄩㄣˊ ㄓ ㄇㄚˇ）

解釋 危害馬群的馬。

出處 《莊子．徐无鬼》：「無為天下者，亦奚以異乎牧馬者哉？亦去其害馬者而已矣」。

用法 比喻危害群體的人。

例句 為了不要成為球隊中拖後腿的「害群之馬」，我每天都很努力的練習。

相似 敗群之羊

旁門左道（ㄆㄤˊ ㄇㄣˊ ㄗㄨㄛˇ ㄉㄠˋ）

解釋 旁邊的小門，不是正道的路。也說「左道旁門」。

出處 《禮記．王制》疏：「左道謂邪道，地道尊右，右為貴……故正道為右，不正道為左。」

用法 指邪道妖術。或比喻不依正道做事。

例句 我不相信那些「旁門左道」的方法，真能治療這種疾病。

相似　異端邪說

桀驁不馴（ㄐㄧㄝˊ ㄠˋ ㄅㄨˋ ㄒㄩㄣˊ）

解釋　性情乖戾不馴服。

出處　《漢書・匈奴傳》：「其桀驁尚如斯，安肯以愛子而為質乎？」

用法　形容人脾氣暴烈，性情不馴順。

例句　「桀驁不馴」的他，在喜歡的女生面前就變得溫文有禮。

相似　橫行無忌

相反　俯首帖耳

狼狽為奸（ㄌㄤˊ ㄅㄟˋ ㄨㄟˊ ㄐㄧㄢ）

解釋　傳說狽跟狼是同類的野獸，狼後二足短，狽的前二足短，所以牠們要相互搭配才能行動。

出處　《酉陽雜俎》：「狽前足絕短，每行，常駕於狼腿上，狽失狼則不能。故世言事乖者稱狼狽。」

用法　比喻壞人互相勾結，作惡多端。

例句　警方竟與色情業者勾結，「狼狽為奸」，又如何能維持社會秩序、保護人民安全？

相似　沆瀣一氣

疾風知勁草（ㄐㄧˊ ㄈㄥ ㄓ ㄐㄧㄥˋ ㄘㄠˇ）

解釋　只有經過猛烈大風的考驗，才能知道什麼樣的草是強勁的。

出處　《後漢書・王霸傳》：「光武謂霸曰：『潁川從我者皆逝，而子獨留。努力！疾風知勁草。』」

用法　比喻在危難的時候，才能顯示出一個人的堅強意志與堅貞的節操。

例句　「疾風知勁草」，經過這次事件，老闆總算知道哪些員工才是真正忠誠。

相似　板蕩識忠臣

笑裡藏刀（ㄒㄧㄠˋ ㄌㄧˇ ㄘㄤˊ ㄉㄠ）

解釋　表面和善的笑著，內裡

卻藏著害人的刀。

出處 《新唐書・李義府傳》：「貌柔恭，與人言，嬉怡微笑，而陰賊褊忌著於心，凡忤意者皆中傷之，時號義府『笑中刀』。」

用法 比喻外表和善但是內心狠毒陰險。

例句 奉勸你要小心他「笑裡藏刀」，已經有很多同事吃了悶虧。

相似 口蜜腹劍

相反 表裡如一

胸無城府（ㄒㄩㄥ ㄨˊ ㄔㄥˊ ㄈㄨˇ）

解釋 胸中沒有難於揣測的深遠謀算。

出處 《宋史・傅堯俞傳》：「堯俞厚重寡言，遇人不設城府，人自不忍欺。」

用法 比喻胸懷坦蕩，沒有私心。

例句 他是個「胸無城府」的人，絕對不會做出這種背地算計人的事。

相似 胸懷坦蕩

相反 心懷叵測

能屈能伸（ㄋㄥˊ ㄑㄩ ㄋㄥˊ ㄕㄣ）

解釋 能彎曲能伸直。

出處 宋・邵雍〈代書寄前洛陽薄降剛叔秘校〉：「知行知止唯賢者，能屈能伸是丈夫。」

用法 形容人處世能隨環境轉變，在失意時能忍耐，得意時能闖出一番作為。

例句 他是個「能屈能伸」的人，這次失意，並不會打擊他的信心。

相似 屈一伸萬

相反 一蹶不振

迷途知返（ㄇㄧˊ ㄊㄨˊ ㄓ ㄈㄢˇ）

解釋 迷失了道路仍知道回來。

出處 南朝梁・丘遲〈與陳伯之書〉：「夫迷途知反，往哲是與。」

用法 比喻覺察自己的錯誤，而且能夠反省改正。

例句　那位牧師希望能透過信仰，讓更多誤入歧途的孩子「迷途知返」。

相似　改惡從善

相反　執迷不悟

高山景行（ㄍㄠ ㄕㄢ ㄐㄧㄥˇ ㄒㄧㄥˊ）

解釋　像高山、大路般正大高尚。

出處　《三國志・魏書・文帝紀》裴松之注引《獻帝傳》：「吾雖德不及二聖，敢忘高山景行之義哉？」

用法　比喻崇高的德行。

例句　胡適的「高山景行」，永遠為後人景仰。

相似　高山仰止

高風亮節（ㄍㄠ ㄈㄥ ㄌㄧㄤˋ ㄐㄧㄝˊ）

解釋　高尚的品格，堅貞的節操。也說「高風峻節」、「高風勁節」。

出處　宋・胡仔《苕溪漁隱叢話後集》：「余謂淵明高風峻節，固已無愧於四皓，然猶仰慕之，尤見其好賢尚友之情也。」

用法　形容人高尚的品格和磊落的行為。

例句　「高風亮節」是大法官必須具備的品格。

相似　玉潔冰清

相反　寡廉鮮恥

鬼鬼祟祟（ㄍㄨㄟˇ ㄍㄨㄟˇ ㄙㄨㄟˋ ㄙㄨㄟˋ）

解釋　詭祕不光明。

出處　《紅樓夢》第五十二回：「兩個人鬼鬼祟祟的，不知說什麼。」

用法　形容人行為狡譎，不光明正大。

例句　店員看那位顧客「鬼鬼祟祟」的模樣，直覺認為他要偷東西。

相似　偷偷摸摸

相反　光明正大

偷天換日（ㄊㄡ ㄊㄧㄢ ㄏㄨㄢˋ ㄖˋ）

解釋　把天和日頭都偷調置換了。

出處 清·朱佐朝《漁家樂傳奇》：「願將身代入金屋，做個偷天換日，因風動燭。」

用法 比喻暗中以假換真，一手遮天，改變事物的真相來欺騙別人。

例句 商家借口幫忙包裝，其實已「偷天換日」，將內容物掉包成次級品。

相似 偷梁換柱

相反 貨真價實

偷雞摸狗

解釋 偷走雞，摸走狗。

出處 《紅樓夢》四四回：「鳳丫頭和平兒還不是個美人胎子？你還不足？成日家偷雞摸狗，腥的臭的，都拉了你屋裡去！」

用法 指偷偷摸摸的行為。也比喻男女之間不正當的交往。

例句 孩子整日遊手好閒，淨學些「偷雞摸狗」的勾當，讓父母非常痛心。

相似 偷雞盜狗

唯利是圖

解釋 唯獨貪求利益。也作「唯利是視」。

出處 《左傳·成公十三年》：「余雖與晉出入，余唯利是視。」

用法 形容一心只貪圖利益，別的什麼都不顧。

例句 這些「唯利是圖」的餐廳業者，居然回收餐點再販售，被媒體踢爆，引起社會輿論撻伐。

相似 見錢眼開

相反 見利思義

彬彬有禮

解釋 文質兼備的樣子又有禮貌。

出處 《論語·雍也》：「文質彬彬，然後君子。」

用法 形容人文雅有禮貌。

例句 他「彬彬有禮」的態度，博得女方家長的好感。

相似　文質彬彬

相反　蠻橫無禮

得寸進尺（ㄉㄜˊ ㄘㄨㄣˋ ㄐㄧㄣˋ ㄔˇ）

解釋　得到一寸又想進一尺。

出處　《戰國策・秦策三》：「范雎曰：『……王不如遠交而近攻，得寸則王之寸，得尺亦王之尺也。』」

用法　比喻貪婪的欲望越來越大。

例句　你必須堅持原則與底線，不能夠讓對方「得寸進尺」，為所欲為。

相似　貪心不足

相反　寸進尺退

得隴望蜀（ㄉㄜˊ ㄌㄨㄥˇ ㄨㄤˋ ㄕㄨˇ）

解釋　得到隴地，又想進占蜀地。

出處　《後漢書・岑彭傳》：「西城若下，便可將兵南擊蜀虜。人苦不知足，既平隴，復望蜀。」

用法　比喻人貪得無厭，不知足。

例句　他那「得隴望蜀」的行為，早已讓人心生厭惡。

相似　貪得無厭

相反　知足常樂

從善如流（ㄘㄨㄥˊ ㄕㄢˋ ㄖㄨˊ ㄌㄧㄡˊ）

解釋　聽從好的意見就像流水一樣迅速。

出處　《左傳・成公八年》：「楚師之還也，晉侵沈，獲沈子揖初，從知、范、韓也。君子曰：『從善如流，宜哉！』」

用法　指樂意接受別人好意的意見、勸告。

例句　作為領導者，若能「從善如流」，將給眾人更好的印象。

相似　言聽計從

相反　剛愎自用

惜墨如金（ㄒㄧ ㄇㄛˋ ㄖㄨˊ ㄐㄧㄣ）

解釋　珍惜墨寫字用的墨就像珍惜金子一樣。

出處　宋・費樞《釣磯立談》：「李營丘惜墨如金。」

用法　形容寫字、作畫、作文不輕易下筆，力求精練。

例句　那位書法家向來「惜墨如金」，想請他幫忙提字恐怕不是那麼容易。

相反　率爾操觚

掩人耳目

解釋　遮掩別人的耳朵和眼睛。

出處　《西遊記》第十六回：「廣謀道：『依小孫之見，如今換聚東山大小房頭，每人要乾柴一束。……那兩個和尚卻不都燒死？又好掩人耳目。袈裟豈不是我們傳家之寶？』」

用法　比喻以假象欺騙、蒙蔽他人。

例句　他倆在螢幕前甜蜜恩愛的形象，不過是為了「掩人耳目」罷了。

相似　混淆視聽

相反　以正視聽

掩耳盜鈴

解釋　摀住耳朵來偷鈴。也說「盜鐘掩耳」、「掩耳盜鐘」。

出處　《呂氏春秋・自知》：「范氏之亡也，百姓有得鐘（鐘）者，欲負而走。則鐘大不可負，以椎毀之，鐘悅然有音。恐人聞之而奪己也，遽揜（掩）其耳。」

用法　比喻自己欺騙自己。

例句　他那樣的行為不過是「掩耳盜鈴」小心招來禍患，自食惡果。

相似　自欺欺人

梁上君子

解釋　屋梁上的那位仁兄。

出處　《後漢書・陳寔傳》：「時歲荒民儉，有盜夜入其室，止於梁上。寔陰見，乃起自整拂，呼命子孫，正色訓之曰：『夫人不可以不自勉。不善之人未必本惡，習以性成，遂至於此。梁上君子者是矣！』」

用法 為竊賊、小偷的代稱。

例句 社區為了防範「梁上君子」，決定全面加裝探照燈與監視器。

相似 鼠竊狗盜

貪小失大（ㄊㄢ ㄒㄧㄠˇ ㄕ ㄉㄚˋ）

解釋 貪圖小的反而損失大的。

出處 《呂氏春秋．權勛》：「此貪於小利以失大利者也。」

用法 形容貪圖小利反而造成重大損失。

例句 許多愛美女性誤信廣告，到小診所做便宜雷射美容，結果「貪小失大」，反而傷了皮膚。

相似 爭雞失羊

相反 亡羊得牛

貪得無厭（ㄊㄢ ㄉㄜˊ ㄨˊ ㄧㄢˋ）

解釋 貪心沒有滿足的時候。

出處 《東周列國志》第六十九回：「用民不恤，貪得無厭，昔歲滅陳，今復誘蔡。」

用法 形容人非常貪心，不知節制。

例句 如今他會落得一貧如洗的下場，完全是因為「貪得無厭」，沉迷賭博所造成。

相似 慾壑難填

相反 一介不取

魚目混珠（ㄩˊ ㄇㄨˋ ㄏㄨㄣˋ ㄓㄨ）

解釋 魚眼睛摻雜在珍珠堆裡面。

出處 《韓詩外傳》：「白骨類象，魚目似球」。

用法 比喻以假亂真。

例句 這批玉飾賣得如此便宜，恐怕是「魚目混珠」的人工劣質品。

相似 濫竽充數

相反 貨真價實

唾面自乾（ㄊㄨㄛˋ ㄇㄧㄢˋ ㄗˋ ㄍㄢ）

解釋 別人吐口水到臉上，讓他自己乾掉。

出處 《新唐書·婁師德傳》：「其弟守代州，辭之官，教之耐事。弟曰：『人有唾面，絜之乃已。』師德曰：『未也。絜之，是違其怒，正使自乾耳。』」

用法 比喻受了侮辱而極度寬容、忍耐。

例句 他「唾面自乾」的態度，讓敵對者也拿他沒輒。

相似 忍氣吞聲

相反 以牙還牙

喪心病狂（ㄙㄤˋ ㄒㄧㄣ ㄅㄧㄥˋ ㄎㄨㄤˊ）

解釋 喪失理智，像發了瘋一樣。

出處 《宋史·范如圭傳》：「公不喪心病狂，奈何為此，乃遺臭萬世矣。」

用法 形容人喪失理智，言行舉止非常荒謬。也形容人喪失人性。

例句 那個「喪心病狂」的通緝犯，終於被警方逮捕，押進監獄。

相似 喪盡天良

循規蹈矩（ㄒㄩㄣˊ ㄍㄨㄟ ㄉㄠˇ ㄐㄩˇ）

解釋 遵照行為標準行事。

出處 宋·朱熹〈答方賓王書〉：「循塗守轍，猶言循規蹈矩云爾。」

用法 指人能夠遵守紀律和制度。

例句 在這講求創意的時代，「循規蹈矩」的員工不見得受到老闆喜愛。

相似 安分守己

相反 無法無天

惡貫滿盈（ㄜˋ ㄍㄨㄢˋ ㄇㄢˇ ㄧㄥˊ）

解釋 罪惡極多，一件件累積已經到了盈滿的地步。

出處 《尚書·泰誓》：「商罪貫盈，天命誅之。」傳：「紂之為惡，一以貫之，惡貫已滿，天畢其命。」

用法 形容罪大惡極。

例句　那個連續殺人犯「惡貫滿盈」，不受到應有的制裁實在難以服眾。

相似　死有餘辜

欺世盜名（ㄑㄧ　ㄕˋ　ㄉㄠˋ　ㄇㄧㄥˊ）

解釋　欺騙世人，盜取名聲。

出處　《宋史・鄭丙傳》：「『近世士大夫有所謂道學者，欺世盜名，不宜信用。』蓋指熹也。」

用法　形容人為了博取名聲，而刻意表現良好的言行。

例句　那位公眾人物在鏡頭前擺出愛妻顧家的形象，恐怕是「欺世盜名」。

渾水摸魚（ㄏㄨㄣˊ　ㄕㄨㄟˇ　ㄇㄛ　ㄩˊ）

解釋　在濁水中抓魚。也說「混水摸魚」。

用法　比喻利用紊亂的局面從中取不正當的利益。

例句　賣場大停電，有些顧客趁機「渾水摸魚」，偷走架上商品。

相似　趁火打劫

相反　不欺暗室

痛定思痛（ㄊㄨㄥˋ　ㄉㄧㄥˋ　ㄙ　ㄊㄨㄥˋ）

解釋　經遇痛苦以後，回想當時的痛苦。

出處　唐・韓愈〈與李翱書〉：「如痛定之人，思當痛之時，不知何能自處也。」

用法　指人在創痛平復、心情平靜後進行反省（有吸取教訓、警惕未來的意思）。

例句　經過這次慘重的教訓，他還不知「痛定思痛」，徹底改過，讓家人和好友都很失望。

相反　至死不悟

華而不實（ㄏㄨㄚˊ　ㄦˊ　ㄅㄨˋ　ㄕˊ）

解釋　花開得好看，卻不結果實。

出處　《左傳・文公五年》：「且華而不實，怨之所聚也。」

用法 比喻徒具外表好看而無實質。或指文章浮華而沒有內容。

例句 這雙「華而不實」的靴子，賣那麼貴，鞋底卻沒走幾步就裂開了。

相似 虛有其表

相反 名副其實

虛有其表（ㄒㄩ ㄧㄡˇ ㄑㄧˊ ㄅㄧㄠˇ）

解釋 只有空虛的外表。

用法 形容人只有華麗的外表而沒有實質內涵，也就是有名無實。

例句 別瞧他長得人高馬大，其實膽小如鼠，根本是「虛有其表」。

相似 華而不實

相反 表裡如一

虛懷若谷（ㄒㄩ ㄏㄨㄞˊ ㄖㄨㄛˋ ㄍㄨˇ）

解釋 胸懷如山谷般空曠。

出處 清．袁枚《隨園詩話補遺》卷四：「（趙元一）今冬寄《偉堂詩鈔》來，凡餘所甲乙者，商榷者，無不降心相從，虛懷若谷。」

用法 形容人非常謙虛，能包容萬物。

例句 校長向來謙沖自牧，「虛懷若谷」，非常重視師生的諫言。

相似 深藏若虛

相反 妄自尊大

趁火打劫（ㄔㄣˋ ㄏㄨㄛˇ ㄉㄚˇ ㄐㄧㄝˊ）

解釋 趁別人家發生火災時去搶劫。

用法 比喻在別人有危難時從中取利。

例句 見到貨車翻覆，居然有民眾「趁火打劫」，搶著撿拾商品，小心觸犯法網。

相似 乘人之危

相反 雪中送炭

順手牽羊（ㄕㄨㄣˋ ㄕㄡˇ ㄑㄧㄢ ㄧㄤˊ）

解釋 順手把人家的羊牽走。

出處 元．關漢卿《單鞭奪槊》第二折：「我也不聽他說，被我把右手帶住他馬，左手揪著他眼札毛，順手牽羊一般拈了他來了。」

用法 比喻乘機拿走別人的東西。

例句 那個學生在文具店「順手牽羊」的行為，全都被監視器給錄下來了。

順理成章（ㄕㄨㄣˋ ㄌㄧˇ ㄔㄥˊ ㄓㄤ）

解釋 順著道理寫成篇章。

出處 宋·朱熹《朱子全書·論語》：「文者，順理而成章之謂。」

用法 形容文章或事情完成得很合理自然，不牽強。

例句 我家就住在附近，就讀這間學校是「順理成章」。

相似 入情入理

相反 逆天悖理

順藤摸瓜（ㄕㄨㄣˋ ㄊㄥˊ ㄇㄛ ㄍㄨㄚ）

解釋 順著瓜藤就可以摸到瓜。

用法 比喻沿著線索追查，自然可以獲得結果。

例句 警方「順藤摸瓜」，很快就找到竊車集團的大本營。

傷天害理（ㄕㄤ ㄊㄧㄢ ㄏㄞˋ ㄌㄧˇ）

解釋 傷害天道常理。

出處 《聊齋志異·呂無病》：「勒索傷天害理之錢，以吮人痛痔者耶！」

用法 形容手段過於凶狠殘忍，違背天理。

例句 那個歹徒竟敢做出這種「傷天害理」的事，不怕遭到報應嗎？

相似 喪盡天良

惹是生非（ㄖㄜˇ ㄕˋ ㄕㄥ ㄈㄟ）

解釋 故意招惹是非。也說「惹是招非」。

出處 《古今小說》三十六：「如今再說一個富家，安分守己，並不惹是生非。」

用法 表示引起爭端，製造麻煩。

例句 那幾個中輟生，老愛在附近「惹是生非」，亟需相關單位加以輔導。

相似　無事生非

相反　安分守己

想入非非

解釋　佛教說法，作想入虛幻的境界。

出處　《愣嚴經》：「如存不存，若盡不盡，如是一想，名非想非非想處。」

用法　比喻脫離實際，幻想無法實現的事。

例句　心地偏邪的人，看待事情容易「想入非非」，盡往負面思考。

相似　胡思亂想

相反　腳踏實地

暗箭傷人

解釋　從暗處放出箭來傷人。

出處　《七俠五義》三十一回：「你敢用暗箭傷人，萬不能與你們干休。」

用法　比喻暗中用手段陷害別人。

例句　競賽講求公平、公正、公開，那種「暗箭傷人」的卑劣手法，人人不齒。

相似　為鬼為魊

相反　正大光明

罪魁禍首

解釋　為首作惡的。

用法　指帶頭作惡犯罪的人。現多指挑起某件禍事的主要人或物。

例句　釀成這次火災的「罪魁禍首」，恐怕是那條老舊的電線。

相似　元惡大奸

義無反顧

解釋　做正義的事不用回頭顧慮。

出處　漢．司馬相如〈喻巴蜀檄〉：「義不反顧，計不旋踵。」

用法　形容本著正義，向前邁進，即使遭遇困難也絕不害怕退縮。

例句　我們是多年好友，你需

要幫忙，我當然二話不說，「義無反顧」。

相似　勇往直前

相反　臨陣脫逃

義薄雲天（ㄧˋ ㄅㄛˊ ㄩㄣˊ ㄊㄧㄢ）

解釋　正義之氣非常高厚。

出處　《宋書．謝靈運傳》：「高義薄雲天。」

用法　形容崇高的正義行為。

例句　小說中，南俠展昭「義薄雲天」的形象已經深植人心。

肆無忌憚（ㄙˋ ㄨˊ ㄐㄧˋ ㄉㄢˋ）

解釋　放縱沒有顧忌和畏懼。

出處　《禮記．中庸》：「小人而無忌憚也。」朱熹注：「小人不知有此，則肆欲妄行而無所忌憚矣。」

用法　形容人任意妄為，毫無顧忌和畏懼。

例句　那個色狼居然在公車上「肆無忌憚」的對女學生伸出狼爪，招來乘客群起撻伐。

相似　無法無天

相反　循規蹈矩

葉公好龍（ㄕㄜˋ ㄍㄨㄥ ㄏㄠˋ ㄌㄨㄥˊ）

解釋　像葉公一樣，只是表面喜歡龍。

出處　漢　劉向《新序．雜事五》：「葉公子高好龍，鉤以寫龍，鑿以寫龍，屋室雕文以寫龍。於是天龍聞而下之，窺頭於牖，施尾於堂。葉公見之，棄而還走，失其魂魄，五色無主。是葉公非好龍也，好夫似龍而非龍者也。」

用法　比喻表面上愛好某件事物，實際上並非如此。

例句　他吹牛說喜歡蛇，其實看到真蛇就嚇得臉色慘白，根本是「葉公好龍」。

相反　愛不釋手

圖謀不軌（ㄊㄨˊ ㄇㄡˊ ㄅㄨˋ ㄍㄨㄟˇ）

解釋　暗中謀畫越出常規的事。

出處 《晉書·王彬傳》：「因勃然數（王）敦曰：『兄抗旌犯順，殺戮忠良，謀圖不軌，禍及門戶。』」

用法 指暗中計畫不利他人或群體的事。

例句 那個陌生人眼神閃爍，鬼鬼祟祟，恐怕「圖謀不軌」，各住戶要多加留意。

相似 作奸犯科

相反 安分守己

寧缺勿濫（ㄋㄧㄥˊ ㄑㄩㄝ ㄨˋ ㄌㄢˋ）

解釋 寧願缺乏，也不要不加選擇而造成浮濫不當的情況。也說「寧缺毋濫」。

出處 《左傳·襄公二十六年》：「善為國者，賞不僭而刑不濫。……若不幸而過，寧僭無濫。」

用法 形容寧可不足，也不願意降低標準。

例句 婚姻大事，非同兒戲，必須抱持「寧缺勿濫」的態度。

相似 寧遺勿濫

相反 貪多務得

寧為玉碎，不為瓦全（ㄋㄧㄥˊ ㄨㄟˊ ㄩˋ ㄙㄨㄟˋ，ㄅㄨˋ ㄨㄟˊ ㄨㄚˇ ㄑㄩㄢˊ）

解釋 寧做玉器被打碎，不願做陶器而保全。

出處 《北齊書·元景安傳》：「大丈夫寧可玉碎，不能瓦全。」

用法 比喻寧願為正義犧牲，也不願苟全性命。

例句 古代許多忠臣名將「寧為玉碎，不為瓦全」的行為，都在歷史上留下一筆。

相似 威武不屈

相反 卑躬屈膝

寡廉鮮恥（ㄍㄨㄚˇ ㄌㄧㄢˊ ㄒㄧㄢˇ ㄔˇ）

解釋 不苟取和知羞恥的操行都很少。

出處 漢·司馬相如〈喻巴蜀檄〉：「寡廉鮮恥，而俗不長厚也。」

用法 形容人不知廉恥。

例句 為了賺錢而「寡廉鮮恥」，甚至失去尊嚴，就成了金錢的奴隸。

相似 厚顏無恥

相反 潔身自好

德高望重（ㄉㄜˊ ㄍㄠ ㄨㄤˋ ㄓㄨㄥˋ）

解釋 品德高尚，聲望很高。

出處 《晉書．簡文三子傳》：「元顯因諷禮官下議，稱己德隆望重，既錄百揆，內外群僚皆應盡敬。」

用法 稱頌年長者道德崇高且有聲望。

例句 「德高望重」的長者，經常是平息鄉里紛爭的主要人物。

相似 德厚流光

相反 德薄望輕

潛移默化（ㄑㄧㄢˊ ㄧˊ ㄇㄛˋ ㄏㄨㄚˋ）

解釋 暗中改變。也說「潛移暗化」。

出處 北齊．顏之推《顏氏家訓．慕賢》：「潛移暗化，自然似之。」

用法 形容人的思想或性格，不知不覺受到環境或別人的影響而產生改變。

例句 即使是不良少年，在好的環境下，也能「潛移默化」，改善性格與行為。

相似 耳濡目染

相反 一成不變

醉翁之意不在酒（ㄗㄨㄟˋ ㄨㄥ ㄓ ㄧˋ ㄅㄨˋ ㄗㄞˋ ㄐㄧㄡˇ）

解釋 醉翁的意趣並不在飲酒上，而在欣賞山水景色。

出處 宋．歐陽脩〈醉翁亭記〉：「醉翁之意不在酒，在乎山水之間也。」

用法 比喻本意不在此，另有籌劃或別有用心。

例句 他突然說要參與我們的活動，恐怕「醉翁之意不在酒」，我們可要當心些。

橫行霸道（ㄏㄥˊ ㄒㄧㄥˊ ㄅㄚˋ ㄉㄠˋ）

解釋 不行正道，強橫無理。也說「霸道橫行」。

出處 《紅樓夢》第九回：「一任薛蟠橫行霸道，他不但不去管約，反而助紂為虐討好兒。」

用法 形容壞人胡作非為，蠻不講理。

例句 地方上「橫行霸道」的流氓惡霸，是危害治安的罪魁禍首。

相似 作威作福

相反 循規蹈矩

擇善固執（ㄗㄜˊ ㄕㄢˋ ㄍㄨˋ ㄓˊ）

解釋 選擇好的，堅守不變。

出處 《禮記．中庸》：「誠之者，擇善而固執之者。」

用法 指選擇正確的道理，不輕易改變。

例句 唯有「則善固執」，堅守善念，不隨俗浮沉，才不會喪失自我。

積重難返（ㄐㄧ ㄓㄨㄥˋ ㄋㄢˊ ㄈㄢˇ）

解釋 積習深重難以回頭。

出處 《二十二史箚記》二十：「莞抑知其始，實由於假之以權，掌禁兵、莞樞要，遂致積重難返，以至此極也哉。」

用法 形容長時間形成的習慣不易改變。多指惡習、弊端發展已久，難以革除。

例句 大學生翹課風氣「積重難返」，光靠點名是治標不治本。

相似 根深蒂固

相反 宿弊一清

遺臭萬年（ㄧˊ ㄔㄡˋ ㄨㄢˋ ㄋㄧㄢˊ）

解釋 死後留下萬年惡名。也說「遺臭萬載」。

出處 《三國演義》第九回：「將軍若助董卓，乃反臣也，載之史筆，遺臭萬年。」

用法 形容人作惡多端，永遠受後人唾罵。

例句 人們都希望能留芳千古，誰願意「遺臭萬年」？

相似 遺臭萬代

相反 萬古流芳

隨波逐流（ㄙㄨㄟˊ ㄅㄛ ㄓㄨˊ ㄌㄧㄡˊ）

解釋 隨著波浪起伏，跟著流水飄蕩。

出處 《鏡花緣》十八回：「學問從實地上用功，議論自然確有根據。若浮光掠影，中無成見，自然隨波逐流，無從適從。」

用法 比喻自己沒有正確的主見或堅定的立場，只是聽任外力的影響。

例句 只有堅持理想，不「隨波逐流」，才能隨時保持真正的自我。

相似 與世沈浮

相反 憤世嫉俗

擢髮難數（ㄓㄨㄛˊ ㄈㄚˇ ㄋㄢˊ ㄕㄨˇ）

解釋 拔下全部的頭髮來數都數不清。

出處 《史記・范雎蔡澤列傳》：「擢（須）賈之髮以續賈之罪，尚未足。」

用法 形容罪行多得無法計算。

例句 秦始皇的殘暴事蹟確實「擢髮難數」，但不可否認，統一文字、貨幣、度量衡卻是一大貢獻。

相似 罄竹難書

罄竹難書（ㄑㄧㄥˋ ㄓㄨˊ ㄋㄢˊ ㄕㄨ）

解釋 用盡終南山的竹子，也寫不完他的罪行。

用法 形容罪行多得數不完。

例句 那個神棍犯下的騙財騙色案是「罄竹難書」，受害信徒不計其數。

相似 擢髮難數

相反 一言蔽之

聲名狼藉（ㄕㄥ ㄇㄧㄥˊ ㄌㄤˊ ㄐㄧˊ）

解釋 名譽敗亂得不可收拾。

出處 《史記・蒙恬傳》：「此四君者，皆為大夫，而天下非之，以其君為不明，以是藉於諸侯。」《索引》：「惡聲狼藉，布於諸國。」

用法 形容名聲壞到極點。

例句 從紅極一時的明星，到「聲名狼藉」的毒販，那個名人的故事，是最好的負面教材。

相似 臭名遠揚

相反 名滿天下

鍥而不捨（ㄑㄧㄝˋ ㄦˊ ㄅㄨˋ ㄕㄜˇ）

解釋 不斷地鏤刻，不肯放棄。

出處 《荀子·勸學》：「鍥而不捨，金石可鏤。」

用法 比喻努力不懈。

例句 這件懸宕多年的案件所以能真相大白，全靠檢察官「鍥而不捨」的追查。

相似 持之以恆

相反 一暴十寒

離經叛道（ㄌㄧˊ ㄐㄧㄥ ㄆㄢˋ ㄉㄠˋ）

解釋 不遵從經書的道理，背離儒家的道統。

出處 元·費唐臣《蘇子瞻風雪貶黃州》第一折：「且本官志大言浮，離經畔道，見新法之行，往往行諸吟詠。」

用法 比喻言行或著作等背離正道。

例句 大家都不相信一向循規蹈矩的他，竟會做出這種「離經叛道」的事。

相反 循規蹈矩

懲前毖後（ㄔㄥˊ ㄑㄧㄢˊ ㄅㄧˋ ㄏㄡˋ）

解釋 以前事為訓誡，以後做事更加謹慎。

出處 《詩經·周頌·小毖》：「予其懲而接後患。」

用法 指把以前的錯誤當作教訓，使自己以後能夠謹慎小心，不再犯同樣的錯。

例句 犯錯後要懂得「懲前毖後」，否則下次依舊會重蹈覆轍。

相似 前車可鑑

相反 一誤再誤

鵲巢鳩占（ㄑㄩㄝˋ ㄔㄠˊ ㄐㄧㄡ ㄓㄢˋ）

解釋 喜鵲的巢被斑鳩占據。

出處 《詩經·召南·鵲

巢》：「維鵲有巢，維鳩居之。」

用法 本指女子出嫁，以夫家為家。後比喻強占別人的住處或產業。

例句 他一手建立的公司，竟然被朋友「鵲巢鳩占」，他已經委託律師，提起告訴。

相似 鵲巢鳩居

懸崖勒馬（ㄒㄩㄢˊ ㄧㄞˊ ㄌㄜˋ ㄇㄚˇ）

解釋 在懸崖邊使馬止步。也說「臨崖勒馬」。

出處 清・紀昀《閱微草堂筆記》八：「書生懸崖勒馬，可謂大智矣。」

用法 比喻到了危險的邊緣及時醒悟回頭。

例句 那個「懸崖勒馬」的不良少年，現在已成了文質彬彬的模範生。

相似 迷途知返

相反 至死不悟

蠢蠢欲動（ㄔㄨㄣˇ ㄔㄨㄣˇ ㄩˋ ㄉㄨㄥˋ）

解釋 像爬蟲蠕動一樣想有動作。

出處 南朝宋・劉敬叔《異苑・句容水脈》：「掘得一黑物，無有首尾，形如數百斛舡，長數十丈，蠢蠢而動。」

用法 形容歹徒或敵人有所企圖，進而採取行動。

例句 邊境的敵軍「蠢蠢欲動」，國軍正加強警戒，嚴密監控。

鐵面無私（ㄊㄧㄝˇ ㄇㄧㄢˋ ㄨˊ ㄙ）

解釋 剛直不徇私。

出處 《紅樓夢》第四十五回：「我想必得你去做個『監社御史』，鐵面無私才好。」

用法 形容公正嚴明，不畏權勢，不講私情。

例句 「鐵面無私」的法官，是人民沉冤得雪的關鍵。

相似 大公無私

相反 徇私舞弊

驕奢淫佚

解釋　放縱奢侈，荒淫放蕩。

出處　《左傳・隱公三年》：「驕奢淫佚，所自邪也。」

用法　形容人生活奢侈放蕩，荒淫無度。

例句　「驕奢淫佚」的生活，是一切墮落的開始。

相似　窮奢極侈

相反　克勤克儉

變本加厲

解釋　本著原來的基礎更加發展。

出處　南朝梁・蕭統〈文選序〉：「蓋踵其事而增華，變其本而加厲，物既有之，文亦宜然。」

用法　本指比之前更進步。現在多形容情況比原來的更加嚴重。

例句　樓上夫妻經常吵架，最近更「變本加厲」開始摔東西，吵得鄰居不得安寧。

相似　日甚一日

相反　每下愈況

驚世駭俗

解釋　使世俗人感到驚異。

用法　形容一個人的言論、行為奇異怪誕，使人感到很驚訝。

例句　那位國際巨星「驚世駭俗」的穿著，是她最大的個人特色。

相反　循規蹈矩

勤快懶惰類

一勞永逸

解釋　一次勞動就能永久安逸。

出處　後魏・賈思勰《齊民要術・種苜蓿》：「此物長生，種者一勞永逸。」

用法　形容只需要花費一次勞力，就可以得到永久的安逸。

例句　要徹底把河川淤泥清空，才能「一勞永逸」，解決附近地區的淹水問題。

相似 暫勞永逸

相反 苟安一時

一暴十寒（ㄧ ㄆㄨˋ ㄕˊ ㄏㄢˊ）

解釋 曬一天，凍十天。

出處 《孟子．告子上》：「雖有天下易生之物也，一日暴之，十日寒之，未有能生者也。」

用法 比喻做事、學習沒有恆心。

例句 學習任何的技術，若沒有恆心、毅力，總是「一暴十寒」，那絕對不可能有成果。

相似 三天打魚，兩天曬網

相反 持之以恆

千里之行，始於足下（ㄑㄧㄢ ㄌㄧˇ ㄓ ㄒㄧㄥˊ，ㄕˇ ㄩˊ ㄗㄨˊ ㄒㄧㄚˋ）

解釋 千里遠的路程也是從跨出第一步開始的。

出處 《老子》六十四章：「合抱之木，生於毫末；九層之臺，起於累土；千里之行，始於足下。」

用法 比喻事情的成功都是由小而大逐漸積累的。

例句 「千里之行，始於足下」，學習事物，千萬不可以好高騖遠。

相似 萬丈高樓平地起

相反 一步登天

不勞而獲（ㄅㄨˋ ㄌㄠˊ ㄦˊ ㄏㄨㄛˋ）

解釋 不費勞力而獲得收成。

出處 《孔子家語．入官》：「所求于邇，故不勞而得也。」

用法 指自己不出力而占有或享受別人的辛勞成果。

例句 只妄想「不勞而獲」，不肯努力工作，難道鈔票真的會從天上掉下來？

相似 坐收漁利

相反 自食其力

手不輟筆（ㄕㄡˇ ㄅㄨˋ ㄔㄨㄛˋ ㄅㄧˇ）

解釋 手沒有停下來，一直動筆寫字。

出處 《世說新語・文學》：「桓宣武北征，袁虎時從……喚袁倚馬前令作，手不輟筆……。」

用法 形容人勤於寫作。

例句 即使生病住院，那位作家依舊「手不輟筆」，每天都有新進度。

手不釋卷（ㄕㄡˇ ㄅㄨˋ ㄕˋ ㄐㄩㄢˋ）

解釋 手裡的書捨不得放下。

出處 《三國志・吳志・呂蒙傳》注：「光武當兵馬之務，手不釋卷。」

用法 形容勤學不倦或看書入迷。

例句 他因為「手不釋卷」，天天上圖書館拚命讀書，所以一畢業就考上研究所。

相似 韋編三絕

相反 一暴十寒

不費吹灰之力（ㄅㄨˋ ㄈㄟˋ ㄔㄨㄟ ㄏㄨㄟ ㄓ ㄌㄧˋ）

解釋 連吹掉灰塵的力氣都不用花。

用法 形容事情做起來不費絲毫力氣，非常容易。

例句 電腦工程師「不費吹灰之力」，就把嗶嗶亂叫的電腦搞定了。

相似 反掌折枝

相反 千辛萬苦

以逸待勞（ㄧˇ ㄧˋ ㄉㄞˋ ㄌㄠˊ）

解釋 安閒的等待疲倦的敵兵。

出處 《孫子・軍爭》：「以近待遠，以佚待勞，以飽待肌，以治力者也。」

用法 形容自己安靜的養精蓄銳，等待敵人疲憊後，乘機出擊取勝。

例句 我方採取「以逸待勞」的方式，漂亮的打敗敵隊，得到冠軍。

相似 靜以待敵

相反 疲於奔命

再接再厲（ㄗㄞˋ ㄐㄧㄝ ㄗㄞˋ ㄌㄧˋ）

解釋 交戰一次返回後，馬上磨刀，準備再戰。

出處 唐．孟郊〈鬥雞聯句〉：「一噴一醒然，再接再厲乃。」

用法 比喻不斷努力，絲毫不放鬆。

例句 不要怕失敗，我們「再接再厲」，下次一定能夠成功。

相似 不屈不撓

相反 一蹶不振

因循苟且（ㄧㄣ ㄒㄩㄣˊ ㄍㄡˇ ㄑㄧㄝˇ）

解釋 沿襲過去草率、隨便的態度。

用法 形容人做事敷衍，不求改進，得過且過。

例句 那些公務員「因循苟且」，得過且過的工作態度，引來民眾齊聲抗議。

相似 敷衍了事

好高騖遠（ㄏㄠˋ ㄍㄠ ㄨˋ ㄩㄢˇ）

解釋 喜好追求高遠的目標。

出處 《宋史．程顥傳》：「病學者厭卑近而騖高遠，卒無成焉。」

用法 形容不切實際的追求過高的目標。

例句 許多年輕人都有「好高騖遠」的毛病，導致事情難有所成。

相似 好大喜功

相反 穩紮穩打

好逸惡勞（ㄏㄠˋ ㄧˋ ㄨˋ ㄌㄠˊ）

解釋 喜歡安逸，討厭勞動。

出處 《後漢書．方術傳．郭玉》：「其為療也，有四難焉：自用意而不任臣，一難也；將身不謹，二難也；骨節不彊，不能使藥，三難也；好逸惡勞，四難也。」

用法 形容人貪圖安逸而厭惡勞動。

例句 福利國家政府過度的補助，反而養成部分人民「好逸惡勞」的習性。

相似 好吃懶做

相反 吃苦耐勞

守株待兔

解釋 守著樹幹等待兔子自動撞上來。

出處 《韓非子．五蠹》：「宋人有耕田者，田中有株，兔走，觸柱折頸而死，因釋其耒而守株，冀復得兔，兔不可復得，而身為宋國笑。今欲以先王之政，治當世之民，皆守株之類也。」

用法 比喻死守狹隘的經驗，不知變通。或指妄想不勞而獲，不必經過努力就能夠僥倖成功。

例句 這種「守株待兔」、妄想不勞而獲的心態，是非常要不得的。

相似 刻舟求劍

相反 相機行事

有志竟成

解釋 有堅定的意志，終究會成功。

出處 《後漢書．耿弇傳》：「將軍前在南陽，建此大策，常以為落落難合，有志者事竟成也。」

用法 形容人只要意志堅定，最後一定成功。

例句 不要怕困難，「有志竟成」的決心，堅持到最後一定能有收穫。

相似 愚公移山

百尺高樓平地起

解釋 百尺那麼高的樓房，原來也是從平地蓋起來的。

用法 比喻事物都是一步步發展起來的。

例句 別這麼沒有耐心，要知道「百尺高樓平地起」的道理啊！

相似 萬丈高樓平地起

行百里者半九十

解釋 要走一百里路的人，走了九十里只當走了一半。

出處 《戰國策．秦策五》：「詩云：『行百里者半於九十』，此言末路之難。」

用法 比喻事情越接近成功就越困難。常用來勉勵人做事要善始善終。

例句 「行百里者半九十」，我們一定要堅持下去，不然就前功盡棄了。

投機取巧（ㄊㄡˊ ㄐㄧ ㄑㄩˇ ㄑㄧㄠˇ）

解釋 迎合時機，用不正當的手段謀求私利。

用法 比喻耍小聰明，利用時機謀取私利。

例句 學生「投機取巧」，抓網路資料當期中報告的行為，讓老師非常生氣。

刺股懸梁（ㄘˋ ㄍㄨˇ ㄒㄩㄢˊ ㄌㄧㄤˊ）

解釋 戰國時蘇秦游說秦王不成，回家發奮讀書，想睡時，以錐子自刺大腿。漢朝的孫敬讀書睏倦時，將頭髮用繩子栓在梁上，一打盹就會驚醒。也說「懸梁刺股」。

出處 元·無名氏《馬陵道》楔子：「想著咱轉筆抄書幾度春，常則是刺股懸梁不厭勤。」

用法 比喻人刻苦好學，非常用功。

例句 那段「刺股懸梁」的日子，是她一生中最難忘的回憶片段。

相似 鑿壁偷光

相反 一暴十寒

拖泥帶水（ㄊㄨㄛ ㄋㄧˊ ㄉㄞˋ ㄕㄨㄟˇ）

解釋 像拖著泥、帶著水一樣累贅。

出處 宋·嚴羽《滄浪詩話·詩法》：「語貴灑脫，不可拖泥帶水。」

用法 比喻做事不乾脆俐落或說話、寫文章不簡潔。

例句 作事「拖泥帶水」的員工，是許多老闆裁員的第一個目標。

相似 繁冗拖沓

相反 乾脆俐落

臥薪嘗膽

解釋　躺在柴草上，經常舔食苦膽。

出處　《吳越春秋》：「（越王）目臥則攻之以蓼……懸膽於戶，出入嘗之。」

用法　比喻刻苦自勵，發憤圖強。

例句　越王句踐「臥薪嘗膽」的故事，是雪恥復仇的最佳典範。

相似　自強不息

相反　苟且偷安

虎頭蛇尾

解釋　老虎頭接上蛇的尾巴。

出處　元・康進之《李逵負荊》第二折：「這廝敢狗行狼心，虎頭蛇尾。」

用法　比喻人做事有始無終，前後不一。

例句　這本偵探小說「虎頭蛇尾」，後繼無力，讓人好生失望。

相似　有始無終

相反　有始有終

草草了事

解釋　草率使事情結束。

出處　明・張居正〈答山東巡撫何來山〉：「清大事實百年曠舉，宜及僕在位，務為一了百當，若但草草了事，可惜此時，徒為虛文耳。」

用法　形容人草率隨便，馬馬虎虎的把事做完就算了。

例句　這麼重要的報告，怎麼可以「草草了事」呢？

相似　敷衍了事

相反　一絲不苟

通宵達旦

解釋　從深夜到天亮。

出處　明・馮夢龍《醒世恆言・獨狐生歸途鬧夢》：「獅蠻社火，鼓樂笙簫，通宵達旦。」

用法　表示整晚熬夜，沒有睡覺。

例句　因為連續幾天「通宵達

旦」的玩線上遊戲，讓他上課都精神不濟。

相似 焚膏繼晷

焚膏繼晷（ㄈㄣˊ ㄍㄠ ㄐㄧˋ ㄍㄨㄟˇ）

解釋 點著燈燭接替日光來照明。

出處 唐・韓愈〈進學解〉：「焚膏油以繼晷，恒兀兀以窮年。」

用法 形容夜以繼日勤奮的工作或學習。

例句 他「焚膏繼晷」，不眠不休的工作了好幾天，終於趕在年底前交出了企畫案。

相似 不捨晝夜

相反 飽食終日

愚公移山（ㄩˊ ㄍㄨㄥ ㄧˊ ㄕㄢ）

解釋 愚公想搬走門前的兩座大山。

用法 表示做事只要有毅力，再困難的事都能完成。

例句 「愚公移山」的精神，令人敬佩。

相似 精衛填海

滴水穿石（ㄉㄧ ㄕㄨㄟˇ ㄔㄨㄢ ㄕˊ）

解釋 屋檐流下的水滴，時間長了能滴穿石頭。

出處 唐・周曇〈晉門〉：「徒言滴水能穿石，其奈堅貞匪石心。」

用法 比喻只要堅持不懈怠，就能成功。

例句 許多選手都靠著「滴水穿石」的苦功，才能擁有高超的技巧。

相似 跬步千里

相反 半途而廢

聞雞起舞（ㄨㄣˊ ㄐㄧ ㄑㄧˇ ㄨˇ）

解釋 聽到雞叫就起來舞劍。

出處 《晉書・祖逖傳》：「（祖逖）與司空劉琨俱為司州主簿，情好綢繆，共被同寢。中夜聞荒雞鳴，蹴琨覺曰：『此非惡聲也。』因起舞。」

用法 比喻有志為國效力的人及時奮起。

例句 老先生回憶自己年少時，日日「聞雞起舞」，鍛鍊體魄。

相反 宰予晝寢

摩頂放踵（ㄇㄛˊ ㄉㄧㄥˇ ㄈㄤˋ ㄓㄨㄥˇ）

解釋 從頭頂到腳跟都磨傷了。

出處 《孟子·盡心上》：「墨子兼愛，摩頂放踵，利天下為之。」

用法 形容不辭勞苦，捨己救人的行為。

例句 那位牧師為了幫助貧困的原住民，勞苦奔波，「摩頂放踵」。

相似 摩頂滅踵

相反 好逸惡勞

廢寢忘食（ㄈㄟˋ ㄑㄧㄣˇ ㄨㄤˋ ㄕˊ）

解釋 不去睡覺，又忘記吃飯。

出處 《顏氏家訓·勉學》：「元帝在江荊間，復所愛惜，故置學生親為教授，廢寢忘食。」

用法 形容凝聚精神的做某一件事情。

例句 他每天「廢寢忘食」的工作，就是希望能存錢買一間屬於自己的房子。

相似 孜孜不倦

相反 無所用心

磨杵成針（ㄇㄛˊ ㄔㄨˇ ㄔㄥˊ ㄓㄣ）

解釋 把一根鐵杵磨成一根細針。

用法 比喻只要有毅力，肯下功夫，一定能克服困難有所成就。

例句 那名優秀的投手所以有今日的成就，全靠「磨杵成針」、努力不懈而來。

相似 有志竟成

相反 磨磚成鏡

臨時抱佛腳（ㄌㄧㄣˊ ㄕˊ ㄅㄠˋ ㄈㄛˊ ㄐㄧㄠˇ）

解釋 緊急時才抱著佛像的腳哀求。

出處 宋·劉攽《中山詩

話》：「王丞相好嘲謔，一日，論沙門道，因曰：投老欲依僧。客遽對曰：急則抱佛腳。王曰：『投老欲依僧』是古詩一句。客曰：『急來抱佛腳』是俗諺全語。」

用法 比喻事到臨頭才想辦法。

例句 平時不唸書，「臨時抱佛腳」，絕對拿不到好成績。

囊螢映雪

解釋 以布囊裝螢火蟲發光，或利用雪的反光讀書。

出處 《晉書．車胤傳》：「胤恭勤不倦，博學多通。家貧，不常得油，夏月則練囊盛數十螢火以照書，以夜繼日焉。」

用法 形容在極端困難的條件下，勤奮苦讀。

例句 那位清貧學生「囊螢映雪」的精神，經過媒體報導，獲得許多熱心民眾捐款資助。

相似 聚螢映雪

自然景象類

一葉知秋

解釋 從一片樹葉的凋落，便知道秋天將要來到。

出處 宋．唐庚《文錄》：「唐人有詩云：『山僧不解數甲子，一葉落知天下秋。』」

用法 比喻從細微的跡象可以看出形勢的變化。或指由部分現象推知全體。

例句 從最近幾個小事件「一葉知秋」，這個新措施存在著不完善的問題。

相似 見微知著

山明水秀

解釋 山明麗，水秀美。

出處 宋．黃庭堅〈驀山溪．贈衡陽陳湘〉：「眉黛斂秋波，盡湖南，山明水秀。」

用法 形容山水秀麗，風景優美。

例句 「山明水秀」的日月潭，是臺灣著名的風景區之一。

相似 山青水綠

相反 童山濯濯

山雨欲來風滿樓（ㄕㄢ ㄩˇ ㄩˋ ㄌㄞˊ ㄈㄥ ㄇㄢˇ ㄌㄡˊ）

解釋 大雨就要到來，風穿透整間屋子。

用法 比喻重大事件即將爆發前的氣氛和跡象。

出處 唐・許渾〈咸陽城東樓〉：「溪雲初起日沉閣，山雨欲來風滿樓。」

例句 公司傳出裁員訊息，這陣子總是一片「山雨欲來風滿樓」的氣氛。

山高水長（ㄕㄢ ㄍㄠ ㄕㄨㄟˇ ㄔㄤˊ）

解釋 像山一樣高立，像水一樣長流。

用法 原比喻人品高潔，像山和水一樣永久流傳。後來也比喻恩德、情誼的深厚。

出處 宋・范仲淹〈嚴先生祠堂記〉：「雲山蒼蒼，江水泱泱，先生之風，山高水長。」

例句 教授「山高水長」的高潔人品，讓學生們十分景仰。

山崩地裂（ㄕㄢ ㄅㄥ ㄉㄧˋ ㄌㄧㄝˋ）

解釋 山倒塌，地裂開。

出處 《漢書・元帝紀》：「山崩地裂，水泉湧出。天惟降災，震驚朕師。」

用法 形容劇烈的震動變化。也比喻巨大的聲勢。

例句 在那聲「山崩地裂」的巨響過後，原本的高樓被夷為一片平地。

相似 山崩地陷

不毛之地（ㄅㄨˋ ㄇㄠˊ ㄓ ㄉㄧˋ）

解釋 不長五穀的地區。

出處 《公羊傳・宣公十二年》：「錫（賜）之不毛之

地。」

用法 指荒涼、貧瘠的土地或未被開發的地區。

例句 這片「不毛之地」，土地貧瘠，任何糧食作物都無法栽種。

相反 富饒之地

天狗食月

解釋 天上的狗吃掉月亮。也說「天狗吞月」。

用法 是古代民間對月食的看法。

例句 讓古人害怕的「天狗食月」，其實就是地球陰影遮住月亮的自然現象。

引人入勝

解釋 引人進入美妙境地。

出處 《世說新語·任誕》：「王衛軍云：『酒正自引人著勝地。』」

用法 指風景名勝或文藝作品非常吸引人。

例句 陽明山花季，春光明媚，「引人入勝」，每年都吸引大批民眾上山踏青。

相反 味同嚼蠟

日上三竿

解釋 太陽已經升得有三根竹竿那樣高了。也說「日高三竿」。

出處 《南齊書·天文志》：「永明五年十一月丁亥，日出高三竿，朱色赤黃。」

用法 表示時間不早了。

例句 已經「日上三竿」了，我們再不出門就來不及了。

水光山色

解釋 水的風光，山的景色。也作「山光水色」。

出處 宋·蘇軾〈飲湖上初晴後雨〉：「水光瀲灩晴方好，山色空濛雨亦奇。」

用法 形容山青水秀，風景如畫。

例句 杭州西湖的「水光山色」，是歷代文人歌詠的對象。

相似　水色山光

水泄不通

解釋　幾乎連水都流不出去。

出處　《東周列國志》第七回：「小小國都，城不高，池不深，被三國兵車密密紮紮圍得水泄不漏，城內好生驚怕。」

用法　形容十分擁擠。也形容包圍得非常嚴密。

例句　百貨公司週年慶，出現搶購人潮，將各層樓擠得「水泄不通」。

相似　人山人海

水漲船高

解釋　水位增高，船的位置也就跟著提高。

出處　宋・釋普濟《五燈會元・繼徹禪師》：「眼中無翳，空裡無花，水長船高，泥多佛大。」

用法　比喻隨著所憑藉對象的提升而提升。

例句　自從原物料價格上漲，各種加工食品的售價也跟著「水漲船高」。

相似　泥多佛大

世外桃源

解釋　遠離塵世的美好地方。

出處　晉・陶淵明〈桃花源記〉描為了一個與世隔絕、沒有遭受戰亂，安樂而美好的社會。

用法　比喻理想中與世隔絕的人間樂土。

例句　東晉大文豪陶淵明筆下的「世外桃源」，讓世人十分嚮往。

相似　洞天福地

相反　人間地獄

白雲蒼狗

解釋　白雲突然變換為狗的形狀。

出處　唐・杜甫〈可嘆〉：「天上浮雲如白衣，斯須變化成蒼狗。」

用法 比喻世事變化無常。

例句 世事變換，「白雲蒼狗」，人們難以預測。

相似 變幻無常

相反 一成不變

白駒過隙（ㄅㄞˊ ㄐㄩ ㄍㄨㄛˋ ㄒㄧˋ）

解釋 日影像駿馬在細小的縫隙前飛快地越過。

出處 《莊子．知北遊》：「人生天地之間，若白駒之過隙，忽然而已。」

用法 比喻時間過得很快。

例句 時光如「白駒過隙」，當年的黃毛丫頭，轉眼就變得亭亭玉立。

相似 日月如梭

相反 以日為年

立竿見影（ㄌㄧˋ ㄍㄢ ㄐㄧㄢˋ ㄧㄥˇ）

解釋 把竹竿豎在太陽光下，立刻就看到影子。

出處 漢．魏伯陽《參同契》卷下：「立竿見影，呼谷傳響。」

用法 比喻馬上就能夠看到成效。

例句 許多具有「立竿見影」效果的藥物，對人體都容易造成傷害。

相似 其應若響

相反 徒勞無功

好景不常在，好花不常開（ㄏㄠˇ ㄐㄧㄥˇ ㄅㄨˋ ㄔㄤˊ ㄗㄞˋ，ㄏㄠˇ ㄏㄨㄚ ㄅㄨˋ ㄔㄤˊ ㄎㄞ）

解釋 美好的景色、美麗的花朵都無法經常存在。

用法 比喻令人滿意的時光往往很短暫。

例句 「好景不常在，好花不常開」，是人世間難以避免的遺憾。

相似 人無千日好，花無百日紅

江山如畫（ㄐㄧㄤ ㄕㄢ ㄖㄨˊ ㄏㄨㄚˋ）

解釋 河和山看來像一幅畫。

用法 形容山川風景像圖畫一樣美麗。

例句 「江山如畫」，常讓多

愁善感的文人觸景傷情。

奼紫嫣紅

解釋　到處是鮮顏的紫花，嬌豔的紅花。

出處　明．湯顯祖《牡丹亭．驚夢》：「原來奼紫嫣紅開遍，似這般都付與斷井頹垣。」

用法　形容繁花盛開的景象。

例句　那片「奼紫嫣紅」的花海，必須靠所有參觀民眾一起維護。

依山傍水

解釋　靠著山，臨著水。

用法　形容風景清幽如畫。

例句　住在「依山傍水」的地方，胸襟也跟著開闊起來。

呼風喚雨

解釋　古代精通法術的術士，具有隨意呼風喚雨的能力。

出處　《三國演義》第一回：「（張）角得此書，曉夜攻習，能呼風喚雨。」

用法　比喻人們具有支配自然的偉大力量。或指人神通廣大。

例句　那個角頭老大，在地方上有「呼風喚雨」的本事，警方必須嚴加監控。

相似　興雲致雨

欣欣向榮

解釋　草木茂盛。

出處　晉．陶淵明〈歸去來辭〉：「木欣欣以向榮。」

用法　指草木生長茂盛的樣子。也比喻事業蓬勃發展，繁榮興盛。

例句　春回大地，四處一片「欣欣向榮」，充滿蓬勃的生機。

相似　蒸蒸日上

相反　日薄西山

波瀾壯闊

解釋　大浪非常廣闊壯麗。

出處　南朝宋．鮑照〈登大雷

岸與妹書〉：「旅客貧辛，波路壯闊。」

用法 比喻聲勢雄壯或規模宏偉。

例句 「波瀾壯闊」的太平洋，孕育了無數珍貴的物種。

相似 洶湧澎湃

花團錦簇（ㄏㄨㄚ ㄊㄨㄢˊ ㄐㄧㄣˇ ㄘㄨˋ）

解釋 像繁花和錦緞聚在一起。

出處 《紅樓夢》第十七回：「其槅式樣，或圓或方，或前葵花蕉葉，或連環半璧；真是花團錦簇，剔透玲瓏。」

用法 形容五彩繽紛，繁華豔麗的景象。

例句 春季的士林官邸一片「花團錦簇」，是新人拍婚紗的最佳地點。

相似 五彩繽紛

相反 樸素無華

雨後春筍（ㄩˇ ㄏㄡˋ ㄔㄨㄣ ㄙㄨㄣˇ）

解釋 大雨過後，春筍旺盛地長出來。

用法 比喻新事物蓬勃大量的湧現。

例句 塑身中心「雨後春筍」般的設立，反映了現代人的審美觀念。

相似 層出不窮

美不勝收（ㄇㄟˇ ㄅㄨˋ ㄕㄥ ㄕㄡ）

解釋 又美又多，不能全部收納眼底。

出處 清·袁枚《隨園詩話》卷三：「見其鴻富，美不勝收。」

用法 形容美好的東西太多，來不及一一欣賞。

例句 太魯閣的瑰麗山水，「美不勝收」，讓遊客流連忘返。

風花雪月（ㄈㄥ ㄏㄨㄚ ㄒㄩㄝˇ ㄩㄝˋ）

解釋 春天的花，夏天的風，秋天的月，冬天的雪。

出處 宋·邵雍〈伊川擊壤

集・序〉：「雖死生榮辱，轉戰於前，曾未入于胸中，則何異四時風花雪月一過乎眼也？」

用法 本指四時景色。也指男女間的情愛或無關國計民生的事。後多形容詩文堆砌辭藻而內容空泛。

例句 許多少年因為缺乏生活經驗，寫作文章常跳不出「風花雪月」的內容。

相似 吟風弄月

相反 經世濟民

風流雲散（ㄈㄥ ㄌㄧㄡˊ ㄩㄣˊ ㄙㄢˋ）

解釋 像風一樣流失、雲一樣飄散。

出處 三國・王粲〈贈蔡子篤〉：「風流雲散，一別如雨。」

用法 比喻原來在一起的人分散到各地。

例句 當年同窗共硯的好友，如今都已「風流雲散」，想來令人唏噓。

相似 星離雲散

風捲殘雲（ㄈㄥ ㄐㄩㄢˇ ㄘㄢˊ ㄩㄣˊ）

解釋 像大風捲走雲一樣。

出處 唐・戎昱〈霽雪〉：「風卷殘雲暮雪晴，江湖洗盡柳條輕。」

用法 比喻把殘存的東西一掃而光。

例句 觀光客「風捲殘雲」般的掃貨，讓名產店老闆樂得合不攏嘴。

相似 風捲殘雪

風調雨順（ㄈㄥ ㄊㄧㄠˊ ㄩˇ ㄕㄨㄣˋ）

解釋 形容風雨及時，適合農業生產的需要。也作「雨順風調」。

出處 《舊唐書・儀禮志一》引《六韜》：「既而克殷，風調雨順。」

用法 比喻風雨適時適量的豐年盛世。

例句 只有「風調雨順」，沒有天然災害，糧食作物才能順利生長。

相似　時和年豐

相反　旱澇不均

氣象萬千（ㄑㄧˋ ㄒㄧㄤˋ ㄨㄢˋ ㄑㄧㄢ）

解釋　景象有千般萬樣。

出處　宋・范仲淹〈岳陽樓記〉：「朝暉夕陰，氣象萬千。」

用法　形容自然景色的豐富多樣，變化多端。

例句　阿里山「氣象萬千」的日出、雲海，早已經名揚國際。

相似　五光十色

相反　千篇一律

海市蜃樓（ㄏㄞˇ ㄕˋ ㄕㄣˋ ㄌㄡˊ）

解釋　古人認為蜃（大蛤）吐氣會生成海中虛幻的城市。

出處　《史記・天官書》：「海旁蜃氣象樓臺。」

用法　指光線經過不同密度的空氣層時，發生反射或折射，造成把遠處景物顯示在眼前的幻景。比喻虛幻、不存在的事物。

例句　沙漠中「海市蜃樓」的幻象，經常讓來往的旅人產生錯覺。

相似　空中樓閣

海闊天空（ㄏㄞˇ ㄎㄨㄛˋ ㄊㄧㄢ ㄎㄨㄥ）

解釋　像海一樣的遼闊、天一樣的沒有邊際。

出處　《石點頭》三：「海闊天空，知在何處。」

用法　比喻人的心胸開闊，無拘無束。或比喻想像、談話漫無邊際，沒有重點。

例句　退一步「海闊天空」，凡事不要太斤斤計較。

相似　漫無邊際

疾風迅雷（ㄐㄧˊ ㄈㄥ ㄒㄩㄣˋ ㄌㄟˊ）

解釋　猛烈的風，突發而快的雷聲。

用法　比喻事情發生得很突然、很迅速。

例句　珍奶熱潮如「疾風迅雷」般蔓延全臺，很快就成了臺灣最具代表性的飲料。

排山倒海（ㄆㄞˊ ㄕㄢ ㄉㄠˇ ㄏㄞˇ）

解釋 把高山推開，把大海翻過來。

出處 宋·楊萬里〈六月二十四日病起喜雨聞鶯〉之二：「病勢初來敵頗強，排山倒海也難當。」

用法 形容來勢猛烈，聲勢浩大。

例句 這波流感「排山倒海」而來，讓防疫單位措手不及。

相似 翻天覆地

淒風苦雨（ㄑㄧ ㄈㄥ ㄎㄨˇ ㄩˇ）

解釋 寒冷的風，久下成災的雨。也說「苦雨淒風」。

出處 《左傳·昭公四年》：「春無淒風，秋無苦雨。」

用法 形容風雨不斷，天氣惡劣。也比喻處境淒涼。

例句 風災受災戶在「淒風苦雨」中整理殘破的家園，格外艱辛。

細水長流（ㄒㄧˋ ㄕㄨㄟˇ ㄔㄤˊ ㄌㄧㄡˊ）

解釋 像水一樣細細的卻流得長久。

出處 清·翟灝《通俗編》引《遺教經》：「汝等常勤精進，譬如小水長流，則能穿石。」

用法 比喻一點一滴，持續不斷的做一件事。也比喻節約使用錢、物，使之不匱乏。或比喻力量雖微薄，但持之以恆，終能看到成效。

例句 真正的友誼，要能「細水長流」。

相似 精打細算

相反 一擲千金

鳥語花香（ㄋㄧㄠˇ ㄩˇ ㄏㄨㄚ ㄒㄧㄤ）

解釋 鳥聲悅耳，花香撲鼻。

用法 形容春光明媚的景象。

出處 南宋·呂本中《紫微詩話》：「鳥語花香變夕陰，稍閒復恐病相尋。」

例句 春天來臨，四處一片「鳥語花香」，讓人的心情也跟著開朗起來。

相似 花香鳥語

暗無天日（ㄢˋ ㄨˊ ㄊㄧㄢ ㄖˋ）

解釋 一片黑暗，看不見天和太陽。

出處 《聊齋志異．鴉頭》：「妾幽室之中，暗無天日。」

用法 形容社會黑暗人性墮落，沒有天理。

例句 在世界「暗無天日」的角落，被剝削的童工與雛妓正等待人們救援。

相似 天昏地暗

相反 撥雲見日

滄海桑田（ㄘㄤ ㄏㄞˇ ㄙㄤ ㄊㄧㄢˊ）

解釋 大海變為桑田，桑田變為大海。簡稱「滄桑」。

出處 晉．葛洪《神仙傳．麻姑》：「麻姑自說云，接侍以來，已見東海三為桑田。」

用法 比喻世事變化很大，人生無常。

例句 「滄海桑田」，現在的許多地貌街景，已與三十年前大不相同。

相似 白雲蒼狗

相反 始終如一

煙波萬頃（ㄧㄢ ㄅㄛ ㄨㄢˋ ㄑㄧㄥˇ）

解釋 江面上瀰漫著霧氣，像有一萬頃那樣廣闊。

用法 形容煙霧瀰漫的廣闊水面。

例句 「煙波萬頃」的洞庭湖，流傳著不少淒美動人的神話。

萬籟俱寂（ㄨㄢˋ ㄌㄞˋ ㄐㄩˋ ㄐㄧˋ）

解釋 各種聲響都沒有。

出處 唐．常建〈題破山寺後禪院〉：「萬籟此俱寂，但餘鐘磬音。」

用法 形容周圍環境非常的寂靜。

例句 每當「萬籟俱寂」時，就只有一盞桌燈，陪伴考生徹夜苦讀。

相似 萬籟皆寂

相反 人聲鼎沸

雷聲大，雨點小

解釋 打了很響的雷，卻只落下小小的雨點。

用法 比喻聲勢驚人，卻沒有實際行動或效果。

例句 那個政策「雷聲大，雨點小」，並沒有發揮成效。

滿城風雨

解釋 城中充滿了風雨。

出處 宋．范成大〈春晚〉之一：「手把青梅春已去，滿城風雨怕黃昏。」

用法 本義是描寫風景。後比喻消息一經傳出，就轟動了起來，喧鬧不安。

例句 毒奶粉案鬧得「滿城風雨」，廠商紛紛出示檢驗報告自清。

相似 眾說紛紜

綠草如茵

解釋 綠油油的草地像墊子一樣。

出處 唐．許渾〈移攝太平寄前李明府〉：「早晚高臺更同醉，綠蘿如帳草如茵。」

用法 形容遍地濃密綠草的美麗景象。

例句 清境農場「綠草如茵」的美景，吸引許多觀光客前往一遊。

撥雲見日

解釋 撥開雲霧重見天日。

出處 《水滸傳》二十八回：「今日幸得相見義士一面，愚男如撥雲見日一般。」

用法 比喻衝破黑暗，見到光明。

例句 不要灰心喪氣，事情終會有「撥雲見日」的一天。

賞心悅目

解釋 看了舒服，心情歡暢。

出處 南朝宋．謝靈運〈遊南亭〉：「我志誰與亮，賞心惟良知。」

用法 形容欣賞美好的景色而心情愉快。

例句 登上山頂，眼前「賞心悅目」的景致，令人驚奇得說不出話。

相似 心曠神怡

相反 觸目驚心

龍蟠虎踞（ㄌㄨㄥˊ ㄆㄢˊ ㄏㄨˇ ㄐㄩˋ）

解釋 山像龍盤繞，城像虎蹲踞。也作「虎踞龍蹯」。

出處 《太平御覽》引張勃《吳錄》：「鍾阜龍蟠，石城虎踞，真帝王之宅也。」

用法 形容地勢雄偉、險要。

例句 軍隊都會選擇住紮在「龍蟠虎踞」、地勢顯要的地區。

鏡花水月（ㄐㄧㄥˋ ㄏㄨㄚ ㄕㄨㄟˇ ㄩㄝˋ）

解釋 鏡子裡的花，水裡的月亮。也作「水月鏡花」。

出處 明・謝榛《四溟詩話》：「詩有可解不可解，不必解，若『水月鏡花』，勿泥其跡可也。」

用法 比喻虛幻的景象。

例句 那些「鏡花水月」的幻想，對現實生活並沒有什麼幫助。

相似 空中樓閣

鶯聲燕語（ㄧㄥ ㄕㄥ ㄧㄢˋ ㄩˇ）

解釋 鶯聲嬌媚，燕語呢喃。

出處 《水滸傳》四二回：「宋江聽得鶯聲燕語，不是男子之音，便從神櫃底下鑽將出來，看時，卻是兩個青衣女童侍立在床邊。」

用法 形容女子柔美的聲音。

例句 詐騙集團常利用年輕女子的「鶯聲燕語」，誘使男性上鉤。

變化多端（ㄅㄧㄢˋ ㄏㄨㄚˋ ㄉㄨㄛ ㄉㄨㄢ）

解釋 各式各樣的變化。

用法 形容有很多不同式樣的變化。

例句 極圈地區「變化多端」的極光，充滿了神祕色彩。

驚濤駭浪（ㄐㄧㄥ ㄊㄠˊ ㄏㄞˋ ㄌㄤˋ）

解釋 讓人感到害怕的大浪。

出處 宋・陸游〈長風沙〉：「江水六月無津涯，驚濤駭浪高吹花。」

用法 指洶湧的大風浪。也比喻險惡的環境或遭遇。

例句 颱風掀起「驚濤駭浪」，使漁民無法出航。

相似 狂風巨浪

相反 風平浪靜

萬物形態類

一日千里（ㄧˋ ㄖˋ ㄑㄧㄢ ㄌㄧˇ）

解釋 一天就可以走一千里。

出處 《莊子・秋水》：「騏驥驊騮，一日而馳千里。」

用法 形容車、船等交通工具的速度很快。也比喻進步發展得非常迅速。

例句 通訊科技的發展「一日千里」，拉近了人與人之間的距離。

相似 日新月異

相反 一落千丈

一塌糊塗（ㄧˋ ㄊㄚ ㄏㄨˊ ㄊㄨˊ）

解釋 一片亂七八糟，不可收拾。

用法 形容混亂或糟糕到極點。

例句 這件家庭糾紛你不要再插手了，否則愈攪愈糟，「一塌糊塗」。

一落千丈（ㄧˊ ㄌㄨㄛˋ ㄑㄧㄢ ㄓㄤˋ）

解釋 一下子從高處跌落到很低的地方。

出處 唐・韓愈〈聽穎師彈琴〉：「躋攀分寸不可上，失勢一落千丈強。」

用法 本形容琴聲突然由高向低降落。後泛指景況、地位、聲望、情緒等等急遽的下降。

例句 那位明星自從傳出緋聞後，形象受損，演藝事業便「一落千丈」。

相似 一潰千里

相反 青雲直上

一盤散沙（ㄧˋ ㄆㄢˊ ㄙㄢˇ ㄕㄚ）

解釋 像一盤散掉的沙子一樣。

用法 比喻力量分散，不團結。

例句 如同「一盤散沙」的球隊，缺乏向心力，絕對無法得到好的比賽成績。

相反 同心同德

一蹴而就（ㄧˊ ㄘㄨˋ ㄦˊ ㄐㄧㄡˋ）

解釋 腳一踏就可以成功。

出處 宋·蘇洵〈上田樞密書〉：「天下之學者，孰不欲一蹴而造聖人之域。」

用法 形容輕而易舉。

例句 那些大企業家的成功，都非「一蹴而就」，而是靠長久的努力。

相似 一揮而就

相反 欲速不達

七手八腳（ㄑㄧ ㄕㄡˇ ㄅㄚ ㄐㄧㄠˇ）

解釋 眾人的手腳參和在一塊兒。

出處 宋·釋普濟《五燈會元·德光禪師》：「上堂七手八腳，三頭兩面，耳聽不聞，眼覷不見，苦樂逆順，打成一片。」

用法 形容大家一起動手，人多紛亂的樣子。

例句 大家「七手八腳」的照著主持人的口令動作，終於完成了金氏紀錄上最長的壽司。

相似 人多手雜

相反 秩序井然

七拼八湊（ㄑㄧ ㄆㄧㄣ ㄅㄚ ㄘㄡˋ）

解釋 從很多地方取材湊合。

用法 指把零碎的東西勉強湊合在一起。

例句 那篇「七拼八湊」的讀書報告，隔天就被老師打回票。

七零八落（ㄑㄧ ㄌㄧㄥˊ ㄅㄚ ㄌㄨㄛˋ）

解釋 零落分散的樣子。

出處 宋・釋惟白《建中靖國續燈錄・有文禪師》：「無味之談，七零八落。」

用法 形容零零散散，不集中的樣子。

例句 結實纍纍的柚子，被一場颱風吹得「七零八落」，農民是欲哭無淚。

相似 零零散散

相反 井井有條

九牛一毛

解釋 從九條牛身上拔下一根毛來。

出處 漢・司馬遷〈報任少卿書〉：「假令僕伏法受誅，若九牛亡一毛，與螻蟻何以異？」

用法 比喻非常渺小，微不足道。

例句 這點小錢對一般人來說不過「九牛一毛」，卻能讓這些貧童有上學的機會。

相似 滄海一粟

相反 舉足輕重

八字沒見一撇

解釋 「八」字有一撇和一捺兩筆，連一撇都沒有寫，怎麼能成個八字。

用法 表示事情還沒有著落。

例句 先搞清楚事情的狀況再說，不要「八字沒見一撇」就窮緊張。

大相逕庭

解釋 相差很遠。

出處 《莊子・逍遙遊》：「吾驚怖其言，猶河漢而無極也；大有逕庭，不近人情焉。」

用法 形容彼此相距十分懸殊。

例句 那些神棍的作為，與宗教勸人為善的宗旨「大相逕庭」。

相似 天壤之別

相反 大同小異

小巧玲瓏

解釋 小而可愛的樣子。

用法 形容器物的形體精巧、可愛。

例句 那些「小巧玲瓏」的糕點，看得人口水直流。

相似 嬌小玲瓏

相反 碩大無朋

川流不息

ㄔㄨㄢ ㄌㄧㄡˊ ㄅㄨˋ ㄒㄧ

解釋 像流水般不停止。

出處 梁．周興嗣《千字文》：「似蘭斯馨，如松之盛，川流不息，淵澄取映。」

用法 比喻來往的人或車輛、船隻很頻繁。

例句 「川流不息」的人潮，為此地帶來無限商機。

相似 絡繹不絕

不見經傳

ㄅㄨˋ ㄐㄧㄢˋ ㄐㄧㄥ ㄓㄨㄢˋ

解釋 經傳中沒有記載。

出處 《鶴林玉露》六：「方寸地三字，雖不見經傳，卻亦甚雅。」

用法 比喻沒有來歷，缺乏根據。也指人或物沒有名氣。

例句 這家「不見經傳」的小餐廳，卻有讓人一吃就難忘的好滋味。

相似 湮沒無聞

相反 名垂青史

不約而同

ㄅㄨˋ ㄩㄝ ㄦˊ ㄊㄨㄥˊ

解釋 沒有約定卻相同。

出處 《史記．平津侯主父列傳》：「（陳勝、吳廣）不謀而俱起，不約而同會。」

用法 比喻雙方事先沒有約定，但彼此的看法或行動卻一致。

例句 今天天氣特別好，我和他居然「不約而同」，都到河濱公園騎腳踏車。

相似 不謀而合

不倫不類

ㄅㄨˋ ㄌㄨㄣˊ ㄅㄨˋ ㄌㄟˋ

解釋 既不像這一類，也不像那類。

出處 《紅樓夢》第六十七回：「王夫人聽了，早知道來意了。又見他說的不倫不類，也不便不理他。」

用法 形容事物的外表、人的行為等不正派或不合常態。

例句 這本書的內容「不倫不類」，實在不應該出現在學校附近的書店。

相似 不三不四

不勝枚舉（ㄅㄨˋ ㄕㄥ ㄇㄟˊ ㄐㄩˇ）

解釋 不能一個一個列舉出來。

出處 清．錢大昕《十駕齋養新錄．藝文志脫漏》：「而宋人撰述不見於志者，又復不勝枚舉。」

用法 形容數目很多，無法一一列舉出來。

例句 那家餐廳好吃的菜「不勝枚舉」，可以說道道都是經典。

相似 不可勝數

相反 屈指可數

不謀而合（ㄅㄨˋ ㄇㄡˊ ㄦˊ ㄏㄜˊ）

解釋 沒有討論卻相同。

出處 晉．干寶《搜神記》卷二：「二人之言，不謀而合。」

用法 比喻事前未經過商量，但彼此的意見或行動一致。

例句 對於這個問題，我和他的意見「不謀而合」，都覺得靜觀其變比較妥當。

相似 英雄所見略同

相反 各行其是

不翼而飛（ㄅㄨˋ ㄧˋ ㄦˊ ㄈㄟ）

解釋 沒有翅膀卻突然飛走。

出處 《管子．戒》：「管仲復於桓公曰：『無翼而飛者，聲也；無根而固者，情也；無方而富者，生也。』」

用法 比喻東西無故遺失。

例句 剛剛放在桌上的餅乾，居然轉頭就「不翼而飛」，不知道被誰偷吃了？

相似 無翼而飛

相反 失而復得

井井有條

解釋 整齊不亂有條理。

出處 《荀子．儒效》：「井井兮其有理也。」

用法 形容有條有理，絲毫不混亂。

例句 她處理起家事來「井井有條」，是附近婆婆媽媽們眼中的模範媳婦。

相似 井然有序

相反 亂七八糟

五花八門

解釋 五行陣和八門陣，是古代戰行中變化很多的兩種陣勢。

出處 清．張潮《虞初新志．孫嘉淦〈南遊記〉》：「群峰亂峙，四布羅列，如平沙萬幕，八門五花。」

用法 比喻事物變化萬千，花樣繁多。

例句 那些「五花八門」的工藝品，充分顯示創作者精湛的技術。

相似 五光十色

相反 單調刻板

方興未艾

解釋 正在興起，尚未停止。

用法 形容形勢或事物正在興盛蓬勃的發展，未到結束的時候。

例句 自行車運動「方興未艾」，不管上學、上班、出遊，到處可以看見以腳踏車代步的民眾。

相似 如日中天

相反 大勢已去

日新月異

解釋 每日每月都有新的變化。

用法 形容發展、進步很快，不斷出現新事物、新氣象。

例句 科技的「日新月異」，有時不免讓人有追不上的感覺。

相似 一日千里

相反 一成不變

水落石出（ㄕㄨㄟˇ ㄌㄨㄛˋ ㄕˊ ㄔㄨ）

解釋 水位降下了，石頭便露出來。

出處 宋．歐陽修〈醉翁亭記〉：「野芳發而幽香，佳木秀而繁陰，風霜高潔，水落而石出者，山間之四時也。」

用法 本義是描寫自然景色。後多比喻事情的真相終於顯露出來，大家都知道。

例句 靠著警方切而不舍的追查，這件疑案的真相終於「水落石出」。

相似 真相大白

相反 沉冤莫白

火樹銀花（ㄏㄨㄛˇ ㄕㄨˋ ㄧㄣˊ ㄏㄨㄚ）

解釋 像著火的樹，銀鏤的花一樣。

用法 比喻燦爛、繁盛的燈火或煙火。

出處 唐．蘇味道〈正月十五夜〉：「火樹銀花合，星橋鐵鎖開。」

例句 國慶日晚間的燦爛煙火，「火樹銀花」，讓民眾印象深刻。

牛頭不對馬嘴（ㄋㄧㄡˊ ㄊㄡˊ ㄅㄨˊ ㄉㄨㄟˋ ㄇㄚˇ ㄗㄨㄟˇ）

解釋 牛的頭對不上馬的嘴。

用法 比喻毫不相干，或答非所問。

例句 他因為沒有專心上課，所以對老師的提問，回答得「牛頭不對馬嘴」。

相似 驢脣不對馬嘴

犬牙相錯（ㄑㄩㄢˇ ㄧㄚˊ ㄒㄧㄤ ㄘㄨㄛˋ）

解釋 像狗的牙齒一樣交叉錯雜。

出處 《史記．文帝紀》：「高帝封王子弟，地犬牙相制，此所謂盤石之宗也。」

用法 形容交界線非常曲折，如狗牙般參差不齊。也比喻多種因素牽連的複雜情況，或力量互相牽制。

例句 這兩國領土「犬牙相錯」，經常爆發衝突。

相似 參差不齊

相反 整齊劃一

包羅萬象（ㄅㄠ ㄌㄨㄛˊ ㄨㄢˋ ㄒㄧㄤˋ）

解釋 網羅各方面的情況。

出處 《黃帝宅經》卷上：「所以包羅萬象，舉一千從。」

用法 形容內容豐富，應有盡有。

例句 百科全書的內容「包羅萬象」。

相似 無所不包

相反 掛一漏萬

司空見慣（ㄙ ㄎㄨㄥ ㄐㄧㄢˋ ㄍㄨㄢˋ）

解釋 司空（官名）經常看到，已經習慣了。

出處 唐．孟棨《本事詩．情感》：「劉尚書禹錫罷和州……李司空罷鎮在京，慕劉名，嘗邀至第中，厚設飲饌。酒酣，命妙妓歌以送之。劉於席上賦詩曰：『……春風一曲《杜韋娘》。司空見慣渾閑事，斷盡江南刺史腸。』」

用法 形容經常看到的事物不足為奇。

例句 他從事消防救護工作多年，對這種車禍場景早就「司空見慣」。

相似 習以為常

相反 少見多怪

失之毫釐，差之千里（ㄕ ㄓ ㄏㄠˊ ㄌㄧˊ，ㄔㄚ ㄓ ㄑㄧㄢ ㄌㄧˇ）

解釋 毫、釐般小的錯誤，也會造成極大的誤差。也說「差之毫釐，謬以千里。」

出處 《大戴禮記．保傅》：「《易》曰：『正其本，萬物理；失之毫釐，差之千里』；故君子慎始也。」

用法 比喻起頭時稍微有一點誤差，結果就會造成很大的錯誤。

例句 新注音打字經常造成同音異義，「失之毫釐，差之千里」的錯誤。

本末倒置（ㄅㄣˇ ㄇㄛˋ ㄉㄠˋ ㄓˋ）

解釋 樹根和樹梢放反了。

出處 金・缺名《綏德州新學記》：「然非知治之審，則亦未當不本末倒置。」

用法 比喻把先後、輕重的位置弄顛倒。

例句 其實，只要不是「本末倒置」，工作和興趣是可以兼顧的。

相似 捨本逐末

相反 崇本抑末

瓜田李下（ㄍㄨㄚ ㄊㄧㄢˊ ㄌㄧˇ ㄒㄧㄚˋ）

解釋 經過瓜田提鞋子，走過李樹下面舉手整理帽子：會被人懷疑偷瓜、摘李子。也說「瓜李之嫌」。

出處 古樂府〈君子行〉：「君子防未然，不處嫌疑間，瓜田不納履，李下不整冠。」

用法 比喻處於容易引起嫌疑的處境。

例句 要盡量避免「瓜田李下」的嫌疑，不要給自己找麻煩。

相似 正冠李下

白紙上寫著黑字（ㄅㄞˊ ㄓˇ ㄕㄤˋ ㄒㄧㄝˇ ˙ㄓㄜ ㄏㄟ ㄗˋ）

解釋 白色的紙上寫著黑色的字，清清楚楚。

用法 比喻證據確鑿，不容許抵賴。

例句 「白紙上寫著黑字」的合同，就是要雙方都信守承諾，不能反悔。

目不暇給（ㄇㄨˋ ㄅㄨˋ ㄒㄧㄚˊ ㄐㄧˇ）

解釋 眼睛沒有空閒應付。

出處 《鏡花緣》二十一回：「唐敖此時如入山陰道上，目不暇給，一面看著，一面讚不絕口。」

用法 形容景物或東西很多、很美，讓人來不及仔細的觀賞。

例句 新裝發表會上，各種設計新穎的服飾，看得人「目不暇給」。

相似 目不暇接

相反 盡收眼底

立錐之地

解釋 插錐子的地方。也說「置錐之地」。

出處 《漢書．枚乘傳》：「舜無立錐之地，以有天下。」

用法 形容極微小的地方。

例句 現今演藝人員多如過江之鯽，想在娛樂界謀個「立錐之地」，恐怕不是那麼容易。

相似 立足之地

光怪陸離

解釋 奇異的光彩參差錯雜。

出處 《儒林外史》第五十五回：「那柴燒的一塊一塊的，結成就和太湖石一般，光怪陸離。」

用法 形容奇形怪狀、五顏六色。也形容事物離奇古怪。

例句 那些「光怪陸離」的社會亂象，充斥著每天的新聞版面。

多多益善

解釋 愈多愈好。

出處 《史記．淮陰侯列傳》：「上問曰：『如我能將幾何？』（韓）信曰：『陛下不過能將十萬。』上曰：『於君何如？』曰：『臣多多而益善耳。』」

用法 指越多越好。

例句 吃東西要有節制，千萬不能「多多益善」，以免造成身體的負擔。

相似 多多益辦

相反 寧缺毋濫

如火如荼

解釋 像火般一片紅，像荼草般一片白。

出處 《國語．吳語》：「萬人以為方陣，皆白裳、白旂、素甲、白羽之矰，望之如荼……左軍亦如之，皆赤裳、赤旟、丹甲、朱羽之矰，望之如火。」

用法 形容非常旺盛、熱烈的

樣子。

例句　選舉造勢活動正「如火如荼」的展開，大街小巷處處可以見到宣傳旗幟。

相似　洶湧澎湃

相反　一潭死水

如出一轍（ㄖㄨˊ ㄔㄨ ㄧˊ ㄔㄜˋ）

解釋　像從同一個車輪所壓出的痕跡。

用法　比喻言論或行動完全一樣。

例句　兩個嫌犯的供詞「如出一轍」，警方懷疑彼此串供，不足以採信。

相似　一模一樣

相反　大相逕庭

如數家珍（ㄖㄨˊ ㄕㄨˇ ㄐㄧㄚ ㄓㄣ）

解釋　像數說家中的珍寶那樣清楚。

用法　比喻敘述事情清楚、熟悉。

例句　他是電影達人，對所有影片的劇情、導演、演員、獲得獎項，都能夠「如數家珍」。

相似　一清二楚

相反　一無所知

有條不紊（ㄧㄡˇ ㄊㄧㄠˊ ㄅㄨˋ ㄨㄣˇ）

解釋　有秩序不紊亂。

出處　《尚書‧盤庚上》：「若網在綱，有條而不紊。」

用法　形容事物處理得有條有理，一點不亂。

例句　他處理事情一向「有條不紊」，因此深受上司的倚重。

相似　井井有條

相反　雜亂無章

此地無銀三百兩（ㄘˇ ㄉㄧˋ ㄨˊ ㄧㄣˊ ㄙㄢ ㄅㄞˇ ㄌㄧㄤˇ）

解釋　埋藏了銀子後，又立牌子說「這個地方沒有三百兩銀子」。

用法　比喻想要隱瞞，結果反而暴露了真相。

例句　他「此地無銀三百兩」的說詞，讓大家更加確定他就是這起事件的罪魁禍首。

相似 不打自招

相反 不露風聲

死灰復燃（ㄙˇ ㄏㄨㄟ ㄈㄨˋ ㄖㄢˊ）

解釋 熄滅的灰燼重新燃燒。

出處 《史記．韓長孺列傳》：「蒙獄吏田甲辱（韓）安國，安國曰：『死灰獨不復然（燃）乎？』」

用法 本比喻失勢者重新又擁有勢力。現多比喻已經消失的事物又重新活動起來（多指違法亂紀的事）。

例句 在一陣掃黃行動後，近日色情業者竟以不同經營方式「死灰復燃」。

相似 東山再起

相反 一蹶不振

耳濡目染（ㄦˇ ㄖㄨˊ ㄇㄨˋ ㄖㄢˇ）

解釋 就像耳朵沾溼，眼睛浸漬其中。也說「目濡耳染」。

出處 宋．朱熹〈與汪尚書書〉：「耳濡目染，以陷溺其良心而不自知。」

用法 形容耳朵常聽到，眼睛常看到，不知不覺受到影響薰陶。

例句 因為父母都是舞蹈家，她從小「耳濡目染」，最後也走上舞者之路。

相似 耳習目染

車載斗量（ㄔㄜ ㄗㄞˋ ㄉㄡˇ ㄌㄧㄤˋ）

解釋 用車裝，用斗量。

出處 《三國志．吳志．吳主傳》注引韋昭《吳書》：「曰：『吳如大夫者幾人？』咨曰：『聰明特達者八九十人，如臣之比，車載斗量，不可勝數。』」

用法 形容數量很多。

例句 這種天然寶石非常稀有，絕非「車載斗量」的人造品可比。

相似 不可勝數

相反 屈指可數

來龍去脈（ㄌㄞˊ ㄌㄨㄥˊ ㄑㄩˋ ㄇㄞˋ）

解釋 古時的風水相士把山脈比做一條龍，認為從頭到尾都像血脈似地連貫著。

出處 明．吾丘端《遠甓記牛眠指穴》：「此間前岡有塊好地，來龍去脈，靠嶺朝山，種種合格。」

用法 指一件事情的由來和經過。

例句 你不交代清楚事情的「來龍去脈」，這件事情恐怕無法解決。

相似 始末緣由

相反 來歷不明

咄咄怪事（ㄉㄨㄛˋ ㄉㄨㄛˋ ㄍㄨㄞˋ ㄕˋ）

解釋 令人嘖嘖驚嘆的怪事。

出處 《世說新語．黜免》：「殷中軍被廢在信安，終日恒書空作字，揚州吏民尋義逐之，竊視，唯作『咄咄怪事』四字而已。」

用法 形容不合理、令人難以理解的怪事。

例句 船隻與飛機在百慕達三角附近神祕失蹤的「咄咄怪事」，至今仍存在許多無法解釋的部份。

相似 殷浩書空

相反 不足為怪

周而復始（ㄓㄡ ㄦˊ ㄈㄨˋ ㄕˇ）

解釋 輪流一遍，再重新開始。

出處 《漢書．禮樂志》：「精建日月，星辰度理，陰陽五行，周而復始。」

用法 指循環往復，持續不斷的週轉。

例句 四季循環，「周而復始」，農民跟著進行不同的田間工作。

相似 週而復生

相似 一去不返

明日黃花（ㄇㄧㄥˊ ㄖˋ ㄏㄨㄤˊ ㄏㄨㄚ）

解釋 重陽節一過，菊花就會凋謝。

出處 宋．蘇軾〈九日次韻王鞏〉：「相逢不用忙歸去，明日黃花蝶也愁。」

用法　比喻過時的事物。

例句　此處商圈的榮景，早已隨著人口外移而成了「明日黃花」。

相似　事過境遷

物換星移

解釋　景物改變，星辰的位置移動。

出處　唐·王勃〈滕王閣序〉：「閒雲潭影日悠悠，物換星移幾度秋。」

用法　形容時序變遷，景物亦隨著改變。

例句　在「物換星移」中，還有什麼是永恆不變的呢？

相似　滄海桑田

物極必反

解釋　事物到達頂點，就會反向發展。

出處　《鶡冠子·環流》：「物極則反，命曰環流。」

用法　形容宇宙現象不停的循環，發展到了頂點，必定朝相反方向轉化。

例句　要知道「物極必反」的道理，凡事都必須拿捏好適當的分寸。

相似　物盛則衰

相反　物極不反

空中樓閣

解釋　懸在空中的亭臺樓閣。

出處　清·李漁《閒情偶寄·結構第一》：「實者，就事敷陳，不假造作，有根有據之謂也；虛者，空中樓閣，隨意構成，無影無形之謂也。」

用法　比喻脫離實際的理論或虛構的事物。

例句　那些「空中樓閣」的理想，與現實狀況差距太遠，恐怕難以實現。

相似　海市蜃樓

近在咫尺

解釋　距離大約在八寸、十寸之間那麼近。

出處　宋·蘇軾〈杭州謝上

表〉：「稟然威光，近在咫尺。」

用法 形容距離很近。

例句 隨著交通的發展，許多偏遠地區現在也彷彿「近在咫尺」。

相似 一箭之地

相反 天涯海角

金玉其外，敗絮其中

解釋 外表像金玉，內裡卻盡是破棉絮。

出處 明．劉基〈賣柑者言〉：「觀其坐高堂，騎大馬，醉醇醲而飫肥鮮者，孰不巍巍乎可畏，赫赫乎可象也；又何往而不金玉其外，敗絮其中也哉！」

用法 比喻外表好看，實際上才能平庸或品質劣等。

例句 那棟豪宅到處漏水，「金玉其外，敗絮其中」，早被媒體踢爆。

相似 華而不實

相反 秀外慧中

金碧輝煌

解釋 屋宇裝潢華麗，建材講究，看起來耀眼奪目。

出處 《紅樓夢》三十六回：「連忙進入房內，抬頭一看，只見金碧輝煌，文章閃爍。」

用法 形容建築物裝飾得華麗耀眼的樣子。

例句 印度「金碧輝煌」的廟宇，是當地的觀光特色。

相似 雕欄玉砌

相反 蓬戶甕牖

非驢非馬

解釋 不是驢也不是馬。

出處 《漢書．西域傳》：「驢非驢，馬非馬。」

用法 形容不倫不類，什麼也不像的東西。

例句 這篇「非驢非馬」的網路小說，招來網友不留情面的負評。

相似 不三不四

前仆後繼（ㄑㄧㄢˊ ㄆㄨ ㄏㄡˋ ㄐㄧˋ）

解釋　前面的倒下了，後面的繼續往前衝。

用法　形容英勇壯烈的向前邁進，不怕危險。

例句　崇尚自由的年輕人，「前仆後繼」的投入創業的行列。

相似　前赴後繼

相反　後繼無人

南橘北枳（ㄋㄢˊ ㄐㄩˊ ㄅㄟˇ ㄓˇ）

解釋　南方的甜橘到了北方就變成酸枳。

用法　比喻事物會因為不同的環境條件而產生改變。

例句　橘和枳根本是不同物種，「南橘北枳」的說法其實是一種誤解。

急如星火（ㄐㄧˊ ㄖㄨˊ ㄒㄧㄥ ㄏㄨㄛˇ）

解釋　急促得像一閃而過的流星。

出處　晉．李密〈陳情表〉：「州司臨門，急於星火。」

用法　比喻情勢很急迫。

例句　因為接了太多訂單，月餅工廠每天「急如星火」，務必要趕在佳節前交件。

相似　十萬火急

相反　不慌不忙

按部就班（ㄢˋ ㄅㄨˋ ㄐㄧㄡˋ ㄅㄢ）

解釋　按照門類，依次序安排。

出處　晉．陸機〈文賦〉：「然後選義按部，考辭就班。」

用法　本指寫文章時結構安排恰當。現在多形容做事按照一定的條理進行，遵循一定的順序。

例句　相信只要「按部就班」的練習，很快就能看到成效

相似　循序漸進

相反　一步登天

拭目以待（ㄕˋ ㄇㄨˋ ㄧˇ ㄉㄞˋ）

解釋　擦亮了眼睛等待著。

出處　《三國演義》第四十三

回：「朝廷舊臣，山林隱士，無不拭目而待。」

用法 形容期望很殷切或確信某件事情會出現。

例句 對於那位新投手首次上場的表現，球迷們都「拭目以待」。

相似 拭目以觀

故弄玄虛（ㄍㄨˋ ㄋㄨㄥˋ ㄒㄩㄢˊ ㄒㄩ）

解釋 故意弄些讓人很難捉摸的事物。

出處 《儒林外史》第十五回：「想著他老人家，也就是個不守本分，慣弄玄虛。尋了錢又混用掉了，而今落得這個收場。」

用法 形容故意玩弄手段，使人感到一頭霧水。

例句 神棍「故弄玄虛」，就是要讓無知的民眾自動奉上錢財。

相反 實事求是

昭然若揭（ㄓㄠ ㄖㄢˊ ㄖㄨㄛˋ ㄐㄧㄝ）

解釋 明白的像高舉著一樣。

出處 《莊 子．達 生》：「昭昭乎若揭日月而行也。」

用法 形容真相大白，一切都已經顯現出來。

例句 證據分析到這個地步，事情的真相已經「昭然若揭」。

相似 原形畢露

相反 諱莫如深

星羅棋布（ㄒㄧㄥ ㄌㄨㄛˊ ㄑㄧˊ ㄅㄨˋ）

解釋 天上的星星，像棋盤上的棋子那樣分布。

出處 漢．班固〈西都賦〉：「列卒周匝，星羅雲布。」

用法 形容數量很多，散布的範圍很廣。

例句 臺灣便利商店的密集程度，足以用「星羅棋布」來形容。

相似 鱗次櫛比

相反 寥若晨星

洋洋大觀（ㄧㄤˊ ㄧㄤˊ ㄉㄚˋ ㄍㄨㄢ）

解釋　盛大兒豐富多彩的景象。

出處　《莊子·天地》：「夫道，覆載萬物者也，洋洋乎大哉！」

用法　形容數量和種類多采多姿，豐富可觀。

例句　博物館的收藏品「洋洋大觀」，花費一整天也看不完。

相似　蔚為壯觀

約定俗成（ㄩㄝ ㄉㄧㄥˋ ㄙㄨˊ ㄔㄥˊ）

解釋　世俗約定習慣的。

出處　《荀子·正名》：「名無固宜，約之以命。約定俗成謂之宜，異於約則謂之不宜。」

用法　指某種名稱、習慣為社會上所承認，所以固定下來，一直被世人沿用。

例句　許多詞語經過人們長久習用，就「約定俗成」了。

相似　相沿成習

美輪美奐（ㄇㄟˇ ㄌㄨㄣˊ ㄇㄟˇ ㄏㄨㄢˋ）

解釋　高大美麗的樣子。

出處　《禮記·檀弓下》：「晉獻文子成室，晉大夫發焉。張老曰：『美哉輪焉，美哉奐焉！』」

用法　形容房屋很華麗氣派。多作新居落成的賀辭。

例句　這棟「美輪美奐」的建築，成了此區的新地標。

風馬牛不相及（ㄈㄥ ㄇㄚˇ ㄋㄧㄡˊ ㄅㄨˋ ㄒㄧㄤ ㄐㄧˊ）

解釋　馬牛不同類，彼此不會相誘靠近。

出處　《左傳·僖公四年》：「君處北海，寡人處南海。唯是風馬牛不相及也。」

用法　表示事物之間完全不相干。

例句　我和他根本「風馬牛不相及」，怎麼可能知道他為什麼會這樣做？

相似　風馬不接

相反　休戚相關

風馳電掣（ㄈㄥ ㄔˊ ㄉㄧㄢˋ ㄔㄜˋ）

【解釋】像風的急馳、電的急閃一樣。也說「風馳電赴」。

【出處】《六韜・龍韜》：「奮威四人，主擇材力，論兵革，風馳電掣，不知所由。」

【用法】形容行動非常迅速，急閃而過。

【例句】「風馳電掣」的高鐵，幫助旅客縮減了南北奔波的時間。

【相似】逐日追風

【相反】老牛拖車

風靡一時 ㄈㄥ ㄇㄧˇ ㄧ ㄕˊ

【解釋】形容事物很風行，像草木順風而倒。

【出處】《三國志・吳志・賀邵傳》：「言出風靡，令行景從。」

【用法】形容事物在一個階段中，非常的流行。

【例句】曾經「風靡一時」的蛋塔，現在已經不再受民眾青睞了。

【相似】盛行於世

【相反】古調不彈

俯拾即是 ㄈㄨˇ ㄕˊ ㄐㄧˊ ㄕˋ

【解釋】只要彎下身子去揀，到處都是那些東西。

【出處】唐・司空圖《二十四詩品・自然》：「俯拾即是，不取諸鄰。」

【用法】形容數量很多而且容易獲得。

【例句】生活中可以入詩的題材「俯拾即是」。

【相似】比比皆是

【相反】屈指可數

兼容並蓄 ㄐㄧㄢ ㄖㄨㄥˊ ㄅㄧㄥˋ ㄒㄩˋ

【解釋】同時涉及或具有幾種事物。也說「兼收並蓄」。

【用法】指能廣泛容納多方面的事物。

【例句】這本書將各種關於宋代人生活的材料「兼收並蓄」，內容非常豐富。

【相似】包羅萬象

根深柢固（ㄍㄣ ㄕㄣ ㄉㄧˇ ㄍㄨˋ）

解釋　樹根埋在泥土裡，往下紮得很深也很牢固。也說「根深蒂固」。

出處　《韓非子．解老》：「柢固則生長，根深則視久。」

用法　比喻基礎安穩牢固，不可動搖。

例句　許多老人家都有「根深柢固」的觀念，認為必須要生男孩來繼承香火。

相似　盤根錯節

相反　搖搖欲墜

格格不入（ㄍㄜˊ ㄍㄜˊ ㄅㄨˋ ㄖㄨˋ）

解釋　有抵觸而不相合。

出處　清．袁枚〈寄房師鄧遜齋先生書〉：「以前輩之典型，合後來之花樣，自然格格不入。」

用法　形容互相抵觸、阻隔，無法結合。

例句　本來是平行線的兩人，硬要湊成直線，當然「格格不入」。

相似　水火不容

相反　水乳交融

涇渭分明（ㄐㄧㄥ ㄨㄟˋ ㄈㄣ ㄇㄧㄥˊ）

解釋　古人認為渭水清，涇水濁，兩水在陝西境內合流時，清濁分得很清楚。

出處　唐．李德裕〈劉公神道碑銘〉：「遇物而涇渭自分，立誠而風雨如晦。」

用法　比喻人或事物的好壞、善惡分得清清楚楚。

例句　他倆雖然是雙胞胎，但一善一惡，「涇渭分明」。

相似　黑白分明

相反　涇渭不分

浩如煙海（ㄏㄠˋ ㄖㄨˊ ㄧㄢ ㄏㄞˇ）

解釋　廣大像茫茫大海。

出處　宋．司馬光〈進《資治通鑑》表〉：「遍閱舊史，旁采小說，簡牘盈積，浩如煙海。」

用法　形容事物繁多。

例句　中國的典籍「浩如煙海」，想精通一部，就要花費很多時間。

相似　汗牛充棟

相反　屈指可數

神出鬼沒（ㄕㄣˊ ㄔㄨ ㄍㄨㄟˇ ㄇㄛˋ）

解釋　就像鬼神出沒一樣。也說「神出鬼入」。

出處　《淮南子．兵略訓》：「善者之動也，神出而鬼行。」

用法　形容行動迅速，出沒無常，無法掌握行蹤。

例句　那條「神出鬼沒」的蟒蛇，終於被警消人員擒獲，讓附近居民鬆了一口氣。

相似　出入無常

相反　一成不變

紛至沓來（ㄈㄣ ㄓˋ ㄊㄚˋ ㄌㄞˊ）

解釋　雜亂、重覆的到來。

出處　宋．朱熹〈答阿叔京書〉：「則雖事物紛至而沓來，豈足以亂吾之知恩。」

用法　形容接連不斷的到來。

例句　「紛至沓來」的意外，讓他頓時手忙腳亂。

相似　接二連三

追本溯源（ㄓㄨㄟ ㄅㄣˇ ㄙㄨˋ ㄩㄢˊ）

解釋　探究樹木的根，上溯水流的源頭。

用法　比喻追究事情發生的根本起源。

例句　這批文物的由來，「追本溯源」，與第二次世界大戰大有關係。

相似　沿波討源

相反　蜻蜓點水

參差不齊（ㄘㄣ ㄘ ㄅㄨˋ ㄑㄧˊ）

解釋　雜亂不整齊。

出處　漢．揚雄《法言．序目》：「國君將相，卿士名臣，參差不齊，一概諸聖。」

用法　形容事物長短高低不齊。

例句　這家連鎖餐廳的分店品質「參差不齊」。

相似 良莠不齊

相反 整齊劃一

推陳出新
（ㄊㄨㄟ ㄔㄣˊ ㄔㄨ ㄒㄧㄣ）

解釋 排除舊的，推出新的。

出處 宋．費袞《梁溪漫志》引東坡帖：「吳子野勸食白粥，云能推陳出新，利膈養胃。」

用法 泛指一切事物的除舊換新。或指在舊有的基礎上開創新局面，研究出新方法。

例句 那家科技公司不斷「推陳出新」，發表先進商品，所以業績蒸蒸日上。

相似 革故鼎新

相反 抱殘守缺

望梅止渴
（ㄨㄤˋ ㄇㄟˊ ㄓˇ ㄎㄜˇ）

解釋 想到梅子的酸甜多汁就不覺得口渴了。

出處 《世說新語．假譎》：「魏武行役失汲道，軍皆渴，乃令曰：『前有大梅林，饒子，甘酸可以解渴。』士卒聞之，口皆出水，乘此得及前源。」

用法 比喻願望無法達成，只好用想像來安慰自己。

例句 沒辦法出國，只能看旅遊頻道「望梅止渴」了。

相似 畫餅充饑

欲速則不達
（ㄩˋ ㄙㄨˋ ㄗㄜˊ ㄅㄨˋ ㄉㄚˊ）

解釋 想要求快卻反而無法達到目的。

出處 《論語．子路》：「無欲速，無見小利；欲速則不達，見小利則大事不成。」

用法 形容過分性急求快，反而達不到目的。

例句 我想趕快把菜煮熟而開大火，結果全部燒焦，真是「欲速則不達」。

相似 拔苗助長

相反 水到渠成

牽一髮而動全身
（ㄑㄧㄢ ㄧ ㄈㄚˇ ㄦˊ ㄉㄨㄥˋ ㄑㄩㄢˊ ㄕㄣ）

解釋 牽扯一根頭髮，就足以帶動全身。

出處 清·龔自珍〈自春徂秋偶有所觸〉：「一髮不可牽，牽之動全身。」

用法 比喻改動一個極小的部分，就會帶來極大的影響。

例句 此事關係到很多人的利益，「牽一髮而動全身」，實在很難處理。

粗製濫造（ㄘㄨ ㄓˋ ㄌㄢˋ ㄗㄠˋ）

解釋 產品粗糙，不講究品質。

用法 指一味追求數量，不講究精緻度。或比喻工作草率，不負責任。

例句 與其貪便宜買些「粗製濫造」的東西，不如多花些錢選擇真正耐用的商品。

相似 草率從事

相反 一絲不苟

魚貫而入（ㄩˊ ㄍㄨㄢˋ ㄦˊ ㄖㄨˋ）

解釋 像用草繩穿過魚鰓，把魚成串起一樣，接連著進入。

出處 《三國志·魏志·鄧艾傳》：「將士皆攀木緣崖，魚貫而進。」

用法 形容人群一個接一個的進入某場合。

例句 觀眾們「魚貫而入」，準備欣賞精彩的舞臺劇表演。

相似 魚貫而前

相反 一擁而入

麻雀雖小，五臟俱全（ㄇㄚˊ ㄑㄩㄝˋ ㄙㄨㄟ ㄒㄧㄠˇ，ㄨˇ ㄗㄤˋ ㄐㄩˋ ㄑㄩㄢˊ）

解釋 麻雀很嬌小，但是內部的器官都很完整。

用法 比喻雖然面積不大，但是需要的東西樣樣俱全，常用在小型賣場，或坪數小的屋子、房間。

例句 臺灣早期的柑仔店，都是「麻雀雖小，五臟俱全」，販售各種日常用品。

富麗堂皇（ㄈㄨˋ ㄌㄧˋ ㄊㄤˊ ㄏㄨㄤˊ）

解釋 建築物看起來很宏偉美麗，又氣勢盛大。

出處 《兒女英雄傳》三十四

回：「只見當朝聖人出的是三個室麗堂皇的題目。」

用法 形容建築宏偉，陳設華麗。或比喻文章辭藻華麗。

例句 踏入「富麗堂皇」的高級餐廳，讓人不禁更注意自己的穿著舉止。

相似 金碧輝煌

相反 茅茨土階

無人問津（ㄨˊ ㄖㄣˊ ㄨㄣˋ ㄐㄧㄣ）

解釋 沒有人探求路徑。

出處 晉．陶淵明〈桃花源記〉：「後遂無問津者。」

用法 比喻沒有人前去嘗試或詢問。

例句 這個品牌的飲料，自從被爆出含有致癌物究「無人問津」了。

相似 打入冷宮

無孔不入（ㄨˊ ㄎㄨㄥˇ ㄅㄨˋ ㄖㄨˋ）

解釋 沒有一個小洞不能鑽進去。

出處 《官場現形記》第三十五回：「況且上海辦捐的人，鑽頭覓縫，無孔不入。」

用法 比喻滲透力強，不放過任何機會。

例句 夏天到來，「無孔不入」的蚊子帶給民眾相當大的困擾。

相似 無所不至

相反 無機可乘

絡繹不絕（ㄌㄨㄛˋ ㄧˋ ㄅㄨˋ ㄐㄩㄝˊ）

解釋 連續不斷。

出處 《後漢書．南匈奴傳》：「逃入塞者，絡繹不絕。」

用法 形容來往的人或車馬連續不斷。

例句 知名畫家的作品來臺展出，吸引「絡繹不絕」的參觀人潮。

相似 川流不息

相反 門可羅雀

蛛絲馬跡（ㄓㄨ ㄙ ㄇㄚˇ ㄐㄧ）

解釋 沿著蛛網的細絲可以找

到蜘蛛的所在，按照馬蹄的痕跡可以尋到馬的去向。

出處 清．王家賁《別雅序》：「大開通同轉假之門，泛濫浩博，幾疑天下無字不可通用，而實則蛛絲馬跡，原原本本，俱在古書。」

用法 比喻隱約可尋的線索和跡象。

例句 老經驗的刑警憑著「蛛絲馬跡」，以及敏銳的觀察力，就找出案件的兇手。

相似 一鱗半爪

相反 無影無蹤

集腋成裘（ㄐㄧˊ ㄧㄝˋ ㄔㄥˊ ㄑㄧㄡˊ）

解釋 狐狸腋下的皮雖然很小，但是許多塊聚集起來就能縫製成一件皮衣。

出處 《慎子．知忠》：「狐白之裘，蓋非一狐之腋也。」

用法 比喻積少可以成多。

例句 這座圖書館，是靠著附近居民熱心捐款，「集腋成裘」才蓋成的。

相似 聚沙成塔

新陳代謝（ㄒㄧㄣ ㄔㄣˊ ㄉㄞˋ ㄒㄧㄝˋ）

解釋 新的、舊的變化、循環。

用法 指生物體更新除舊的過程。也泛指一切事物除舊更新的過程。

例句 適時適量的運動，可以加速人體的「新陳代謝」，維持健康。

相似 吐故納新

相反 一成不變

滄海一粟（ㄘㄤ ㄏㄞˇ ㄧ ㄙㄨˋ）

解釋 大海中的一粒穀子。

出處 宋．蘇軾〈前赤壁賦〉：「寄蜉蝣於天地，渺滄海之一粟。」

用法 比喻非常渺小。

例句 比起廣闊無垠的宇宙，渺小的人類不過是「滄海一粟」罷了。

相似 九牛一毛

萬人空巷（ㄨㄢˋ ㄖㄣˊ ㄎㄨㄥ ㄒㄧㄤˋ）

解釋 所有人都跑來看，巷子都淨空了。

出處 宋・蘇軾〈八月十七復登望海樓〉：「賴有明朝看潮在，萬人空巷鬥新妝。」

用法 形容非常轟動。

例句 那位知名球星來臺示範教學，造成「萬人空巷」的盛況。

相似 人山人海

相反 寥若晨星

葉落歸根（ㄧㄝˋ ㄌㄨㄛˋ ㄍㄨㄟ ㄍㄣ）

解釋 葉子凋零後，又歸於草木的樹幹。

出處 宋・釋道原《景德傳燈錄・第三十三祖慧能大師》：「葉落歸根，來時無口。」

用法 比喻人客居異地，老而返鄉，不忘出生的地方。

例句 當他想到要「落葉歸根」的時候，故鄉的一切早已發生巨變。

相似 告老還鄉

相反 四海為家

過眼雲煙（ㄍㄨㄛˋ ㄧㄢˇ ㄩㄣˊ ㄧㄢ）

解釋 就像飄過眼前的雲和煙一樣。

出處 宋・蘇軾〈寶繪堂記〉：「譬之煙雲之過眼，百鳥之感耳，豈不欣然接之，去而不傷念也。」

用法 本比喻身外之物，毋須重視。後也比喻很容易消失的事物。

例句 富貴名利不過是「過眼雲煙」，很快就會失去。

相似 曇花一現

寥若晨星（ㄌㄧㄠˊ ㄖㄨㄛˋ ㄔㄣˊ ㄒㄧㄥ）

解釋 稀稀疏疏的就像早晨的星星一樣。

出處 南朝齊・謝朓〈京路夜發〉：「曉星正寥落。」

用法 形容非常稀少。

例句 能夠靠繪畫成名，並以此維生者，放眼畫壇，其實「寥若晨星」。

相似 屈指可數

相反 不計其數

屢見不鮮（ㄌㄩˇ ㄐㄧㄢˋ ㄅㄨˋ ㄒㄧㄢ）

解釋 多次見到已不新鮮了。

用法 形容事物常常見到，一點也不稀奇。

例句 這種假借檢察官名義詐騙民眾存款的手法，早已經「屢見不鮮」。

相似 司空見慣

相反 前所未見

屢試不爽（ㄌㄩˇ ㄕˋ ㄅㄨˋ ㄕㄨㄤˇ）

解釋 怎麼試都沒有差錯。

出處 《聊齋志異‧冷生》：「短途中逢徒步客，拱手謝曰：『適忙，不遑下騎，勿罪。』言未已，驢已蹶然伏道上，屢試不爽。」

用法 形容經過多次試驗，結果和預期的一樣。

例句 她每次只要吃海鮮就會長疹子，「屢試不爽」。

摧枯拉朽（ㄘㄨㄟ ㄎㄨ ㄌㄚ ㄒㄧㄡˇ）

解釋 摧毀腐朽的東西。也說「摧枝折腐」。

出處 《漢書‧異姓諸侯王表序》：「鐫金石者難為功，摧枯朽者易為力。」

用法 形容極容易摧毀。

例句 我方以堅強的先發陣容，「摧枯拉朽」，順利擊敗對手，奪得冠軍。

相似 拉枯折朽

相反 堅不可摧

滿目瘡痍（ㄇㄢˇ ㄇㄨˋ ㄔㄨㄤ ㄧˊ）

解釋 所見全是創傷。

出處 唐‧杜甫〈北征〉：「乾坤含瘡痍，憂虞何時畢？」

用法 形容戰亂或災荒後，社會殘破淒涼的景象。

例句 望見眼前「滿目瘡痍」的情景，誰能想見這裡原本是片青山綠水的仙境？

相似 千瘡百孔

相反 欣欣向榮

碩果僅存

解釋　唯一留存下來的大果子。

用法　喻經過時間的淘汰後，唯一留存下來的人或物。

例句　大地震過後，村中那棟「碩果僅存」的透天厝，也是處處裂縫。

相似　巋然獨存

聚沙成塔

解釋　細小的沙子累積多了也可堆成佛塔。

出處　《法華經》：「乃至童子戲，聚沙為佛塔」。

用法　比喻聚少成多。

例句　不要小看一塊錢，「聚沙成塔」下，也能發揮大用途喔！

相似　集腋成裘

相反　功虧一簣

鳳毛麟角

解釋　鳳凰的毛，麒麟的角。

出處　《世說新語・容止》：「王敬倫風姿似父，作侍中，加授桓公公服，從大門入，桓公望之曰：『大奴固自有鳳毛。』」

用法　比喻罕見而珍貴的人才或事物。

例句　能符合那位小姐嚴苛的求偶條件者，恐怕是「鳳毛麟角」了。

相似　屈指可數

相反　比比皆是

價值連城

解釋　價值相等於連成一大片的城池。

用法　形容物品非常珍貴。

例句　這款高科技概念車全球只有一輛，可說是「價值連城」。

相似　無價之寶

相反　一文不值

層出不窮

解釋　連接不斷的出現。

出處　唐・韓愈〈貞曜先生墓

志銘〉：「神施鬼設，間見層出。」

用法　形容事物或言論變化多端。

例句　因為醫療疏失衍生的問題「層出不窮」，顯示醫院管理有待改善。

相似　生生不已

相反　曇花一現

摩肩接踵（ㄇㄛˊ ㄐㄧㄢ ㄐㄧㄝ ㄓㄨㄥˇ）

解釋　肩頭相摩擦，腳跟相連接。

用法　形容人多而擁擠。

例句　士林夜市「摩肩接踵」的人潮，讓外國觀光客大開眼界。

相似　摩肩擦背

相反　三三兩兩

撲朔迷離（ㄆㄨ ㄕㄨㄛˋ ㄇㄧˊ ㄌㄧˊ）

解釋　雄兔腳毛蓬鬆，雌兔眼睛看不清。

出處　古樂府〈木蘭詩〉：「雄兔腳撲朔，雌兔眼迷離，兩兔傍地走，安能辨我是雄雌？」

用法　形容事情錯綜複雜，難以辨別真相。

例句　這起失蹤案的真相到底如何，目前依舊是「撲朔迷離」。

相似　錯綜複雜

相反　一目了然

模稜兩可（ㄇㄛˊ ㄌㄥˊ ㄌㄧㄤˇ ㄎㄜˇ）

解釋　摸著桌角，向著左右兩邊都可以。

出處　《新唐書．蘇味道傳》：「『決事不欲明白，誤則有悔，摸稜持兩端，可也。』」

用法　形容對問題的正反兩面都不表示明確的態度。

例句　那位官員「模稜兩可」的態度，讓人覺得非常不負責任。

相似　不置可否

相反　旗幟鮮明

標新立異（ㄅㄧㄠ ㄒㄧㄣ ㄌㄧˋ ㄧˋ）

解釋 標舉新的，豎立特異的。

出處 《世說新語．文學》：「支道林在白馬寺中，將馮太常共語，因及《逍遙》，支卓然標新理於二家之表，立異義於眾賢之外。」

用法 有特殊、獨創的見解，以顯示自己與眾不同。

例句 他那種「標新立異」的穿著，已明顯違反校規。

相似 別出新裁

相反 墨守成規

銷聲匿跡（ㄒㄧㄠ ㄕㄥ ㄋㄧˋ ㄐㄧ）

解釋 不出聲，不露面。也說「匿跡銷聲」。

出處 《官場現形記》：「黑八哥一干人也勸他，叫他暫時匿跡銷聲，等避過風頭再作道理。」

用法 形容隱藏蹤跡，不公開露面。

例句 誰想到那位在影視圈「銷聲匿跡」的老明星，如今正從事有機食品的推廣。

相似 匿影藏形

相反 拋頭露面

震耳欲聾（ㄓㄣˋ ㄦˇ ㄩˋ ㄌㄨㄥˊ）

解釋 震得耳朵都要聾了。

用法 形容聲音很響亮。

例句 迎神時，常會聽到「震耳欲聾」的鞭炮聲。

鴉雀無聲（ㄧㄚ ㄑㄩㄝˋ ㄨˊ ㄕㄥ）

解釋 所有鳥類都沒有發出聲音。

出處 宋．蘇軾〈絕句三首〉：「天風吹雨入欄杆，烏鵲無聲夜向闌。」

用法 形容原本吵鬧的人群，突然都安靜下來。

例句 演講者一上臺，原本鬧哄哄的觀眾頓時「鴉雀無聲」。

相似 寂靜無聲

相反 人聲鼎沸

龍蛇混雜（ㄌㄨㄥˊ ㄕㄜˊ ㄏㄨㄣˋ ㄗㄚˊ）

解釋 龍和蛇不區分，全部混

在一起。

出處 宋・釋道原《景德傳燈錄・文殊》：「凡聖同居，龍蛇混雜。」

用法 比喻壞人、好人雜處。

例句 為了孩子的教育，他決定搬離那「龍蛇混雜」的老舊社區。

應接不暇（ㄧㄥˋ ㄐㄧㄝ ㄅㄨˋ ㄒㄧㄚˊ）

解釋 忙著應付沒有空閒。

出處 《世說新語・言語》：「從山陰道上行，山川自相映發，使人應接不暇。」

用法 本指景物繁多使人來不及欣賞。後來多形容事務繁多，使人疲於應付。

例句 週年慶瘋狂搶購的人潮，讓百貨公司專櫃小姐「應接不暇」。

相似 窮於應付

相反 應付裕如

瞬息萬變（ㄕㄨㄣˋ ㄒㄧ ㄨㄢˋ ㄅㄧㄢˋ）

解釋 在一眨眼、一呼吸的時間內，發生了很多的變化。

用法 形容變化快又多。

例句 股市的漲跌，可說是「瞬息萬變」，所有分析專家都可能失準。

相似 變化萬千

相反 一成不變

趨之若鶩（ㄑㄩ ㄓ ㄖㄨㄛˋ ㄨˋ）

解釋 像野鴨一樣爭先恐後的成群跑過去。

出處 清・袁枚《隨園詩話》卷十一：「畢尚書弘獎風流，一時學士文人，趨之若鶩。」

用法 比喻成群的人競相追逐某事物。

例句 只要某食物被宣稱具有抗癌功能，民眾頓時就「趨之若鶩」。

相似 如蠅逐臭

雞毛蒜皮（ㄐㄧ ㄇㄠˊ ㄙㄨㄢˋ ㄆㄧˊ）

解釋 雞的羽毛，蒜頭的外皮。

用法 比喻無關緊要的瑣事。

也比喻毫無價值的東西。

例句 你何必為這種「雞毛蒜皮」的事大動肝火呢？

相似 無關緊要

相反 舉足輕重

廬山真面目（ㄌㄨˊ ㄕㄢ ㄓㄣ ㄇㄧㄢˋ ㄇㄨˋ）

解釋 廬山真正的樣子。

用法 比喻事物的真相。或指人的真正面目。

例句 那位捐款人的身分非常神祕，大家都想知道他的「廬山真面目」。

相反 改頭換面

難以捉摸（ㄋㄢˊ ㄧˇ ㄓㄨㄛ ㄇㄛ）

解釋 不好猜測。

用法 表示很難去揣測或估量。

例句 近幾年氣候異常，天氣變化「難以捉摸」，氣象預報也經常失準。

疊床架屋（ㄉㄧㄝˊ ㄔㄨㄤˊ ㄐㄧㄚˋ ㄨ）

解釋 床上加床，屋下架屋。

出處 《顏氏家訓・序致》：「魏晉以來所著諸子，理重事複，遞相模學，猶屋下架屋，床上施床耳。」

用法 比喻做多餘的事。

例句 現今許多學生，對文字的理解運用能力下降，寫文章經常有「疊床架屋」的現象。

相似 床上安床，屋上架屋

相反 簡明扼要

鱗次櫛比（ㄌㄧㄣˊ ㄘˋ ㄐㄧㄝˊ ㄅㄧˋ）

解釋 房屋等建築物如魚鱗和梳齒那樣整齊、密集的排列著。

出處 明・蔣一葵《長安客話・古榆關》：「墩臺守望，雖鱗次櫛比，而柳柵沙溝，衝突道側，行旅患之。」

用法 形容排列得很整齊。

例句 都市高樓大廈「鱗次櫛比」，常被形容成水泥叢林。

相似 星羅棋布

情交深淺類

一刀兩斷

解釋　一刀將原來相連的東西切成兩斷。

出處　《朱子全書．論語》：「克己者，是從根源上一刀兩斷，便斬絕了，更不復萌。」

用法　比喻堅決的斷絕雙方的關係。

例句　我和他早已經「一刀兩斷」，互不往來了。

相似　快刀斬亂麻

相反　藕斷絲連

一日三秋

解釋　一天沒有見面，就好像過了三年沒見一樣。

出處　《詩經．王風．采葛》：「一日不見，如三秋兮。」

用法　形容離別後濃烈的思念之情。

例句　熱戀中的情侶只要分開一會兒，就會有「一日三秋」之感。

相似　一日不見，如隔三秋

一刻千金

解釋　一刻鐘有一千金的價值。

出處　宋．蘇軾〈春夜〉：「春宵一刻值千金，花有清香月有陰。」

用法　比喻時間很寶貴。

例句　大考即將來臨，「一刻千金」，我們要把握時間，加緊衝刺。

一往情深

解釋　一向都是用情至深。

出處　《世說新語．任誕》：「桓子野每聞清歌，輒喚奈何，謝公聞之曰：『子野可謂一往有深情。』」

用法　指對人或事物有著深厚、不易改變的情感。

例句　我對她「一往情深」，

關於她的每件事我都很感興趣。

相似　情深潭水

相反　寡情薄義

三心二意（ㄙㄢ ㄒㄧㄣ ㄦˋ ㄧˋ）

解釋　同時有兩三種想法。

出處　元・關漢卿《救風塵》第一折：「爭奈是匪妓，都三心二意。」

用法　形容猶豫不決，拿不定主意。

例句　有時候可以選擇的事物太多，反而會讓人「三心二意」。

相似　心猿意馬

相反　一心一意

分道揚鑣（ㄈㄣ ㄉㄠˋ ㄧㄤˊ ㄅㄧㄠ）

解釋　驅馬前進，走不同的路。

出處　《南史・裴子野傳》：「蘭陵蕭琛言其評論可與〈過秦〉、〈王命〉分路揚鑣。」

用法　形容分路而行。也比喻雙方才力相當。或比喻彼此志趣不同，各做各的。

例句　自從他倆因為理念不合而「分道揚鑣」，公司的營運就每下愈況了。

相似　各奔東西

相反　志同道合

天涯海角（ㄊㄧㄢ ㄧㄚˊ ㄏㄞˇ ㄐㄧㄠˇ）

解釋　在天的邊際和海的一角。

出處　唐・韓愈〈祭十二郎文〉：「一在天之涯，一在地之角。」

用法　形容偏遠地區。或指兩地相距遙遠。

例句　就算孩子流落到「天涯海角」，這位母親也一定要找到他。

心心相印（ㄒㄧㄣ ㄒㄧㄣ ㄒㄧㄤ ㄧㄣˋ）

解釋　兩人的心意相合。

出處　清・尹會一《健餘先生尺牘・答劉古衡書》：「數

年相交，人已心心相印。」

用法 指彼此心意不用說明，就能互相了解。多形容戀愛中的男女的心意相通。

例句 他倆自小是青梅竹馬，早已「心心相印」，互許終身。

相似 心有靈犀

相反 同床異夢

心馳神往

解釋 整個心神飛快的被吸引過去。

用法 形容一心一意的嚮往。

例句 他在外流浪多年，終於回到「心馳神往」的故鄉，心中感慨萬千。

石沉大海

解釋 就像石頭沉進大海裡。

出處 《鏡花緣》三十二回：「一連找了數日，竟似石沉大海。」

用法 比喻不見蹤影。或比喻沒有任何消息。

例句 他投了幾百封求職信都「石沉大海」，不免受到打擊，心灰意冷。

相似 泥牛入海

相反 合浦還珠

如影隨形

解釋 像影子跟著人走一樣。

出處 《管子．明法解》：「故君臣之間明別，則主尊臣卑。如此，則下之從上也，如響之應聲；臣之法主也，如景（影）之隨形。」

用法 比喻兩人關係親密，難分難捨。也比喻兩件事物的關係密切。

例句 癌症的陰影「如影隨形」的跟著他，大大影響了工作效率與心情。

相似 如膠似漆

相反 貌合神離

百依百順

解釋 每樣事都順從對方。

出處 《紅樓夢》七九回：「寡母獨守此女，嬌養溺愛，不啻珍寶，凡女兒一舉一動，他母親皆百依百順。」

用法 形容不問是非，一味的順從遷就。

例句 他從小對父母「百依百順」，是個非常聽話體貼的孩子。

相似 百樣依順

形影不離（ㄒㄧㄥˊ ㄧㄥˇ ㄅㄨˋ ㄌㄧˊ）

解釋 像形體和影子那樣分不開。

出處 《莊子．在宥》：「大人之教，若形之於影、聲之於響。」注：「大人之於天下何心哉？猶影響之隨形聲耳。」

用法 形容彼此關係非常親密，難以分開。

例句 那對雙胞胎姊妹總是「形影不離」，連上洗手間都要膩在一起。

相似 如影隨形

相反 若即若離

忘恩負義（ㄨㄤˋ ㄣ ㄈㄨˋ ㄧˋ）

解釋 忘記別人的恩惠，背棄正義。

出處 元．楊文奎《兒女團圓》第二折：「他怎生忘恩負義？」

用法 指忘掉別人對自己的恩德，做出背棄正義、對不起恩人的事情。

例句 人若「忘恩負義」，不是跟禽獸沒什麼差別嗎？

相似 以怨報德

相反 結草銜環

見異思遷（ㄐㄧㄢˋ ㄧˋ ㄙ ㄑㄧㄢ）

解釋 見到不同的事物就改變心意。

出處 《管子．小匡》：「少而習焉，其心安焉，不見異物而遷焉。」

用法 指意志不堅定，看見別的事物就想改變主意。

例句 他總是「見異思遷」，所以年紀不小了還是一事無成。

相似 喜新厭舊

相反 矢志不移

刻骨銘心（ㄎㄜˋ ㄍㄨˇ ㄇㄧㄥˊ ㄒㄧㄣ）

解釋 像刻在骨頭或心上。也說「銘心刻骨」。

出處 《水滸全傳》第八十回：「萬望太尉慈憫，救拔深陷之人，得瞻天日，刻骨銘心，誓圖死報。」

用法 形容感受深刻，難以忘記。也常用來形容對別人的感激。

例句 那段「刻骨銘心」的愛戀，成了他創作的原動力。

相似 永誌不忘

相反 拋到九霄雲外

始亂終棄（ㄕˇ ㄌㄨㄢˋ ㄓㄨㄥ ㄑㄧˋ）

解釋 先玩弄，再拋棄。

出處 唐・元稹《會真記》：「始亂之，終棄之。」

用法 形容先加以玩弄，後來又遺棄不顧。多指男性玩弄女性的行徑。

例句 那位企業家對女友「始亂終棄」的行為，受到網路輿論的撻伐。

相反 白首偕老

拈花惹草（ㄋㄧㄢ ㄏㄨㄚ ㄖㄜˇ ㄘㄠˇ）

解釋 沾染、拿取花花草草。

出處 《紅樓夢》二十一回：「今年纔二十歲，也有幾分人材，又兼生性輕薄，最喜拈花惹草。」

用法 比喻男子到處留情，勾引女性。

例句 那些有了家室還到處「拈花惹草」的人，是很不負責任的行為。

近水樓臺（ㄐㄧㄣˋ ㄕㄨㄟˇ ㄌㄡˊ ㄊㄞˊ）

解釋 靠近水邊的樓臺可以先看到月光。

出處 宋・俞文豹《清夜錄》：「范文正公鎮錢唐，兵官皆被薦，獨巡檢蘇麟不見錄，乃獻詩云：『近水樓臺先得月，向陽花木易為春。』公即薦之。」

用法 比喻由於接近特定的人或事物，因此比較容易得到某些好處。

例句 他娶了自己的助理，被朋友笑說是「近水樓臺先得月」。

相似 捷足先登

門當戶對（ㄇㄣˊ ㄉㄤ ㄏㄨˋ ㄉㄨㄟˋ）

解釋 門第、家世相對等。

出處 《牡丹亭・圜駕》：「還說門當戶對！則你箇杜杜陵，慣把女孩兒嚇。」

用法 指男女雙方家族的社會地位和經濟地位相當。

例句 結婚除了需彼此相愛，「門當戶對」也是很重要的條件。

相似 晉秦之匹

相反 齊大非偶

青梅竹馬（ㄑㄧㄥ ㄇㄟˊ ㄓㄨˊ ㄇㄚˇ）

解釋 青色的梅子，竹竿作的馬。

出處 唐・李白〈長干行〉：「郎騎竹馬來，繞床弄青梅。同居長干里，兩小無嫌猜。」

用法 形容男女兒童天真無邪，在一起玩耍。也指從小認識的玩伴。

例句 這對新人原是「青梅竹馬」，二十多年來始終維持親密的情感。

相似 竹馬之好

咫尺天涯（ㄓˇ ㄔˇ ㄊㄧㄢ ㄧㄚˊ）

解釋 明明是很短的距離，卻好像天涯那麼遠。

出處 元・王舉之《折桂令・蝦鬚簾》：「咫尺天涯，別是乾坤。」

用法 比喻雙方雖然距離很近，但是很難相見。

例句 明明就坐在對面，卻偏偏要用網路對談，真是名副其實的「咫尺天涯」。

相似 階前萬里

相反 天涯比鄰

倚門倚閭（ㄧˇ ㄇㄣˊ ㄧˇ ㄌㄩˊ）

解釋 靠著家門或里巷的門。

出處 《戰國策·齊策六》：「王孫賈年十五，事閔王。王出走，失王之處。其母曰：『女朝出而晚來，則吾倚門而望；女暮出而不還，則吾倚閭而望。』」

用法 形容父母盼望子女歸來的殷切心情。

例句 那種「倚門倚閭」的心情，不曾為人父母是難以了解的。

相似 引領而望

海枯石爛（ㄏㄞˇ ㄎㄨ ㄕˊ ㄌㄢˋ）

解釋 讓海水乾涸、石頭風化成為灰土那麼長的時間。

出處 元·王實甫《西廂記》第五本：「這天高地厚情，直到海枯石爛時，此時作念何時止？」

用法 表示彼此的心意堅定，永不改變。多為男女相戀時，表示永不變心的誓言。

例句 中國古典戲劇裡，梁山泊與祝英台「海枯石爛」的戀情，感動了許多人。

相似 天荒地老

相反 彈指之間

海誓山盟（ㄏㄞˇ ㄕˋ ㄕㄢ ㄇㄥˊ）

解釋 指著山海為誓言。也說「山盟海誓」。

出處 宋·辛棄疾〈南鄉子·贈妓〉：「別淚沒些些，海誓山盟總是賒。」

用法 發誓愛情要像山海那樣的永恆堅定，決不改變。

例句 這對怨偶，吵吵鬧鬧好幾年，當年的「海誓山盟」，早已經煙消雲散。

相似 指天誓日

相反 背信棄義

狼心狗肺（ㄌㄤˊ ㄒㄧㄣ ㄍㄡˇ ㄈㄟˋ）

解釋 狼的心腸狗的肺。

出處 《醒世恆言》：「那知這賊憑般狼心狗肺，負義忘恩！」

用法 比喻心腸狠毒。

例句 那個歹徒居然對好心收

留自己的鄰居下手，真是「狼心狗肺」。

相似 蛇蠍心腸

相反 心慈面軟

留連忘返

解釋 再三徘徊，忘記離開。

出處 《孟子．梁惠王下》：「從流下而忘反謂之流，從流上而忘反謂之連。」

用法 形容留戀沉迷而捨不得離去。

例句 此地風景如詩如畫，常讓遊客「流連忘返」。

相似 樂不思蜀

望穿秋水

解釋 把眼睛都望穿了。

出處 元．王實甫《西廂記》第三本：「望穿他盈盈秋水，蹙損他淡淡春山。」

用法 形容盼望得非常殷切。

例句 夫妻倆日日夜夜「望穿秋水」，期盼走失的孩子能歸來。

相似 望眼欲穿

望眼欲穿

解釋 盼望得眼睛都彷彿要穿透了。

出處 唐．杜甫〈寄岳州賈司馬六丈巴州嚴八使君兩閣老五十韻〉：「舊好腸堪斷，新秋眼欲穿。」

用法 形容很期盼。

例句 心上人遲遲沒有出現，讓他「望眼欲穿」，心急如焚。

相似 延頸企踵

牽腸掛肚

解釋 就像牽拉著腸子、肚子一樣。也說「牽腸割肚」。

出處 元．鄭廷玉《冤家債主》第四折：「張善友牽腸掛肚，怎下的眼睜睜死生別路。」

用法 形容思念深切，放不下心。

例句 他每次出海，家人都為他「牽腸掛肚」。

相似 念念不忘

相反 無牽無掛

逢場作戲 ㄈㄥˊ ㄔㄤˇ ㄗㄨㄛˋ ㄒㄧˋ

解釋 遇到演出的場地，偶爾表演一次。

出處 宋・釋道原《景德傳燈錄・江西道一禪師》：「師云：『石頭路滑。』（鄧隱峰）對云：『竿木隨身，逢場作戲。』」

用法 比喻在某些時機或場合偶爾的應景行為。或指不把事情當真，只是敷衍應酬。多指男女間的萍水相逢。

例句 那位情場浪子的「逢場作戲」，不知傷了多少純情少女的心。

相似 逢場作樂

朝三暮四 ㄓㄠ ㄙㄢ ㄇㄨˋ ㄙˋ

解釋 早上三個晚上四個，其實和早上四個晚上三個沒有差別。

出處 《莊子・齊物論》：「狙公賦芧，曰：『朝三而暮四。』眾狙皆怒。曰：『然則朝四而暮三。』眾狙皆悅。」

用法 本比喻用狡猾的詐術欺騙人。現多比喻性情不定，反覆無常。

例句 經營者管理公司的理念如果「朝三暮四」，會讓員工無所適從。

相似 反覆無常

相反 始終不渝

朝思暮想 ㄓㄠ ㄙ ㄇㄨˋ ㄒㄧㄤˇ

解釋 白天黑夜都在想念著。

出處 《警世通言》卷二四：「再說沈洪自從中秋見了玉姐，到如今朝思暮想，廢寢忘餐。」

用法 形容思念心切。

例句 離開臺北，我再也沒能嘗到那「朝思暮想」的家鄉美味。

相似 朝思夕想

朝秦暮楚 ㄓㄠ ㄑㄧㄣˊ ㄇㄨˋ ㄔㄨˇ

解釋 戰國時秦楚兩大強國互相對立，時常打仗，其他國家根據自己的利害，時而助秦，時而助楚。或指人早上在秦地，晚上在楚地。

用法 比喻反覆無常。也形容人行蹤飄泊，沒有定居的地方。

例句 因為工作關係，他經常被調派各地，過著「朝秦暮楚」的生活。

相似 心猿意馬

相反 矢志不二

萍水相逢（ㄆㄧㄥˊ ㄕㄨㄟˇ ㄒㄧㄤ ㄈㄥˊ）

解釋 像浮萍隨水漂泊不定，偶然互相遭遇。

出處 唐·王勃〈滕王閣序〉：「萍水相逢，盡是他鄉之客。」

用法 比喻不相識的人偶然相遇。

例句 即使「萍水相逢」，也是種難得的緣分。

相似 不期而遇

相反 失之交臂

魂不守舍（ㄏㄨㄣˊ ㄅㄨˋ ㄕㄡˇ ㄕㄜˋ）

解釋 靈魂離開了軀殼。也說「魂不守宅」。

出處 《三國志·魏志·管略傳》注引《管略別傳》：「何（晏）之視候，則魂不守宅，血不華色。」

用法 形容人心志恍惚，精神不集中的樣子。

例句 他心裡記掛著看到一半的小說，整天上課都「魂不守舍」。

相似 心不在焉

相反 全神貫注

憐香惜玉（ㄌㄧㄢˊ ㄒㄧㄤ ㄒㄧˊ ㄩˋ）

解釋 憐惜香花美玉。

出處 元·賈仲名《金安壽》第一折：「兩下春心應自懂，憐香惜玉，顛鸞倒鳳，人在錦胡同。」

用法 比喻對美女憐愛疼惜。

例句 真正的紳士，都會懂得「憐香惜玉」。

相似　惜玉憐香

膠漆相投（ㄐㄧㄠ ㄑㄧ ㄒㄧㄤ ㄊㄡˊ）

解釋　膠和漆黏在一起。

用法　比喻兩人情誼深厚，志向和興趣都很投合。

例句　我倆「膠漆相投」，聚在一起總是有說不完的話。

歷歷在目（ㄌㄧˋ ㄌㄧˋ ㄗㄞˋ ㄇㄨˋ）

解釋　清楚的在眼前。

出處　唐．杜甫〈歷歷〉：「歷歷開元事，分明在眼前。」

用法　形容事物清楚的呈現在眼前。

例句　翻著紀念冊，當日求學的歡樂時光仍然「歷歷在目」。

相似　記憶猶新

相反　霧裡看花

覆水難收（ㄈㄨˋ ㄕㄨㄟˇ ㄋㄢˊ ㄕㄡ）

解釋　倒在地上的水無法收回來。也說「潑水難收」。

出處　《後漢書．何進傳》：「國家之事，亦何容易？覆水不收，宜深思之。」

用法　比喻事成定局，無法挽回。

例句　這個合作案早已經「覆水難收」，你又提它做什麼呢？

相似　木已成舟

藕斷絲連（ㄡˇ ㄉㄨㄢˋ ㄙ ㄌㄧㄢˊ）

解釋　蓮藕已經折斷，藕絲卻還連著。

出處　唐．孟郊〈去婦〉：「妾心藕中絲，雖斷猶連牽。」

用法　比喻沒有徹底斷絕關係。多指男女間情意未絕。

例句　據八卦媒體報導，某名模和往日情人依然「藕斷絲連」，有時會相邀出國。

相似　絲來線去

相反　一刀兩斷

鐵石心腸（ㄊㄧㄝˇ ㄕˊ ㄒㄧㄣ ㄔㄤˊ）

解釋　像鐵和石頭一樣的心

腸。也說「鐵腸石心」。

出處 唐・皮日休〈桃花賦・序〉：「貞姿勁質，剛態毅狀，疑其鐵腸石心，不解吐婉媚辭。」

用法 本讚美人秉性堅強，不惑於私情。現多比喻人個性冷漠、無情，缺乏關懷、體恤的心（含貶損意味）。

例句 他的「鐵石心腸」，讓上門求助的親友心都冷了。

驚鴻一瞥（ㄐㄧㄥ ㄏㄨㄥˊ ㄧˋ ㄆㄧㄝ）

解釋 像驚飛而起的鴻鳥，只匆匆看到一眼就不見了。

出處 三國・曹植〈洛神賦〉：「翩如驚鴻，婉若游龍。」

用法 比喻某人某物只是短暫出現，很快就不見了。

例句 雖然只「驚鴻一瞥」，不過我確信剛路過的女孩就是那位當紅歌手。

相似 曇花一現

老病往生類

一命嗚呼（ㄧˊ ㄇㄧㄥˋ ㄨ ㄏㄨ）

解釋 感嘆一條命就這樣消逝了。

用法 指死亡。多含譏貶或詼諧口氣。

例句 他居然因為徹夜打電玩而「一命嗚呼」，家人都覺得十分離奇。

一命歸西（ㄧˊ ㄇㄧㄥˋ ㄍㄨㄟ ㄒㄧ）

解釋 死後魂魄返回極樂世界。也說「一命歸陰」。

出處 《三俠五義》第十一回：「晝夜侍奉，不想桑榆暮景，竟是一病不死，服藥無效，一命歸西去了。」

用法 死亡的委婉說詞。

例句 多少駕駛都因為酒後開車而「一命歸西」。

相似 一命嗚呼

三長兩短（ㄙㄢ ㄔㄤˊ ㄌㄧㄤˇ ㄉㄨㄢˇ）

解釋 棺材三面是長方形，兩邊是短的矩形。

用法 指意外的災禍或事故。多用作不幸事件的委婉語。

例句 在這裡就要遵守規矩，否則有個「三長兩短」，我怎麼跟你家人交代？

相似 一差兩錯

相反 相安無事

不可救藥（ㄅㄨˋ ㄎㄜˇ ㄐㄧㄡˋ ㄧㄠˋ）

解釋 病況已經沒有藥可以治療了。

出處 《詩經．大雅．板》：「多將熇熇，不可救藥。」

用法 形容病重，無藥可醫。比喻事情已經無法挽救。

例句 他的好吃懶做已經到達「不可救藥」的地步了。

相似 無藥可救。

日薄西山（ㄖˋ ㄅㄛˊ ㄒㄧ ㄕㄢ）

解釋 太陽接近西邊的山，即將落下。

出處 晉．李密〈陳情表〉：「但以劉日薄西山，氣息奄奄，人命危淺，朝不慮夕。」

用法 比喻人年老力衰，即將死亡。

例句 如今他已經「日薄西山」，卻始終惦念著要為社會貢獻一分力。

相似 桑榆暮景

相反 如日中天

北斗星沉（ㄅㄟˇ ㄉㄡˇ ㄒㄧㄥ ㄔㄣˊ）

解釋 北斗星隕落。

用法 比喻對社會國家有重要影響的人士過世。用於哀輓男性喪者通用的輓辭。

例句 那位政要昨夜過世，「北斗星沉」，全國人民都非常震驚。

危在旦夕（ㄨㄟˊ ㄗㄞˋ ㄉㄢˋ ㄒㄧ）

解釋 危險就在早上晚上之間。

出處 《三國演義》第二回：「天下危在旦夕，陛下尚自與閹宦共飲耶？」

用法 形容危險隨時會降臨。

例句 那幾位釣客被困在水中孤島，「危在旦夕」。

相似 危如累卵

相反 安如泰山

回天乏術

解釋 對挽回局勢已沒有辦法

出處 清．馮起鳳《昔柳摭談．秋風自悼》：「但木已成舟，回天乏術。」

用法 比喻事情已成定局，無法挽回。

例句 因為延誤送醫，那位中風的老先生送到醫院時已「回天乏術」。

相似 回天無力

相反 力挽狂瀾

回光返照

解釋 由於日落時的光線反射，使天空出現暫時發亮的情況。

出處 宋．釋普濟《五燈會元．道楷禪師》：「凡聖皆是夢言，佛及眾生並為增語，到這裡回光返照，撒手承當。」

用法 指人將死時神志忽然清醒的現象。也比喻事物滅亡前表面的短暫繁榮。

例句 老奶奶出現「回光返照」的現象，家人趕忙圍過來聽她交代後事。

死於非命

解釋 死於意外災禍中。

出處 《孟子．盡心上》：「桎梏死者，非正命也。」

用法 形容死於意外。

例句 多少無辜百姓在戰爭中「死於非命」？

老當益壯

解釋 年紀大了，志氣應該更加壯盛。

出處 《後漢書．馬援傳》：「丈夫為志，窮當益堅，老當益壯。」

用法 形容人雖歲數高，但體力、志氣反而更加健旺。

例句 爺爺「老當益壯」，每天早上都要到附近游泳池晨泳。

相似 老驥伏櫪

相反 未老先衰

行將就木

解釋 快要進棺材了。

出處 《左傳．僖公二十三年》：「（重耳）將適齊，謂季隗曰：『待我二十五年，不來而後嫁。』對曰：『我二十五年矣，又如是而嫁，則就木焉。請待子。』」

用法 比喻人將死。

例句 即使「行將就木」，老教授仍不放棄他尚未完成的著作。

相似 半截入土

相反 如日東升

返老還童

解釋 老了又變回年輕的樣子。

用法 比喻雖年老卻如年輕人般的健壯有力。

例句 據說多吃天然食物，養成運動習慣並保持好心情，能夠有「返老還童」的功效。

英才早逝

解釋 有才華的人很年輕就過世了。

用法 通常作為哀輓男性的輓辭。

例句 那位年輕作家「英才早逝」，只留下幾部作品供人憑弔。

英氣長存

解釋 英偉的氣概長留人間。

用法 通常作為哀輓男性的輓辭。

例句 革命烈士「英氣長存」，人們將永遠懷念他們。

苟延殘喘

解釋 臨死時勉強維持一口

氣。

出處《警世通言》第四回：「老漢幸年高，得以苟延殘喘。」

用法 比喻勉強維持生存。

例句 這部電腦頻頻當機，看來早該淘汰，別讓它再「苟延殘喘」了。

相似 苟且偷生

音容宛在（ㄧㄣ ㄖㄨㄥˊ ㄨㄢˇ ㄗㄞˋ）

解釋 聲音容貌就像在眼前一樣。

出處 唐．李翱〈祭吏部韓侍郎文〉：「遺使奠斝，百酸攪腸。音容宛在，曷日而忘？」

用法 形容對死者的深深懷念。

例句 老校長「音容宛在」，學生們都記得他當年巡視校園的模樣。

相似 音容如在

風燭殘年（ㄈㄥ ㄓㄨˊ ㄘㄢˊ ㄋㄧㄢˊ）

解釋 人老了，餘剩的年歲，就像風中飄搖的燈燭，極易被吹滅。

出處 唐．白居易〈歸田〉：「況吾行欲老，瞥若風前燭。」

用法 比喻人已衰老將死。

例句 當年叱吒風雲的商業鉅子，如今已屆「風燭殘年」了。

相似 日薄西山

相反 風華正茂

香消玉殞（ㄒㄧㄤ ㄒㄧㄠ ㄩˋ ㄩㄣˇ）

解釋 香氣消失，玉石碎裂。

出處《長生殿．重圓》：「梨花玉殞，斷魂隨杜鵑。」

用法 比喻女子死亡。

例句 許多模特兒因為減肥過度，年紀輕輕就「香消玉殞」了。

相似 玉碎香消

借屍還魂（ㄐㄧㄝˋ ㄕ ㄏㄨㄢˊ ㄏㄨㄣˊ）

解釋 人死後屍體腐朽，可將

靈魂附著於他人的新屍體而復活。

用法 比喻舊事物以新姿態、新形式出現。

例句 為避免不肖業者「借屍還魂」，這些汙染廢棄物必須全數銷毀。

相似 死灰復燃

相反 斬草除根

病入膏肓（ㄅㄧㄥˋ ㄖㄨˋ ㄍㄠ ㄏㄨㄤ）

解釋 病情已深入心臟和膈膜之間藥力達不到的地方。

出處 《左傳．成公十年》：「疾不可為也，在肓之上，膏之下，攻之不可，達之不及，藥不至焉，不可為也。」

用法 形容病勢嚴重到無藥可救的地步。也比喻事態嚴重，已經無法挽救。

例句 這個組織早已「病入膏肓」，完全違背當初創立的宗旨。

相似 不可救藥

相反 不藥而癒

馬革裹屍（ㄇㄚˇ ㄍㄜˊ ㄍㄨㄛˇ ㄕ）

解釋 在戰場上陣亡後，用馬皮把屍體包裹起來。

出處 《後漢書．馬援傳》：「男兒要當死於邊野，以馬革裹屍還葬耳。」

用法 用來表示為國捐軀的決心和勇氣。

例句 他已經決定「馬革裹屍」，將生命奉獻給國家。

相似 為國捐軀

馬齒徒長（ㄇㄚˇ ㄔˇ ㄊㄨˊ ㄓㄤˇ）

解釋 白白增加年歲，像馬的牙齒隨年齡的增長而增添。也說「馬齒徒增」。

出處 《穀梁傳．僖公二年》：「荀息牽馬操璧而前曰：『璧則猶是也，而馬齒加長矣。』」

用法 比喻只是年齡徒然增加，而事業卻沒有成就或學問沒有長進。多當作謙虛之詞。

【例句】我真慚愧自己「馬齒徒長」，卻沒能對社會有什麼貢獻。
【相似】蹉跎歲月
【相反】不虛此生

從容就義

ㄘㄨㄥ ㄖㄨㄥ ㄐㄧㄡˋ ㄧˋ

【解釋】不慌不忙的為正義而犧牲。
【出處】南宋．謝枋得〈卻聘書〉：「慷慨赴死易，從容就義難。」
【用法】形容非常鎮靜的為正義犧牲。
【例句】黃花崗七十二烈士「從容就義」的事蹟，在歷史上留下難以抹滅的一頁。

【相似】視死如歸
【相反】貪生怕死

捨生取義

ㄕㄜˇ ㄕㄥ ㄑㄩˇ ㄧˋ

【解釋】捨棄生命追求正義。
【出處】《孟子．告子上》：「生亦我所欲也，義亦我所欲也，二者不可得兼，捨生取義也。」
【用法】指人為了維護正義、真理而犧牲生命。
【例句】要做到「捨生取義」，需要多麼大的勇氣與決心啊！
【相似】殺生成仁
【相反】苟且偷生

殺身成仁

ㄕㄚ ㄕㄣ ㄔㄥˊ ㄖㄣˊ

【解釋】犧牲生命以成就仁義。
【出處】《論語．衛靈公》：「志士仁人，無求生以害仁，有殺身以成仁。」
【用法】本指為了成就仁德而犧牲生命。現多指為了正義理想而犧牲生命。
【例句】在這功利掛帥的社會，「殺身成仁」沒有幾個人能作得到。
【相似】成仁取義
【相反】賣身求榮

淑德常昭

ㄕㄨˊ ㄉㄜˊ ㄔㄤˊ ㄓㄠ

【解釋】婦女的美德將永遠顯揚

於後世。

用法 哀悼有婦德的女性長輩辭世的用語。

例句 老奶奶「淑德常昭」，子孫們永遠不會忘記她的慈愛。

無病呻吟（ㄨˊ ㄅㄧㄥˋ ㄕㄣ ㄧㄣˊ）

解釋 本來沒病卻裝作有病的神態。

出處 宋・辛棄疾〈臨江仙〉：「百年光景百年心，更歡須嘆息，無病也呻吟。」

用法 比喻沒有真實情感，卻裝腔作勢表現出憂傷。多形容文藝作品矯揉造作。

例句 那篇「無病呻吟」的小說，讓人讀一半就看不下去了。

相似 裝腔作勢

童顏鶴髮（ㄊㄨㄥˊ ㄧㄢˊ ㄏㄜˋ ㄈㄚˇ）

解釋 兒童一樣的臉色，白鶴一樣的頭髮。

出處 《兒女英雄傳》第二七回：「房裡只有幾個童顏鶴髮的婆兒，鬼臉神頭的小婢。」

用法 形容老人家氣色好、精神好。

例句 老教授保養有道，七十多歲依舊「童顏鶴髮」，紅光滿面。

相似 鶴髮童顏

視死如歸（ㄕˋ ㄙˇ ㄖㄨˊ ㄍㄨㄟ）

解釋 不怕死，把死看作像回家一樣。

出處 《管子・小匡》：「平原廣牧，車不結轍，士不旋踵，鼓之而三軍之士視死如歸，臣不如王子城父。」

用法 形容不惜犧牲生命。

例句 多虧有「視死如歸」的軍人保衛家園，人民才能過著安定的生活。

相似 萬死不辭

相反 戀生惡死

壽終正寢

解釋　年紀很大才在正房中安然過世。

出處　《封神演義》第十一回：「紂王立身大呼曰：『你道朕不能善終，你自誇壽終正寢，非侮君而何！』」

用法　指年老時在家安然死去。也比喻事物的消失。

例句　那臺電視用了二十年，終於「壽終正寢」了。

相似　壽滿天年

相反　死於非命

瑤池赴召

解釋　到仙界去回應天地的召喚。

用法　輓辭，用來哀輓女性喪者。

例句　聽聞奶奶「瑤池赴召」的消息，讓來不及見最後一面的她感傷不已。

蓋棺論定

解釋　人死後裝殮入棺才能有定論。也說「蓋棺事定」。

出處　《晉書．劉毅傳》：「大丈夫蓋棺事方定。」

用法　指人的好壞、功過要到生命終了之後才能下定論。

例句　有許多爭議性人物，即使辭世多年，也難以「蓋棺論定」。

德業長昭

解釋　德澤功業永垂不朽。

用法　哀輓男性喪者的輓辭。

例句　鄰居老先生生前造橋鋪路，死後「德業長昭」，必然永遠為人懷念。

撒手人寰

解釋　放手世間的事情。

用法　比喻離開世間。

例句　奶奶臥病多年後，終究抵擋不了病魔的摧殘，「撒手人寰」，家人萬般不捨。

駕鶴西歸

解釋 乘坐著仙鶴飛往西方極樂世界。

用法 哀輓男性喪者的輓辭。

例句 總經理於昨夜「駕鶴西歸」，員工得知消息都非常震驚。

諱疾忌醫（ㄏㄨㄟˋ ㄐㄧˊ ㄐㄧˋ ㄧ）

解釋 隱瞞病情不治療。

出處 宋．周敦頤《周子通書》：「今人有過，不喜人規，如諱疾而忌醫，寧滅其身而無悟也。」

用法 比喻有了缺點、錯誤，卻頑固的不肯接受別人的規勸與批評。

例句 一味「諱疾忌醫」，不肯去做檢查，等到病入膏肓就來不及了。

相似 掩過飾非

相反 知過必改

雞皮鶴髮（ㄐㄧ ㄆㄧˊ ㄏㄜˋ ㄈㄚˇ）

解釋 像雞皮般粗糙的皮膚，鶴羽一樣白的頭髮。

出處 清．紀昀《閱微草堂筆記．姑妄聽之二》：「雞皮鶴髮，有何色之可悅？」

用法 形容老年人滿臉皺紋，滿頭白髮的老態。

例句 沒想到那位明星卸妝之後，竟是一副「雞皮鶴髮」的容顏。

相似 鶴髮雞皮

懿範猶存（ㄧˋ ㄈㄢˋ ㄧㄡˊ ㄘㄨㄣˊ）

解釋 美好的典範仍然常存人間。

用法 輓辭，用於哀輓女性喪者。

例句 教授雖然過世，但「懿範猶存」，我們絕對不會忘記她當年的身教言教。

祝賀稱美類

一字千金（ㄧˋ ㄗˋ ㄑㄧㄢ ㄐㄧㄣ）

解釋 一個字的價值有千兩黃金那麼高。

出處 南朝梁．鍾嶸《詩品》卷上：「其體源出于《國風》，……文溫以麗，意悲而遠，驚心動魄，可謂幾乎一字千金。」

用法 形容詩文精妙，非常有價值。

例句 名作家的小說「一字千金」，每本都創下高銷售量，成績很亮眼。

相似 一字連城

人傑地靈（ㄖㄣˊ ㄐㄧㄝˊ ㄉㄧˋ ㄌㄧㄥˊ）

解釋 某地因有傑出人物出生或經過，因而著名。

出處 唐·王勃〈滕王閣序〉：「人傑地靈，徐孺下陳蕃之榻。」

用法 指傑出人物多生於靈秀的地方。

例句 我的家鄉「人傑地靈」，蘊育了多位名人。

入木三分（ㄖㄨˋ ㄇㄨˋ ㄙㄢ ㄈㄣ）

解釋 傳說王羲之把字寫在木板上，拿給雕刻工照著刻下來，刻工發現墨痕滲透木板有三分厚。

用法 本形容書法筆力遒勁。後來也比喻見解、議論的深刻。或指描寫得十分神似。

例句 這篇小說將叛逆少年的心理與行為，描寫得「入木三分」。

相似 力透紙背

相反 不著邊際

力透紙背（ㄌㄧˋ ㄊㄡˋ ㄓˇ ㄅㄟˋ）

解釋 勁力可以透到紙的背面。

出處 唐·顏真卿〈述張長史十二意筆法意記〉：「當其用鋒，常欲使其透過紙背。」

用法 形容書法遒勁有力。也形容文章精練有力。

例句 這幅書法作品「力透紙背」，不愧是大師之筆。

相似 入木三分

相反 輕描淡寫

十全十美（ㄕˊ ㄑㄩㄢˊ ㄕˊ ㄇㄟˇ）

解釋 全部都是完整的、美好

的。

出處 《筆生花》第一回：「似恁般，才貌郎君當世少，十全十美足堪誇。」

用法 形容一切完美，毫無缺陷。

例句 人沒有「十全十美」的，多少都會有些小缺點。

相似 盡善盡美

相反 美中不足

大展經綸（ㄉㄚˋ ㄓㄢˇ ㄐㄧㄥ ㄌㄨㄣˊ）

解釋 大力展現規劃、治理的能力。

用法 比喻充分施展治事的才能。

例句 他參加選舉，就是希望能「大展經綸」，實現抱負。

大筆如椽（ㄉㄚˋ ㄅㄧˇ ㄖㄨˊ ㄔㄨㄢˊ）

解釋 筆像屋椽一樣大。

出處 《晉書．王珣傳》：「珣夢人以大筆如椽與之，既覺，語人云：『此當有大手筆事。』俄而帝崩，哀冊謚議，皆珣所草。」

用法 比喻書法筆力雄健或文章氣勢不凡。

例句 那位名作家「大筆如椽」，留下許多膾炙人口的作品。

相似 如椽大筆

才子佳人（ㄘㄞˊ ㄗˇ ㄐㄧㄚ ㄖㄣˊ）

解釋 有才能的男子和美麗的女子。

用法 稱青年男子才華出眾，女子容貌不凡。

例句 「才子佳人」的故事，自古就是許多戲曲、小說的主要劇情。

天作之合（ㄊㄧㄢ ㄗㄨㄛˋ ㄓ ㄏㄜˊ）

解釋 就向上天所配合好的。

出處 《詩經．大雅．大明》：「文王初載，天作之合。」

用法 指婚姻完美如老天所撮合的。常用來祝賀別人婚姻美滿。

例句　大家都相信他們的婚姻是「天作之合」，一定可以長長久久。

相似　天公作合

相反　彩鳳隨鴉

天造地設（ㄊㄧㄢ　ㄗㄠˋ　ㄉㄧˋ　ㄕㄜˋ）

解釋　猶如天地自然生成。

出處　宋·樓鑰《揚州平山堂記》：「天造地設，待人而發。」

用法　比喻事物配合得非常理想完美。

例句　他倆一位是鋼琴家，一位是小提琴家，真是「天造地設」的一對。

相似　渾然天成

文光射斗（ㄨㄣˊ　ㄍㄨㄤ　ㄕㄜˋ　ㄉㄡˇ）

解釋　文彩光輝可以投射到北斗七星。

用法　為祝賀書局開業的賀辭。

例句　那塊寫著「文光射斗」的匾額，預示這家新書店將生意興隆。

文定之喜（ㄨㄣˊ　ㄉㄧㄥˋ　ㄓ　ㄒㄧˇ）

解釋　訂下婚約的喜慶。

用法　指訂婚的喜慶。

例句　現代的「文定之喜」，仍保留戴戒指、吃湯圓等傳統習俗。

功垂社教（ㄍㄨㄥ　ㄔㄨㄟˊ　ㄕㄜˋ　ㄐㄧㄠˋ）

解釋　對社會教育有卓著貢獻，功業能留傳於後世。

用法　為祝賀書局開業用語。

例句　這間書店開業三十多年，「功垂社教」，曾嘉惠許多學子。

永浴愛河（ㄩㄥˇ　ㄩˋ　ㄞˋ　ㄏㄜˊ）

解釋　永遠沉浸在愛情之中。

用法　祝福人婚姻美滿。

例句　能和自己最心愛的人「永浴愛河」，是許多少女的夢想。

生龍活虎（ㄕㄥ　ㄌㄨㄥˊ　ㄏㄨㄛˊ　ㄏㄨˇ）

解釋 像生動靈活的老虎和龍一樣。

出處 《兒女英雄傳》第十六回：「你是不曾見過他那等的光景，就如生龍活虎一般！」

用法 比喻人身手矯健，生氣勃勃的樣子。

例句 那位球員在球場上「生龍活虎」的英姿，吸引了許多粉絲。

相似 生氣勃勃

相反 死氣沉沉

白頭偕老 ㄅㄞˊ ㄊㄡˊ ㄒㄧㄝˊ ㄌㄠˇ

解釋 夫妻恩愛到老。

用法 常用為賀人新婚的祝福語。

例句 「白頭偕老」，永不分離，是每對新人的心願。

字字珠璣 ㄗˋ ㄗˋ ㄓㄨ ㄐㄧ

解釋 每個字都像珠玉珍寶般，價值很高。

出處 《兒女英雄傳·第一回》：「怎奈他『文齊福不至』，會試了幾次，任憑是篇篇錦繡，字字珠璣，會不上一名進士。」

用法 形容文章優美。

例句 這部作品「字字珠璣」，值得再三品味。

百年好合 ㄅㄞˇ ㄋㄧㄢˊ ㄏㄠˇ ㄏㄜˊ

解釋 夫妻相親相愛，白頭到老。

出處 《詩經·小雅·常棣》：「妻子好合，如鼓琴瑟。」

用法 祝福新人結婚的賀辭。

例句 「百年好合」是婚禮中常聽到的祝福語。

壯志凌雲 ㄓㄨㄤˋ ㄓˋ ㄌㄧㄥˊ ㄩㄣˊ

解釋 宏偉的志願直達雲霄。

出處 《後漢書·張儉傳》：「莫不憐其壯志。」《史記·司馬相如傳》：「飄飄有凌雲之氣。」

用法 形容人志向遠大。

例句 從小便「壯志凌雲」的

哥哥，後來終於如願當上飛行員。

相似 志在千里

相反 人貧志短

妙手回春（ㄇㄧㄠˋ ㄕㄡˇ ㄏㄨㄟˊ ㄔㄨㄣ）

解釋 技術高明，能使人恢復生機。

出處 《官場現形記》第二十回：「藥鋪門裡門外足足掛著二三塊匾額，……什麼『扁鵲復生』，什麼『妙手回春』，什麼『是乃仁術』，匾上的字句一時也不清楚。」

用法 稱讚醫生技術高明，能使病危的人痊癒。

例句 好醫師除了「妙手回春」的本領，也要有仁慈的心腸。

相似 手到病除

妙語如珠（ㄇㄧㄠˋ ㄩˇ ㄖㄨˊ ㄓㄨ）

解釋 機智富趣味的言論，每一個字都像珍珠一樣有分量。

用法 形容言語或字句詼諧有趣味。

例句 相聲演員「妙語如珠」，讓臺下觀眾笑得前仰後翻。

弄瓦徵祥（ㄋㄨㄥˋ ㄨㄚˇ ㄓㄥ ㄒㄧㄤˊ）

解釋 誕生女孩的祥瑞。

用法 祝賀人生女兒。

例句 多年好姐妹「弄瓦徵祥」，讓她既興奮又開心。

相似 弄瓦之慶

弄璋誌喜（ㄋㄨㄥˋ ㄓㄤ ㄓˋ ㄒㄧˇ）

解釋 誕生男孩的喜慶。

用法 祝賀人生兒子。

例句 阿姨送來一箱箱的嬰兒用品，祝賀哥哥「弄璋誌喜」。

相似 弄璋之喜

孟母遺風（ㄇㄥˋ ㄇㄨˇ ㄧˊ ㄈㄥ）

解釋 如孟子的母親為孟子選擇優良環境的典範。

用法 用於祝賀人喬遷的賀

辭。

例句 現今許多家長仍有「孟母遺風」，會為了孩子的教育選擇居處。

承先啟後（ㄔㄥˊ ㄒㄧㄢ ㄑㄧˇ ㄏㄡˋ）

解釋 繼承先人，開啟後世。

出處 《兒女英雄傳》第三十六回：「此後這副承前啟後的千斤擔兒好不輕鬆爽快。」

用法 形容能夠承受前人的遺教，開創未來的事業。

例句 研究文學史，不能忽略每一種文體「承先啟後」的關係。

相似 繼往開來

明珠入掌（ㄇㄧㄥˊ ㄓㄨ ㄖㄨˋ ㄓㄤˇ）

解釋 女兒出世，像明珠般被捧在手掌上疼愛。

出處 《傅玄．短歌行》：「昔君視我，如掌中珠。」

用法 恭喜人生女兒的用語。

例句 連生三個兒子，今日「明珠入掌」，他倆夫妻心願已足。

松柏長青（ㄙㄨㄥ ㄅㄛˊ ㄔㄤˊ ㄑㄧㄥ）

解釋 像松樹和柏樹一樣，永遠青翠。

出處 《論語．子罕》：「歲寒然後知松柏之後凋也。」

用法 賀辭，祝人健康長壽。

例句 外公因為從年輕時就有運動的好習慣，因此七十多歲仍然「松柏長青」。

松鶴遐齡（ㄙㄨㄥ ㄏㄜˋ ㄒㄧㄚˊ ㄌㄧㄥˊ）

解釋 指像松樹與鶴鳥一樣的長壽。

用法 祝賀人長壽的吉祥話。

例句 爺爺作壽，我們端上親手烹調的菜肴，祝他「松鶴遐齡」。

芝蘭新茁（ㄓ ㄌㄢˊ ㄒㄧㄣ ㄓㄨㄛˊ）

解釋 像新生的芝草、蘭花般茁壯。

用法 祝賀人得子的賀辭。

例句 恭喜您「芝蘭新茁」，孩子將來一定是聰明又健康。

花好月圓

解釋 花開正盛、月亮正圓的時候。

出處 宋・張先〈木蘭花〉：「人意共憐花月滿，花好月圓人又散。歡情去逐遠雲空，往事過如幽夢斷。」

用法 比喻美滿的生活。多為新婚祝詞。

例句 在這「花好月圓」的夜晚，許多情侶都到淡水漁人碼頭約會。

近悅遠來

解釋 鄰近的人因為受到好處而喜悅，遠方的人也聞風而前來歸附。

出處 《論語・子路》：「近者說（悅），遠者來。」

用法 指德澤廣被，使遠近的人都能心悅誠服。也形容在商場上遠近馳名，擁有許多忠實的顧客。

例句 這家餐廳開業三十年，口碑載道，「近悅遠來」。

流芳百世

解釋 美好的名聲永遠留傳於後世。

出處 《世說新語・尤悔》：「桓公臥語曰：『作此寂寂，將為文景所笑。』既而屈起坐曰：『既不能流芳後世，亦不足復遺臭萬載耶？』」

用法 指人美名永遠流傳。

例句 若能多行善事，將來「流芳百世」，也能給世人樹立典範。

相似 千古流芳

相反 遺臭萬年

郎才女貌

解釋 男子才能出眾，女子容貌出色。

出處 元・關漢卿《望鄉亭》第一折：「您倆口兒正是郎才女貌，天然配合。」

用法 形容男女雙方的條件非常相配。

例句 他倆「郎才女貌」，是大夥公認的銀色情侶。

相似 郎才女姿

海屋添籌（ㄏㄞˇ ㄨ ㄊㄧㄢ ㄔㄡˊ）

解釋 仙人的屋裡增加年歲的籌碼。

出處 宋・蘇軾《東坡志林》卷二：「嘗有三老人相遇，或問之年……一人曰：『海水變桑田時，吾輒下一籌，爾來吾籌已滿十間屋。』」

用法 常用作祝人長壽的賀辭。

例句 所有子孫齊聚一堂，祝爺爺「海屋添籌」，讓他非常開心。

相似 壽比南山

珠聯璧合（ㄓㄨ ㄌㄧㄢˊ ㄅㄧˋ ㄏㄜˊ）

解釋 珍珠成串，美玉放在一起。

出處 北周・庾信〈鄭常神道碑〉：「開國承家，珠聯璧合。」

用法 比喻美好的事物匯聚在一起。現多比喻男女相當匹配，多作新婚賀辭。

例句 他倆郎才女貌、門當戶對，如今結婚是「珠聯璧合」，姻緣天定。

相似 鸞翔鳳集

神仙眷屬（ㄕㄣˊ ㄒㄧㄢ ㄐㄩㄢˋ ㄕㄨˇ）

解釋 過著神仙般的夫妻生活。

用法 形容夫妻間的婚姻很美滿，兩人恩恩愛愛。

例句 他們這對「神仙眷屬」，結縭三十多年，始終沒有吵過架。

健筆凌雲（ㄐㄧㄢˋ ㄅㄧˇ ㄌㄧㄥˊ ㄩㄣˊ）

解釋 筆力雄健彷彿凌駕在雲霄上。

用法 為祝賀人作文、書法比

賽獲勝的題辭。

例句　那位作文比賽冠軍「健筆凌雲」，其他參賽者難以望其項背。

商賈輻輳（ㄕㄤ　ㄍㄨˇ　ㄈㄨˊ　ㄘㄡˋ）

解釋　商人密集的相聚。

用法　比喻商人聚集，買賣的熱鬧情況。

例句　當年這處「商賈輻輳」的港口，隨著產業結構改變已逐漸沒落

斐然成章（ㄈㄟˇ　ㄖㄢˊ　ㄔㄥˊ　ㄓㄤ）

解釋　美麗文采鋪述成篇章。

出處　《舊唐書．禮儀志二》：「巨儒碩學，莫有詳通，裴（斐）然成章，不知裁斷。」

用法　形容文章富有文采。

例句　他非常有文才，隨意揮灑即「斐然成章」。

喜比螽麟（ㄒㄧˇ　ㄅㄧˇ　ㄓㄨㄥ　ㄌㄧㄣˊ）

解釋　像《詩經》中的〈螽斯〉、〈麟之趾〉祝賀子孫繁昌一樣的喜慶。

用法　祝賀人生女的題辭。

例句　恭喜您生了個可愛的女兒，「喜比螽麟」。

喜得寧馨（ㄒㄧˇ　ㄉㄜˊ　ㄋㄧㄥˊ　ㄒㄧㄣ）

解釋　開心得到俊秀的孩子。

用法　祝賀人得子的題辭。

例句　她結婚好幾年，終於「喜得寧馨」，公公婆婆都開心的闔不攏嘴。

喜締鴛鴦（ㄒㄧˇ　ㄉㄧˋ　ㄩㄢ　ㄧㄤ）

解釋　歡喜締結鴛鴦交頸般的緣分。

用法　祝賀人訂婚或結婚的題辭。

例句　有情人終於能「喜締鴛鴦」，是彼此最大的心願。

喬木鶯聲（ㄑㄧㄠˊ　ㄇㄨˋ　ㄧㄥ　ㄕㄥ）

解釋　像鶯鳥遷居到喬木上歌唱一樣。

用法　為祝賀人喬遷的題辭。

例句　這束插著「喬木鶯聲」

立牌的鮮花，是朋友祝賀她搬新家的賀禮。

普天同慶（ㄆㄨˇ ㄊㄧㄢ ㄊㄨㄥˊ ㄑㄧㄥˋ）

解釋 全國、全世界的人都在慶祝。

出處 《晉書・禮志下》：「今皇太子國之儲副，既已崇建，普天同慶，謂應上禮奉賀。」

用法 形容有重大值得慶賀的喜事，廣大民眾全一起開心的慶祝。

例句 奧運代表隊凱旋歸國，大批民眾到機場迎接，「普天同慶」。

相反 怨聲載道

琴瑟和鳴（ㄑㄧㄣˊ ㄙㄜˋ ㄏㄜˊ ㄇㄧㄥˊ）

解釋 像琴和瑟合奏的聲音一樣協調。

用法 比喻夫妻感情和諧融洽。

例句 夫妻間若能夠「琴瑟和鳴」，白頭偕老，是再幸福不過的事情。

相似 琴瑟靜好

筆掃千軍（ㄅㄧˇ ㄙㄠˇ ㄑㄧㄢ ㄐㄩㄣ）

解釋 運腕用筆有如橫掃千軍萬馬。

用法 形容文章氣勢磅礴。

出處 元・李庭《吊郭器之二首》：「橫掃千軍空自負，學傳三篋竟何施？」

例句 那位作家以「筆掃千軍」的氣勢，連續推出三本歷史小說。

華堂毓秀（ㄏㄨㄚˊ ㄊㄤˊ ㄩˋ ㄒㄧㄡˋ）

解釋 華麗有光彩的屋子孕育出優秀的人才。

用法 賀辭，恭喜人新居落成。

例句 這棟新房子必能「華堂毓秀」，助主人成就事業。

貴客盈門（ㄍㄨㄟˋ ㄎㄜˋ ㄧㄥˊ ㄇㄣˊ）

解釋 形容來訪的客人非常多。

用法 祝賀旅館或飯店開業的

題辭。

例句　這家老餐館每天「貴客盈門」，服務生都快忙不過來了。

相似　門庭若市

萬商雲集（ㄨㄢˋ ㄕㄤ ㄩㄣˊ ㄐㄧˊ）

解釋　眾多商人聚集在一起作生意。

用法　形容交易買賣很熱絡。

例句　「萬商雲集」的年貨大街，充滿濃濃的節慶氣氛。

萬象更新（ㄨㄢˋ ㄒㄧㄤˋ ㄍㄥ ㄒㄧㄣ）

解釋　宇宙間的一切景象都變成新的樣子。

用法　形容一切事物或景象都變得煥然一新。

例句　春回大地，「萬象更新」，是擬定新計畫的好時機。

相似　煥然一新

相反　一成不變

萬壽無疆（ㄨㄢˋ ㄕㄡˋ ㄨˊ ㄐㄧㄤ）

解釋　萬年長壽沒有界限。

出處　《詩經．小雅．天保》：「君曰卜爾，萬壽無疆。」

用法　祝賀人長壽的題辭。

例句　自古帝王無不希望能「萬壽無疆」，實際上卻不可能做到。

相似　天保九如

相反　天不假年

圖文並茂（ㄊㄨˊ ㄨㄣˊ ㄅㄧㄥˋ ㄇㄠˋ）

解釋　圖畫、文章都很豐美。

用法　形容圖畫和文章的質感都非常令人稱讚。

例句　「圖文並茂」的書籍，最能吸引讀者。

壽比南山（ㄕㄡˋ ㄅㄧˇ ㄋㄢˊ ㄕㄢ）

解釋　壽命像終南山那樣長久。

出處　《詩經．小雅．天保》：「如月之恆，如日之升，如南山之壽。」

用法　祝賀人長壽的題辭。

例句　爺爺九十大壽時，子孫

輩們為他準備筵席，齊賀老人家「壽比南山」。

相似 松柏之壽

相反 短壽促命

熊夢徵祥

解釋 作夢夢見生男丁的吉祥預兆。

用法 祝賀人生子的題辭。

例句 期盼多年，如今終於「熊夢徵祥」，不禁讓她喜極而泣。

福地傑人

解釋 有福之地為傑出之人所居住。

用法 祝賀人新居落成。

例句 許多人相信「福地傑人」的道理，所以買房子都要看風水。

福如東海

解釋 福氣有如東海一樣廣闊無邊。

出處 清．吳趼人《糊塗世界》卷六：「梁裁縫連忙依著尺寸剪了太太的衣裳，又剪老太太的壽衣，一面嘴裡還說了許多『福如東海，壽比南山』的話。」

用法 祝壽語。常與「壽比南山」連用。

例句 平常多做好事，積陰德，自然「福如東海」

蒸蒸日上

解釋 每天都更加的興盛。

出處 清．李寶嘉《官場現形記》五十二回：「你世兄又是槃槃大才，調度有方，還怕不蒸蒸日上嗎？」

用法 形容事物一天天快速的向上發展。

例句 公司的業績「蒸蒸日上」，老闆決定加發年終獎金。

相似 日升月恆

相反 江河日下

賓主盡歡

解釋 來賓和主人都很開心。

用法 指聚會中，主人、客人相處融洽，很盡興。

例句 她細心安排這次聚會，希望能達到「賓主盡歡」的效果。

鳳凰于飛（ㄈㄥˋ ㄏㄨㄤˊ ㄩˊ ㄈㄟ）

解釋 鳳和凰成雙的飛翔。

出處 《詩經·大雅·卷阿》：「鳳凰于飛，翽翽其羽。」

用法 比喻婚姻美滿，夫婦相親相愛。也用作結婚賀辭。

例句 他倆「鳳凰于飛」的喜宴，有許多親朋好友到場祝賀。

相似 鳳凰于蜚

緣訂三生（ㄩㄢˊ ㄉㄧㄥˋ ㄙㄢ ㄕㄥ）

解釋 緣分在三世前就已經注定。

用法 為頌美婚姻的賀辭。

例句 他相信「緣訂三生」的因緣，世上必定有一位適合他的女子。

緣鳳新雛（ㄩㄢˊ ㄈㄥˋ ㄒㄧㄣ ㄔㄨˊ）

解釋 誕下有緣分的女孩。

用法 賀辭，恭喜人生下女兒。

例句 夫妻倆「緣鳳新雛」的喜訊，所有的親友都知道，大家都為他們高興。

蓬蓽生輝（ㄆㄥˊ ㄅㄧˋ ㄕㄥ ㄏㄨㄟ）

解釋 使貧家增添光輝。也說「蓬蓽生光」。

出處 《醒世恆言》十五：「小尼僻居荒野，無德無能，謬承枉顧，蓬蓽生輝。」

用法 獲贈字畫或客人來訪時的謙詞。

例句 您的大駕光臨，讓我這蝸居「蓬蓽生輝」。

相似 蓬屋生輝

齒德俱尊（ㄔˇ ㄉㄜˊ ㄐㄩˋ ㄗㄨㄣ）

解釋 年紀與德行皆很崇高。

出處 《明史·通俗演義·五十五回》：「公本齒德兼尊，應當此任。」

出處 形容年紀增長時，德望也愈來愈尊崇。

例句 老前輩「齒德俱尊」，又熟悉地方掌故，是我們社區最重要的寶藏之一。

鵬程萬里（ㄆㄥˊ ㄔㄥˊ ㄨㄢˋ ㄌㄧˇ）

解釋 像傳說中的大鵬鳥一樣一飛萬里。

用法 比喻前程遠大，多用以祝福他人。

例句 出了校門，願各位同學都能夠「鵬程萬里」，一展所長。

相似 前途無量

相反 日暮途窮

懸河唾玉（ㄒㄩㄢˊ ㄏㄜˊ ㄊㄨㄛˋ ㄩˋ）

解釋 說話像懸著的瀑布般流暢，又像吐出珠玉一樣的珍貴。

用法 祝賀人演講比賽或辯論比賽優勝。

例句 他憑「懸河唾玉」般的口才，讓對手甘拜下風，終於奪得辯論比賽冠軍。

懸若日月（ㄒㄩㄢˊ ㄖㄨㄛˋ ㄖˋ ㄩㄝˋ）

解釋 像太陽和月亮高高的掛在空中。

出處 北宋・王讜《唐若林》。卷二・文學：「仍知李氏絕筆之本，懸若日月焉」。

例句 陳樹菊女士將辛苦賣菜賺來的錢，一點一滴攢下來，慷慨的捐出來，幫助貧困的人，她的善行人人稱讚，「懸若日月」。

懸壺濟世（ㄒㄩㄢˊ ㄏㄨˊ ㄐㄧˋ ㄕˋ）

解釋 掛著藥葫蘆以救助世人的病痛。

用法 指行醫救人。

例句 要成為「懸壺濟世」的醫生，必須經過嚴格的訓練。

鸞翔鳳集（ㄌㄨㄢˊ ㄒㄧㄤˊ ㄈㄥˋ ㄐㄧˊ）

解釋 鸞在上空盤旋，鳳凰成群的停歇。

出處 晉·傅咸〈申懷賦〉：「穆穆清禁，濟濟群英。鸞翔鳳集，羽儀上京。」

用法 比喻優秀的人才聚集在一起。

例句 全國創意發明競賽的會場上「鸞翔鳳集」，各方好手同臺較勁。

相似 人文薈萃

相反 龍蛇雜處

鸞鳳和鳴（ㄌㄨㄢˊ ㄈㄥˋ ㄏㄜˊ ㄇㄧㄥˊ）

解釋 鸞和鳳彼此和諧的叫著。

出處 《張協狀元·李大婆為媒張協成婚》：「似鸞鳳和鳴，相應青雲際。」

用法 形容夫妻間感情好。多用作結婚賀辭。

例句 祝福新郎新娘能「鸞鳳和鳴」，白頭到老。

際遇不同類

一帆風順（ㄧˋ ㄈㄢˊ ㄈㄥ ㄕㄨㄣˋ）

解釋 一張帆就一路順著風航向目的地。

出處 《官場現形記》第五十四回：「又凡是做官的人，如在運氣上，一帆風順的時候，就是出點小岔子，說無事也就無事。」

用法 比喻一切都很順利。或對遠行的人說的祝福話。

例句 沒有人能一輩子「一帆風順」，難免會遇到一些挫折阻礙。

相似 一路順風

相反 一波三折

一步登天（ㄧˊ ㄅㄨˋ ㄉㄥ ㄊㄧㄢ）

解釋 一抬腳就跨上天。

出處 《清稗類鈔·三十四》：「巡檢作巡撫，一步登天。」

用法 比喻沒有經過必要的努力，就很輕易的達到極高的地位或程度。

例句 沒有付出相當的努力，只想「一步登天」，不過是痴人說夢。

相似 平步青雲

相反 一落千丈

一事無成

解釋 一件事都沒完成。

出處 唐・白居易〈除夕夜寄元微之〉：「鬢毛不覺白毿毿，一事無成百不堪。」

用法 指人沒有半點成就。

例句 你年紀不小了，仍「一事無成」，天天閒晃，這可怎麼辦才好呢？

相似 老大無成

相反 功成名就

一波三折

解釋 一筆畫轉了三次筆鋒。

出處 晉・王羲之〈題衛夫人筆陣圖後〉：「每畫一波，常三過折筆。」

用法 本形容書法筆致的曲折頓挫。後比喻事情進行不順利，阻礙很多。

例句 歷經「一波三折」，大師來臺演講的事情終於有眉目了。

相反 一帆風順

一馬當先

解釋 一匹馬跑在最前面。

出處 《水滸全傳》第九十六回：「（喬道青）即便勒兵列陣，一馬當先，雷震等將簇擁左右。」

用法 比喻領先。也指起帶頭作用。

例句 那位選手「一馬當先」衝到終點，獲得觀眾如雷的掌聲。

相似 遙遙領先

相反 甘為人後

一敗塗地

解釋 一旦失敗就肝腦塗地。

出處 《史記・高祖本紀》：「天下方擾，諸侯並起，今置將不善，一敗塗地。」

用法 形容徹徹底底的失敗。

例句 對手去年被我們打得「一敗塗地」，今年又再對上，我們決不能輕敵。

相似 一潰千里

相反 不敗之地

一場春夢

解釋 就像做了一場美夢一樣。

出處 唐·盧延讓〈哭李郢端公〉：「詩侶酒徒銷散盡，一場春夢越王城。」

用法 比喻人世變化無常。

例句 人生的富貴名利，不過是「一場春夢」罷了，何必強求？

一蹶不振

解釋 跌倒一次就爬不起來。

出處 《說苑·談叢》：「一蹶之故，卻足不行」。

用法 比喻遭受挫折，就無法再振作。

例句 那支隊伍自從失去主將，從此「一蹶不振」，再也沒有進入過八強賽。

相似 一敗塗地

相反 東山再起

九死一生

解釋 多次從瀕臨死亡的危險中保住一命。

出處 戰國·屈原〈離騷〉：「亦余心之所善兮，雖九死其猶未悔。」劉良注：「雖九死無一生，未足悔恨。」

用法 形容情況極危險或經歷多次生死關頭而倖存。

例句 歷經「九死一生」的海難經驗，她以後看到船都心有餘悸。

相似 死裡逃生

相反 安然無恙

人定勝天

解釋 人一定可以勝過天。

出處 《史記·伍子胥列傳》：「吾聞之，人眾者勝天。」

用法 指人的力量可以戰勝自然，扭轉命運。

例句 面對接連不斷的自然的災害，我們要為「人定勝天」一語打上問號。

相似 事在人為

相反 成事在天

人為刀俎，我為魚肉

解釋 別人像剁肉的刀和砧板，我像上面的魚和肉。

出處 《史記．項羽本紀》：「如今人方為刀俎，我為魚肉。」

用法 比喻任人宰割，毫無反抗的餘地。

例句 「人為刀俎，我為魚肉」，力量不足，就只能認人宰割了。

相似 任人宰割

人浮於事

解釋 人數超過工作的數目。

出處 《禮　記．坊　記》：「君子與其使食浮於人也，寧使人浮於食。」

用法 表示冗員過多。或指找工作的人多而就業的機會少。

例句 為避免有「人浮於事」的情況，公司今年決定縮編人事預算。

相似 人浮於食

相反 精兵簡政

十生九死

解釋 多次掙扎於生和死的邊緣。

用法 形容經過非常多的危難。

例句 經歷「十生九死」的災難，那位冒險家將畢生經歷寫成書，一上市就熱賣。

十拿九穩

解釋 非常穩當。

出處 《兒女英雄傳》十回：「只怕這事倒有個十拿九穩。」

用法 形容辦事非常準確或很有把握。

例句 瞧他的表情，這次考試一定是「十拿九穩」。

相似 勝券在握

相反 模稜兩可

三生有幸（ㄙㄢ ㄕㄥ ㄧㄡˇ ㄒㄧㄥˋ）

解釋 經歷三生積修而來的福分。

出處 元・王實甫《西廂記》第一本：「小生久聞老和尚清譽，欲來座下聽講，何期昨日不得相遇。今能一見，是小生三生有幸矣。」

用法 比喻非常難得的好運氣。

例句 我真是「三生有幸」，才能遇到這麼好的老師。

相似 福星高照

相反 生不逢時

久旱逢甘雨（ㄐㄧㄡˇ ㄏㄢˋ ㄈㄥˊ ㄍㄢ ㄩˇ）

解釋 已經乾旱了很久，竟遇到一場好雨。

出處 宋・洪邁《容齋隨筆》：「久旱逢甘雨，他鄉遇故知，洞房花燭夜，金榜掛名時。」

用法 比喻盼望已久的事終於如願以償。

例句 紅十字會送來的這批救援物資，對難民營中的民眾猶如「久旱逢甘雨」。

相似 病重遇良醫

相反 屋漏偏逢連夜雨

千鈞一髮（ㄑㄧㄢ ㄐㄩㄣ ㄧ ㄈㄚˇ）

解釋 用一根頭髮懸掛著三萬斤重的東西。

出處 唐・韓愈〈與孟尚書〉：「其危如一髮引千鈞。」

用法 比喻非常危急。

例句 在這「千鈞一髮」之際，幸虧有路人經過，才嚇跑了歹徒。

相似 危在旦夕

相反 安如泰山

孑然一身（ㄐㄧㄝˊ ㄖㄢˊ ㄧ ㄕㄣ）

解釋 只有孤獨的一個身影。

出處 《兒女英雄傳》十九回：「他聽得仇人已死，大事已完，剩了自己孑然一身，無可留戀。」

用法 形容孤孤單單的一個

人。

例句 因為「孑然一身」，讓他可以毫無牽掛的四處冒險。

相似 形影相弔

山窮水盡
ㄕㄢ ㄑㄩㄥˊ ㄕㄨㄟˇ ㄐㄧㄣˋ

解釋 山和水都到了盡頭，前面再沒有路可走了。

出處 《官場現形記》四十七回：「及至山窮水盡，一無法想，然後定他一個罪名。」

用法 比喻窮困至極，陷入絕境。

例句 一旦陷入「山窮水盡」的狀況，有些人會選擇鋌而走險。

相似 日暮途窮

相反 柳暗花明

不到黃河心不死
ㄅㄨˋ ㄉㄠˋ ㄏㄨㄤˊ ㄏㄜˊ ㄒㄧㄣ ㄅㄨˋ ㄙˇ

解釋 沒有看到黃河就不會死心。

出處 《官場現形記》十七回：「這種人不到黃河心不死。」

用法 比喻不達到目的絕不罷休。現多比喻還不到走投無路的地步就不肯死心。

例句 他是「不到黃河心不死」，不給個明確拒絕的理由，還是會死纏不休。

相似 不到烏江不肯休

相反 半途而廢

化險為夷
ㄏㄨㄚˋ ㄒㄧㄢˇ ㄨㄟˊ ㄧˊ

解釋 轉化險阻成為平坦順暢。

出處 清・曾樸《孽海花》二十七回：「以後還望中堂忍辱負重，化險為夷。」

用法 比喻使危險轉為平安。

例句 幸虧嚮導的經驗豐富，多次「化險為夷」，我們才能平安下山。

相似 轉危為安

相反 風雲突變

天有不測風雲
ㄊㄧㄢ ㄧㄡˇ ㄅㄨˋ ㄘㄜˋ ㄈㄥ ㄩㄣˊ

解釋 天上的風和雲是料想不

到的。

出處 《張協狀元》三十二齣：「天有不測風雲，人有旦夕禍福。」

用法 比喻有些事很難預料。或比喻有難以預料的災禍。

例句 小心「天有不測風雲」，這件事必須要有備案才行。

相似 飛災橫禍

天誅地滅（ㄊㄧㄢ ㄓㄨ ㄉㄧˋ ㄇㄧㄝˋ）

解釋 做出天地不容的行為，應該被消滅。

出處 《水滸傳》第四十四回：「如有毫釐昧心，天誅地滅。」

用法 多用於誓言。也用來詛咒別人。

例句 我若違背了約定，必遭「天誅地滅」。

相似 天地不容

相反 罪不當誅

天羅地網（ㄊㄧㄢ ㄌㄨㄛˊ ㄉㄧˋ ㄨㄤˇ）

解釋 上下四方都布置羅網。

出處 《宣和遺事・前集》：「值天羅地網災。」

用法 比喻包圍得非常嚴密。

例句 任憑罪犯有通天的本領，也逃不出警方的「天羅地網」。

相似 插翅難飛

相反 逃之夭夭

天壤之別（ㄊㄧㄢ ㄖㄤˇ ㄓ ㄅㄧㄝˊ）

解釋 天上和地下的差別。也說「天淵之別」。

出處 晉・葛洪《抱朴子・論仙》：「趨捨所尚，耳目之欲，其為不同，已有天壤之覺，冰炭之乖矣。」

用法 比喻差距極大。

例句 同樣是一個老師教出來的學生，他倆的表現竟有「天壤之別」。

相似 天淵之別

相反 大同小異

引狼入室（ㄧㄣˇ ㄌㄤˊ ㄖㄨˋ ㄕˋ）

解釋 把壞人引到家裡。

出處 元・張國寶《羅李郎》楔子：「我不是引的狼來屋裡窩，尋的蚰蜒鑽耳朵。」

用法 比喻自招禍患。

例句 他為女兒請了家教，沒想到卻「引狼入室」。

相似 開門揖盜

木已成舟（ㄇㄨˋ ㄧˇ ㄔㄥˊ ㄓㄡ）

解釋 木頭已經做成船。

出處 《鏡花緣》三十五回：「到了明日，木已成舟，眾百姓也不能求我釋放，我也有詞可託了。」

用法 比喻事情已成定局，無法改變。

例句 這家餐廳即將頂讓的事情是「木已成舟」，老顧客再怎麼不捨也沒辦法。

相似 生米煮成熟飯

相反 未定之天

水到渠成（ㄕㄨㄟˇ ㄉㄠˋ ㄑㄩˊ ㄔㄥˊ）

解釋 水流到的地方自然就會形成渠道。

出處 宋・蘇軾〈答秦太虛書〉：「度囊中尚可支一歲有餘，至時別作經書。水到渠成，不須預慮，以此胸中都無一事。」

用法 比喻時機成熟，事情自然會順利完成。

例句 這件事我們已把能做的都做好了，就等待「水到渠成」的那一刻了。

相似 瓜熟蒂落

相反 揠苗助長

世態炎涼（ㄕˋ ㄊㄞˋ ㄧㄢˊ ㄌㄧㄤˊ）

解釋 社會上人情事故的親熱和冷淡。

出處 元・無名氏《凍蘇秦》第四折：「也索把世態炎涼心中暗忖。」

用法 形容世俗情態的冷暖。

例句 「世態炎涼」，沒權、沒勢、沒名氣，要籌措這樣大筆的資金是很困難的。

相似 世情冷暖

相反 民淳俗厚

付之一炬（ㄈㄨˋ ㄓ ㄧ ㄐㄩˋ）

解釋　全部都毀在一把火中了。

出處　清・陳康祺《郎潛紀事》：「遍搜東南坊肆，得三百四十餘部，盡付諸一炬。」

用法　表示物品被火燒盡。或成果全部泡湯。

例句　這場大火讓整座工廠「付之一炬」，老闆是欲哭無淚。

相似　付之祝融

相反　完好無損

付諸東流（ㄈㄨˋ ㄓㄨ ㄉㄨㄥ ㄌㄧㄡˊ）

解釋　扔在向東流的江河之中，再也不回來。也說「付諸之流」。

出處　元・關漢卿《金線池》第二折：「往常個侍衾裯，都做了付東流。」

用法　比喻希望落空或前功盡棄。

例句　他打了半天的報告，都因為電腦當機而「付諸東流」了。

相似　前功盡棄

相反　大功告成

出人頭地（ㄔㄨ ㄖㄣˊ ㄊㄡˊ ㄉㄧˋ）

解釋　讓這個人有出頭的機會。

出處　宋・歐陽脩〈與梅聖俞書〉：「讀（蘇）軾書，不覺汗出。快哉快哉！老夫當避路，放他出一頭地也。」

用法　形容成就超越一般人。

例句　世上父母多希望孩子將來能「出人頭地」。

相似　出類拔萃

相反　庸庸碌碌

出其不意（ㄔㄨ ㄑㄧˊ ㄅㄨˋ ㄧˋ）

解釋　在對方沒有預料的方式下行動。

出處　《孫子・計篇》：「出其無意，攻其無備。」

用法　本指作戰時，趁敵方不注意時進行襲擊。後來也泛指出人意料的行動。

例句 他「出其不意」的發言，竟推翻了大家之前討論的結果。

相似 出乎意料

相反 不出所料

功敗垂成（ㄍㄨㄥ ㄅㄞˋ ㄔㄨㄟˊ ㄔㄥˊ）

解釋 事情將要成功時，卻因故失敗了。

出處 《孽海花》二十九回：「毋使臨渴而掘井，功敗垂成。」

用法 指事情快要成功的時候，卻遭遇失敗（含有惋惜的意思）。

例句 特技演員挑戰一次拋九個球，卻不小心失手而「功敗垂成」。

相似 功虧一簣

相反 大功告成

功虧一簣（ㄍㄨㄥ ㄎㄨㄟ ㄧˊ ㄎㄨㄟˋ）

解釋 築九仞高的土山，只差一筐土而不能完成。

出處 《尚書．旅獒》：「為山九仞，功虧一簣。」

用法 比喻事情只差最後一點未能完成（含有惋惜的意思）。

例句 大家隱瞞壽星謀劃許久的慶生會，卻因為他的大嘴巴而「功虧一簣」。

相似 功敗垂成

相反 大功告成

半途而廢（ㄅㄢˋ ㄊㄨˊ ㄦˊ ㄈㄟˋ）

解釋 走到半路就停止了。

出處 《禮記．中庸》：「君子遵道而半途而廢，吾弗能已矣。」

用法 比喻沒有恆心毅力，事情只做了一半就停止了。

例句 各位加油！終點就在眼前了，千萬不可以「半途而廢」喔！

相似 功虧一簣

相反 持之以恆

半路出家（ㄅㄢˋ ㄌㄨˋ ㄔㄨ ㄐㄧㄚ）

解釋 年紀很大了才去當和尚

或尼姑。

出處 《西遊記》第三十二回：「這和尚是半路出家的。」

用法 比喻不是本行出身，中途才學著做某一行。

例句 他雖是「半途出家」的舞者，但憑著不懈的努力，表現也很亮眼。

相似 半路修行

相反 科班出身

另起爐灶（ㄌㄧㄥˋ ㄑㄧˇ ㄌㄨˊ ㄗㄠˋ）

解釋 另外再開啟一個爐灶。

出處 《鏡花緣》第十四回：「不但忍飢不能吃飽，並且三次、四次之類，還令吃而再吃，必至鬧到『出而哇之』，飯糞莫辨，這才另起爐灶。」

用法 比喻重新做起，開創新局。也比喻另立門戶。

例句 既然覺得待在這兒不適合，不如「另起爐灶」，說不定也能闖出一片天。

相似 另闢蹊徑

相反 重彈舊調

失之交臂（ㄕ ㄓ ㄐㄧㄠ ㄅㄧˋ）

解釋 兩人雖很接近，卻仍錯失了認識的機會。

出處 《莊子．田子方》：「吾終身與汝交一臂而失之。」

出處 比喻錯過接近某人某物的大好機會。

例句 我與久未謀面的他「失之交臂」，甚感遺憾。

相似 坐失良機

相反 狹路相逢

失之東隅，收之桑榆（ㄕ ㄓ ㄉㄨㄥ ㄩˊ，ㄕㄡ ㄓ ㄙㄤ ㄩˊ）

解釋 日出處有損失，日落處卻有所獲得。

出處 《後漢書．馮異傳》載劉秀《勞馮異詔》：「始雖垂翅回溪，終能奮翼澠池。可謂失之東隅，收之桑榆。」

用法 比喻在某方面蒙受損失，卻可以在另一方面得到好處。

例句　「失之東隅，收之桑榆」，別灰心，你這次並不算是完全沒有收穫啊！

左右逢源（ㄗㄨㄛˇ ㄧㄡˋ ㄈㄥˊ ㄩㄢˊ）

解釋　左邊右邊都能有不斷供應的源頭。

出處　《孟子．離婁下》：「資之深，則取之左右逢其原。」

用法　本是說工夫到家後，自然取之不盡。後比喻做事無往不利。

例句　他的交際手腕高明，不論到什麼領域都能「左右逢源」。

相似　心手相應

相反　左右為難

平步青雲（ㄆㄧㄥˊ ㄅㄨˋ ㄑㄧㄥ ㄩㄣˊ）

解釋　一步就踏上高空。也說「平地青雲」。

出處　《醒世姻緣》八十三：「狄爺是平步青雲，天來的大喜事。」

用法　比喻一下子就達到很高的境界或地位，並不費力。

例句　他從接任這個工作起，便「平步青雲」，沒有受到一點挫折。

相似　青雲直上

相反　一落千丈

打草驚蛇（ㄉㄚˇ ㄘㄠˇ ㄐㄧㄥ ㄕㄜˊ）

解釋　撥打草來嚇走藏匿其中的蛇。

出處　宋．鄭文寶《南唐近事》：「王魯為當塗宰，頗以資產為務，會部民連狀訴主簿貪賄於縣尹，魯乃判曰：『汝雖打草，吾已蛇驚。』」

用法　本比喻懲罰某人以警告他人。後比喻洩露了行動，使對方有所防備。

例句　為避免「打草驚蛇」，檢方嚴密封鎖消息。

相反　文風不動

打落牙齒和血吞

解釋　牙齒被打掉了，還要連著鮮血吞下肚去。

用法　比喻吃了虧還要忍氣吞聲，不能反擊。

例句　他現在雖然「打落牙齒和血吞」，卻發誓將來一定要設法翻身。

玉石俱焚

解釋　玉和石頭一同燒毀。

出處　《尚書．胤征》：「火炎昆岡，玉石俱焚。」

用法　比喻不論好壞統統同歸於盡。

例句　有些心智不成熟的青少年，得不到自己心上人的愛，就企圖「玉石俱焚」。

相似　同歸於盡

生不逢辰

解釋　出生的時機不對。也說「生不逢時」。

出處　《詩經．大雅．桑柔》：「我生不辰。」

用法　感嘆時運不佳，經常遭遇挫折。

例句　那位畫家是「生不逢辰」，過世後作品才大賣。

相似　命途多舛

相反　生逢其時

仰人鼻息

解釋　仰賴別人呼出的空氣生活下去。

出處　《後漢書．袁紹傳》：「袁紹孤客窮軍，仰我鼻息，譬如嬰兒在股掌之上，絕其哺乳，立可餓殺。」

用法　比喻依賴別人，沒有自主的能力。

例句　這段「仰人鼻息」的日子，讓他更堅定必須出人頭地的決心。

相似　仰俯由人

相反　獨立自主

危如累卵

解釋　危險得像堆起來的蛋一樣，非常容易倒塌破碎。

出處 《戰國策·秦策四》：「當是時，衛危於累卵。」

用法 比喻情況很危急。

例句 這段路因為連日大雨而路基掏空，「危如累卵」。

相似 燕巢飛幕

相反 安如泰山

危機四伏（ㄨㄟˊ ㄐㄧ ㄙˋ ㄈㄨˊ）

解釋 四處都有危機隱藏著。

用法 形容到處都隱藏著危機。

例句 熱帶雨林中「危機四伏」，探險家個個戰戰兢兢。

吃閉門羹（ㄔ ㄅㄧˋ ㄇㄣˊ ㄍㄥ）

解釋 看到送一碗羹湯出來，就知道自己被拒絕在門外了。

出處 唐·馮贄《雲仙雜記·迷香洞》：「史鳳，宣城妓也。待客以等差……下列不相見，以閉門羹待之。」

用法 比喻被拒絕。

例句 要當推銷員，就要有「吃閉門羹」的心理準備。

好事多磨（ㄏㄠˇ ㄕˋ ㄉㄨㄛ ㄇㄛˊ）

解釋 一件好事往往會受到許多阻礙。

用法 表示美好的事物，往往不能順利達成。

例句 這場活動因為不斷碰到阻礙，日期一改再改，真是「好事多磨」。

相似 好事天慳

相反 一帆風順

曲高和寡（ㄑㄩˇ ㄍㄠ ㄏㄜˋ ㄍㄨㄚˇ）

解釋 樂曲的格調越高雅，能跟著唱的就越少。

出處 戰國·宋玉〈對楚王問〉：「是其曲彌高，其和彌寡。」

用法 本比喻知音難得。現多比喻作品不通俗，能理解的人非常少。

例句 「曲高和寡」的作品，通常很少出版社願意出版。

相似 陽春白雪

相反 雅俗共賞

有機可乘（ㄧㄡˇ ㄐㄧ ㄎㄜˇ ㄔㄥˊ）

解釋 有機會可以利用。

用法 指出現可以利用的好機會。

例句 發現對手露出破綻，「有機可乘」，他揮出一個漂亮的邊角球，順利拿下這一局。

相反 無解可擊

死裡逃生（ㄙˇ ㄌㄧˇ ㄊㄠˊ ㄕㄥ）

解釋 從此地中逃出來保住一命。

出處 元．王實甫《西廂記》第二本：「半萬賊兵，卷浮雲片時掃淨，掩一家兒死裏逃生。」

用法 形容從危險的境遇中逃脫出來。

例句 從這次空難中「死裡逃生」的經驗，讓他畢生難忘。

相似 死地求生

相反 坐以待斃

江河日下（ㄐㄧㄤ ㄏㄜˊ ㄖˋ ㄒㄧㄚˋ）

解釋 江河的水越流越趨向下游。

出處 《野叟曝言》一：「江河日下，教化凌夷，弟若遇時，欲復大司徒典教之教，以論秀書升之法得真儒。」

用法 比喻事物、局勢愈來愈衰敗。

例句 許多跡象都顯示這家公司的營運已「江河日下」。

相似 一落千丈

相反 方興未艾

百折不撓（ㄅㄞˇ ㄓㄜˊ ㄅㄨˋ ㄋㄠˊ）

解釋 多次挫折也不會屈服。也說「百折不回」。

出處 漢．蔡邕〈橋太尉碑〉：「有百折不撓，臨大節而不可奪之風。」

用法 形容意志堅強，不會因為挫折而放棄。

例句 憑著「百折不撓」的決心，那位超馬好手終於完成橫越沙漠的壯舉。

相似　不屈不撓

相反　一蹶不振

羊入虎口

解釋　羊到了老虎口裡，沒有辦法活著出來。

用法　比喻非常危險，絕對無法脫逃。

例句　你獨自去找那群流氓談判，不是「羊入虎口」嗎？

自投羅網

解釋　鳥獸自己進入網子裡。

出處　宋·蘇軾〈策別十七〉：「譬如獵人終日馳驅踐蹂於草茅之中，搜收伏免而搏之，不待其自投於網羅而後取也。」

用法　比喻自取滅亡。

例句　那個逃犯竟然「自投羅網」，被警方一舉成擒。

相似　自取滅亡

相反　全身而退

自食其果

解釋　自己承擔自己造成結果。

用法　比喻自己做了壞事，自己要承擔惡果。

例句　人類破壞地球環境，浪費資源，「自食惡果」下，大自然帶來了可怕的天災。

相似　自作自受

相反　嫁禍於人

作繭自縛

解釋　蠶吐絲作繭，把自己包在裡面。

出處　《傳燈錄》：「志公坐禪，如蠶吐絲自縛。」

用法　比喻人做事卻反造成自己的困擾。也比喻自己束縛自己。

例句　很多人之所以不能有所成就，都是因為畫地自限、「作繭自縛」。

相似　自食其果

佛爭一爐香，人爭一口氣

解釋　神明在乎的是能多一爐

香，人則在乎是否能出一口氣。

用法 比喻人個性好強好勝，重視面子。

例句 「佛爭一爐香，人爭一口氣」，很多人就是為了一個面子不肯輸人。

兵來將擋，水來土掩

解釋 如果敵方派兵來，我方就用將軍對付他，如果大水來，就用土來阻擋它。也說「兵來將敵，水來土堰」。

出處 《古今雜劇〈雲臺門聚二十八將〉一》：「兵來將敵，水來土堰，兄弟也你領兵就隨著我來，不可延遲也。」

用法 形容不管遇到什麼狀況，都有應付的對策。

例句 「兵來將擋，水來土掩」，既然決定走這條路，就要有應對的方法。

兵敗如山倒

解釋 打敗仗的士兵就如山崩一樣潰散。

用法 形容一剎那間就失敗了，而且損失很慘重。

例句 拔河隊員不小心腳底一滑，情勢立即「兵敗如山倒」，繩子馬上被對手拉過去了。

別來無恙

解釋 從離開到現在一切平安順利。

用法 是常見的問候語。

例句 好久不見，「別來無恙」？不知道你最近還有跟哪些老同學聯絡呢？

否極泰來

解釋 「否」卦到了極點，就轉化為「泰」卦。也說「否去泰來」。

出處 《吳越春秋·句踐入臣外傳》：「時過於期，否終則泰。」

用法 比喻厄運到了極點，好

運將要來到。

例句　他辛苦大半輩子，終於等到「否極泰來」的這天。

相似　時來運轉

相反　樂極生悲

困獸猶鬥（ㄎㄨㄣˋ ㄕㄡˋ ㄧㄡˊ ㄉㄡˋ）

解釋　被圍困的野獸還要作最後的掙扎。

出處　《左傳．定公四年》：「困獸猶鬥，況人乎？」

用法　比喻雖陷於絕境仍竭力掙扎，不肯屈服。

例句　即使比數差距如此懸殊，對手的「困獸猶鬥」，仍讓我方不敢掉以輕心。

相似　狗急跳牆

相反　坐以待亡

坐失良機（ㄗㄨㄛˋ ㄕ ㄌㄧㄤˊ ㄐㄧ）

解釋　徒然失去好時機。

用法　形容白白的錯過大好機會。

例句　他就是因為想太多，才總是「坐失良機」。

相反　捷足先登

岌岌可危（ㄐㄧˊ ㄐㄧˊ ㄎㄜˇ ㄨㄟˊ）

解釋　山高陡峭，非常危險的樣子。

出處　《孟子．萬章上》：「天下殆哉，岌岌乎！」

用法　形容情勢非常危險，將要傾覆或滅亡。

例句　沒想到風災過後「岌岌可危」的校舍，經過改建，竟變得如此美輪美奐。

相似　千鈞一髮

相反　安如磐石

形單影隻（ㄒㄧㄥˊ ㄉㄢ ㄧㄥˇ ㄓ）

解釋　身影形體都是孤單的。

出處　唐．韓愈〈祭十二郎文〉：「兩世一身，形單影隻。」

用法　形容人孤獨沒有伴侶。

例句　他很想早日擺脫「形單影隻」的生活，有自己的家庭。

相似　孑然一身

相反　高朋滿座

忍辱負重（ㄖㄣˇ ㄖㄨˇ ㄈㄨˋ ㄓㄨㄥˋ）

解釋 忍受屈辱，擔當重責。

出處 《三國志．吳書．陸遜傳》：「國家所以屈諸君使相承望者，以僕有尺寸可稱，能忍辱負重故也。」

用法 形容人能夠忍受屈辱，承擔重任。

例句 成大事業者，必須要具備能「忍辱負重」的特質。

相似 臥薪嘗膽

相反 忍無可忍

扶搖直上（ㄈㄨˊ ㄧㄠˊ ㄓˊ ㄕㄤˋ）

解釋 像急遽盤旋的旋風順勢往上。

出處 《莊子．逍遙遊》：「鵬之徙於南冥也，水擊三千里，摶扶搖而上者九萬里。」

用法 形容急遽、迅速的上升。也形容人仕途得意，事業發展一帆風順。

例句 他靠著著裙帶關係，官位「扶搖直上」，同事都非常瞧不起他。

相似 平步青雲

相反 一落千丈

每下愈況（ㄇㄟˇ ㄒㄧㄚˋ ㄩˋ ㄎㄨㄤˋ）

解釋 越從低微的事物上推求，就越能看出道的真實情況，看清事物的真相。也說「每況愈下」。

出處 《莊子．知北游》：「莊子曰：『夫子之問也，固不及質。正獲之問於監市履狶也，每下愈況。』」

用法 表示事情的狀況越來越惡劣。

例句 鞋店的營運「每下愈況」，老闆決定來個打折特賣，之後便要收攤。

相似 江河日下

相反 漸入佳境

身敗名裂（ㄕㄣ ㄅㄞˋ ㄇㄧㄥˊ ㄌㄧㄝˋ）

解釋 地位喪失，名譽掃地。

出處 宋．辛棄疾〈賀新郎．別茂嘉十二弟〉：「將軍百戰身名裂，向河梁，回頭萬里，故人長絕。」

用法 形容人因某些作為導致地位喪失，名譽掃地。

例句 賭和毒是萬惡之源，一旦身陷其中，常會落得「身敗名裂」的下場。

相似 名譽掃地

相反 名滿天下

防患未然（ㄈㄤˊ ㄏㄨㄢˋ ㄨㄟˋ ㄖㄢˊ）

解釋 在禍患發生前先作防備。

出處 《漢書・外戚傳下》：「事不當時固爭，防禍於未然。」

用法 形容在事故或災害未發生前，就先加以防備。

例句 有遠見的人，都懂得「防患未然」，以免事到臨頭手足無措。

相似 未雨綢繆

相反 亡羊補牢

防微杜漸（ㄈㄤˊ ㄨㄟˊ ㄉㄨˋ ㄐㄧㄢˋ）

解釋 從事物的微小開端就開始防備。也說「杜漸防萌」。

出處 北宋・胡安國《春秋傳・文公九年》：「春秋防微杜漸之意，其為萬世慮，深遠矣。」

用法 指禍患剛露出端倪，就加以制止。

例句 會造成這麼嚴重的結果，都是當初未能「防微杜漸」所導致。

相似 杜漸防萌

相反 養虎遺患

咎由自取（ㄐㄧㄡˋ ㄧㄡˊ ㄗˋ ㄑㄩˇ）

解釋 災禍是自己找來的。

出處 清・吳趼人《二十年目睹之怪現狀》第七十回：「然而據我看來，他實在是咎由自取。」

用法 形容罪過、災禍都是自己招惹來的。

例句 這次的失敗，完全是你「咎由自取」，怪不得別人。

相似 自作自受

相反 禍從天降

夜長夢多

解釋 夜晚太長，做的夢就多了。

出處 清・呂留良〈家書〉：「薦舉事近復紛紜，夜長夢多，恐將來有意外，奈何！」

用法 比喻時間拖太長，事情可能發生不利的變化。

例句 關於這件事，可以的話就速戰速決，以免「夜長夢多」。

相反 從長計議

孤苦伶仃

解釋 孤獨困苦，沒有依靠。

出處 晉・李密〈陳情表〉：「臣少多疾病，九歲不行，伶仃孤苦，至於成立。」

用法 形容人生活困苦孤單，無依無靠。

例句 孤兒院裡收容了許多「孤苦伶仃」的孩子。

相似 形影相弔

相反 兒孫滿堂

孤掌難鳴

解釋 一個巴掌拍不出聲音來。

出處 《韓非子・功名》：「一手獨拍，雖疾無聲。」

用法 比喻一個人力量薄弱，不能有所作為。

例句 大家都贊成聯誼活動辦烤肉，他一張反對票是「孤掌難鳴」。

相似 獨木難支

相反 人多勢眾

居安思危

解釋 在安全的地方要想到危險。

出處 《左傳・襄公十一年》：「《書》曰：『居安思危。』思則有備，有備無患，敢以此規。」

用法 形容雖然處在安定的環境

境裡，仍要想到可能發生的危險。

例句 每個人都要懂得「居安思危」，隨時提高警覺，才能避免可能發生的危險。

相似 未雨綢繆

相反 燕雀處堂

披ㄆㄧ星ㄒㄧㄥ戴ㄉㄞˋ月ㄩㄝˋ

解釋 身上覆蓋著星光，頭上頂著月光。

出處 唐．呂岩〈七言絕句〉：「擊劍夜深歸甚處，披星戴月折麒麟。」

用法 形容早出晚歸，非常辛苦。

例句 那段「披星戴月」千里求學的日子，讓他更加珍惜得來不易讀書的機會。

相似 風餐露宿

相反 好逸惡勞

披ㄆㄧ荊ㄐㄧㄥ斬ㄓㄢˇ棘ㄐㄧˊ

解釋 分開、割斷叢生的多刺植物。

出處 《後漢書．馮異傳》：「異朝京師引見，帝謂公卿曰：『是我起兵時主簿也，為吾披荊棘，定關中。』」

用法 比喻克服重重困難。

例句 公司如今能有如此規模，都要靠當初幾位老幹部「披荊斬棘」的努力。

相似 涉危履險

東ㄉㄨㄥ山ㄕㄢ再ㄗㄞˋ起ㄑㄧˇ

解釋 謝安隱居東山，後來又再出來作官。

用法 比喻失敗後，又重新振作起來。

例句 他這次雖然落選了，但已打出知名度，相信未來一定能「東山再起」。

相似 捲土重來

相反 一蹶不振

東ㄉㄨㄥ窗ㄔㄨㄤ事ㄕˋ發ㄈㄚ

解釋 秦檜和妻子在東邊窗戶下商量陷害岳飛的壞事暴露了。

用法 比喻祕密商議的事被知

道了。多指不正當的罪行、陰謀被揭發。

例句　那位官員貪汙的事實「東窗事發」，將面對法律制裁。

相似　露出馬腳

東躲西藏（ㄉㄨㄥ ㄉㄨㄛˇ ㄒㄧ ㄘㄤˊ）

解釋　東邊躲西邊藏。

用法　形容到處藏匿、躲避。

例句　你與其這樣終年「東躲西藏」，不如勇敢的站出來，徹底解決事情。

杳如黃鶴（ㄧㄠˇ ㄖㄨˊ ㄏㄨㄤˊ ㄏㄜˋ）

解釋　像飛走的黃鶴一樣見不到蹤影。

出處　唐・崔顥〈黃鶴樓〉：「黃鶴一去不復返，白雲千載空悠悠。」

用法　比喻一去就毫無消息。

例句　那位同學自從出國之後便「杳如黃鶴」，沒有人知道他的近況。

相似　泥牛入海

相反　合浦還珠

歧路亡羊（ㄑㄧˊ ㄌㄨˋ ㄨㄤˊ ㄧㄤˊ）

解釋　在岔道丟失了羊。

出處　《列子・說符》：「心都子曰：『大道以多歧亡羊，學者以多方喪生。』」

用法　比喻事理複雜多變，容易使求道的人走錯方向，找不到真理。

例句　要確立自己的方向，對抗可能的誘惑，才能避免「歧路亡羊」的狀況。

相似　多歧亡羊

相反　殊途同歸

泥牛入海（ㄋㄧˊ ㄋㄧㄡˊ ㄖㄨˋ ㄏㄞˇ）

解釋　泥塑的牛一掉到海裡就會融化。

出處　宋・釋道原《景德傳燈錄・潭州龍山和尚》：「洞山又問：『和尚見個什麼道理，便住此山？』師云：『我見兩個泥牛鬥入海，直至如今無消息。』」

用法 比喻一去不返。

例句 雖然每次投稿都是「泥牛入海」，卻無法摧毀他想成為作家的夢想。

相似 有去無回

相反 合浦珠還

炙手可熱（ㄓˋ ㄕㄡˇ ㄎㄜˇ ㄖㄜˋ）

解釋 正當紅，熱得燙手。

出處 《新唐書．崔鉉傳》：「時語曰：『鄭（魯）、楊（紹復）、段（瓌）、薛（蒙），炙手可熱。』」

用法 比喻大權在握，氣焰熾盛。

例句 那位「炙手可熱」的女明星，私底下卻是非常平易近人。

相似 勢焰可畏

相反 無足輕重

玩火自焚（ㄨㄢˊ ㄏㄨㄛˇ ㄗˋ ㄈㄣˊ）

解釋 玩火的反倒把自己燒死。

用法 比喻做壞事的人最後自食惡果。

例句 你成天跟著那群不良少年鬼混，到處惹事，小心「玩火自焚」。

相似 作繭自縛

玩物喪志（ㄨㄢˊ ㄨˋ ㄙㄤˋ ㄓˋ）

解釋 玩賞事物，失去進取的志向。

出處 《尚書．旅獒》：「玩人喪德，玩物喪志。」

用法 指沉迷於玩賞某些事物，而喪失原有的志氣。

例句 許多宅男沉迷漫畫、卡通，不但「玩物喪志」，甚至連基本的人際溝通都出現障礙。

盲人瞎馬（ㄇㄤˊ ㄖㄣˊ ㄒㄧㄚ ㄇㄚˇ）

解釋 瞎子騎著瞎馬。

出處 《世說新語．排調》：「桓南郡與殷荊州語次，因共作了語……復作危語。……殷有一參軍在坐云：『盲人騎瞎馬，夜半臨深池。』」

用法 比喻亂闖瞎撞，非常危險。

例句 在完全不熟悉的陌生國度到處亂闖，無異於「盲人瞎馬」。

相似 夜半臨深池

相反 萬無一失

虎口餘生（ㄏㄨˇ ㄎㄡˇ ㄩˊ ㄕㄥ）

解釋 從老虎的嘴巴裡逃出，保住小命。

出處 《鏡花緣》第四十七回：「況我本是虎口餘生，諸事久已看破。」

用法 比喻經歷極大的危險而存活下來。

例句 從災難中「虎口餘生」的人，通常會格外珍惜自己的生命。

相似 九死一生

虎落平陽被犬欺（ㄏㄨˇ ㄌㄨㄛˋ ㄆㄧㄥˊ ㄧㄤˊ ㄅㄟˋ ㄑㄩㄢˇ ㄑㄧ）

解釋 老虎到了平地竟然被狗欺負。

用法 比喻英雄在失勢的時候，遭到小人欺侮。

例句 他是有才能但生不逢時，才落得「虎落平陽被犬欺」的狀況。

金蟬脫殼（ㄐㄧㄣ ㄔㄢˊ ㄊㄨㄛ ㄎㄜˊ）

解釋 蟬變為成蟲時，要脫去幼蟲時的殼。

出處 《幽閨記．文武同盟》：「曾記得兵書上有箇金蟬脫殼之計。」

用法 比喻用計迷惑敵人以便脫逃。

例句 那個顧客想假借講手機「金蟬脫殼」，吃霸王飯，結果還是被店家識破了。

相似 逃之夭夭

相反 作繭自縛

門可羅雀（ㄇㄣˊ ㄎㄜˇ ㄌㄨㄛˊ ㄑㄩㄝˋ）

解釋 在大門口可以張網捕捉鳥雀。

出處 《史記．汲鄭列傳》：「始翟公為廷尉，賓客闐門。及廢，門外可設雀羅。」

用法 形容訪客稀少或生意清淡。

例句 這間餐廳自從換了主廚，生意一落千丈，經常是「門可羅雀」。

相似 門庭冷落

相反 戶限為穿

門庭若市（ㄇㄣˊ ㄊㄧㄥˊ ㄖㄨㄛˋ ㄕˋ）

解釋 門前和院子裡好像市集一樣。

出處 《戰國策・齊策一》：「群臣進諫，門庭若市。」

用法 形容前來拜訪的客人很多，非常熱鬧。

例句 這家平價服飾店從開張到現在，始終「門庭若市」。

相似 車馬盈門

相反 門無蹄轍

南柯一夢（ㄋㄢˊ ㄎㄜ ㄧˊ ㄇㄥˋ）

解釋 淳于棼因一場當上南柯太守的夢，悟出人生無常的道理。

用法 比喻人世的繁華富貴來來去去，猶如一場夢。

例句 他回想當初從中頭獎到敗光家產，這短短幾年的變化猶如「南柯一夢」。

相似 一場春夢

度日如年（ㄉㄨˋ ㄖˋ ㄖㄨˊ ㄋㄧㄢˊ）

解釋 過一天像過一年那樣漫長。

出處 宋・柳永〈戚氏詞〉：「孤館度日如年。」

用法 形容日子不好過。

例句 他在這個單位每天都被長官刁難，簡直是「度日如年」。

相似 以日為年

相反 光陰似箭

急流勇退（ㄐㄧˊ ㄌㄧㄡˊ ㄩㄥˇ ㄊㄨㄟˋ）

解釋 像急流一樣快速退走。

出處 宋・蘇軾〈贈善相程杰〉：「火色上騰雖有數，急流勇退豈無人！」

用法 比喻人不戀棧，在得意的時候及早引退。

例句 幸好我當時「急流勇

退」，才沒有落得兔死狗烹的下場。

相似　功成身退

相反　駑馬戀棧

春風得意

解釋　進士及第後，非常得意，覺得春風吹來格外暢快。

出處　唐．孟郊〈登科後〉：「春風得意馬蹄疾，一日看盡長安花。」

用法　形容人官場、考場順利。也形容做事順利如意。

例句　他自從升了職，得到老闆器重，每天都是一副「春風得意」的樣子。

相似　洋洋得意

相反　悵然若失

枯木逢春

解釋　枯樹遇上春天，又恢復了生命力。也說「枯樹逢春」。

出處　元．無名氏《凍蘇秦》第四折：「恰便似旱苗才得雨，枯樹恰逢春。」

用法　比喻久處困境而忽然獲得生機。

例句　自從加入烘焙班，生活有了重心，讓老奶奶整個人又年輕起來，宛如「枯木逢春」。

相似　久旱逢雨

相反　雪上加霜

殃及池魚

解釋　為了找珠寶而把池水舀乾，以致魚無辜乾死。

出處　《呂氏春秋．必己》：「宋桓司馬有寶珠，抵罪出亡。王使人問珠之所在，曰：『投之池中。』於是竭澤而求之，無得，魚死焉。此言禍福之相及也。」

用法　比喻無端受禍。

例句　工地發生鷹架倒塌意外，「殃及池魚」，砸到路過的車輛。

洪水猛獸

解釋 像恐怖的大水和野獸一樣。

出處 《孟子・滕文公下》：「昔者禹抑洪水，而天下平；周公兼夷狄，驅猛獸，而百姓寧。」

用法 比喻危害極大的禍患。

例句 民眾一向將愛滋病視為「洪水猛獸」，聞之色變。

相濡以沫（ㄒㄧㄤ ㄖㄨˊ ㄧˇ ㄇㄛˋ）

解釋 缺水的魚彼此互相吐沫來沾濕對方。也說「以沫相濡」。

出處 《莊子・天運》：「泉涸，魚相與處於陸，相呴以濕，相濡以沫。」

用法 比喻人在困境中，用微薄的力量來相互救助。

例句 同陷困境的人，應該「相濡以沫」，而不能想踩著對方讓自己脫困。

相似 同舟共濟

相反 分道揚鑣

背道而馳（ㄅㄟˋ ㄉㄠˋ ㄦˊ ㄔˊ）

解釋 朝著相反的方向奔跑。

出處 唐・柳宗元〈楊評事文集後序〉：「其餘各探一隅，相與背馳於道者，其去彌遠。」

用法 比喻彼此的方向或目的完全相反。或指行動與目的相反。

例句 這個政策，與總統原先希望能減低人民負擔的美意「背道而馳」。

相似 各奔東西

相反 並行不悖

苦海無邊（ㄎㄨˇ ㄏㄞˇ ㄨˊ ㄅㄧㄢ）

解釋 佛教語。深重的苦難，猶如無邊的大海。

出處 宋・朱熹《定朱子語類・孟子〈仁人心也章〉》：「適見道人題壁云：『苦海無邊，回頭是岸。』」

用法 比喻無盡的痛苦。

例句 你唯有及早回頭，改過自新，才能夠脫離「苦海無邊」的幫派生活。

相似 苦海無涯

相反 執迷不悟

苦盡甘來

解釋 苦的吃盡了，就換成甜的了。

出處 元．鄭光祖《王粲登樓劇》第二折：「今日見荊王呵，便是我苦盡甘來。」

用法 比喻人歷盡艱辛而漸入幸福之境。

例句 老先生辛苦打拚一輩子，如今「苦盡甘來」，兒女都事業有成。

相似 否極泰來

相反 樂極生悲

重作馮婦

解釋 已經很久不打老虎的馮婦，又重作打老虎的事。

出處 《孟子．盡心下》：「晉人有馮婦者，善搏虎，卒為善士。則之野，有眾逐虎。虎負隅，莫之敢攖。望見馮婦，趨而迎之。馮婦攘臂下車，眾皆悅之。」

用法 表示又重操舊業。

例句 要不是日子過不下去，那些婦女誰希望「重作馮婦」，回頭從事色情業？

相似 重操舊業

重見天日

解釋 脫離黑暗的處境又見到光明。

出處 《三國演義》二十八回：「今遇將軍，如重見天日。」

用法 比喻重獲自由或冤情得以洗清。

例句 這座古帝王陵墓的「重見天日」，在考古學上有著重大的意義。

相似 雲開見日

重蹈覆轍

解釋 重新踏上車輪印。

出處 《後漢書．賓武傳》：「今不慮前事之失，復循覆車之軌。」

用法 比喻不吸取失敗的教訓，又重犯過去的錯誤。

例句 如果不能記取教訓，每次犯錯都又「重蹈覆轍」，怎麼可會進步？

相似 復蹈前轍

相反 改弦易轍

風吹不動，浪打不翻

解釋 風來不會吹動它，大浪來也不會打翻它。

用法 比喻不會發生改變。

例句 經過多年努力，他已在電影界立定「風吹不動，浪打不翻」的地位。

風雨飄搖

解釋 在風雨中飄蕩不定。

出處 《詩經．豳風．鴟鴞》：「風雨所漂搖」。

用法 比喻局勢動盪不安。

例句 這個與世無爭的山中小村，安然無恙的度過那段「風雨飄搖」的歲月。

相似 動蕩不安

相反 安如磐石

風塵僕僕

解釋 滿臉風沙塵土，非常疲累的樣子。也說「僕僕風塵」。

出處 《秋水軒尺牘．與王滄亭》：「風塵僕僕，無非藝人之田，自憐亦堪自笑。」

用法 形容奔波勞累的樣子。

例句 國家元首，日理萬機，經常要「風塵僕僕」的趕往不同地區視察。

相似 櫛風沐雨

飛來橫禍

解釋 無端遭逢意外災禍。

出處 《後漢書．周榮傳》：「故常敕妻子，若卒遇飛禍，無得殯斂。」

用法 形容意料之外的禍害。

例句 突然一輛機車衝進路旁早餐店，這個「飛來橫禍」把老闆和顧客都嚇傻了。

飛鳥各投林

解釋 鳥兒各自飛散到樹林中去。

用法 比喻家業衰敗，原本聚集的人們分散各處。

例句 這個大家族因為遭遇戰亂而「飛鳥各投林」，原來的住處，如今只留下斷垣殘壁。

飛黃騰達（ㄈㄟ ㄏㄨㄤˊ ㄊㄥˊ ㄉㄚˊ）

解釋 像傳說中的神馬一樣飛馳。

出處 唐．韓愈〈符讀書城南〉：「飛黃騰達去，不能顧蟾蜍。」

用法 比喻人地位提升快速，在仕途上稱心如意。

例句 靠著巴結賄賂而「飛黃騰達」，是正人君子最看不起的事。

相似 平步青雲

相反 窮途潦倒

飛蛾撲火（ㄈㄟ ㄜˊ ㄆㄨ ㄏㄨㄛˇ）

解釋 飛蛾撲向火源。也說「飛蛾赴火」、「飛蛾投火」或「夜蛾赴火」。

出處 《梁書．到溉傳》：「如飛蛾之赴火，豈焚身之可吝。」

用法 比喻自取滅亡。

例句 有判斷力、能理性思考的人，絕不會做出這種「飛蛾撲火」的行為。

相似 以卵擊石

首當其衝（ㄕㄡˇ ㄉㄤ ㄑㄧˊ ㄔㄨㄥ）

解釋 正當著主要的交通要道。

出處 《漢書．五行志下之上》：「鄭以小國，攝乎晉楚之間，重以彊（強）吳，鄭當其衝，不能修德。」

用法 比喻最先受到壓力、攻擊，或首先遭受災難的人或地方。

例句 強烈颱風即將登陸，「首當其衝」的沿海低區已掀起滔天巨浪。

相似 四戰之地

相反 瞠乎其後

倒繃孩兒（ㄉㄠˋ ㄅㄥ ㄏㄞˊ ㄦˊ）

解釋 將嬰兒包布包反了。

用法 比喻原本熟習的事情突然出錯。

例句 那個三十多年經驗的裁縫師，居然「倒繃孩兒」，搞錯了客人訂製的尺寸。

弱肉強食（ㄖㄨㄛˋ ㄖㄡˋ ㄑㄧㄤˊ ㄕˊ）

解釋 弱者的肉是強者的食物。

出處 唐．韓愈〈送浮屠文暢師序〉：「弱之肉，強之食。」

用法 比喻弱者被強者欺凌、併吞。

例句 「弱肉強食」，適者生存，是自然界的定律。

相似 以強凌弱

相反 鋤強扶弱

殊途同歸（ㄕㄨ ㄊㄨˊ ㄊㄨㄥˊ ㄍㄨㄟ）

解釋 從不同的道路走到同一目的地。也說「同歸殊途」、「殊途同致」。

出處 《周易．繫辭下》：「天下同歸而殊途，一致而百慮。」

用法 比喻採取的方法不同，但得到一樣的結果。

例句 搭火車或是搭客運，最後「殊途同歸」，都可以到達目的地。

相似 江河同歸

相反 分道揚鑣

海底撈針（ㄏㄞˇ ㄉㄧˇ ㄌㄠ ㄓㄣ）

解釋 在大海中撈起一根細針。也說「水底撈針」。

出處 《初刻拍案驚奇》二十回：「一面點起民壯，分頭追捕，多應是海底撈針，那尋一個？」

用法 比喻很困難或不可能成功的事。

例句 東西連掉在哪裡都不知道，想找回來，不是「大海撈針」嗎？

相似 水中撈月

相反 探囊取物

浮光掠影
（ㄈㄨˊ ㄍㄨㄤ ㄌㄩㄝˋ ㄧㄥˇ）

解釋 水面的反光，一閃而過的影子。

出處 清·馮班《滄浪詩話糾謬》：「滄浪論詩，止是浮光掠影，如有所見，其實腳跟未曾點地。」

用法 比喻觀察不細緻，印象不深刻。或指文章言論膚淺，不深入。

例句 這篇文章因為涉及爭議性人物，只能作「浮光掠影」的描寫。

相似 走馬觀花

相反 入木三分

狼狽不堪
（ㄌㄤˊ ㄅㄟˋ ㄅㄨˋ ㄎㄢ）

解釋 狼和狽如果不能相配合，就很難行動。

用法 比喻處境非常艱難、窘迫。

例句 車輛經過水窪時激起的汙水，常將路旁的行人濺得「狼狽不堪」。

疲於奔命
（ㄆㄧˊ ㄩˊ ㄅㄣ ㄇㄧㄥˋ）

解釋 為執行命令而四處奔走，非常疲憊。

出處 《左傳·成公七年》：「余必使爾疲於奔命以死。」

用法 形容忙於奔走應付，以致筋疲力盡。

例句 那些無視颱風警報下海戲水的民眾，一旦出了事，救援隊得「疲於奔命」。

相似 疲憊不堪

相反 以逸待勞

軒然大波
（ㄒㄩㄢ ㄖㄢˊ ㄉㄚˋ ㄅㄛ）

解釋 高高湧起的波濤。

出處 唐·韓愈〈岳陽樓別寶司直〉：「軒然大波起，宇宙隘而妨。」

用法 比喻大的糾紛或風波。

例句 身為高級官員，發言要特別謹慎，否則容易引起「軒然大波」。

相反 波瀾不驚

逆水行舟

解釋　逆著水流划船。

用法　比喻不努力前進就會後退。

例句　求學如「逆水行舟」，只有不斷的求進步才是唯一的路。

相似　不進則退

相反　一帆風順

馬不停蹄

解釋　馬匹一刻也不停留的前進。

出處　元・王實甫《麗春堂》第二折：「贏的他急難措手，打的他馬不停蹄。」

用法　比喻非常忙碌，四處奔波。

例句　快遞員「馬不停蹄」的將包裹交到收件人手上。

相似　快馬加鞭

相反　停滯不前

馬失前蹄

解釋　馬匹奔跑時前蹄彎折。

用法　比喻失誤。

例句　即使做熟悉的事情，還是不能掉以輕心，否則難免會「馬失前蹄」。

鬼使神差

解釋　事情過於湊巧，就像鬼神造成的一樣無法解釋。也說「神差鬼使」。

出處　《琵琶記・張公遇使》：「原來他也是無奈，好似鬼使神差。」

用法　比喻事情的發生完全出於意外。

例句　他因為「鬼使神差」臨時換了間餐廳，才沒有遇到那場火災。

相似　不由自主

偷雞不著蝕把米

解釋　沒有偷到雞，反而損失一把米。

用法　比喻沒占到便宜，反倒使自己蒙受損失。

例句　不要貪小便宜，小心

「偷雞不著蝕把米」。

相似 賠了夫人又折兵

動輒得咎

解釋 只要一行動，往往會招來罪過。

出處 唐．韓愈〈進學解〉：「跋前躓後，動輒得咎。」

用法 形容一做事就會遭到無理的責怪或處分。

例句 沒有人會喜歡待在「動輒得咎」的地方工作。

相反 無往不利

寄人籬下

解釋 依附在別人住家的籬笆之下。

出處 《南史．張融傳》：「丈夫當刪詩書……何至因循寄人籬下？」

用法 本指寫文章沒有個人見解，一味抄襲別人。現指依附別人過日子。

例句 那段「寄人籬下」的日子，讓他看盡了人情冷暖。

相似 仰人鼻息

相反 獨立自主

張冠李戴

解釋 把姓張的帽子戴在姓李的頭上。

出處 明．田藝蘅《留青日札．張公帽賦》：「俗諺云：『張公帽掇在李公頭上。』有人作賦云：『物各有主，貌貴相宜；竊張公之帽也，假李老而戴之。』」

用法 比喻弄錯了對象或事實。

例句 主辦單位太過粗心，才會犯下弄錯選手國籍這種「張冠李戴」的錯誤。

得天獨厚

解釋 具有特別優越的先天條件。

出處 清．洪亮吉《北江詩話》二：「辛酉年三月十五日在舍間看牡丹詩：得天獨厚開盈尺，與月同圓到十分。」

用法 指所處的環境或具備的條件很優厚。

例句 雲林古坑地區「得天獨厚」，擁有全國最適合栽種咖啡的土壤與氣候。

相反 先天不足

推波助瀾 ㄊㄨㄟ ㄅㄛ ㄓㄨˋ ㄌㄢˊ

解釋 推動水波幫助掀起浪頭。

出處 《朱子全書．治道》：「此等議，正是推波助瀾。」

用法 形容從旁推動事物發展，多用在糾紛、鬥爭上。也指幫助別人壯大聲勢。

例句 這件事情鬧得沸沸揚揚，你還在那兒「推波助瀾」，不知是何居心。

相似 火上澆油

相反 大事化小

望門投止 ㄨㄤˋ ㄇㄣˊ ㄊㄡˊ ㄓˇ

解釋 見有人家就去投宿，求得暫時的存身之處。

出處 《後漢書．張儉傳》：「儉得亡命，因迫遁走，望門投止。」

用法 形容避難或出奔時的急迫情況。

例句 為了躲避家鄉的戰亂，他只能遠赴異地，沿途「望門投止」，十分艱辛。

相反 自食其力

眾矢之的 ㄓㄨㄥˋ ㄕˇ ㄓ ㄉㄧˋ

解釋 很多箭射擊的靶子。也說「眾射之的」。

出處 清．李漁〈義士李倫表傳〉：「是此四孤也者，實為眾射之的，此即當日程嬰、杵臼合謀，謂立孤難而死易。」

用法 比喻眾人攻擊的目標。

例句 那個藝人出言不慎，觸怒了另一位藝人的粉絲，登時成為「眾矢之的」。

相似 千夫所指

相反 交口稱譽

逢山開路，遇水搭橋 ㄈㄥˊ ㄕㄢ ㄎㄞ ㄌㄨˋ ㄩˋ ㄕㄨㄟˇ ㄉㄚ ㄑㄧㄠˊ

解釋 遇到山擋路就開道，碰到水阻隔就造橋通過。

用法 比喻遇到困難就設法克服，不退縮。

例句 想要深入被颱風重創的災區，只能「逢山開路，遇水搭橋」了。

逢凶化吉（ㄈㄥˊ ㄒㄩㄥ ㄏㄨㄚˋ ㄐㄧˊ）

解釋 遇到不幸可以轉為吉利。

出處 《紅樓夢》第一百六回：「我今叩求皇天保佑，在監的逢凶化吉，有病的早早安身。」

用法 形容雖然遭遇凶險，卻能轉危為安。

例句 他一向運氣不錯，這一次遭遇困難，想必也能「逢凶化吉」。

相似 化險為夷

相反 福過災生

雪泥鴻爪（ㄒㄩㄝˇ ㄋㄧˊ ㄏㄨㄥˊ ㄓㄠˇ）

解釋 鴻雁在雪上踏過留下了爪印。

出處 宋·蘇軾〈和子由澠池懷舊〉：「人生到處知何似，應似飛鴻踏雪泥，泥上偶然留指爪，鴻飛那復計東西。」

用法 比喻往事留下的痕跡。

例句 隨著歲月推移，此處已由繁華小鎮變為一片荒煙蔓草，只依稀留下幾許「雪泥鴻爪」。

魚游釜中（ㄩˊ ㄧㄡˊ ㄈㄨˇ ㄓㄨㄥ）

解釋 魚在油鍋裡游動。也說「釜底游魚」。

出處 《後漢書·張綱傳》：「若魚游釜中，喘息須臾間耳。」

用法 比喻處境非常危險。

例句 很多沒有自覺的人，即使陷入「魚游釜中」的狀態，也不知設法脫身。

相似 釜魚幕燕

喊天天不應，喊地地不靈（ㄏㄢˇ ㄊㄧㄢ ㄊㄧㄢ ㄅㄨˋ ㄧㄥˋ，ㄏㄢˇ ㄉㄧˋ ㄉㄧˋ ㄅㄨˋ ㄌㄧㄥˊ）

解釋 呼天喚地也得不到幫

助。

用法 形容處境很艱難。

例句 事情拖到最後期限才開始動手，要是發生問題可就「喊天天不應，喊地地不靈」了。

相似 叫天天不應，叫地地不靈

喪家之狗（ㄙㄤˋ ㄐㄧㄚ ㄓ ㄍㄡˇ）

解釋 有喪事人家的狗。後來指無家可歸的狗。

出處 《史記．孔子世家》：「孔子適鄭，與弟子相失，孔子獨立郭東門。鄭人或謂子貢曰：『東門有人，其顙似堯，其項類皋陶，其肩類子產，然自要以下不及禹三寸，纍纍若喪家之狗。』」

用法 比喻失意不得志時，極為狼狽的樣子。

例句 別一副「喪家之狗」的模樣，不過是一次面試碰壁，將來還有很多機會啊！

朝不保夕（ㄓㄠ ㄅㄨˋ ㄅㄠˇ ㄒㄧˋ）

解釋 早上不能保證到了晚上仍然平安無事。

出處 《五代史．通俗演義》十五回：「唐軍尚未薄城，城內已一夕數驚，朝不保夕了。」

用法 形容形勢非常危急。

例句 那家公司發生財務危機，「朝不保夕」，員工都擔心負責人會捲款潛逃。

相似 危在旦夕

無妄之災（ㄨˊ ㄨㄤˋ ㄓ ㄗㄞ）

解釋 意想不到的災禍。

出處 《周易．無妄》：「六三，無妄之災。或繫之牛，行人之得，邑人之災。」

用法 形容無故招來災禍。

例句 他因為路過案發現場而被當成嫌疑犯，真是「無妄之災」。

相似 飛來橫禍

相反 喜從天降

絕處逢生

解釋　絕境中找出一線生機。

用法　指在絕望的困境中又有了生路。

出處　《二刻拍案驚奇》卷一一：「誰想絕處逢生，遇著這等好人。」

例句　沒想到演員願意自掏腰包，讓那位窮途末路的導演「絕處逢生」，繼續完成拍片工作。

進退維谷

解釋　前進後退都是困難的境地。

出處　《詩經・大雅・桑柔》：「人亦有言，進退維谷。」

用法　比喻陷於困難的境地，進退兩難。

例句　夾在法令規定與民眾質疑之間，常讓新手辦事員「進退維谷」。

相似　羝羊觸藩

相反　進退自如

開門揖盜

解釋　打開大門迎接強盜進來。

出處　《三國志・吳志・吳主傳》：「是猶開門而揖盜，未可以為仁也。」

用法　比喻自招禍患。

例句　老榮民「開門揖盜」，被假冒的遠房親戚洗劫的事件層出不窮。

相似　引狼入室

間不容髮

解釋　距離極近，中間無法容納一根頭髮。

出處　《大戴禮記・曾子天圓》：「律歷迭相治也，其間不容髮。」

用法　比喻情勢危急到了極點。

例句　在這「間不容髮」之際，軍機駕駛即時跳傘逃生，才保住了性命。

相似　千鈞一髮

項莊舞劍，意在沛公

解釋 項莊在鴻門宴中舞劍，目的是想刺殺劉邦。

出處 《史記・項羽本紀》：「張良至軍門，見樊噲。樊噲曰：『今日之事何如？』良曰：『甚急。今者項莊拔劍舞，其意常在沛公也。』」

用法 比喻另有企圖。

例句 小心他「項莊舞劍，意在沛公」，這個提議恐怕別有用心。

相似 別有用心

黃粱一夢

解釋 煮一鍋小米飯的時間裡做了一場好夢。也說「黃粱美夢」。

用法 比喻人生的榮辱、富貴無常。

例句 「黃粱一夢」的故事，告訴我們所有榮華富貴都是虛幻的。

相似 南柯一夢

相反 有志竟成

債臺高築

解釋 躲避債主的樓臺築得很高。

用法 形容欠債很多。

例句 那家工廠的老闆因為賭博而「債臺高築」，上週已潛逃不知去向。

相似 負債累累

相反 腰纏萬貫

塞翁失馬，焉知非福

解釋 邊塞地區老翁的馬跑了，怎麼知道不是一種好事呢？

出處 《淮南子・人間訓》：「夫禍福之轉而相生，其變難見也。近塞上之人，有善術者，馬無故亡而入胡，人皆弔之。其父曰：『此何遽不為福乎？』居數月，其馬將駿馬而歸，人皆賀之。其父曰：『此何遽不為禍乎？』」

用法 比喻福禍無常。現在雖然暫時蒙受損失，但是以長遠的眼光來看，也許會得到好處。

例句 他雖然沒能考上研究所，但「塞翁失馬，焉知非福」，因此找到好工作。

萬劫不復（ㄨㄢˋ ㄐㄧㄝˊ ㄅㄨˋ ㄈㄨˋ）

解釋 極長的時間也不能回復。

出處 宋·釋道原《景德傳燈錄·韶川雲門山文偃禪師》：「莫將等閒空過時光，一失人身，萬劫不復，不是小事。」

用法 形容永遠不能恢復舊觀。

例句 現在不及挽回這些中輟生，等他們加入幫派，就「萬劫不復」了。

相反 萬劫不朽

節外生枝（ㄐㄧㄝˊ ㄨㄞˋ ㄕㄥ ㄓ）

解釋 枝節上又生出杈枝。也說「節上生枝」。

出處 《朱子語錄》：「隨語生解，節上生枝，更讀萬卷書，亦無用處也。」

用法 比喻在原有問題之外，又滋生事端。

例句 許多公司簽約時都加保密條款，就是為了避免「節外生枝」。

相似 橫生枝節

相反 一帆風順

隔年的黃曆不管用（ㄍㄜˊ ㄋㄧㄢˊ ˙ㄉㄜ ㄏㄨㄤˊ ㄌㄧˋ ㄅㄨˋ ㄍㄨㄢˇ ㄩㄥˋ）

解釋 當年的黃曆到了隔年就沒有作用。

用法 比喻過時的東西沒什麼作用。

例句 現在蟑螂都有抗藥性，這種舊式殺蟲劑是「隔年的黃曆不管用」了。

僧多粥少（ㄙㄥ ㄉㄨㄛ ㄓㄡ ㄕㄠˇ）

解釋 和尚很多但稀飯太少，不夠分配。

用法 形容人多而東西少，不夠分配。現在多指職缺少而求職的人多。

例句 失業率高居不下，在這「僧多粥少」的情況，需求專科畢業的工作也有博士來競爭。

相似 供不應求

相反 供過於求

漏網之魚（ㄌㄡˋ ㄨㄤˇ ㄓ ㄩˊ）

解釋 沒有被魚網網住而逃脫的魚。

出處 《史記．酷吏列傳》：「網漏於吞舟之魚。」

用法 比喻逃過制裁的罪犯或逃脫的敵人。

例句 警方仔細分析資料，務必將這起刑案中的「漏網之魚」緝捕歸案。

相反 網中之魚

福無雙至，禍不單行（ㄈㄨˊ ㄨˊ ㄕㄨㄤ ㄓˋ，ㄏㄨㄛˋ ㄅㄨˋ ㄉㄢ ㄒㄧㄥˊ）

解釋 福佑不會接連而來，災禍卻經常接踵而至。

出處 漢．劉向《說苑．權謀》：「此所謂福不重至，禍必重來者也。」

用法 比喻災禍經常接二連三的發生。

例句 俗話說：「福無雙至，禍不單行」，覺得運氣很背的時候，通常會再發生更多衰事。

相似 福不重至，禍必重來

與虎謀皮（ㄩˇ ㄏㄨˇ ㄇㄡˊ ㄆㄧˊ）

解釋 與老虎商量，要剝下牠的皮。也說「與狐謀皮」。

出處 《太平御覽》卷二〇八引《符子》：「（周人）欲為千金之裘而與狐謀其皮，……言未卒，狐相率逃於重丘之下……故周人十年不制一裘。」

用法 比喻跟謀求的對象有利害衝突，無法成功。

例句 要這些竊占國土的民宿業者主動歸還土地，無異「與虎謀皮」。

盤根錯節（ㄆㄢˊ ㄍㄣ ㄘㄨㄛˋ ㄐㄧㄝˊ）

解釋 樹根盤屈，枝節交錯。也作「槃根錯節」。

出處 《後漢紀·安帝紀一》：「（虞詡）笑曰：『難者不避，易者必從，臣之節也。不遇盤根錯節，無以別堅利，此乃吾立功之秋，怪吾子以此相勞也。』」

用法 比喻事情繁縟複雜，不容易處理。

例句 這起「盤根錯節」的案件，因為缺乏關鍵證據，多年來一直無法解決。

相似 錯綜複雜

相反 迎刃而解

窮愁潦倒（ㄑㄩㄥˊ ㄔㄡˊ ㄌㄠˇ ㄉㄠˇ）

解釋 窮困而失意。

出處 清·曾樸《孽海花》三十五回：「我從此認得笑庵，不是飯顆山頭，窮愁潦倒的詩人，倒走瑤臺桃樹下，玩世不恭的奇士了」。

用法 形容生活貧困，處境狼狽的樣子。

例句 梵谷在生前一直是「窮愁潦倒」，到死後才受到重視。

相似 捉襟見肘

相反 日食萬錢

請君入甕（ㄑㄧㄥˇ ㄐㄩㄣ ㄖㄨˋ ㄨㄥˋ）

解釋 指來俊臣請周興進入他設計的逼供大甕中。

出處 《太平廣記》卷一二一引唐張鷟《朝野僉載·周興》：「（來俊臣）謂（周）興曰：『囚多不肯承，若為作法？』興曰：『甚易也。取大甕，以炭四面炙之，令囚人處之其中，何事不吐！』」

用法 比喻用某人想出的辦法來惡整回去。

例句 要不是使用這種「請君入甕」的方法，那個惡人恐怕還會繼續囂張呢！

相似 以其人之道，還治其人之身

相反 反其道而行之

賠了夫人又折兵（ㄆㄟˊ ˙ㄌㄜ ㄈㄨ ㄖㄣˊ ㄧㄡˋ ㄓㄜˊ ㄅㄧㄥ）

解釋 據說周瑜曾設計要假藉嫁孫夫人給劉備，趁機奪取荊州，結果不但沒達成目的，還折損許多兵力。

用法 比喻不但沒有占到便宜，反而還吃了大虧。

例句 他因為一時貪心，上了金光黨的當，結果「賠了夫人又折兵」，後悔也來不及。

相似 偷雞不著蝕把米

鋌而走險（ㄊㄧㄥˇ ㄦˊ ㄗㄡˇ ㄒㄧㄢˇ）

解釋 快跑奔赴險處。

出處 《左傳．文公十七年》：「鋌而走險，急何能擇？」

用法 形容無路可走，被迫採取冒險行動。

例句 那個搶匪居然為了區區三千塊「鋌而走險」，讓警方搖頭嘆息。

相似 逼上梁山

養虎遺患（ㄧㄤˇ ㄏㄨˇ ㄧˊ ㄏㄨㄢˋ）

解釋 養老虎留下禍患。

出處 《史記．項羽本紀》：「今釋弗擊，此所謂養虎自遺患也。」

用法 比喻縱容敵人，反而留下後患。

例句 現在不把這個監守自盜的職員開除，只會「養虎遺患」。

相似 放虎歸山

相反 除惡務盡

養癰遺患（ㄧㄤˇ ㄩㄥ ㄧˊ ㄏㄨㄢˋ）

解釋 身上的癰不加治療，會給自己留下禍害。

出處 《後漢書．馮衍傳》李賢注引馮衍〈與婦弟任武達書〉：「養癰長疽，自生禍殃。」

用法 比喻姑息壞人、壞事，結果留下後患。

例句 不趕快把這個小症狀治好，久了也會「養癰遺患」

的。

相似 養虎遺患

相反 除惡務盡

曇花一現（ㄊㄢˊ ㄏㄨㄚ ㄧˊ ㄒㄧㄢˋ）

解釋 曇花在夜晚開花，其開花時間非常短促。

出處 《妙法蓮華經．方便品第二》：「佛告舍利弗，如是妙法，如優曇缽花，時一現耳。」

用法 本比喻事物不常見。現多比喻事物一出現很快就消失了。

例句 清朝光緒皇帝的百日維新變法，不過是「曇花一現」，起不了作用。

相似 過眼雲煙

相反 萬古長青

橫生枝節（ㄏㄥˊ ㄕㄥ ㄓ ㄐㄧㄝˊ）

解釋 中途出現的問題，就像從主幹中間產生小枝節。

用法 形容原有的事情尚未解決，又衍生新的問題。

例句 這間事情知道的人越少越好，避免「橫生枝節」。

樹倒猢猻散（ㄕㄨˋ ㄉㄠˇ ㄏㄨˊ ㄙㄨㄣ ㄙㄢˋ）

解釋 樹倒了，原本在上面聚集的猴子都會散去。

出處 宋．龐元英《談藪．曹詠妻》：「宋曹詠依附秦檜，官至侍郎，顯赫一時。依附者甚眾，獨其妻兄厲德斯不以為然。……及秦檜死，德斯遣人致書於曹詠，啟封，乃〈樹倒猢猻散賦〉一篇。」

用法 比喻以勢利相結合者，首領一垮臺，依附的人即紛紛散去。

例句 那個幫派首領因犯罪被警方逮捕，手下小弟也都「樹倒猢猻散」了。

興風作浪（ㄒㄧㄥ ㄈㄥ ㄗㄨㄛˋ ㄌㄤˋ）

解釋 颳起大風，掀起波浪。

出處 元．無名氏《二郎神醉射鎖魔鏡》第一折：「嘉州有冷熱二河，河內有一健蛟，興風作浪，損害人民。」

用法　比喻製造事端，引起是非。

例句　發生事情時，那些在一旁「興風作浪」的小人，最可惡了。

相似　掀風鼓浪

相反　安分守己

隨遇而安（ㄙㄨㄟˊ　ㄩˋ　ㄦˊ　ㄢ）

解釋　順從遭遇，處之安然。也說「隨寓而安」。

出處　宋．呂頤浩〈與姚廷輝書〉：「衣食之分，各有厚薄，隨所遇而安可也。」

用法　形容不管到了什麼環境都能安然自得。

例句　他的適應力非常強，又懂得隨機應變，因此不管到哪裡都能「隨遇而安」。

相似　安常處順

相反　見異思遷

險象環生（ㄒㄧㄢˇ　ㄒㄧㄤˋ　ㄏㄨㄢˊ　ㄕㄥ）

解釋　危險的現象一個接一個地發生。

用法　指險境不斷出現。

出處　《民國通俗演義》一四回：「乃險象環生，禍機迫切。」

例句　颱風後，這條公路多處坍方，駕駛冒險經過是「險象環生」。

龍潭虎穴（ㄌㄨㄥˊ　ㄊㄢˊ　ㄏㄨˇ　ㄒㄩㄝˋ）

解釋　龍居住的深水坑，老虎居住的山洞。也說「虎穴龍潭」。

出處　《兒女英雄傳》第十九回：「你父親因他不是個詩書禮樂之門，一面推辭，便要離了這龍潭虎穴。」

用法　比喻非常險惡的地方。

例句　那位間諜為了取得敵方情報，孤身深入「龍潭虎穴」。

相似　刀山火海

相反　福地洞天

櫛風沐雨（ㄐㄧㄝˊ　ㄈㄥ　ㄇㄨˋ　ㄩˇ）

解釋 以風梳髮，以雨洗頭。

出處 《莊子·天下》：「沐甚風，櫛疾雨。」

用法 形容辛勞奔波，不避風雨。

例句 生態觀察家「櫛風沐雨」，就是為了調查這些珍稀動物的族群分布。

相似 披星戴月

相反 養尊處優

螳螂捕蟬，黃雀在後（ㄊㄤˊ ㄌㄤˊ ㄅㄨˇ ㄔㄢˊ，ㄏㄨㄤˊ ㄑㄩㄝˋ ㄗㄞˋ ㄏㄡˋ）

解釋 螳螂捕捉知了，卻不知黃雀在後面等著啄牠。

出處 漢·劉向《說苑·正諫》：「園中有樹，其上有蟬，蟬高居悲鳴飲露，不知螳蜋在其後也；螳蜋委身曲附欲取蟬，而不知黃雀在其傍也。」

用法 比喻目光短淺，只顧眼前利益而不顧後患。

例句 「螳螂捕蟬，黃雀在後」，算計別人的也會遭到別人算計呀！

藏頭露尾（ㄘㄤˊ ㄊㄡˊ ㄌㄨˋ ㄨㄟˇ）

解釋 躲躲閃閃，藏住頭，卻露出尾巴。

出處 《鏡花緣》六十回：「廉錦楓見他們說的藏頭露尾，走到小春跟前再三追問。」

用法 形容人說話、做事有隱藏，看起來畏縮的樣子。

例句 他搞砸了那件事後，一直「藏頭露尾」的，怕被上司發現。

相似 躲躲閃閃

相反 光風霽月

雞犬不寧（ㄐㄧ ㄑㄩㄢˇ ㄅㄨˋ ㄋㄧㄥˊ）

解釋 連雞和狗都不能安寧。

出處 唐·柳宗元〈捕蛇者說〉：「悍吏之來吾鄉，叫囂乎東西，隳突乎南北，譁然而駭者，雖雞狗不得寧焉。」

用法 形容被嚴重的擾亂。

例句 自巷口開起了熱炒店，每天夜裡喧嘩的顧客都吵得附近居民「雞犬不寧」。

相似 雞飛狗跳

相反 秋毫無犯

騎虎難下 ㄑㄧˊ ㄏㄨˇ ㄋㄢˊ ㄒㄧㄚˋ

解釋 當下形勢正像騎在猛虎身上，不把老虎打死就不能半途下來。

出處 唐·李白〈留別廣陵諸公〉：「騎虎不敢下，攀龍忽墮天。」

用法 比喻做事迫於形勢而無法停止。

例句 他當初簽了約，現在半途反悔已「騎虎難下」。

相似 進退兩難

相反 進退自如

離鄉背井 ㄌㄧˊ ㄒㄧㄤ ㄅㄟˋ ㄐㄧㄥˇ

解釋 離開家鄉。

出處 元·馬致遠《漢宮秋》第四折：「漢昭君離鄉背井，如他在何處愁聽。」

用法 指離家到外地謀生。

例句 因為家鄉工作機會少，讓許多人必須「離鄉背景」到大都市找工作。

相似 遠走他鄉

相反 葉落歸根

顛沛流離 ㄉㄧㄢ ㄆㄟˋ ㄌㄧㄡˊ ㄌㄧˊ

解釋 流落異地，生活窘迫。也說「流離顛沛」。

出處 《論 語·里 仁》：「顛沛必於是。」朱熹注：「顛沛，傾覆流離之際。」

用法 形容人民流落異鄉，家破人亡。

例句 因為戰亂，讓許多學生必須在「顛沛流離」中邊逃難邊苦讀。

相似 流離失所

相反 安居樂業

聽天由命 ㄊㄧㄥ ㄊㄧㄢ ㄧㄡˊ ㄇㄧㄥˋ

解釋 聽從天意，順從命運安排。也說「聽天任命」。

出處 明·沈自晉《望湖亭》傳奇二：「這個也只要在其人，說不得聽天由命。」

用法 指順應天意和命運。

例句 許多殘障人士即使行動不便，也不願意「聽天由命」，始終堅持朝自己的理想邁進。

相似 頂天應命

相反 人定勝天

變生肘腋

解釋 變故發生在手肘和腋下這樣近的地方。

出處 《三國志．蜀書．法正傳》：「近則懼孫夫人生變於肘腋之下。」

用法 比喻事變發生在近處。常指親信者背叛自己。

例句 突然的「變生肘腋」，讓那位老闆措手不及。

相似 禍起蕭牆

體無完膚

解釋 全身沒有一塊完好的皮膚。

出處 《西陽雜俎前集．黥》：「自頸以下，遍刺白居易舍人詩……凡刻三十餘處，首體無完膚。」

用法 形容遭受傷害，傷痕累累。也比喻論點被批評得不留餘地。

例句 那個小孩被父母打得「體無完膚」，讓醫護人員萬分不捨。

相似 遍體鱗傷

相反 完好無損

鷸蚌相爭，漁翁得利

解釋 鷸和蚌爭持不下，漁翁正好把牠們一起捉了。

用法 比喻雙方相持不下，結果兩敗俱傷，致使第三者獲利。

例句 我們兩個不要再爭執了，不然「鷸蚌相爭，漁翁得利」，損失可就大了。

相似 鷸蚌爭衡

心緒情感類

一籌莫展

解釋 一根算籌也擺布不開。

出處 《宋史．蔡幼學傳》：

「多士盈庭而一籌不吐。」

用法 比喻一點辦法也想不出來。

例句 老師遲遲不肯交稿，編輯也是「一籌莫展」。

相似 束手無策

相反 計出萬全

七上八下（ㄑㄧ ㄕㄤˋ ㄅㄚ ㄒㄧㄚˋ）

解釋 心裡上上下下的不安穩。也說「七上八落」。

出處 《水滸傳》第二十五回：「那胡正卿心頭十五個吊桶打水，七上八下。」

用法 形容心神不寧，慌亂不安的樣子。

例句 突然被老師約談，他心裡不禁「七上八下」。

相似 六神無主

相反 穩如泰山

人心惶惶（ㄖㄣˊ ㄒㄧㄣ ㄏㄨㄤˊ ㄏㄨㄤˊ）

解釋 人們內心都驚恐不安。

用法 形容讓眾人惶恐不安。

例句 那些電視名嘴唯恐天下不亂，散佈不負責任的言語搞得「人心惶惶」。

千頭萬緒（ㄑㄧㄢ ㄊㄡˊ ㄨㄢˋ ㄒㄩˋ）

解釋 心思意緒紛亂。也說「萬緒千頭」。

出處 《兒女英雄傳》第十九回：「一時左思右想，千頭萬緒，心裡倒大大的為起難來。」

用法 形容事情複雜難解。

例句 這件事「千頭萬緒」，我現在還不知道該從何處開始處理。

相似 錯綜複雜

相反 有條不紊

大發雷霆（ㄉㄚˋ ㄈㄚ ㄌㄟˊ ㄊㄧㄥˊ）

解釋 發出極響的雷。

出處 清．吳趼人《二十年目睹之怪現狀》第七十四回：「符老爺登時大發雷霆起來，把那獨腳桌子一掀。」

用法 比喻大發脾氣，怒聲斥責。

例句 弟弟在家裡玩球打破花

瓶，讓爸爸「大發雷霆」。

相似 勃然大怒

相反 心平氣和

不平則鳴（ㄅㄨˋ ㄆㄧㄥˊ ㄗㄜˊ ㄇㄧㄥˊ）

解釋 物品擺放不正就會發出聲響。

出處 唐・韓愈〈送孟東野序〉：「大凡物不得其平則鳴。」

用法 指人受到不公平的待遇就會提出抗議。

例句 這些勞工受到雇主剝削，當然會「不平則鳴」，走上街頭了。

相似 水激則鳴

相反 敢怒不敢言

不共戴天（ㄅㄨˋ ㄍㄨㄥˋ ㄉㄞˋ ㄊㄧㄢ）

解釋 不跟仇敵在同一個天底下生活。

出處 《禮記・曲禮》：「父之讎，弗與共戴天。」

用法 形容仇恨極深，不能共存。

例句 他們之間有著「不共戴天」的仇恨，當然不可能出席同一個場合。

相似 你死我活

相反 水乳交融

不寒而慄（ㄅㄨˋ ㄏㄢˊ ㄦˊ ㄌㄧˋ）

解釋 不寒冷而發抖。

出處 《史記・酷吏列傳》：「是日皆報殺四百餘人，其後郡中不寒而栗（慄）。」

用法 形容非常害怕。

例句 那篇恐怖小說寫得非常真實，讓人讀來「不寒而慄」。

相似 膽戰心驚

相反 無所畏懼

六神無主（ㄌㄧㄡˋ ㄕㄣˊ ㄨˊ ㄓㄨˇ）

解釋 心、肺、肝、腎、脾、膽都失去了神靈主宰。也說「六神不安」。

出處 《官場現形記》第二回：「這一天更不曾睡覺，替他弄這樣弄那樣，忙了個六神不安。」

用法 形容心慌意亂，不知所措。

例句 聽說兒子在上學途中發生車禍，讓他驚慌得「六神無主」。

相似 心慌意亂

相反 泰然處之

心不在焉（ㄒㄧㄣ ㄅㄨˋ ㄗㄞˋ ㄧㄢ）

解釋 心思不在此。

出處 《禮記．大學》：「心不在焉，視而不見，聽而不聞，食而不知其味。」

用法 形容心神不定。

例句 他今天上課一直「心不在焉」，不知道在想什麼事。

相似 漫不經心

相反 全神貫注

心血來潮（ㄒㄧㄣ ㄒㄧㄝˇ ㄌㄞˊ ㄔㄠˊ）

解釋 心中靈感突然一來，就像潮水上漲一樣。

出處 《鏡花緣》第六回：「我們一時心血來潮，自然即去相救。」

用法 比喻一時興起。

例句 大飯店主廚一時「心血來潮」，做了道創意料理，結果大受好評。

相似 靈機一動

相反 心血退潮

心花怒放（ㄒㄧㄣ ㄏㄨㄚ ㄋㄨˋ ㄈㄤˋ）

解釋 心裡好像有花盛開一樣。也說「心花怒開」。

出處 《文明小史》第六十回：「平中丞此時喜得心花怒放，連說：『難為他了，難為他了。』」

用法 形容快樂、興奮到極點。

例句 他在情人節送女朋友一枚鑽石戒指，讓她「心花怒放」。

相似 欣喜若狂

相反 心如死灰

心急如焚（ㄒㄧㄣ ㄐㄧˊ ㄖㄨˊ ㄈㄣˊ）

解釋 心裡急得火燒一樣。

出處 《二十年目睹之怪現

狀》一七回：「我托他打聽幾時有船，他查了一查，說道：『要等三四天呢。』我越發覺得心急如焚，然而也是沒法的事，成日裡猶如坐在針氈上一般。」

用法　形容焦急的心情。

例句　遺失了具有紀念價值的手錶，讓她「心急如焚」。

相似　心急火燎

心亂如麻 ㄒㄧㄣ ㄌㄨㄢˋ ㄖㄨˊ ㄇㄚˊ

解釋　心緒就像一團理不清的麻線。

出處　宋．王思明〈山居〉之二：「隨緣隨份是生涯，莫使身心亂似麻。」

用法　形容心緒煩亂。

例句　此刻我「心亂如麻」，等我冷靜下來再跟你討論好嗎？

相似　心緒如麻

心照不宣 ㄒㄧㄣ ㄓㄠˋ ㄅㄨˋ ㄒㄩㄢ

解釋　心裡明白，不用說出。

用法　形容彼此已互相明白對方的意思，不需要再用言語表示出來。

例句　他們是多年的好友，默契十足，很多事情不用說出口，大家「心照不宣」。

心廣體胖 ㄒㄧㄣ ㄍㄨㄤˇ ㄊㄧˇ ㄆㄢˊ

解釋　心境開闊，身體舒坦。

出處　《禮記．大學》：「富潤屋，德潤身，心廣體胖。」

用法　本指人心胸開闊，身體舒泰安適。現多表示人因為安逸，無所牽掛，身體日趨於肥胖。

例句　自以為「心廣體胖」而不肯節制食量，小心將來引發心血管疾病。

相似　心寬體胖

相反　形銷骨立

心曠神怡 ㄒㄧㄣ ㄎㄨㄤˋ ㄕㄣˊ ㄧˊ

解釋　心情開朗，精神愉快。

出處　宋．范仲淹〈岳陽樓記〉：「登斯樓也，則有心曠神怡，寵辱皆忘，把酒臨風，其喜洋洋者矣。」

用法 形容人心情開朗，精神愉快。

例句 面對眼前的藍天碧海，讓人「心曠神怡」。

相似 心開色喜

相反 心慌意亂

心驚膽戰（ㄒㄧㄣ ㄐㄧㄥ ㄉㄢˇ ㄓㄢˋ）

解釋 全身都在發抖。

出處 元．陳以仁《雁門關存孝打虎》第三折：「生熬的兩家事，心驚膽戰，力困神乏」。

用法 形容因非常害怕，不自覺的顫抖。

例句 走在這座搖搖晃晃的吊橋上，每個遊客都不禁「心驚膽戰」。

相似 心驚肉跳

相反 神色不驚

手足無措（ㄕㄡˇ ㄗㄨˊ ㄨˊ ㄘㄨㄛˋ）

解釋 手腳都不知道該放在哪兒好。

出處 《論語．子路》：「刑罰不中，則民無所措手足。」

用法 形容因太慌張，以致於不知道如何是好。

例句 如果上臺前能先擬好講稿，就能夠避免「手足無措」、語無倫次的狀況。

相似 手忙腳亂

相反 從容不迫

手舞足蹈（ㄕㄡˇ ㄨˇ ㄗㄨˊ ㄉㄠˇ）

解釋 手揮舞，腳踏地。

出處 《孟子．離婁上》：「樂則生矣，生則惡可已也。惡可已，則不知足之蹈之，手之舞之。」

用法 形容高興時不覺手足舞動的樣子。

例句 聽說明天放颱風假的消息，學生們都開心的「手舞足蹈」。

相似 欣喜若狂

相反 悶悶不樂

毛骨悚然

解釋 毛髮豎起，脊梁骨發冷。

出處 《醒世恆言》三十四回：「忽然一陣冷風，吹得毛骨悚然。」

用法 形容人在過度驚懼下，寒毛不自覺的豎立起來。

例句 那座令人「毛骨悚然」的鬼屋，吸引許多膽大的人前往探險。

相似 不寒而慄

相反 無所畏懼

令人髮指

解釋 使人頭髮都豎了起來。

出處 《史記·刺客列傳》：「士皆瞋目，髮盡上指冠。」

用法 形容令人憤怒到極點。

例句 恐怖份子「令人髮指」的暴行，遭到世人唾棄。

相似 怒髮衝冠

相反 一笑置之

出人意表

解釋 在人意想之外。

出處 宋·蘇軾〈舉何去非換文資狀〉：「其論歷史所以廢興成敗，皆出人意表。」

用法 指出乎意料之外。

例句 這部小說「出人意表」的結局，其實並不討好。

可歌可泣

解釋 讓人歌頌，讓人感動到流淚。。也說「可歌可涕」。

出處 清·王琬《堯峰文鈔·計甫草中州集序》：「幸得追隨其步趨，而相與上下往覆其議論，無不動心駭魄，可歌可涕。」

用法 形容英勇悲壯的事跡，感動了人心。

例句 抗戰烈士「可歌可泣」的事跡，至今仍讓人緬懷不已。

相似 驚天地，泣鬼神

失魂落魄（ㄕ ㄏㄨㄣˊ ㄌㄨㄛˋ ㄆㄛˋ）

解釋 好像丟失了魂魄一樣。

出處 《拍案驚奇》三十回：「爭奈一個似鬼使神差，一個似失魂落魄。」

用法 形容心神不寧，精神恍惚的樣子。

例句 那位選手一副「失魂落魄」的樣子，表現也失常，不知道是發生了什麼事？

相似 喪魂失魄

相反 安之若素

正中下懷（ㄓㄥˋ ㄓㄨㄥˋ ㄒㄧㄚˋ ㄏㄨㄞˊ）

解釋 正好符合心意。

出處 《水滸傳》第六十三回：「蔡福聽了，心中暗喜：『如此發放，正中下懷。』」

用法 表示正好符合自己的心意。

例句 我最喜歡看書，樓下新開了一家書店是「正中下懷」。

相似 正中其懷

相反 大失所望

目瞪口呆（ㄇㄨˋ ㄉㄥˋ ㄎㄡˇ ㄉㄞ）

解釋 眼睛發直，說不出話來。

出處 元．無名氏《賺蒯通》第一折：「項王見我氣概威嚴，賜我酒一斗，生豚一肩，被俺一啖而盡，嚇得項王目瞪口呆，動彈不得。」

用法 形容因吃驚或害怕而發愣的樣子。

例句 臺上舞者精湛的舞蹈技巧，看得觀眾個個「目瞪口呆」。

相似 張口結舌

相反 神色自若

同病相憐（ㄊㄨㄥˊ ㄅㄧㄥˋ ㄒㄧㄤ ㄌㄧㄢˊ）

解釋 因為得到相同的病痛，而互相憐惜。

出處 《吳越春秋．闔閭內傳》：「同病相憐，同憂相救。」

用法 比喻遭遇到一樣的不幸

或痛苦，彼此互相同情。

例句 他倆都是這場大地震的受災戶，彼此「同病相憐」。

相似 芝焚蕙嘆

如坐針氈（ㄖㄨˊ ㄗㄨㄛˋ ㄓㄣ ㄓㄢ）

解釋 像坐在插了針的毛氈上一樣。

用法 比喻內心很不安。

例句 在這種高級西餐廳吃飯，讓我感覺「如坐針氈」。

相似 坐立不安

相反 行若無事

如魚得水（ㄖㄨˊ ㄩˊ ㄉㄜˊ ㄕㄨㄟˇ）

解釋 像魚得到水一樣快活。

出處 《三國志．諸葛亮傳》：「孤（劉備）之有孔明，猶魚之有水也。」

用法 比喻得到與自己相投合的人或適合自己的環境。

例句 我最喜歡看書，在圖書館工作簡直是「如魚得水」。

相似 水乳交融

例句 格格不入

如意算盤（ㄖㄨˊ ㄧˋ ㄙㄨㄢˋ ㄆㄢˊ）

解釋 打算盤，盤算自己計畫的事。

出處 《官場現形記》第四十四回：「好便宜！你倒會打如意算盤，十三個半月工錢，只付三個月。」

用法 比喻只憑自己主觀的計畫打算。

例句 這次聚餐各付各的，你打得想別人請客的「如意算盤」要落空了。

相似 一廂情願

相反 事與願違

如臨大敵（ㄖㄨˊ ㄌㄧㄣˊ ㄉㄚˋ ㄉㄧˊ）

解釋 好像碰到強大的敵人一般。

出處 清．吳趼人《痛史》第三回：「鄂州守將張士傑，時時都作準備，旌旗蔽日，習鬥連宵，無間寒暑，總是如臨大敵。」

用法 形容處於嚴密防備的狀態。

例句 學校評鑑委員即將到來，各系所主任是「如臨大敵」。

如獲至寶（ㄖㄨˊ ㄏㄨㄛˋ ㄓˋ ㄅㄠˇ）

解釋 好像得到最珍貴的東西。

出處 宋．李光〈與胡邦衡書〉：「忽蜀僧行密至，袖出寂照奄三字，如獲至寶。」

用法 形容獲得喜歡的東西後，大喜過望的心情。

例句 他在舊書攤挖到好幾本絕版書，「如獲至寶」，立即全部買下。

相似 如獲至珍

相反 如棄敝屣

如釋重負（ㄖㄨˊ ㄕˋ ㄓㄨㄥˋ ㄈㄨˋ）

解釋 如同放下沉重的負擔。

出處 《穀梁傳．昭公二十九年》：「昭公出奔，民如釋重負。」

用法 形容放下重擔，感到輕鬆。

例句 社團這次招到許多新生，避免倒社危機，讓幹部們「如釋重負」。

相反 千鈞重負

汗流浹背（ㄏㄢˋ ㄌㄧㄡˊ ㄐㄧㄚˊ ㄅㄟˋ）

解釋 出汗多，溼透脊背。

出處 《後漢書．伏皇后紀》：「（曹）操出顧左右，汗流浹背。」

用法 形容非常惶恐或慚愧的樣子。也形容滿身大汗。

例句 選手們在豔陽下「汗流浹背」的划龍舟，一心一意想奪得錦標。

相似 汗如雨下

相反 神色不動

百感交集（ㄅㄞˇ ㄍㄢˇ ㄐㄧㄠ ㄐㄧˊ）

解釋 各種感受間雜在一起。也說「百端交集」。

出處 《世說新語・言語》：「衛洗馬初欲渡江，形神慘悴，語左右云：『見此茫茫，不覺百端交集。』」

用法 形容前後各種感觸都交織在一起。

例句 從小被人領養的少女，如今見到了親生父母，不禁「百感交集」。

相似 百端交集

自怨自艾（ㄗˋ ㄩㄢˋ ㄗˋ ㄞˋ）

解釋 自我悔恨，自我改正。

出處 《孟子・萬章上》：「太甲悔過，自怨自艾。」

用法 本指悔恨自己的過失，反省改正。現在多指自我悔恨怨嘆（並沒有改正的意思）。

例句 你不要「自怨自艾」了，不過是一次失敗，下次有可能會成功的呀！

相似 自悲自嘆

例句 怨天尤人

自相矛盾（ㄗˋ ㄒㄧㄤ ㄇㄠˊ ㄉㄨㄣˋ）

解釋 用自己的矛攻擊自己的盾。

用法 比喻說話、做事前後自相抵觸。

例句 那位政治人物的說詞「自相矛盾」，引來敵對政黨的抨擊。

相似 以子之矛，攻子之盾

相反 自圓其說

自慚形穢（ㄗˋ ㄘㄢˊ ㄒㄧㄥˊ ㄏㄨㄟˋ）

解釋 自覺慚愧，不體面。

出處 《世說新語・容止》：「珠玉在側，覺我形穢。」

用法 形容與人相比，因自覺不如別人而感到羞愧。

例句 童年玩伴幾乎都唸到博士，而他卻只有專科學歷，不免「自慚形穢」。

相似 汗顏無地

相反 自高自大

自暴自棄（ㄗˋ ㄅㄠˋ ㄗˋ ㄑㄧˋ）

解釋 自己糟蹋、放棄自己。

出處 《孟子・離婁上》：

「自暴者，不可與有言也，自棄者，不可與有為也。言非禮義，謂之自暴也；吾身不能居仁由義，謂之自棄也。」

用法 形容人自甘墮落，不求上進。

例句 看到你這樣「自暴自棄」的行為，相信你在天上的爺爺也會很難過的。

相似 自輕自賤

相反 力爭上游

忍氣吞聲（ㄖㄣˇ ㄑㄧˋ ㄊㄨㄣ ㄕㄥ）

解釋 忍受怒氣，不敢出聲。也說「吞聲忍氣」。

出處 元．關漢卿《魯齋郎》楔子：「你不如休和他爭，忍氣吞聲罷。」

用法 指受了氣強忍下來不敢說出來。

例句 我為什麼要「忍氣吞聲」，不能爭取屬於自己的權益？

相似 飲恨吞聲

相反 忍無可忍

忐忑不安（ㄊㄢˇ ㄊㄜˋ ㄅㄨˋ ㄢ）

解釋 心神不安定。

出處 《官場現形記》三十四回：「我本是一個沒有省分的人，現在忽然歸了特旨班，即日就可補缺。因此心上忐忑不定。」

用法 形容心神不安定的樣子。

例句 想到明天又要上臺報告，讓她很緊張，心裡「忐忑不安」。

相似 七上八下

相反 鎮定自若

投鼠忌器（ㄊㄡˊ ㄕㄨˇ ㄐㄧˋ ㄑㄧˋ）

解釋 要用東西投擲老鼠，又恐怕砸碎了老鼠附近的器物。

出處 《漢書．賈誼傳》：「里諺曰：『欲投鼠而忌器。』此善喻也。鼠近於器，尚憚不投，恐傷其器，況於貴臣之近主乎！」

用法 比喻做事時有所顧忌，怕得罪或傷害第三者而不敢放手做。

例句 為了達成目標，有時不能怕得罪人，這樣「投鼠忌器」，不就什麼都辦不成了嗎？

相似 畏首畏尾

相反 當機立斷

杞人憂天（ㄑㄧˇ ㄖㄣˊ ㄧㄡ ㄊㄧㄢ）

解釋 杞國有人整天擔心天會塌下來。

出處 《列子．天瑞》：「杞國有人，憂天地崩墜，身亡所寄，廢寢食者。」

用法 比喻沒有必要或毫無根據的憂慮。

例句 天塌下來也有高個子擋著，你不要「杞人憂天」了。

相似 庸人自擾

相反 無憂無慮

步步為營（ㄅㄨˋ ㄅㄨˋ ㄨㄟˊ ㄧㄥˊ）

解釋 軍隊每前進一步就設下一道營壘。

出處 《三國演義》第七十一回：「可激勸士卒，拔寨前進，步步為營，誘淵來戰而擒之。」

用法 形容進軍謹慎嚴密。也比喻行動、做事非常小心謹慎。

例句 越接近成功，越需要「步步為營」，以免功虧一簣。

相似 穩紮穩打

相反 輕舉妄動

芒刺在背（ㄇㄤˊ ㄘˋ ㄗㄞˋ ㄅㄟˋ）

解釋 就像有小刺扎在背上一樣。

出處 《漢書．霍光傳》：「宣帝始立，謁見高廟，大將軍光從驂乘，上內嚴憚之，若有芒刺在背。」

用法 比喻心中恐懼不安，受到極大的威脅。

例句 老闆的這番斥責，讓他「芒刺在背」，非常不安。

赤子之心 ㄔˋ ㄗˇ ㄓ ㄒㄧㄣ

解釋 心地像初生的嬰兒。

出處 《孟子．離婁下》：「大人者，不失其赤子之心者也。」

用法 形容人的心地純潔，沒有虛假。

例句 老作家因為保有一顆「赤子之心」，才能寫出如此純真活潑的文章。

相似 一片至誠

相反 狼子野心

走馬看花 ㄗㄡˇ ㄇㄚˇ ㄎㄢˋ ㄏㄨㄚ

解釋 騎在奔跑的馬上看花。也說「看花走馬」。

出處 唐．孟郊〈登科後〉：「春風得意馬蹄疾，一日看盡長安花」。

用法 本形容得意而愉快的心情。現多比喻觀察事物粗略，不細緻。

例句 因為行程緊湊，許多景點我們都只能「走馬看花」。

相似 浮光掠影

兔死狐悲 ㄊㄨˋ ㄙˇ ㄏㄨˊ ㄅㄟ

解釋 兔子死了，狐狸也會感到悲傷。

出處 《宋史．李全傳》：「狐死兔泣，李氏滅，夏氏寧獨存？」

用法 比喻因同類的不幸遭遇而感到悲傷。

例句 聽了他求職碰壁的經歷，讓我也不禁「兔死狐悲」起來。

相似 狐兔之悲

相反 幸災樂禍

受寵若驚 ㄕㄡˋ ㄔㄨㄥˇ ㄖㄨㄛˋ ㄐㄧㄥ

解釋 對於受到寵愛感到意外。也作「被寵若驚」。

出處 《老子》十三章：「得之若驚，失之若驚，是謂寵辱若驚。」

用法 形容因受到特別的寵愛而感到意外。

例句 無功不受祿，你這份禮

物實在讓我「受寵若驚」。

相似　寵辱若驚

相反　寵辱不驚

味如嚼蠟（ㄨㄟˋ ㄖㄨˊ ㄐㄩㄝˊ ㄌㄚˋ）

解釋　味道像嚼蠟一樣。也說「味同嚼蠟」。

出處　《楞嚴經》：「我無欲心，應汝行事，於橫陳時，味如嚼蠟。」

用法　形容文章或說話枯燥無味。

例句　那位演講者開口都是些「味如嚼蠟」的老生常談。

相似　味如雞肋

相反　饒有風味

委曲求全（ㄨㄟˇ ㄑㄩ ㄑㄧㄡˊ ㄑㄩㄢˊ）

解釋　使自己受委屈，以求完成某事。

出處　《漢書．嚴彭祖傳》：「凡通經術，固當修行先王之道，何可委曲從俗，苟求富貴乎？」

用法　指勉強遷就他人或環境，以求得事情的完成。

例句　這件事關係到很多人的利益，少數人必須「委屈求全」。

相似　逆來順受

相反　寧為玉碎，不為瓦全

居心叵測（ㄐㄩ ㄒㄧㄣ ㄆㄛˇ ㄘㄜˋ）

解釋　心裡想什麼不可推測。

用法　形容人心存險惡，令人難以推測。

例句　角落裡那個人行跡詭異、眼神閃爍，「居心叵測」，大家要提高警覺。

相似　包藏禍心

相反　胸懷坦白

杯弓蛇影（ㄅㄟ ㄍㄨㄥ ㄕㄜˊ ㄧㄥˇ）

解釋　弓的影子照進杯裡，就讓人以為酒中有蛇。

用法　比喻疑神疑鬼，自己嚇自己。

例句　他自從看了那部恐怖電影，整天「杯弓蛇影」，生怕自己也遇到類似狀況。

相似 風聲鶴唳

枉費心機

解釋 徒然花費心思。也說「枉用心機」、「枉費心計」。

出處 元・無名氏《隔江鬥智》第二折：「你使著這般科段，敢可也枉用心機。」

用法 形容徒勞無功，白白的耗費心思。

例句 那位官員是出了名的鐵面無私，想要關說通融根本是「枉費心機」。

相似 勞而無功

欣喜若狂

解釋 高興得像要發狂了。

用法 形容高興到了極點。

例句 抽中了日本來回機票，讓得獎人「欣喜若狂」。

沾沾自喜

解釋 暗自歡喜的樣子。

出處 《史記・魏其武安侯列傳》：「魏其者，沾沾自喜耳。」

用法 形容自以為很好而高興得意。

例句 這個問題，全班只有他一個人答對，讓他不禁「沾沾自喜」。

相似 洋洋自得

相反 垂頭喪氣

虎視眈眈

解釋 像老虎一樣狠狠的注視著。

出處 《周易・頤》：「虎視眈眈，其欲逐逐。」

用法 形容伺機而動的樣子。

例句 「虎視眈眈」的顧客聚集在店外，等門一開，就要衝進去搶購每日限量商品。

相似 虎視鷹瞵

垂頭喪氣

解釋 耷耳著腦袋，意氣消沉。

用法 形容失意沮喪的樣子。

例句 看他「垂頭喪氣」的模

樣，大概是這次樂透彩又槓龜了。

怒髮衝冠（ㄋㄨˋ ㄈㄚˇ ㄔㄨㄥ ㄍㄨㄢ）

解釋 憤怒得頭髮直豎，把帽子都頂起來了。

出處 《史記・廉頗藺相如列傳》：「相如因持璧卻立，倚柱，怒髮上衝冠。」

用法 形容氣憤到極點的樣子。

例句 竊賊枉顧公共安全，偷剪路燈電纜的行為，讓人「怒髮衝冠」。

相似 怒不可遏

相反 平心靜氣

思前想後（ㄙ ㄑㄧㄢˊ ㄒㄧㄤˇ ㄏㄡˋ）

解釋 想前想後。

用法 指反覆的盤算、思量。

例句 他不斷「思前想後」，想擬出一個完美計畫，結果反而耽誤時機。

相似 思前算後

怨天尤人（ㄩㄢˋ ㄊㄧㄢ ㄧㄡˊ ㄖㄣˊ）

解釋 怨恨命運，責怪別人。

出處 《論語・憲問》：「不怨天，不尤人。」

用法 形容人不如意時一味埋怨或歸罪於環境。

例句 失敗了應該要自我反省，而不是「怨天尤人」。

相似 埋天怨地

相反 反求諸己

畏首畏尾（ㄨㄟˋ ㄕㄡˇ ㄨㄟˋ ㄨㄟˇ）

解釋 這也害怕，那也害怕。

出處 《左傳・文公十七年》：「古人有言曰：『畏首畏尾，身其餘幾？』」

用法 形容因過度顧慮，以致於擔心害怕的樣子。

例句 「畏首畏尾」的性格，不適合擔任領導者。

相似 縮手縮腳

相反 勇往直前

眉飛色舞（ㄇㄟˊ ㄈㄟ ㄙㄜˋ ㄨˇ）

解釋 神色愉悅，眉毛挑動的

樣子。

出處 《兒女英雄傳》第二十八回：「老夫妻只樂得眉飛色舞，笑逐顏開的。」

用法 形容非常喜悅或得意的神態。

例句 他談起自己喜歡的女孩子，不禁開心的「眉飛色舞」。

相似 眉開眼笑

相反 愁眉不展

迫在眉睫（ㄆㄛˋ ㄗㄞˋ ㄇㄟˊ ㄐㄧㄝˊ）

解釋 就像已經逼近了眉毛和睫毛一樣。

出處 《列子．仲尼》：「遠在八荒之外，近在眉睫之內。」

用法 比喻事情到了非常緊要的關頭，十分急迫。

例句 截稿日期已經「迫在眉睫」，不加緊趕稿，恐怕就要開天窗了。

相似 火燒眉毛

相反 從容不迫

面如土色（ㄇㄧㄢˋ ㄖㄨˊ ㄊㄨˇ ㄙㄜˋ）

解釋 臉的顏色跟土一樣。

出處 《三國演義》十三回：「少頃李傕來見，帶劍而入，帝面如土色。」

用法 形容驚恐到極點，臉上沒有血色。

例句 聽說對面鄰居家發生凶殺案，讓老奶奶嚇得「面如土色」。

相似 面無人色

相反 面不改色

面面相覷（ㄇㄧㄢˋ ㄇㄧㄢˋ ㄒㄧㄤ ㄑㄩˋ）

解釋 你看我，我看你，互相對視。

出處 《三國演義》十七回：「此時人馬困乏，大家面面相覷，做聲不得。」

用法 形容驚慌時互相對看，不知所措的樣子。

例句 健身中心無預警停業，讓所有員工與顧客「面面相覷」，不知該找誰負責。

相似 面面相視

相反　鎮定自若

風聲鶴唳

解釋　聽到風聲和鶴叫，都以為是敵兵呼喊。

用法　形容非常的驚恐疑懼或彼此互相驚嚇。

例句　本區員警最近大力取締違擺攤，攤販「風聲鶴唳」，決定轉移陣地。

相似　草木皆兵

匪夷所思

解釋　不是平常想得到的。

出處　《周易．渙》：「渙有丘，匪夷所思。」

用法　指事情太過離奇，是一般人所想像不到的。

例句　居然有學生全年沒來上課，還要求老師讓他通過的事情，真令人「匪夷所思」。

相似　不可思議

相反　不足為奇

耿耿於懷

解釋　形容胸中有心事，老是忘不掉。

出處　《詩經．邶風．柏舟》：「耿耿不寐，如有隱憂。」

用法　形容對某件事情難以忘懷，心裡覺著不能平靜、踏實的樣子。現多形容憤憤不平的樣子。

例句　我對他上次說謊的事情「耿耿於懷」，恐怕難以回到好朋友關係。

相似　念念不忘

相反　無介於懷

草木皆兵

解釋　連一草一木都像是敵兵一樣。

用法　形容人在極度驚恐時，稍有動靜就會非常緊張。

例句　那個逃犯終於決定向警方自首，結束「草木皆兵」，躲躲藏藏的生活。

相似　風兵草甲

骨鯁在喉（ㄍㄨˇ ㄍㄥˇ ㄗㄞˋ ㄏㄡˊ）

解釋　魚刺卡在喉嚨裡。

出處　《說文解字》：「鯁，食骨留咽中也。」段玉裁注：「韋曰：『骨所以鯁，人也。』忠者逆耳，如食骨在喉，故云骨鯁之臣。」

用法　比喻心中有話，非說出來不可。

例句　面對同事不遵守垃圾分類，我真是「骨鯁在喉」，非找機會勸勸對方不可。

相反　三緘其口

高枕無憂（ㄍㄠ ㄓㄣˇ ㄨˊ ㄧㄡ）

解釋　枕頭墊得高高的安心睡覺。

出處　《戰國策．魏策一》：「事秦，則楚韓必不敢動；無楚韓之患，則大王高枕而臥，國必無憂矣。」

用法　形容非常安心，無所顧慮的樣子。

例句　失業率高居不下，就算考上公務員也不見得能「高枕無憂」。

相似　高枕而臥

相反　枕戈寢甲

庸人自擾（ㄩㄥ ㄖㄣˊ ㄗˋ ㄖㄠˇ）

解釋　平凡的人自尋煩惱。

出處　《唐書．陸象先傳》：「天下本無事，庸人自擾之。」

用法　表示本來無事而自尋煩惱。

例句　事情都還沒決定，你就在這裡擔心，不是「庸人自擾」嗎？

相似　無病自疚

相反　自得其擾

掉以輕心（ㄉㄧㄠˋ ㄧˇ ㄑㄧㄥ ㄒㄧㄣ）

解釋　不經意，輕忽。

出處　唐．柳宗元〈答韋中立論師道書〉：「故吾每為文章，未嘗敢以輕心掉之。」

用法　指對事情採取漫不經心的態度。

例句 這次水災之所以會那麼嚴重，就是因為相關單位「掉以輕心」造成。

相似 等閒視之

相反 鄭重其事

望而卻步 ㄨㄤˋ ㄦˊ ㄑㄩㄝˋ ㄅㄨˋ

解釋 看到了就往後退縮。

出處 清．袁枚《隨園詩話補遺》卷七：「今藏園、甌北兩才子詩，鬥險爭新，余望而卻步。」

用法 形容害怕面對困難或危險。

例句 專櫃裡動輒萬元的服飾，令人「望而卻步」。

相似 望而生畏

相反 勇往直前

望洋興嘆 ㄨㄤˋ ㄧㄤˊ ㄒㄧㄥ ㄊㄢˋ

解釋 望著大海嘆息。

出處 《莊子．秋水》：「（河伯）望洋向（海）若而歎曰：『野語有之，曰：聞道百以為莫己若者，我之謂也。』」

用法 比喻看見他人的偉大而感慨自己的渺小。或指處理某事時慨嘆力量不足。

例句 房價節節攀升，一般百姓根本買不起，只有「望洋興嘆」的份。

相似 自嘆不如

深思熟慮 ㄕㄣ ㄙ ㄕㄡˊ ㄌㄩˋ

解釋 周詳、細緻的考慮。

出處 宋．蘇軾〈策別第九〉：「而其人亦得深思熟慮，周旋於其間，不過十年，將必有卓然可觀者也。」

用法 形容再三的深入考慮。

例句 沒有經過「深思熟慮」就倉促決定，日後容易引發更多問題。

相似 深謀遠慮

相反 輕舉妄動

深謀遠慮 ㄕㄣ ㄇㄡˊ ㄩㄢˇ ㄌㄩˋ

解釋 計畫周密，考慮深遠。

出處　漢・賈誼〈過秦論上〉：「深謀遠慮，行軍用兵之道，非及曩時之士也。」

用法　形容計畫得很周密，考慮得很深遠。

例句　對於這個政策可能引發的後續問題，部長「深謀遠慮」，早就想好對策了。

相似　深思遠慮

相反　魯莽從事

喜出望外（ㄒㄧˇ ㄔㄨ ㄨㄤˋ ㄨㄞˋ）

解釋　喜悅在意料之外。

出處　宋・蘇軾〈與李之儀書〉：「辱書尤數，喜出望外。」

用法　指出乎意料的喜悅。

例句　學姊願意跨刀幫忙演出，讓她「喜出望外」。

相似　大喜過望

喜形於色（ㄒㄧˇ ㄒㄧㄥˊ ㄩˊ ㄙㄜˋ）

解釋　歡喜表現在臉色上。

出處　唐・裴庭裕《東觀奏記》卷上：「上悅安平不妒，喜形於色。」

用法　形容內心的喜悅流露在臉上。

例句　論文得到口試委員的肯定，讓他「喜形於色」。

相似　眉飛色舞

相反　憂形於色

惴惴不安（ㄓㄨㄟˋ ㄓㄨㄟˋ ㄅㄨˋ ㄢ）

解釋　恐懼擔憂的樣子。

出處　《詩經・秦風・黃鳥》「臨其穴，惴惴其栗。」

用法　形容因為恐懼或擔心而心神不寧的樣子。

例句　他心裡一直「惴惴不安」，不曉得這個案子會不會通過。

相似　提心吊膽

相反　處之泰然

提心吊膽（ㄊㄧˊ ㄒㄧㄣ ㄉㄧㄠˋ ㄉㄢˇ）

解釋　好像心和膽都懸在半空一樣。

出處　《西遊記》第十七回：

「眾僧聞得此言，一個個提心吊擔，告天許願。」

用法 形容心情慌亂，非常擔心，感到很恐懼。

例句 新娘穿上這件曳地白紗，讓新娘「提心吊膽」，生怕會踩到絆跤。

相似 心驚肉跳

相反 鎮定自若

晴天霹靂

解釋 大晴天下突然發出強烈的雷聲。也說「青天霹靂」。

出處 宋·王令〈寄滿子權〉：「九原黃土英靈活，萬古青天霹靂飛。」

用法 比喻突然發生使人震驚的消息。

例句 部門要被裁撤的消息猶如「晴天霹靂」，員工們都難以置信。

相似 五雷轟頂

相反 喜從天降

焚琴煮鶴

解釋 把鶴煮了，把琴燒了。也說「煮鶴焚琴」。

出處 宋·胡仔《苕溪漁隱叢話》引《西清詩話》：「義山《雜纂》，品目數十，蓋以文滑稽者。其一曰殺風景，謂清泉濯足，花下曬褌，背山起樓，燒琴煮鶴。」

用法 比喻庸俗的人糟蹋美好的事物，即殺風景。

例句 在這麼浪漫的風景區烤肉，真是「焚琴煮鶴」。

焦頭爛額

解釋 頭部被火燒成重傷。

出處 《三國演義》四十回：「到四更時分，人馬困乏，軍士大半焦頭爛額。」

用法 形容十分狼狽窘迫的情況。

例句 同時籌備七個活動，讓策劃人「焦頭爛額」。

相似 狼狽不堪

相反 從容不迫

無地自容

解釋　沒有地方可以讓自己容身。

出處　《兒女英雄傳》第九回：「把個張姑娘羞的無地自容。」

用法　形容羞愧到了極點。

例句　在公車上睡著靠在隔壁乘客的肩膀上，讓她羞愧地「無地自容」。

相似　汗顏無地

相反　心安理得

無傷大雅

解釋　對正經事沒有傷害。

出處　《二十年目睹之怪現狀》二十五回：「像這種當個頑意見，不必問他真的假的，倒也無傷大雅。」

用法　表示沒有多大妨礙。

例句　這點「無傷大雅」的失誤，並不影響這場演出的精采程度。

相似　無關緊要

無精打采

解釋　沒有精神，提不起興致。

出處　《紅樓夢》二十五回：「（小紅）取了噴壺而回，無精打采，自向房內躺著。」

用法　形容情緒低落，精神不振。

例句　徹夜照顧哭鬧不休的小孩，讓她整天上班都是「無精打采」。

相似　萎靡不振

相反　精神煥發

猶豫不決

解釋　遲疑無法下決定。

用法　形容一直沒辦法下決定。

例句　玻璃櫃中琳瑯滿目的甜點，總讓顧客「猶豫不決」，不知選哪個好。

痛心疾首

解釋　悲憤到讓人頭疼心痛。

出處 《左傳·成公十三年》：「諸侯備聞此言，斯是用痛心疾首，暱就寡人。」

用法 形容痛恨、厭惡到了極點。

例句 不肖官員與黑心建商勾結的事件，教人「痛心疾首」。

相似 深惡痛絕

蛟龍得水（ㄐㄧㄠ ㄌㄨㄥˊ ㄉㄜˊ ㄕㄨㄟˇ）

解釋 傳說蛟龍得到水，就能興雲作雨，飛騰上天。也作「蛟龍得雲雨」。

出處 《管子·形勢解》：「蛟龍待得水而後立其神，人主待得民而後成其威，故曰：蛟龍得水而神可立也。」

用法 比喻得到施展才能的機會。

例句 從金融界轉到餐飲界，她就像「蛟龍得水」，每天工作都充滿動力。

相似 如魚得水

相反 蛟龍失水

意興闌珊（ㄧˋ ㄒㄧㄥˋ ㄌㄢˊ ㄕㄢ）

解釋 興致都快消失了。

用法 形容興致低落的樣子。

例句 這份工時長、薪水少又沒有成就感的工作，讓人「意興闌珊」。

萬念俱灰（ㄨㄢˋ ㄋㄧㄢˋ ㄐㄩˋ ㄏㄨㄟ）

解釋 一切想法和打算都破滅了。

用法 形容失意或遭受沉重打擊後，非常灰心失望的心情。

例句 連續三年名落孫山，他不禁「萬念俱灰」。

相似 萬念皆灰

義憤填膺（ㄧˋ ㄈㄣˋ ㄊㄧㄢˊ ㄧㄥ）

解釋 因正義而激起的憤怒充滿胸中。也說「義憤填胸」。

出處 《兒女英雄傳》第五回：「隱在亂石叢樹裡竊聽

多時，把白臉兒狼、傻狗二人商量的傷天害理的這段陰謀聽了個詳細，登時義憤填胸。」

用法 形容因不平的事而引起滿腔憤怒。

例句 竊賊將附近人家的鐵門全部偷光，怎不讓人「義憤填膺」？

相似 義氣填胸

相反 心花怒放

慘不忍睹

解釋 情景悲慘，讓人不忍心看。

用法 形容悲慘的情景，令人不忍看下去。

例句 瓦斯氣爆的現場一片狼籍，「慘不忍睹」。

滿面春風

解釋 滿臉都是春風一樣柔和的笑容。也說「春風滿面」。

出處 元．王實甫《麗春堂》第一折：「得勝歸來喜笑濃，氣昂昂卷長虹，飲千鍾滿面春風。」

用法 形容滿臉笑容，喜氣洋洋的樣子。

例句 兒子考上醫學院，讓他「滿面春風」，非常得意，

相似 喜氣洋洋

相反 愁容滿面

漫不經心

解釋 隨便，不用心。

出處 清．章學誠《章氏遺書．家書一》：「今使逐日以所讀之書與文，作何領會札而記之，則不致於漫不經心。」

用法 形容輕忽隨便，不放在心上。

例句 「漫不經心」的工作態度，經常會造成大失誤。

相似 心不在焉

相反 一絲不苟

裹足不前

解釋 纏住雙腳不前進。

出處 李斯〈諫逐客書〉：「使天下之士退而不敢西向，裹足不入秦。」

用法 停止腳步，不再前進。

例句 因為一次失敗就「裹足不前」，那樣就永遠沒有再成功的可能了。

相似 畏縮不前

相反 勇往直前

魂不附體

解釋 嚇得靈魂都脫離軀體走散了。

出處 元．喬孟符《金錢記》第一折：「使小生魂不附體。」

用法 形容非常害怕驚慌，無法自主。

例句 馬路中間那隻咆哮的野狗，把這群孩子嚇得「魂不附體」。

相似 魂飛魄散

相反 泰然自若

憂心如焚

解釋 憂愁得心裡像火燒一樣。

出處 《詩經．小雅．節南山》：「憂心如惔，不敢戲談。」

用法 形容非常憂愁焦慮。

例句 好友失蹤多日，讓他「憂心如焚」。

相似 憂心忡忡

相反 無憂無慮

憤世嫉俗

解釋 憎恨當時的社會現狀。也說「憤世嫉邪」。

出處 唐．韓愈〈雜說三〉：「將憤世嫉邪，長往而不來者之所為乎？」

用法 表示對當時的社會現狀不滿。

例句 他個「憤世嫉俗」的年輕人，經常投書報紙一吐心中不滿。

相似 憤世嫉邪

相反 隨俗浮沉

暴跳如雷

解釋　大怒時像打雷一樣猛烈。

出處　《儒林外史》第五十四回：「賣人參的聽了，啞吧夢見媽，說不出的苦，急的暴跳如雷。」

用法　形容非常憤怒的樣子。

例句　聽說兒子逃學的消息，那位父親氣得「暴跳如雷」。

相似　大發雷霆

相反　心平氣和

樂不可支（ㄌㄜˋ ㄅㄨˋ ㄎㄜˇ ㄓ）

解釋　開心到無法支持住本來的樣子。

出處　《後漢書・張堪傳》：「桑無附枝，麥穗兩歧，張君為政，樂不可支。」

用法　形容很快樂。

例句　作品得到評審的肯定，讓她「樂不可支」。

相似　喜不自勝

相反　痛不欲生

樂不思蜀（ㄌㄜˋ ㄅㄨˋ ㄙ ㄕㄨˇ）

出處　蜀後主劉禪快樂到忘記了自己的故鄉蜀國。

用法　《三國志・蜀志・後主傳》裴松之注引晉・習鑿齒《漢晉春秋》：「司馬文王與（劉）禪宴，……王問禪曰：『頗思蜀否？』禪曰：『此間樂，不思蜀。』」

用法　形容樂而忘返。或指樂而忘本。

例句　墾丁美麗的藍天碧海，教人「樂不思蜀」。

相似　樂而忘歸

相反　勿忘在莒

樂極生悲（ㄌㄜˋ ㄐㄧˊ ㄕㄥ ㄅㄟ）

解釋　快樂到極點經常會招來悲哀。也說「樂極則悲」。

出處　《史記・滑稽列傳》：「故曰酒極則亂，樂極則悲。」

用法　指快樂到了極點往往會轉而發生悲哀的事情。多為告誡行樂須節制，不可以過度。

例句 那群學生放鞭炮慶祝金榜題名，結果「樂極生悲」，炸傷了路人。

相似 樂極哀生

相反 否極泰來

戰戰兢兢（ㄓㄢˋ ㄓㄢˋ ㄐㄧㄥ ㄐㄧㄥ）

解釋 小心謹慎而恐懼發抖的樣子。

出處 《詩經·小雅·小旻》：「戰戰兢兢，如臨深淵，如履薄冰。」

用法 形容因為害怕而小心翼翼的態度。

例句 服務生「戰戰兢兢」地端著滾燙的火鍋，生怕灑出來。

燃眉之急（ㄖㄢˊ ㄇㄟˊ ㄓ ㄐㄧˊ）

解釋 像火燒眉毛那樣的緊急。也作「燒眉之急」。

出處 《歧路燈》第四十回：「（惠養民）一心要將銀子撤出來，送還家中抵債，以解胞兄燃眉之急。」

用法 比喻非常急迫。

例句 這個颱風帶來充沛的雨水，解決南部缺水的「燃眉之急」。

相似 刻不容緩

相反 從容不迫

興味索然（ㄒㄧㄥˋ ㄨㄟˋ ㄙㄨㄛˇ ㄖㄢˊ）

解釋 落寞乏味。

用法 形容完全沒有興趣、情致。

例句 那部小說題材太過嚴肅，令人「興味索然」。

相似 索然無味

相反 興致勃勃

隨心所欲（ㄙㄨㄟˊ ㄒㄧㄣ ㄙㄨㄛˇ ㄩˋ）

解釋 聽任心裡所希望的。

出處 《論語·為政》：「七十而從心所欲，不踰矩。」

用法 表示完全順著自己的心意去做。

例句 每天這樣「隨心所欲」的大吃特吃，身材怎麼可能不變形？

相似 為所欲為

相反 循規蹈矩

瞻前顧後（ㄓㄢ ㄑㄧㄢˊ ㄍㄨˋ ㄏㄡˋ）

解釋 看看前面，又看看後面。

出處 戰國・屈原〈離騷〉：「瞻前而顧後兮，相觀民之計極。」

用法 形容做事謹慎，考慮周到。或形容顧慮過多，猶豫不決。

例句 因為這樣「瞻前顧後」的個性，他經常錯過處理事情的最好時機。

相似 思前想後

相反 當機立斷

觸目驚心（ㄔㄨˋ ㄇㄨˋ ㄐㄧㄥ ㄒㄧㄣ）

解釋 眼睛看到的，使內心受到很大的震動。也作「怵目驚心」。

出處 清・李汝珍《鏡花緣》九十九回：「也好叫他觸目驚心，時常打掃。」

用法 形容景象恐怖，令人害怕。

例句 這部戰爭電影中有許多「觸目驚心」的殺戮場景。

相似 觸目駭心

相反 司空見慣

觸景生情（ㄔㄨˋ ㄐㄧㄥˇ ㄕㄥ ㄑㄧㄥˊ）

解釋 看到景象就有所感觸。也說「見景生情」。

出處 明・胡應麟《詩藪》：「（詩）坦易者多觸景生情，因事起意，眼前景，口頭語，自能沁人心脾，耐人咀嚼。」

用法 指因為看到眼前景象而引起內心某種情感。

例句 「觸景生情」常是詩人創作的的原動力。

相似 觸景傷情

相反 無動於衷

躊躇不前（ㄔㄡˊ ㄔㄨˊ ㄅㄨˋ ㄑㄧㄢˊ）

解釋 猶豫著不敢往前。

用法 形容猶豫不決，不敢前進的樣子。

例句　上次股票慘賠的經驗，讓他對投資「躊躇不前」。

躊躇滿志（ㄔㄡˊ ㄔㄨˊ ㄇㄢˇ ㄓˋ）

解釋　滿懷得意，從容自得。

出處　《莊子・養生主》：「提刀而立，為之四顧，為之躊躇滿志。」

用法　形容心滿意足，神態從容自得的樣子。

例句　瞧那位選手「躊躇滿志」的樣子，這次比賽的冠軍大概非他莫屬了。

相似　欣欣自得

相反　垂頭喪氣

顧影自憐（ㄍㄨˋ ㄧㄥˇ ㄗˋ ㄌㄧㄢˊ）

解釋　自己看著自己的影子，自己憐惜自己。

出處　晉・陸機〈赴洛道中作二首〉之二：「佇立望故鄉，顧影淒自憐。」

用法　指自我欣賞。也形容孤獨失意的樣子。

例句　那位攝影師抓住了模特兒「顧影自憐」的神韻，是一張出色的照片。

相似　山雞舞鏡

相反　自慚形穢

驚弓之鳥（ㄐㄧㄥ ㄍㄨㄥ ㄓ ㄋㄧㄠˇ）

解釋　從獵人的箭下逃過一劫的鳥，以後再聽到弓響，就會非常害怕。

出處　《晉書・王鑒傳》：「黷武之眾易動，驚弓之鳥難安。」

用法　比喻受過驚嚇的人，遇到類似的事就心生膽怯。

例句　有上次被卡在半空中的驚險遭遇，她聽到雲霄飛車就如「驚弓之鳥」。

相似　心有餘悸

相反　初生之犢

驚心動魄（ㄐㄧㄥ ㄒㄧㄣ ㄉㄨㄥˋ ㄆㄛˋ）

解釋　震驚、感動人的心魄。

出處　南朝梁・鍾嶸《詩品》卷上：「文溫以麗，意悲而遠，驚心動魄，可謂幾乎一字千金。」

用法　本形容文字作品使人感受極深。後也形容情況非常驚險。

例句　這部小說情節緊湊，又曲折離奇，讀來「驚心動魄」，非常過癮。

相似　觸目驚心

驚惶失措

解釋　因害怕而舉動失去常態。

出處　《東周列國志》第十四回：「告以連稱作亂之事，遂造寢室，告於襄公，襄公驚惶無措。」

用法　形容非常驚慌害怕，不知如何是好。

例句　她一看到老鼠，就嚇得「驚惶失措」。

相似　手足無措

相反　應付自如

治事為政類

一手遮天

解釋　一隻手就把天遮住。

出處　唐・曹鄴〈讀李斯傳〉：「難將一人手，遮得天下目。」

用法　形容企圖瞞人耳目，使是非不明。

例句　犯下這麼大的錯誤，你怎麼還妄想能「一手遮天」？

相似　隻手遮天

相反　上情下達

力挽狂瀾

解釋　挽回猛烈的巨浪。

出處　唐・韓愈〈進學解〉：「障百川而東之，回狂瀾於既倒。」

用法　比喻盡力挽救頹敗的局勢。

例句　亂世之中，最需要「力挽狂瀾」的英雄挺身而出。

相似　扭轉乾坤

相反　大勢已去

上行下效

解釋　在上者怎樣做，在下者

就會跟著學習。

出處 《周禮・天官・太軍》疏：「上行之，下效之。」

用法 比喻具有影響力的人的言行，常常會被他人效法。

例句 不要輕忽「上行下效」的力量，領導人行事必須格外謹慎。

相似 上梁不正下梁歪

相反 以身作則

亡羊補牢（ㄨㄤˊ ㄧㄤˊ ㄅㄨˇ ㄌㄠˊ）

解釋 羊跑掉了，再去修補羊圈，還不算晚。

出處 《戰國策・楚策四》：「見兔而顧犬，未為晚也；亡羊而補牢，未為遲也。」

用法 比喻發生錯誤後，馬上想辦法補救還不算遲。

例句 雖然這次因準備方向錯誤而名落孫山，但是「亡羊補牢」，下次還是有上榜的機會。

相似 賊去關門

相反 防患未然

大刀闊斧（ㄉㄚˋ ㄉㄠ ㄎㄨㄛˋ ㄈㄨˇ）

解釋 大把的刀和斧頭。

出處 《兒女英雄傳》第二十一回：「姑娘向來大刀闊斧，於這些小事不大留心。」

用法 比喻辦事果斷，有魄力。或比喻做事能從大處著手，求根本解決之道。

例句 部分政府單位的職員苟且度日、工作效率不彰，需要「大刀闊斧」的改革。

相似 雷厲風行

相反 畏首畏尾

小心翼翼（ㄒㄧㄠˇ ㄒㄧㄣ ㄧˋ ㄧˋ）

解釋 謹慎恭敬的樣子。

出處 《詩經・大雅・大明》：「維此文王，小心翼翼。」

用法 形容舉動十分恭敬、謹慎，一點也不敢疏忽。

例句 妹妹「小心翼翼」的捧著裝滿水的茶壺，就害怕弄灑了。

相似 戰戰兢兢

相反 漫不經心

尸位素餐

ㄕ ㄨㄟˋ ㄙㄨˋ ㄘㄢ

解釋 占有職位而不做事，只吃閒飯。也作「素餐尸位」。

出處 《漢書．朱雲傳》：「今朝廷大臣，上不能匡主，下亡以益民，皆尸位素餐。」

用法 形容空占職位不做事。有時也用於自謙，表示沒做什麼事情。

例句 那些人「尸位素餐」，阻礙了其他人員的新進。

相似 尸祿素餐

相反 克盡厥職

不拘小節

ㄅㄨˋ ㄐㄩ ㄒㄧㄠˇ ㄐㄧㄝˊ

解釋 不拘泥於生活上煩瑣的小事情。

出處 《後漢書．虞延傳》：「（虞延）性敦樸，不拘小節，又無鄉曲之譽。」

用法 比喻待人處世不拘泥禮數，或不注重生活瑣事。

例句 通常男生會給人比較「不拘小節」的印象。

相似 不修邊幅

不管三七二十一

ㄅㄨˋ ㄍㄨㄢˇ ㄙㄢ ㄑㄧ ㄦˋ ㄕˊ ㄧ

解釋 俗諺。說人做事前不多想一想。

出處 《警世通言．杜十娘怒沉百寶箱》：「若三日沒有來時，老身也不管三七二十一，公子不公子，一頓孤拐打那光棍出去。」

用法 比喻不問是非情由，不計後果。

例句 他聽到這個消息，「不管三七二十一」就往外衝，沒人攔得住。

五日京兆

ㄨˇ ㄖˋ ㄐㄧㄥ ㄓㄠˋ

解釋 只當五天京兆尹的官。

出處 《漢書．張敞傳》：「（張敞）今五日京兆耳，安能復案事！」

用法 比喻任職時間短暫。或

比喻不作長遠打算。

例句 雖然只是「五日京兆」，但他堅持做什麼像什麼，才是敬業態度。

內憂外患（ㄋㄟˋ ㄧㄡ ㄨㄞˋ ㄏㄨㄢˋ）

解釋 內部外部都有憂慮禍患。

出處 《國語．晉語六》：「不有外患，必有內憂。」

用法 表示國家同時有內部動亂和外來侵略。

例句 國家「內憂外患」，需要全體人民共體時艱。

相反 四海昇平

分崩離析（ㄈㄣ ㄅㄥ ㄌㄧˊ ㄒㄧ）

解釋 全都崩解、散開。

出處 《論語．季氏》：「遠人不服，而不能來也；邦分崩離析，而不能守也。」

用法 形容國家或團體、組織分裂，內部成員各懷異心。

例句 那個政黨因為內部人員的意見紛歧與利害衝突，早已「分崩離析」。

相似 四分五裂

相反 和衷共濟

匹夫有責（ㄆㄧˇ ㄈㄨ ㄧㄡˇ ㄗㄜˊ）

解釋 每個普通人都有責任。

出處 明．顧炎武《日知錄》：「保天下者，匹夫之賤，與有責焉耳矣。」

用法 泛指每個人都有責任。多指天下興亡的責任。

例句 維護環境清潔，「匹夫有責」，就從不任意傾倒廢棄物開始。

相似 責無旁貸

天怒人怨（ㄊㄧㄢ ㄋㄨˋ ㄖㄣˊ ㄩㄢˋ）

解釋 上天和人民都很憤怒、怨恨。也說「人怨天怒」。

出處 《後漢書．袁紹傳》：「自是士林憤痛，人怨天怒，一夫奮臂，舉州同聲。」

用法 形容為害嚴重，引起群眾憤怒。多比喻執政者暴虐無道，引起百姓怨恨。

例句 史上倒行逆施、造成「天怒人怨」的君王，沒有不被推翻的。

相似 人神共憤

相反 頌聲載道

天網恢恢，疏而不漏（ㄊㄧㄢ ㄨㄤˇ ㄏㄨㄟ ㄏㄨㄟ，ㄕㄨ ㄦˊ ㄅㄨˋ ㄌㄡˋ）

解釋 天道像廣闊的大網，看起來很稀疏，但絕不會放過一個壞人。

出處 《老子》七十三章：「天網恢恢，疏而不失。」

用法 表示犯罪的人終究要受到懲罰。

例句 「天網恢恢，疏而不漏」，作惡多端的人，決不可能長久逍遙法外。

相反 逍遙法外

心腹之患（ㄒㄧㄣ ㄈㄨˋ ㄓ ㄏㄨㄢˋ）

解釋 要害之處的禍患。

出處 《左傳．哀公十一年》：「越在我，心腹之疾也。」

用法 比喻隱藏在內部，難以根除的禍患。

例句 那幾個喜歡胡亂發言的議員，一直被黨主席視為「心腹之患」。

相似 心腹大患

手忙腳亂（ㄕㄡˇ ㄇㄤˊ ㄐㄧㄠˇ ㄌㄨㄢˋ）

解釋 手腳忙亂的樣子。

出處 宋．朱熹《朱子全書．學六》：「今亦何所迫切，而手忙腳亂，一至於此耶？」

用法 形容做事慌亂，毫無頭緒。

例句 他初次開車上路，不免有些「手忙腳亂」。

日理萬機（ㄖˋ ㄌㄧˇ ㄨㄢˋ ㄐㄧ）

解釋 每天都要處理上萬件機要、政務。

出處 《尚書．皋陶謨》：「一日二日萬幾」。

用法 本指帝王每天處理繁重的國家大事。現多形容政務繁忙。

例句 總統「日理萬機」，不能連地方上雞毛蒜皮的小事都要找他負責。

相似 一日萬機

相反 尸位素餐

包藏禍心

解釋 藏著一顆為禍的心。

出處 《左傳·昭公元年》：「將恃大國之安靖己，而無乃包藏禍心以圖之。」

用法 形容人心裡藏著壞主意。

例句 別聽他甜言蜜語，其實「包藏禍心」，要小心被暗算。

相似 居心叵測

相反 胸無城府

司馬昭之心，路人皆知

解釋 司馬昭想篡位的野心，連路人都知道。

出處 《三國志·魏志·高貴鄉公髦傳》裴松之注引《漢晉春秋》：「（曹髦）曰：『司馬昭之心。路人所知也。吾不能坐受廢辱，今日當與卿（等）自出討之。』」

用法 比喻人人皆知的陰謀、野心。

例句 「司馬昭之心，路人皆知」，大家都知道那個政客的發言其實是以退為進。

相似 世人皆知

相反 知人知面不知心

只許州官放火，不許百姓點燈

解釋 州官田登不准百姓提到「燈」，必須改稱「火」，於是元宵節放燈就變成「放火」。

用法 形容統治者限制人民自由，自己卻為所欲為。也泛指自己任意而行，反而嚴格要求別人。

例句 「只許州官放火，不許百姓點燈」的行為，大大違反了嚴以律己寬以待人的處世原則。

巧立名目（ㄑㄧㄠˇ ㄌㄧˋ ㄇㄧㄥˊ ㄇㄨˋ）

解釋 巧詐的訂出名目。

出處 《清史稿．諾岷傳》：「上屢飭各省督察有司，耗羨既歸公，不得巧立名目，復有所取於民。」

用法 指在法定項目之外，又訂出若干種名目，藉以牟取利益。

例句 許多學校「巧立名目」多收學雜費，造成學生與家長的不滿。

打鐵趁熱（ㄉㄚˇ ㄊㄧㄝˇ ㄔㄣˋ ㄖㄜˋ）

解釋 趁著鐵燒紅的時候趕緊鎚打。

用法 比喻掌握有利的時機或條件，趕緊去做。

例句 廠商「打鐵趁熱」，一舉推出多項新產品，希望能大幅提振銷售業績。

正本清源（ㄓㄥˋ ㄅㄣˇ ㄑㄧㄥ ㄩㄢˊ）

解釋 從根本上加以整頓，從源頭上加以清理。

出處 《漢書．刑法志》：「豈宜惟思所以清源正本之論，刪定律令。」

用法 表示從根本上徹底解決問題。

例句 要改善青少年偏差的性觀念，「正本清源」，要從家庭教育做起。

相似 端本正源

相反 頭痛醫頭，腳痛醫腳

民不聊生（ㄇㄧㄣˊ ㄅㄨˋ ㄌㄧㄠˊ ㄕㄥ）

解釋 人民難以依賴維生。

出處 《史記．張耳陳餘傳》：「財匱力盡，民不聊生。」

用法 形容人民生活困苦，沒有辦法維持生計。

例句 許多非洲、中亞國家長期戰亂，局勢動盪、「民不聊生」。

相似 生靈塗炭

相反 國泰民安

民胞物與（ㄇㄧㄣˊ ㄅㄠ ㄨˋ ㄩˇ）

解釋 視人民如同胞，將動物視為同類。

用法 比喻泛愛人類、萬物。

例句 作為國家領導人最重要的不是口才，而是「民胞物與」的襟懷。

任重道遠（ㄖㄣˋ ㄓㄨㄥˋ ㄉㄠˋ ㄩㄢˇ）

解釋 負擔沉重，路程遙遠。

出處 《論語．泰伯》：「士不可以不弘毅，任重而道遠。仁以為己任，不亦重乎？死而後已，不亦遠乎？」

用法 比喻擔負的責任重大，必須經歷長期的艱苦奮鬥。

例句 他在公司初創時期，接下總經理的位置，實是「任重道遠」。

相似 任重致遠

相反 避重就輕

先斬後奏（ㄒㄧㄢ ㄓㄢˇ ㄏㄡˋ ㄗㄡˋ）

解釋 先把犯人處決，再向上司報告。

出處 《後漢書．酷吏傳序》：「故臨民之職，專事威斷，族滅姦軌，先行後聞。」李賢注：「先行刑而後聞奏也。」

用法 比喻事情未經請示，自己先處理了再向上級報告。

例句 再拖下去事情就辦不成了，只能「先斬後奏」。

相似 先行後聞

相反 承風希旨

同舟共濟（ㄊㄨㄥˊ ㄓㄡ ㄍㄨㄥˋ ㄐㄧˋ）

解釋 一起坐一條船渡河。

出處 《淮南子．兵略》：「同舟而濟於江，卒遇風波，百卒之子，捷捽招抒船，若左右手，不以相德，其憂同也。」

用法 比喻利害相同，患難與共。

例句 九二一大地震後，全國人民「同舟共濟」，一起度過艱困的時刻。

相似 和衷共濟

相反 離心離德

夙夜匪懈（ㄙㄨˋ ㄧㄝˋ ㄈㄟˇ ㄒㄧㄝˋ）

解釋 從早到晚都不敢疏忽大意。

出處 《詩經・大雅・烝民》：「既明且哲，以保其身；夙夜匪懈，以事一人。」

用法 形容工作勤奮盡責。

例句 警消、救護人員「夙夜匪懈」，隨時拯救人民於危難之中。

相似 朝乾夕惕

相反 飽食終日

如蟻附羶（ㄖㄨˊ ㄧˇ ㄈㄨˋ ㄕㄢ）

解釋 像螞蟻圍著有羶味的羊肉般。

出處 《莊子・徐无鬼》：「蟻慕羊肉，羊肉羶也」。

用法 比喻前往依附的人很多。

例句 那位官員失勢之後，原本「如蟻附羶」的人全部不見了。

相似 趨之若鶩

百廢待舉（ㄅㄞˇ ㄈㄟˋ ㄉㄞˋ ㄐㄩˇ）

解釋 各種荒廢的事都等待興辦。

用法 表示要興建辦理的事情很多。

例句 十年沒人居住的老宅，現在「百廢待舉」，需要好好整頓。

相似 百端待舉

相反 百廢俱興

快刀斬亂麻（ㄎㄨㄞˋ ㄉㄠ ㄓㄢˇ ㄌㄨㄢˋ ㄇㄚˊ）

解釋 用銳利的刀斬斷糾纏的麻線。

用法 比喻做事能掌握重點，乾淨俐落的解決複雜難纏的問題。

例句 這件事拖延太久，必須「快刀斬亂麻」，才不會延宕後續的工作。

改弦易轍（ㄍㄞˇ ㄒㄧㄢˊ ㄧˋ ㄔㄜˋ）

解釋 樂器調換琴弦，車子改換行車道路。

出處 唐・白居易〈王公亮可商州刺史制〉：「況商士瘠，商人貧，可以靜理而阜安，不宜改弦而易轍。」

用法 比喻改變方向、計畫或作法。

例句 在「改弦易轍」之前，必須先經過審慎的評估計畫。

相似 改弦更張

相反 老調重彈

束之高閣（ㄕㄨˋ ㄓ ㄍㄠ ㄍㄜˊ）

解釋 把東西綑一綑放在高樓上，不再動它。

出處 《晉書・庾翼傳》：「此輩宜束之高閣，俟天下太平，然後議其任耳。」

用法 比喻棄置不用。

例句 他趁搬家時，把家裡多年來「束之高閣」的衣物，全部回收處理。

相似 置之不理

相反 愛不釋手

汲汲營營（ㄐㄧˊ ㄐㄧˊ ㄧㄥˊ ㄧㄥˊ）

解釋 努力不息地追逐求取。

出處 歐陽修〈送徐無黨南歸序〉：「方其用心與力之勞，亦何異眾人之汲汲營營，而忽焉以死者。」

用法 形容人急切的追逐功名利祿的樣子。

例句 許多人終日「汲汲營營」，卻疏於對家人、朋友付出關懷。

相反 清心寡欲

弦歌不輟（ㄒㄧㄢˊ ㄍㄜ ㄅㄨˋ ㄔㄨㄛˋ）

解釋 讀書的聲音不停止。

出處 《莊子・秋水》：「孔子游於匡，宋人圍之數匝，而弦歌不輟。」

用法 比喻文教風氣非常的興盛。

例句 這裡是著名的文教區，學校密集，整日「弦歌不輟」。

夜不閉戶（ㄧㄝˋ ㄅㄨˋ ㄅㄧˋ ㄏㄨˋ）

解釋 夜裡睡覺不用關門，也

不怕小偷來光顧。

出處 《禮記·禮運》：「是故謀閉而不興，盜竊亂賊而不作，故外戶而不閉，是謂大同。」

出處 形容社會治安良好。

例句 要真正做到「夜不閉戶」，必須靠人民本身的道德自制。

相似 門不夜關

相反 雞犬不寧

姑息養奸（ㄍㄨ ㄒㄧˊ ㄧㄤˇ ㄐㄧㄢ）

解釋 過度放縱助長了奸惡的人與事。

出處 《禮記·檀弓》：「細人之愛人也以姑息。」

用法 指過分縱容，將會助長壞人、壞事。

例句 輕判少年犯，只會「姑息養奸」，毫無成效。

相似 養虎為患

相反 斬草除根

官官相護（ㄍㄨㄢ ㄍㄨㄢ ㄒㄧㄤ ㄏㄨˋ）

解釋 官員相互袒護。也說「官官相為」。

出處 元·喬夢符《兩世姻緣》第四折：「也是俺官官相為，你可甚賢賢易色。」

用法 指官員間互相包庇。

例句 吏治敗壞，多根源於「官官相護」。

相似 貓鼠同眠

相反 發奸擿伏

明鏡高懸（ㄇㄧㄥˊ ㄐㄧㄥˋ ㄍㄠ ㄒㄩㄢˊ）

解釋 像大堂上高掛的鏡子一樣清明。也說「明鑑高懸」。

出處 唐·杜甫〈洗兵馬〉：「司徒清鑑懸明鏡，尚書氣與秋天香。」

用法 比喻為官清明，判案公正無私。

例句 「明鏡高懸」的法官，才能還給無辜百姓公道。

相反 沉冤莫白

沽名釣譽（ㄍㄨ ㄇㄧㄥˊ ㄉㄧㄠˋ ㄩˋ）

解釋 騙取名譽。

出處 《紅樓夢》第三十六回：「可知那些死的，都是沽名釣譽，並不知君臣的本義。」

用法 形容以虛偽的手段博得名聲。

例句 勤政愛民的官員會以行動付出關懷，不會「沽名釣譽」，只在意鎂光燈焦點。

相似 沽名干譽

相反 不求聞達

狐狸看雞，愈看愈稀

解釋 讓狐狸看管雞，只會越管越少，因為都被牠吃掉了。

用法 比喻讓不可靠的人辦事，只會越來越糟糕。

例句 你沒聽說「狐狸看雞，愈看愈稀」嗎？這麼重要的事，怎麼可以交給不可靠的人處理。

徇私舞弊

解釋 為了私情而從事違法之事。

用法 指為了私人交情而做違法亂紀的事。

例句 執法人員知法犯法、「徇私舞弊」的行為，應該加重懲處。

相似 徇私枉法

相反 奉公守法

怨聲載道

解釋 怨恨的聲音充滿道路。

出處 《警世通言》四：「民間怨聲載道，天變迭興。」

用法 形容大眾強烈不滿。

例句 附近商家霸佔騎樓當作營業空間的行為，鄰居與行人是「怨聲載道」。

相似 民怨盈途

相反 頌聲載道

故步自封

解釋 以過時的老方法、舊觀念限制自己，有畫地自限的意思。

用法 比喻人做事不求改進，

安於現狀。

例句 做學問應該多汲取最新資訊，不能「故步自封」，侷限於過去的舊觀念。

相似 墨守成規

相反 不主故常

約法三章（ㄩㄝ ㄈㄚˇ ㄙㄢ ㄓㄤ）

解釋 約定法律三條。

出處 《史記·高祖本紀》：「（劉邦）與父老約，法三章耳：殺人者死，傷人及盜抵罪。」

用法 指事先約定或講好規則，大家共同遵守。

例句 我們當初已「約法三章」，你怎麼可以事後反悔？

相反 違法亂紀

倒行逆施（ㄉㄠˋ ㄒㄧㄥˊ ㄋㄧˋ ㄕ）

解釋 事情顛倒著施行。

出處 《史記·伍子胥列傳》：「吾日暮途遠，吾故倒行而逆施之。」

用法 指人做事違背常理，任意妄為。

例句 統治者若「倒行逆施」，必然招致人民反抗。

相似 逆天違理

相反 順天應人

殷鑒不遠（ㄧㄣ ㄐㄧㄢˋ ㄅㄨˋ ㄩㄢˇ）

解釋 前人失敗的教訓就在眼前。

出處 《詩經·大雅·蕩》：「殷鑒不遠，在夏后之世。」

用法 指以前事為借鏡。

例句 他因為替人作保而官司纏身的事「殷鑒不遠」，你千萬別犯同樣的錯。

相似 以往鑒來

相反 重蹈覆轍

烏煙瘴氣（ㄨ ㄧㄢ ㄓㄤˋ ㄑㄧˋ）

解釋 像黑煙和熱帶山林中濕熱的毒氣一樣。

出處 《兒女英雄傳》第二十一回：「何況問話的又正是海馬周三，烏煙瘴氣這班人，他那性格兒怎生憋得住。」

用法 比喻秩序混亂，氣氛惡劣，人事不諧調。

例句 老闆決定把鬧事的職員都開除，省得每天攪得公司「烏煙瘴氣」。

相似 烏七八糟

相反 河清海晏

草菅人命（ㄘㄠˇ ㄐㄧㄢ ㄖㄣˊ ㄇㄧㄥˋ）

解釋 把人命看得跟野草一樣。

用法 比喻漠視人的生命，任意殺害。

例句 要警方以老舊設備對抗黑道的精良武器，未免太過「草菅人命」。

相似 魚肉鄉民

相反 視民如傷

釜底抽薪（ㄈㄨˇ ㄉㄧˇ ㄔㄡ ㄒㄧㄣ）

解釋 從鍋底下抽掉柴火。

出處 北齊·魏收〈為侯景叛移梁朝文〉：「抽薪止沸，剪草除根。」

用法 比喻從根本上解決問題。

例句 對付飆車族，必須沒收車輛並予以重罰，才是「釜底抽薪」的方法。

相似 抽薪止沸

相反 抱薪救火

除惡務盡（ㄔㄨˊ ㄜˋ ㄨˋ ㄐㄧㄣˋ）

解釋 剷除壞的東西必須除乾淨。

出處 《尚書·泰誓下》：「樹德務滋，除惡務本。」

用法 指剷除壞人、壞事必須徹底。

例句 雖然抓到兇手，但「除惡務盡」，警方仍繼續搜捕在逃的主謀。

相似 斬草除根

相反 放虎歸山

除舊布新（ㄔㄨˊ ㄐㄧㄡˋ ㄅㄨˋ ㄒㄧㄣ）

解釋 除去舊的，展開新的。

出處 《左傳·昭公十七

年》：「彗，所以除舊布新也。」

用法 指廢除舊的事物，安排新的事物。

例句 農曆新年前夕，「除舊布新」是每戶人家都會進行的工作。

相似 破舊立新

相反 陳陳相因

假公濟私

解釋 借用公事，助成私利。

出處 元·無名氏《陳州糶米》第一折：「他假公濟私，我怎肯和他干罷了也呵！」

用法 指假借公家的名義或力量，謀取個人私利。

例句 法務人員要以身作則，絕不可「假公濟私」，藉著職務之便，謀求好處。

相似 假公營私

相反 公而忘私

斬草除根

解釋 割除野草要連根一起清除。也說「剪草除根」。

出處 《左傳·隱公六年》：「為國家者，見惡如農夫之務去草焉，芟夷蘊崇之，絕其本根，勿使能殖，則善者信矣。」

用法 比喻徹底除去禍源，不留後患。

例句 面對壞人決不能手下留情，若不「斬草除根」，必會留下禍患。

相似 拔本塞源

相反 養癰遺患

欲蓋彌彰

解釋 想遮掩反而更明顯。

出處 《左傳·昭公七年》：「或求名而不得，或欲蓋而名章。」

用法 指想要掩蓋所犯過失的真相，結果反而使過失暴露得更加明顯。

例句 你越辯解，就越「欲蓋彌彰」，這件事情一定是你搞的鬼。

相似 此地無銀三百兩

殺一警百（ㄕㄚ ㄧ ㄐㄧㄥˇ ㄅㄞˇ）

解釋 殺一個人來警戒其他人。

出處 清．龔自珍〈送欽差大臣侯官林公序〉：「以上三難，送難者皆天下黠猾游說，而貌為老成迂拙者也。……宜殺一儆百。」

用法 指懲罰一個人以儆戒眾人。

例句 新加坡的鞭刑雖然有些粗魯，但卻有非常好的「殺一警百」效果。

相似 殺雞警猴

相反 賞一勸百

殺雞警猴（ㄕㄚ ㄐㄧ ㄐㄧㄥˇ ㄏㄡˊ）

解釋 殺掉雞來警告猴子。

出處 《官場現形記》五十三回：「俗話說得好，叫做『殺雞駭猴』，拿雞子宰了，那猴兒自然害怕。」

用法 比喻懲罰少數人以警戒其他人。

例句 那家知名廠商對仿冒者跨海提告，「殺雞警猴」的意味濃厚。

相似 懲一警百

相反 賞一勸百

清規戒律（ㄑㄧㄥ ㄍㄨㄟ ㄐㄧㄝˋ ㄌㄩˋ）

解釋 佛教僧尼或道士必須遵守的教規戒條。

用法 泛指規範制度。

例句 作為修行人，就必須遵守「清規戒律」。

眾望所歸（ㄓㄨㄥˋ ㄨㄤˋ ㄙㄨㄛˇ ㄍㄨㄟ）

解釋 眾人所敬仰、歸附的。

出處 《晉書．張華傳》：「進無逼上之嫌，退為眾望所依，欲倚以朝綱，訪以政事。」

用法 形容人威望崇高，深受大眾愛戴、支持。

例句 他功課好、人緣佳，又很熱心助人，當上班長是「眾望所歸」。

相似 人心所向

相反 千夫所指

移花接木（ㄧˊ ㄏㄨㄚ ㄐㄧㄝ ㄇㄨˋ）

解釋 嫁接花草樹木。

出處 《二刻拍案驚奇》第十七回：「同窗友認假作真，女秀才移花接木。」

用法 比喻暗中耍手段，偷換人或事物。

例句 這篇文章恐怕是「移花接木」，並非出自那位名作家之手。

相似 偷天換日

移風易俗（ㄧˊ ㄈㄥ ㄧˋ ㄙㄨˊ）

解釋 改動、變換風俗。

出處 《荀子·樂論》：「樂者，聖人之所樂也，而可以善民心，其感人深，其移風俗易，故先生導之以禮樂而民和睦。」

用法 指轉移風氣，改變習俗。

例句 教育的力量可以「移風易俗」，導正迷信、偏差觀念與不良習慣。

相似 改俗遷風

相反 安於現狀

終南捷徑（ㄓㄨㄥ ㄋㄢˊ ㄐㄧㄝˊ ㄐㄧㄥˋ）

解釋 終南山是通往仕途最快的路。

用法 比喻謀取官職或求得名利最便捷的門徑。也指達到目的的便捷途徑。

例句 大學裡，部分冷門科目被當成取得學分的「終南捷徑」。

貪贓枉法（ㄊㄢ ㄗㄤ ㄨㄤˇ ㄈㄚˇ）

解釋 貪汙而歪曲法令。也說「貪贓壞法」。

出處 《古今小說》第二十一：「婆留道：『做官的貪贓枉法得來的錢鈔，此乃不義之財，取之無礙。』」

用法 指人貪財受賄，違法亂紀。

例句 這些「貪贓枉法」的官員，知法犯法，為社會做了最壞的示範。

相反　廉潔奉公

逍遙法外（ㄒㄧㄠ ㄧㄠˊ ㄈㄚˇ ㄨㄞˋ）

解釋　在法律之外優遊自得。

用法　指犯法的人沒有受到法律制裁。

例句　法制人員的職責，就是不能讓犯罪的人「逍遙法外」。

相似　逃之夭夭

相反　鋃鐺入獄

陳陳相因（ㄔㄣˊ ㄔㄣˊ ㄒㄧㄤ ㄧㄣ）

解釋　皇家糧倉裡的糧食逐年增加，陳糧上再加陳糧，以至霉爛得不能食用。

出處　《史記．平準書》：「太倉之粟，陳陳相因，充溢露積於外，至腐敗不可食。」

用法　表示一味的因襲舊事而毫無創新。

例句　那些「陳陳相因」的老舊規章，不符合現今情況，早就該淘汰了。

相似　因循守舊

相反　革故鼎新

勞師動眾（ㄌㄠˊ ㄕ ㄉㄨㄥˋ ㄓㄨㄥˋ）

解釋　勞動大批軍隊。

出處　明．吳承恩《西遊記》四十三回：「兄長就來赴席，為何又勞師動眾。」

用法　指做一件事，動用大量人力。或指濫用人力。

例句　這件事我自己來處理就好了，怎敢「勞師動眾」？

相似　興師動眾

相反　一夔已足

悲天憫人（ㄅㄟ ㄊㄧㄢ ㄇㄧㄣˇ ㄖㄣˊ）

解釋　悲嘆天命，哀憐人民。

用法　指悲嘆時世艱困，憐憫百姓疾苦。

例句　許多宗教領袖都有「悲天憫人」的胸懷。

朝令暮改（ㄓㄠ ㄌㄧㄥˋ ㄇㄨˋ ㄍㄞˇ）

解釋　早晨發布的命令，到了晚上又改變了。也說「朝令夕改」。

出處 《漢書．食貨志上》：「急政暴虐，賦斂不時，朝令而暮改。」

用法 形容法令時常改變，使人無所適從。

例句 學校的畢業規定這樣「朝令暮改」，要我們學生如何遵從？

相似 朝更夕改

相反 蕭規曹隨

傷風敗俗

解釋 敗壞良好風俗。

出處 唐．韓愈〈諫迎佛骨表〉：「傷風敗俗，傳笑四方，非細事也。」

用法 用來責備人行為不正當。

例句 那些充滿色情與暴力的書刊，居然大刺刺陳列在書店中，真是「傷風敗俗」。

相似 有傷風化

相反 移風易俗

暗度陳倉

解釋 楚漢相爭時，劉邦率領眾人進入漢中，後來又用了韓信的計謀，暗中出兵陳倉，攻取三秦之地。

用法 比喻暗中行事。多用在男女私通方面。

例句 他和女模「暗度陳倉」的事，被記者大肆報導。

相似 鬼鬼祟祟

相反 明火執仗

楚材晉用

解釋 楚國的人才為晉國所用。

出處 《左傳．襄公二十六年》：「如杞梓皮革，自楚往也，雖楚有材，晉實用之。」

用法 比喻本國的人才外流，被別國聘用。

例句 這幾年，高級知識份子移民大陸，造成「楚材晉用」的狀況。

群龍無首

解釋 一群龍裡沒有帶頭的。

出處 《周易·乾》：「見群龍無首。」

用法 比喻一個組織失去了領導人。

例句 教練被驅逐出場，球員登時「群龍無首」，軍心大受影響。

相似 一盤散沙

運籌帷幄（ㄩㄣˋ ㄔㄡˊ ㄨㄟˊ ㄨㄛˋ）

解釋 在帳幕之內策畫謀略。

出處 《史記·高祖本紀》：「夫運籌策帷幄之中，決勝於千里之外，吾不如子房。」

用法 指籌畫指揮。

例句 要成為替候選人「運籌帷幄」的幕僚，可不是件簡單的事。

相似 決勝千里

相反 一籌莫展

路不拾遺（ㄌㄨˋ ㄅㄨˋ ㄕˊ ㄧˊ）

解釋 路上有別人遺失的物品，也不會拾取來占為己有。也說「道不拾遺」。

出處 漢·賈誼《新書·先醒》：「富民恆一，路不拾遺，國無獄訟。」

用法 形容政治清明，社會安定。

例句 要創造「路不拾遺」的安定社會，需要所有人民一起努力。

相似 夜不閉戶

相反 貪贓枉法

雷厲風行（ㄌㄟˊ ㄌㄧˋ ㄈㄥ ㄒㄧㄥˊ）

解釋 像打雷、風捲一樣猛烈。也作「雷厲風飛」。

出處 宋·曾鞏〈亳州謝上表〉：「運獨斷之明，則天清水止；昭不殺之戒，則雷厲風行。」

用法 比喻辦事或執行法令政策等嚴格、迅速、聲勢大。

例句 新縣長一上任，就「雷厲風行」的推動多項改革。

相似 劍及履及

相反 拖泥帶水

兢兢業業（ㄐㄧㄥ ㄐㄧㄥ ㄧㄝˋ ㄧㄝˋ）

解釋 謹慎、擔心的樣子。

出處 《尚書．皋陶謨》：「兢兢業業，一日二日萬幾。」

用法 形容做事小心翼翼，認真踏實。

例句 職場新手面對第一份工作，多是「兢兢業業」，惟恐有什麼閃失。

相似 朝乾夕惕

相反 敷衍了事

圖窮匕見（ㄊㄨˊ ㄑㄩㄥˊ ㄅㄧˇ ㄒㄧㄢˋ）

解釋 荊軻刺殺秦王，獻上的城池地圖捲到最後，就露出了短劍。

用法 比喻事情發展到最後階段，真相或本意完全顯露出來。

例句 那些醫生圖利藥商的事實，終於「圖窮匕見」了。

相似 露出馬腳

實事求是（ㄕˊ ㄕˋ ㄑㄧㄡˊ ㄕˋ）

解釋 對客觀存在的事物探求其真實狀況。

出處 《漢書．河間獻王傳》：「修學好古，實事求是。」

用法 比喻按照事物的實際情況辦事。

例句 老闆最欣賞「實事求是」，任勞任怨的員工。

相似 有一得一

相反 弄虛作假

監守自盜（ㄐㄧㄢ ㄕㄡˇ ㄗˋ ㄉㄠˋ）

解釋 盜取自己所看管的東西。也說「主守自盜」。

出處 《明律．刑律．賊盜》：「凡監臨主守自盜倉庫錢糧等物，不分首從，並贓論罪。」

用法 指盜竊自己所負責管理的公家財物。

例句 監視、防盜系統再怎麼嚴密，都防備不了內部人員「監守自盜」。

竭澤而漁 ㄐㄧㄝˊ ㄗㄜˊ ㄦˊ ㄩˊ

解釋 抽盡池水來捉魚。

出處 《呂氏春秋．義賞》：「竭澤而漁，豈不獲得，而明年無魚。」

用法 比喻做事不留餘地，只顧眼前，不顧長遠。

例句 這種「竭澤而漁」的作法，只能撐得了一時，未來必然造成更大問題。

相似 焚林而獵

相反 留有餘地

網開一面 ㄨㄤˇ ㄎㄞ ㄧˊ ㄇㄧㄢˋ

解釋 四面網打開其中一面，給人留活路。也說「網開三面」。

出處 《史記．殷本紀》：「湯出，見野張網四面……湯曰：『嘻，盡之矣！』乃去其三面，祝曰：『欲左，左；欲右，右。不用命，乃入吾網。』」

用法 比喻對犯錯的人從寬處理。

例句 他初來乍到，不知道規定，做錯了事，還請您「網開一面」。

相似 手下留情

相反 嚴懲不貸

綱舉目張 ㄍㄤ ㄐㄩˇ ㄇㄨˋ ㄓㄤ

解釋 提出魚網的總繩一撒，所有的網眼就都張開了。

出處 漢．鄭玄〈詩譜序〉：「舉一綱而萬目張。」

用法 比喻掌握主要的原則，就可以帶動其他環節。也比喻條理分明。

例句 這份財務報表「綱舉目張」，讓人一目了然。

相似 提綱挈領

輕重倒置 ㄑㄧㄥ ㄓㄨㄥˋ ㄉㄠˋ ㄓˋ

解釋 輕的和重的東西反過來放置。

用法 指輕重、本末顛倒。

例句 只顧陳列裝飾品，而不管地上、桌上厚厚的灰塵，不是「輕重倒置」嗎？

相似 本末倒置

撥亂反正（ㄅㄛ ㄌㄨㄢˋ ㄈㄢˇ ㄓㄥˋ）

解釋 平定亂世，回復正道。

出處 《公羊傳．哀公十四年》：「撥亂世，反諸正，莫近諸《春秋》。」

用法 治平亂世，回歸正道。也指除去禍亂，重新回歸正道。

例句 許多原本心懷壯志的人一當官就變了樣，眼裡只有升官發財，哪管什麼「撥亂反正」。

相似 正本清源

相反 養亂助變

墨守成規（ㄇㄛˋ ㄕㄡˇ ㄔㄥˊ ㄍㄨㄟ）

解釋 善於保守現成的或通行已久的規則。

用法 形容按老規矩辦事，不求改進。

例句 烘焙這行，講究創新，不應「墨守成規」。

相似 因循守舊

相反 推陳出新

蕭規曹隨（ㄒㄧㄠ ㄍㄨㄟ ㄘㄠˊ ㄙㄨㄟˊ）

解釋 西漢初年，丞相蕭何制定的政策，曹參全部按照蕭何的那一套辦事。

出處 漢．揚雄《法言》：「蕭也規，曹也隨。」

用法 比喻按照前人既有的典章制度辦事。

例句 目前的制度並沒有什麼缺失，我接掌職務後，打算「蕭規曹隨」。

相似 奉行故事

相反 革故鼎新

勵精圖治（ㄌㄧˋ ㄐㄧㄥ ㄊㄨˊ ㄓˋ）

解釋 振作精神，盡力設法治理國家。

出處 《宋史．神宗紀》：「厲精圖治，將大有為。」

用法 指振奮精神，治理國事。

例句 經過多年「勵精圖治」，越王句踐終於打敗吳王夫差，一雪前恥。

相似　奮發圖強

相反　禍國殃民

矯枉過正（ㄐㄧㄠˇ ㄨㄤˇ ㄍㄨㄛˋ ㄓㄥˋ）

解釋　為了把彎曲的東西扭直，結果反而又歪向另一方。也說「矯往過直」。

出處　《漢書．諸侯王表》：「而藩國大者跨州兼部……可謂矯枉過其正矣。」

用法　比喻糾正錯誤卻超過應有的限度。

例句　怕被紫外線晒傷，所以遇到晴天就不肯出門，也未免太「矯枉過正」了。

相似　任直必過

相反　恰到好處

縱虎歸山（ㄗㄨㄥˋ ㄏㄨˇ ㄍㄨㄟ ㄕㄢ）

解釋　把老虎放回山上去。

出處　《三國演義》第二十一回：「程昱曰：『昔劉備為豫州牧時，某等請殺之，丞相不聽；今日又與之兵，此放龍入海，縱虎歸山也。』」

用法　比喻放過惡人，讓對方再度危害社會。

例句　讓這匹惡狼交保，無異「縱虎歸山」，怎能做出如此離譜的判決？

相似　放虎於山

相反　杜絕後患

繁文縟節（ㄈㄢˊ ㄨㄣˊ ㄖㄨˋ ㄐㄧㄝˊ）

解釋　繁多、無意義的儀式或禮節。

出處　清．章學誠《章氏遺書．禮教》：「夫名物制度，繁文縟節，考訂精詳，記誦博洽，此藏亡之學也。」

用法　比喻繁瑣的禮節。

例句　許多人選擇登記結婚，就是不想應付傳統婚禮那套「繁文縟節」。

相似　虛文縟節

相反　刪繁就簡

舉棋不定（ㄐㄩˇ ㄑㄧˊ ㄅㄨˋ ㄉㄧㄥˋ）

解釋 下棋時猶豫不決，拿著棋子遲遲無法落子。

出處 《左傳·襄公二十五年》：「弈者舉棋不定，不勝其偶。」

用法 比喻沒有主見，拿不定主意。

例句 個性柔弱的他，因為做事常「舉棋不定」，以致於錯失了很多大好機會。

相似 首鼠兩端

相反 當機立斷

趨炎附勢（ㄑㄩ ㄧㄢˊ ㄈㄨˋ ㄕˋ）

解釋 迎合、依附有權勢的人。也說「趨炎附熱」。

出處 宋·朱熹《朱子語類·春秋綱領》：「左氏之病，是以成敗論是非，而不本於義理之正，嘗謂左氏是個猾頭熟事、趨炎附勢之人。」

用法 比喻依附、奉承有權勢的人。

例句 那位官員對企圖「趨炎附勢」，逢迎巴結的人非常反感。

相似 攀龍附鳳

避重就輕（ㄅㄧˋ ㄓㄨㄥˋ ㄐㄧㄡˋ ㄑㄧㄥ）

解釋 躲開重的，接近輕的。

出處 《唐六典·工部尚書》：「皆取材強壯，技能工巧者，不能隱巧補拙，避重就輕。」

用法 形容避開較重的責任，只選擇輕鬆容易的做。也指迴避問題的重點，只談無關緊要的事。

例句 他做事總是「避重就輕」，讓同事很反感。

相似 避難就易

相反 任勞任怨

鞠躬盡瘁（ㄐㄩ ㄍㄨㄥ ㄐㄧㄣˋ ㄘㄨㄟˋ）

解釋 謹慎從事，竭盡勞苦。

出處 三國·諸葛亮〈後出師表〉：「臣鞠躬盡瘁，死而後已。」

用法 比喻竭盡心力，不辭勞苦。

例句 這份工作薪水如此微

薄，值得妳這樣「鞠躬盡瘁」嗎？

相似 盡心竭力

相反 敷衍塞責

覆巢之下無完卵

解釋 翻倒的鳥窩裡沒有完整的鳥蛋。

出處 《世說新語・言語》：「孔融被收，中外惶怖。時融兒大者九歲，小者八歲。二兒故琢釘戲，了無遽容。融謂使者曰：『冀罪止於身，二兒可得全不？』兒徐進曰：『大人豈見覆巢之下，復有完卵乎？』尋亦收至。」

用法 比喻在大災難中，沒有人能夠倖免。

例句 公司倒了，我們也會失業，你難道不懂「覆巢之下無完卵」的道理嗎？

翻雲覆雨

解釋 翻弄手掌就可以興雲弄雨。也說「覆雨翻雲」。

出處 唐・杜甫〈貧交行〉：「翻手作雲覆手雨，紛紛輕薄向須數。」

用法 比喻反覆無常。或形容人善於耍手段。

例句 他是商場老手，深諳「翻雲覆雨」的手段，談生意從不吃虧。

相似 反覆無常

相反 始終如一

鞭長莫及

解釋 雖然鞭子很長，但不及馬腹。

出處 《左傳・宣公十五年》：「雖鞭之長，不及馬腹。」

用法 比喻力量做不到的地方。

例句 教室太大，老師只能看到前排同學的上課情形，後排的就「鞭長莫及」了。

相似 心餘力絀

相反 力所能及

攀龍附鳳

解釋 攀附龍、鳳一樣有權有勢的人。

出處 《後漢書・光武本紀》：「攀龍麟，附鳳翼。」

用法 本指人臣跟從明君而建立功業。現多比喻巴結或投靠有權勢的人。

例句 他從不努力，只想靠「攀龍附鳳」升官發財，實在太不可取了。

相似 接貴攀高

蠅營狗苟

解釋 如蒼蠅那樣鑽營，似狗那樣苟且偷生。也說「狗苟蠅營」。

出處 唐・韓愈〈送窮文〉：「蠅營狗苟，驅去復還。」

用法 比喻為了追求名利不顧廉恥，什麼事都做的出來。

例句 為了升官發財而「蠅營狗苟」，喪失自我，誰都引以為恥。

相似 抗塵走俗

繼往開來

解釋 繼承過往，開創未來。

出處 宋・張載〈西銘〉：「為往聖繼絕學，為萬世開太平。」

用法 表示能繼承前人既有事業，並為後人開創新局。

例句 這個階段的科學研究，有著「繼往開來」的重大意義。

相似 承上啟下

相反 後繼無人

蠶食鯨吞

解釋 侵略或緩和如蠶吃桑葉，或猛烈如鯨吞食物。

出處 《史記・秦始皇紀》：「自繆公以來，稍蠶食諸侯。」《舊唐書・蕭銑傳論》：「小則鼠竊狗偷，大則鯨吞虎據。」

用法 指不同形式的侵略行為。

例句　列強的「蠶食鯨吞」，瓜分中國，全肇因於清末政府的弱不振。

相似　瓜剖豆分

相反　金甌無缺

戰事攻防類

一鼓作氣（ㄧ ㄍㄨˇ ㄗㄨㄛˋ ㄑㄧˋ）

解釋　作戰時第一次擊鼓，可以鼓起戰士前進的勇氣。

出處　《左傳・莊公十年》：「夫戰，勇氣也。一鼓作氣，再而衰，三而竭。彼竭我盈，故克之。」

用法　形容趁氣勢強盛時，全力去做。

例句　只剩最後幾公里，我們就「一鼓作氣」，攻上山頂吧！

相似　打鐵趁熱

人仰馬翻（ㄖㄣˊ ㄧㄤˇ ㄇㄚˇ ㄈㄢ）

解釋　人馬都翻倒在地。也說「馬翻人仰」。

出處　清・蘧園《負曝閑談》第二十五回：「不過唱唱戲、請請客罷了，已經鬧得人仰馬翻了。」

用法　形容慘敗的狼狽相。也比喻亂得一塌糊塗。

例句　好幾個服務生同時請假，今天餐廳裡整天都忙得「人仰馬翻」。

相似　一塌糊塗

相反　橫掃千軍

刀光劍影（ㄉㄠ ㄍㄨㄤ ㄐㄧㄢˋ ㄧㄥˇ）

解釋　刀的閃光，劍的形影。

用法　比喻殺氣騰騰的場面。

例句　這部武俠電影中，少不了「刀光劍影」，打打殺殺的場面。

相似　刀光血影

相反　偃旗息鼓

十面埋伏（ㄕˊ ㄇㄧㄢˋ ㄇㄞˊ ㄈㄨˊ）

解釋　四面八方都隱藏著重兵，準備給敵人致命的一擊。

出處　《抱妝盒・二折》：

「從今後跳出九重圍子連環寨，脫離了十面埋伏大會垓。」

用法 形容部署強大的軍隊。

例句 警方早已荷槍實彈，「十面埋伏」，將這座製毒場團團包圍。

土崩瓦解（ㄊㄨˇ ㄅㄥ ㄨㄚˇ ㄐㄧㄝˇ）

解釋 土地崩塌，瓦片分解。

出處 《史記．秦始皇本紀》：「秦之積衰，天下土崩瓦解。」

用法 比喻潰亂離散，不可收拾。

例句 自從首領被暗殺，這個地下組織就「土崩瓦解」了。

相似 分崩離析

相反 牢不可破

不得越雷池一步（ㄅㄨˋ ㄉㄜˊ ㄩㄝˋ ㄌㄟˊ ㄔˊ ㄧˊ ㄅㄨˋ）

解釋 庾亮告訴溫嶠，不要越過雷池地區，移師京城。

出處 《晉書．庾亮傳》：「吾憂西陲，過於歷陽，足下無過雷池一步也。」

用法 表示界限嚴明，一步也不能越過。

例句 這裡被劃為警戒區，一般民眾沒有特殊情況「不得越雷池一步」。

手到擒來（ㄕㄡˇ ㄉㄠˋ ㄑㄧㄣˊ ㄌㄞˊ）

解釋 一出手就捉住了。也說「手到拿來」。

出處 元．康進之《李逵負荊》第四折：「管教他甕中捉鱉，手到拿來。」

用法 比喻事情能隨心所欲，毫不費力就成功了。

例句 這位先生是捕蛇高手，任何刁鑽的蛇類他都能「手到擒來」。

相似 反掌折枝

相反 大海撈針

手無寸鐵（ㄕㄡˇ ㄨˊ ㄘㄨㄣˋ ㄊㄧㄝˇ）

解釋 手上沒有半件武器。

出處 《聊齋志異．黃將軍》：「黃怒甚，手無寸鐵，即以兩手握騾足，舉而投之。」

用法 形容空著雙手，沒有帶武器。

例句 面對眼前齜牙咧嘴的看門狗，「手無寸鐵」的郵差只得設法躲避。

相似 赤手空拳

相反 荷槍實彈

木牛流馬（ㄇㄨˋ ㄋㄧㄡˊ ㄌㄧㄡˊ ㄇㄚˇ）

解釋 木頭作的會自己走動的牛和馬。

用法 表示發明了獨創性的運載工具。

例句 三國時代，諸葛亮發明的「木牛流馬」，據研究可能是獨輪車和四輪車。

水深火熱（ㄕㄨㄟˇ ㄕㄣ ㄏㄨㄛˇ ㄖㄜˋ）

解釋 像處在深水、烈火之中。

出處 《孟子．梁惠王下》：「避水火也。如水益深，如火益熱，亦運而已矣。」

用法 比喻人民生活處境很痛苦，無法生存。

例句 中東烽火連天，戰爭四起，百姓們顛沛流離，過著「水深火熱」的痛苦生活。

相似 生靈塗炭

相反 安居樂業

片甲不留（ㄆㄧㄢˋ ㄐㄧㄚˇ ㄅㄨˋ ㄌㄧㄡˊ）

解釋 一片盔甲都沒有留下。

出處 元．無名氏《黃鶴樓》第一折：「貧道祭風，周瑜舉火，黃蓋詐降，繞曹兵八十三萬，片甲不回。」

用法 形容作戰時慘敗，全軍覆沒。

例句 那位國手棋藝高超，經常殺得對手「片甲不留」。

相似 片甲不回

以卵投石（ㄧˇ ㄌㄨㄢˇ ㄊㄡˊ ㄕˊ）

解釋 拿蛋去碰石頭。

用法 比喻自不量力，以弱攻強，必然招致毀滅。

例句 他那種「以卵投石」的行為，果然招致嚴重的失敗。

相似 螳臂當車

相反 泰山壓卵

出生入死（ㄔㄨ ㄕㄥ ㄖㄨˋ ㄙˇ）

解釋 在生死之間出入。

出處 《老子》五十章：「出生入死，生之徒十有三，死之徒十有三。」

用法 本指從出生到死亡。後形容冒著生命危險，隨時可能犧牲。

例句 當年跟著將軍「出生入死」的部下，如今都垂垂老矣。

相似 赴湯蹈火

相反 貪生怕死

出奇制勝（ㄔㄨ ㄑㄧˊ ㄓˋ ㄕㄥˋ）

解釋 兩軍對陣時，使出奇兵戰勝敵人。

出處 《孫子．勢篇》：「凡戰者，以正合，以奇勝。故善出奇者，無窮如天地，不竭如江河。」

用法 形容用別人意想不到的策略來取勝。

例句 在物價不斷上漲中，這家業者逆向操作，推出特惠方案，果然「出奇制勝」。

四面楚歌（ㄙˋ ㄇㄧㄢˋ ㄔㄨˇ ㄍㄜ）

解釋 四方都傳來楚人的歌聲。

出處 《史記．項羽本紀》：「項王軍壁垓下，兵少食盡，漢軍及諸侯兵圍之數重。夜聞漢軍四面皆楚歌，項王乃大驚，曰：『漢皆已得楚乎？是何楚人之多也！』」

用法 比喻孤立無援，四面受敵的險惡處境。

例句 他今日會落得「四面楚歌」，都是因為當初樹敵太多，自斷後路。

相似 腹背受敵

相反 歌舞昇平

外弛內張（ㄨㄞˋ ㄔˊ ㄋㄟˋ ㄓㄤ）

解釋 外表鬆弛，內部緊張。

用法　形容表面鬆弛，實際上內部卻是緊迫的情況。

例句　這家精品店「外弛內張」，其實有很多看不見的防盜措施。

生靈塗炭（ㄕㄥ ㄌㄧㄥˊ ㄊㄨˊ ㄊㄢˋ）

解釋　百姓落入泥沼和炭火中。

出處　《尚書．仲虺之誥》：「有夏昏德，民墜塗炭。」

用法　形容人民生活非常困苦。

例句　許多人不忍戰亂造成的「生靈塗炭」，致力推動世界和平。

相似　民不聊生

相反　安居樂業

左右開弓（ㄗㄨㄛˇ ㄧㄡˋ ㄎㄞ ㄍㄨㄥ）

解釋　雙手都能射箭。

出處　元．白仁甫《梧桐雨》楔子：「臣左右開弓，一十八般武藝，無有不會。」

用法　指雙手一起動作。或比喻各方面同時進行。

例句　學校的愛心媽媽「左右開弓」，三兩下就把教室打掃得一塵不染。

相似　雙管齊下

石破天驚（ㄕˊ ㄆㄛˋ ㄊㄧㄢ ㄐㄧㄥ）

解釋　聲音高亢激昂，出人意外。

出處　唐．李賀〈李憑箜篌引〉：「女媧煉石補天處，石破天驚豆秋雨。」

用法　比喻某事或文章讓人感到驚奇。

例句　如果能找到外星球上有高等生物存在的證據，將是「石破天驚」的大發現。

相似　驚天動地

先發制人（ㄒㄧㄢ ㄈㄚ ㄓˋ ㄖㄣˊ）

解釋　先行動就可以剋制別人。

出處　《漢書．項籍傳》：「方今江西皆反秦，此亦天亡秦時也。先發制人，後發制於人。」

用法　指凡事先下手爭取主動，就可以制伏別人。

例句　兩隊實力不相上下，我們必須「先發制人」，才有更多勝算。

相似　先下手為強

相反　後發制人

先禮後兵 ㄒㄧㄢ ㄌㄧˇ ㄏㄡˋ ㄅㄧㄥ

解釋　動用武力前，先採用禮貌的方式。

出處　《三國演義》第十一回：「劉備遠來救援，先禮後兵，主公當用好言答之。」

用法　形容與人爭鬥或交涉前，先以禮相待，如果行不通，再用強硬手段解決。

例句　從古代射禮的揖讓而升，到今日比賽的握手致意，「先禮後兵」的傳統一直延續。

相反　敬酒不吃，吃罰酒

先聲奪人 ㄒㄧㄢ ㄕㄥ ㄉㄨㄛˊ ㄖㄣˊ

解釋　作戰時，先以強大的聲勢打擊敵人。

出處　《左傳．昭公二十一年》：「軍志有之，先人有奪人之心。」

用法　形容先以強大的聲勢來打擊敵人的士氣。後比喻做事搶先別人一步。

例句　對方選手那生大吼，不過是「先聲奪人」，千萬不要就此膽怯。

相似　先發制人

相反　後發制人

全軍覆沒 ㄑㄩㄢˊ ㄐㄩㄣ ㄈㄨˋ ㄇㄛˋ

解釋　整個軍隊完全被消滅。

出處　《舊唐書．李希烈傳》：「官軍皆為其所敗，荊南節度使張伯儀全軍覆沒。」

用法　比喻事情徹底失敗。

例句　這次奧運，我方幸虧有她拿到銀牌，才避免了「全軍覆沒」的狀況。

相似　片甲不存

相反　大獲全勝

冰消瓦解（ㄅㄧㄥ ㄒㄧㄠ ㄨㄚˇ ㄐㄧㄝˇ）

解釋 就像冰融化、瓦分解一樣。也說「瓦解冰消」。

出處 隋煬帝〈勞楊素手詔〉：「霧廓雲除，冰消瓦解。」

用法 比喻事情完全消失或崩潰。

例句 你想靠幾句勸說，就讓他倆長年的誤會「冰消瓦解」，恐怕不是那麼容易。

相似 土崩瓦解

同仇敵愾（ㄊㄨㄥˊ ㄔㄡˊ ㄉㄧˊ ㄎㄞˋ）

解釋 一致對付仇敵，有共同痛恨的人。

出處 《詩經．秦風．無衣》：「與子同仇。」

用法 表示同心對付共同的敵人。

例句 居民們「同仇敵愾」，向里長投訴，請他出面解決那家霸占道路、阻礙鄰居出入的修車廠。

相反 同室操戈

汗馬功勞（ㄏㄢˋ ㄇㄚˇ ㄍㄨㄥ ㄌㄠˊ）

解釋 騎馬作戰的勞苦。

出處 《戰國策．楚策一》：「里數雖多，不費汗馬之勞。」

用法 本指在戰爭中立下的功勞。現在也指在工作中付出的貢獻。

例句 這次聚餐，就是為了感謝當年為公司立下「汗馬功勞」的老員工。

相似 勞苦助高

相反 徒勞無功

作壁上觀（ㄗㄨㄛˋ ㄅㄧˋ ㄕㄤˋ ㄍㄨㄢ）

解釋 雙方作戰，自己站在壁壘上觀看。

出處 《史記．項羽本紀》：「諸侯軍救鉅鹿下者十餘壁，莫敢縱兵。及楚擊秦，諸將皆從壁上觀。」

用法 比喻不給予幫助，坐視成敗的旁觀態度。

例句 看到有車禍發生，我們

怎麼能「作壁上觀」？

相似 袖手旁觀

相反 拔刀相助

兵多將廣（ㄅㄧㄥ ㄉㄨㄛ ㄐㄧㄤˋ ㄍㄨㄤˇ）

解釋 兵將很多。

用法 表示軍力強大。

例句 即使「兵多將廣」，也必須要有後方糧草的支援才行。

兵荒馬亂（ㄅㄧㄥ ㄏㄨㄤ ㄇㄚˇ ㄌㄨㄢˋ）

解釋 戰爭造成災禍，戰馬忙亂奔馳。也作「兵慌馬亂」。

出處 明．陸華甫《雙鳳齊鳴記》上二十一：「亂紛紛東逃西竄，鬧烘烘兵慌馬亂，一路奔回氣尚喘。」

用法 形容戰亂時動盪不安的景象。

例句 那個「兵荒馬亂」的年代，對許多年輕人來說都已是遙遠的故事。

相似 兵戈擾攘

相反 太平盛世

牢不可破（ㄌㄠˊ ㄅㄨˋ ㄎㄜˇ ㄆㄛˋ）

解釋 堅固得不可摧毀。

出處 唐．韓 愈〈平 淮 西 碑〉：「併為一談，牢不可破。」

用法 形容難以改變。多指觀念、制度、習俗等。

例句 男主外，女主內，並不是「牢不可破」的觀念。

相似 顛撲不破

相反 不堪一擊

快馬加鞭（ㄎㄨㄞˋ ㄇㄚˇ ㄐㄧㄚ ㄅㄧㄢ）

解釋 鞭策快馬。

出處 宋．王安石〈送純甫如江南〉：「此去還知苦相憶，歸時快馬亦須鞭。」

用法 形容飛快的駛過。也比喻快上加快。

例句 文件日迫在眉睫，我們必須「快馬加鞭」才行。

相似 馬不停蹄

相反 老牛破車

投筆從戎

解釋 扔掉筆去參加軍隊。

出處 《後漢書・班超傳》：「（班超）家貧，常為官傭書以供養。久勞苦，嘗輟業投筆歎曰：『大丈夫無它志略，猶當效傅介子、張騫立功異域，以取封侯，安能久事筆研間乎？』後立功西域，封定遠侯。」

用法 比喻棄文就武。

例句 失業率太高，讓許多學子決定「投筆從戎」，當職業軍人。

相似 棄文就武

相反 偃武修文

投鞭斷流

解釋 把所有的馬鞭丟在江裡，可以截斷水流。

出處 《晉書・苻堅載記下》：「以吾之眾旅，投鞭於江，足斷其流，何險之足恃？」

用法 形容軍隊人多勢眾或兵力強大。

例句 即使軍隊人數多得足以「投鞭斷流」，沒有善用謀略，仍可能打敗仗。

肝腦塗地

解釋 內臟都塗抹在地上。

出處 《史記・劉敬叔孫通列傳》：「與項羽戰滎陽，爭成皋之口，大戰七十，小戰四十，使天下之民肝腦塗地。」

用法 本形容死狀甚悽慘。後來表示竭盡忠誠，不惜犧牲生命。

例句 感念上司的知遇之恩，她決定鞠躬盡瘁、「肝腦塗地」以茲報答。

相似 粉身碎骨

相反 苟且偷生

迅雷不及掩耳

解釋 突然響起的雷聲，使人來不及捂耳朵。

出處 《晉書・後趙載記・石

勒上》：「出其不意，直衝末杯帳，敵必震惶，計不及設，所謂迅雷不及掩耳。」

用法 比喻事出突然，來不及防備。

例句 我方主將以「迅雷不及掩耳」的速度抄走對方球員手上的球，上籃得分。

相似 猝不及防

相反 蝸行牛步

兩敗俱傷（ㄌㄧㄤˇ ㄅㄞˋ ㄐㄩˋ ㄕㄤ）

解釋 兩方都受傷。

出處 《戰國策．秦策二》：「有兩虎爭人而鬥者，管莊子將刺之，管與止之，曰：『虎者戾蟲，人者甘餌也。今兩虎爭人而鬥，小者必死，大者必傷。子待傷虎而刺之，則是一舉而兼兩虎也。』」

用法 比喻雙方爭鬥，都受到損傷。

例句 這起借錢事件再鬧下去只會「兩敗俱傷」，不如和解吧！

相似 兩虎相鬥

相反 兩全其美

固若金湯（ㄍㄨˋ ㄖㄨㄛˋ ㄐㄧㄣ ㄊㄤ）

解釋 金屬造的城牆，滾燙的護城河。

出處 唐．沈佺期〈從幸漢故青門應制〉：「何必金湯固，無為道德藩。」

用法 形容城池或陣地非常堅固。

例句 我方球隊的守備「固若金湯」，對手休想搶球灌籃得分。

相似 堅如磐石

相反 不堪一擊

抱頭鼠竄（ㄅㄠˋ ㄊㄡˊ ㄕㄨˇ ㄘㄨㄢˋ）

解釋 抱著頭像老鼠亂竄一樣的倉皇逃跑。

出處 宋．蘇軾〈代侯公說項羽辭〉：「夫陸賈，天下之辯士，吾前日遣之，智窮辭屈，抱頭鼠竄。」

用法 形容人狼狽逃走的樣

子。

例句 突然下起一陣冰雹，讓路人嚇得「抱頭鼠竄」。

相似 落荒而逃

相反 凱旋而歸

枕戈待旦（ㄓㄣˇ ㄍㄜ ㄉㄞˋ ㄉㄢˋ）

解釋 枕著兵器等待天明。

出處 《晉書．劉琨傳》：「吾枕戈待旦，志梟逆虜。」

用法 形容殺敵報國的心非常急切，一刻也不敢鬆懈。

例句 我軍「枕戈待旦」，就等著明天清晨給敵人迎頭痛擊。

相似 嚴陣以待

相反 高枕無憂

哀鴻遍野（ㄞ ㄏㄨㄥˊ ㄅㄧㄢˋ ㄧㄝˇ）

解釋 災民呼號，就像哀鳴的大雁到處都是。

出處 《詩經．小雅．鴻雁》：「鴻雁于飛，哀鳴嗷嗷。」

用法 比喻到處都是呻吟呼號的人。

例句 日本發生大海嘯後，災區頓時屋倒路毀，「哀鴻遍野」，令人不忍。

相似 哀鴻滿路

例句 民康物阜

背水一戰（ㄅㄟˋ ㄕㄨㄟˇ ㄧ ㄓㄢˋ）

解釋 背向水，後無退路的作戰。

用法 比喻決一死戰。

例句 為了這次高普考，她決定辭掉工作，「背水一戰」。

相似 背城一戰

重整旗鼓（ㄔㄨㄥˊ ㄓㄥˇ ㄑㄧˊ ㄍㄨˇ）

解釋 重新整理旗幟和戰鼓。

用法 比喻失敗後，重新整頓，再次奮起。

例句 比賽一場接一場，不幸輸了，也要馬上「重整旗鼓」。

相似 捲土重來

相反 一蹶不振

振臂一呼（ㄓㄣˋ ㄅㄧˋ ㄧ ㄏㄨ）

解釋 揮起手臂，大聲喊叫。

用法 比喻大聲疾呼，積極的號召群眾。

例句 靠那位名作家「振臂一呼」，賑災捐款馬上就突破千萬。

氣壯山河（ㄑㄧˋ ㄓㄨㄤˋ ㄕㄢ ㄏㄜˊ）

解釋 氣勢雄壯的崇高山脈和澎湃洶湧的大河。

出處 明・無名氏《鳴鳳記・易生避難》：「生離死別何足慮，但願得早旋旌旆，氣壯山河金戈挽落暉。」

用法 形容氣勢雄偉豪邁。

例句 許多軍歌的歌詞都有「氣壯山河」的氣概。

泰山壓卵（ㄊㄞˋ ㄕㄢ ㄧㄚ ㄌㄨㄢˇ）

解釋 泰山壓在蛋上。以強大的力量壓在脆弱的東西上。

出處 《晉書・孫惠傳》：「猛獸吞狐，泰山壓卵。」

用法 比喻力量懸殊，強大的一方勢必摧毀弱小的一方。

例句 我方跆拳道選手以「泰山鴨卵」之姿輕取對手，進入準決賽。

相似 泰山壓頂

相反 以卵擊石

破釜沉舟（ㄆㄛˋ ㄈㄨˇ ㄔㄣˊ ㄓㄡ）

解釋 把飯鍋打破，把船隻鑿沉。

出處 《史記・項羽本紀》：「項羽乃悉引兵渡河，皆沉船，破釜甑，燒廬舍，持三日糧，以示士卒必死，無一還心。」

用法 比喻下定決心做到底。

例句 面對國家考試如此低的錄取率，沒有「破釜沉舟」的決心是很難考上的。

相似 背水一戰

逃之夭夭（ㄊㄠˊ ㄓ ㄧㄠ ㄧㄠ）

解釋 桃樹枝葉茂盛的樣子。

出處 《詩經・周南・桃夭》：「桃之夭夭。」

用法 「桃」諧音「逃」，作為「逃跑」的詼諧語。

例句 那個酒駕撞人又「逃之夭夭」的駕駛，已被網友人肉搜索。

相似 溜之大吉

相似 插翅難逃

追亡逐北（ㄓㄨㄟ ㄨㄤˊ ㄓㄨˊ ㄅㄟˇ）

解釋 追逐敗逃的敵人。

出處 漢·賈誼〈過秦論〉：「秦有餘力而制其弊，追亡逐北，伏屍百萬，流血漂櫓。」

用法 形容作戰勝利。

例句 我軍士兵乘勢「追亡逐北」，打了漂亮勝仗。

相似 直搗黃龍

相反 落荒而逃

偃旗息鼓（ㄧㄢˇ ㄑㄧˊ ㄒㄧ ㄍㄨˇ）

解釋 放倒戰旗，停敲戰鼓。

出處 《三國志·蜀志·趙雲傳》裴松之注引《趙雲別傳》：「雲入營，更大開門，偃旗息鼓，公（曹操）軍疑雲有伏兵，引去。」

用法 本指軍中毫無動靜，使敵人不易察覺。後比喻休戰或暫時中止活動。

例句 這場選舉造勢活動，因為突如其來的大雨而「偃旗息鼓」。

相似 鳴金收兵

相反 大張旗鼓

強弩之末（ㄑㄧㄤˊ ㄋㄨˇ ㄓ ㄇㄛˋ）

解釋 強力的弩箭射程到了最後也沒有力量。

出處 《漢書·韓安國傳》：「彊（強）弩之末，力不能入魯縞。」

用法 比喻力量已經愈來愈薄弱，起不了什麼作用。

例句 那位過氣的政客已經是「強弩之末」，起不了影響力了。

相似 強弓之末

相反 勢不可當

捲土重來（ㄐㄩㄢˇ ㄊㄨˇ ㄔㄨㄥˊ ㄌㄞˊ）

解釋 軍馬揚起塵土重新攻過來。

出處 唐．杜牧〈題烏江亭〉：「勝敗兵家事不期，包羞忍恥是男兒；江東子弟多才俊，捲土重來未可知。」

用法 形容失敗後集中全力企圖恢復。

例句 那個產品，三年前推出時銷路不好，今年「捲土重來」，居然創下亮眼業績。

相似 重振旗鼓

相反 一蹶不振

望風披靡（ㄨㄤˋ ㄈㄥ ㄆㄧ ㄇㄧˇ）

解釋 草木隨風散倒。也說「應風披靡」。

出處 漢．司馬相如〈上林賦〉：「應風披靡，吐芳揚烈。」

用法 比喻作戰中被對方勇猛的聲勢震懾，還沒有戰鬥就潰敗了。

例句 憑著主場觀眾加油的浩大聲勢，也能讓敵隊「望風披靡」。

相似 望風而潰

相反 所向無敵

欲擒故縱（ㄩˋ ㄑㄧㄣˊ ㄍㄨˋ ㄗㄨㄥˋ）

解釋 為了要捉拿他，故意先放開他，使他放鬆戒備。

出處 《兒女英雄傳》第十三回：「無如他著書的要作這等欲擒故縱的文章，我說書的也只得這等依頭順尾的演說。」

用法 比喻為了能更好的控制對方，故意先放鬆一步。

例句 那位在商場打滾多年的企業家，最善長用「欲擒故縱」法，漂亮的談成生意。

殺氣騰騰（ㄕㄚ ㄑㄧˋ ㄊㄥˊ ㄊㄥˊ）

解釋 凶惡的氣氛很旺盛的樣子。

出處 《喻世明言》二十二：「其箇是威風凜凜，殺氣騰騰。」

用法 形容殺伐的氣勢旺盛。

例句 瞧他「殺氣騰騰」的樣子，不知又要找誰麻煩了？

烽火連天

解釋 古時邊防報警的煙火連接到天邊。

用法 形容戰火燒遍各地，戰況很激烈。

例句 許多這個年紀的老人家，年輕時都曾經歷那段「烽火連天」的歲月。

相似 狼煙四起

相反 河清海晏

眾志成城

解釋 萬眾一心，就會像城堡一樣堅固不可摧毀。也說「眾心成城」。

用法 比喻大家團結一致，力量就無比強大。

例句 要想拿到這次比賽的冠軍，必須「眾志成城」、團結一致。

相似 萬眾一心

相反 一盤散沙

速戰速決

解釋 快速的發動戰鬥，快速的解決戰鬥，取得勝利。

用法 比喻行動非常迅速。

例句 等一下還要趕著開會，午餐必須「速戰速決」。

相似 劍及履及

相反 老牛破車

鹿死誰手

解釋 眾人爭逐的對象最後不知被誰取得。

出處 《晉書·石勒載記下》：「勒因饗酒酣，笑曰：『朕若逢高皇，當北面而事之，與韓、彭競鞭而爭先耳；脫遇光武，當並驅於中原，未知鹿死誰手！』」

用法 本指不知道政權最後會落在誰的手裡。後來也指不知道誰能夠取得最後勝利，勇奪冠軍。

例句 許多網友已經在打賭，預測這次世界盃到底「鹿死誰手」。

短兵相接

解釋　用刀、劍等短武器交手纏鬥。

出處　《楚辭·九歌·國殤》：「車錯轂兮短兵接。」

用法　指雙方近距離用短小兵器相鬥。也比喻雙方針鋒相對的爭鬥。

例句　情勢已發展至此，看來一場「短兵相接」的爭鬥是免不了了。

相似　針鋒相對

勢不兩立

解釋　情勢不能讓雙方並存。也說「誓不兩立」。

出處　《史記·孟嘗君傳》：「此雄雌之國也，勢不兩立。」

用法　形容彼此的仇恨非常深，不能共存。

例句　他倆也不知為什麼事看不對眼，始終都是「勢不兩立」的狀態。

相似　不共戴天

相反　親密無間

勢如破竹

解釋　形勢像破竹子一樣，劈開幾節之後，下面的就順著刀子分開來了。

出處　《晉書·杜預傳》：「……今兵威已振，譬如破竹，數節之後，皆迎刃而解。」

用法　形容作戰或工作順利，毫無阻礙。也形容不可阻擋的氣勢。

例句　我方選手一路「勢如破竹」，逼得對方節節敗退。

相似　勢不可當

相反　節節敗退

腥風血雨

解釋　風中帶有腥味，鮮血四濺得像下雨一樣。也說「血雨腥風」。

出處　《水滸傳》第二十三回：「腥風血雨滿松林，散亂毛髮墜山奄。」

用法 形容殺戮的慘狀。

例句 他厭倦了江湖「腥風血雨」的生活，決定金盆洗手，退出幫派。

相反 河清海晏

落花流水

解釋 花朵凋落，隨著流水飄去。

出處 唐．趙嘏〈寄遠〉：「無限春愁莫相問，落花流水青春暮。」

用法 形容暮春時花朵衰敗凋殘的景象。也比喻零落殘亂，狼狽不堪。

例句 因為實力相差懸殊，對方三兩下就被我隊打得「落花流水」。

過五關，斬六將

解釋 關羽通過五個關卡（東嶺關、洛陽城、沂水關、滎陽城、黃河渡口關隘），砍殺了六名大將（孔秀、韓福、孟坦、卞喜、王植、秦琪）。

用法 比喻克服重重困難，終於成功。

例句 想取得這紙唱片合約，還要有「過五關，斬六將」的本事才行。

雷霆萬鈞

解釋 雷的力量有三十萬斤那麼強大。

出處 漢．賈山《至言》：「雷霆之所擊，無不摧折者；萬鈞之所壓，無不糜滅者。」

用法 形容無法阻擋的強大威力。

例句 我隊以「雷霆萬鈞」之勢擊敗對手，進入總決賽。

相似 氣勢磅礡

相反 強弩之末

慘絕人寰

解釋 世上再沒有這麼悲慘的事了。

用法 形容事件悲慘至極。

例句 這起「慘絕人寰」的空難，使許多家庭天倫夢碎。

相似 滅絕人性

旗開得勝（ㄑㄧˊ ㄎㄞ ㄉㄜˊ ㄕㄥˋ）

解釋 軍旗一展開就獲得勝利。

出處 元．無名氏《閥閱舞射柳捶丸記》第四折：「托賴主人洪福，旗開得勝，馬到成功，剿除匈奴，平定了醜虜。」

用法 形容一出兵就打勝仗。也比喻事情一開始就獲得成功。常與「馬到成功」連用。

例句 我國選手在奧運中「旗開得勝」的消息，讓所有人民都非常開心。

相似 馬到成功

相反 一觸即潰

槍林彈雨（ㄑㄧㄤ ㄌㄧㄣˊ ㄉㄢˋ ㄩˇ）

解釋 槍像森林一樣，子彈像下雨一樣。

用法 形容戰鬥激烈。

例句 戰地記者經常要在「槍林彈雨」中取得第一手資料。

劍拔弩張（ㄐㄧㄢˋ ㄅㄚˊ ㄋㄨˇ ㄓㄤ）

解釋 劍從鞘裡拔出來了，弓弦也拉開了。

出處 《漢書．王莽傳下》：「省中相驚傳，勒兵至郎署，皆拔刃張弩。」

用法 形容形勢緊張，一觸即發。也比喻書法氣勢雄健。

例句 雙方候選人的支持隊伍狹路相逢，「劍拔弩張」，少不了一場舌戰。

相似 一觸即發

相反 太平無事

厲兵秣馬（ㄌㄧˋ ㄅㄧㄥ ㄇㄛˋ ㄇㄚˇ）

解釋 把兵器磨好，把馬餵飽。也說「秣馬利（厲）兵」。

出處 《左傳．僖公三十三年》：「鄭穆公使視客館，則束載厲兵秣馬矣。」

用法 形容做好戰鬥準備。也指事前做好準備工作。

例句 我隊為了能在總決賽衛冕成功，「厲兵秣馬」，隊員們連假日都加緊練習。

相似 選兵秣馬

相反 解甲歸田

摩拳擦掌

解釋 行動前摩擦手掌熱身。

出處 元．無名氏《爭報因》第二折：「那妮子舞旋旋摩拳擦掌，叫叮叮拽巷囉街。」

用法 形容在行動前積極準備，躍躍欲試的樣子。

例句 選手們個個「摩拳擦掌」，充滿鬥志，等待明天比賽的到來。

相似 撩衣奮臂

窮兵黷武

解釋 竭盡兵力，貪好動武。

出處 《三國志．吳書．陸抗傳》：「窮兵黷武，動費萬計。」

用法 形容用盡全部兵力，好戰無厭。

例句 君王個人的「窮兵黷武」，常讓許多無辜百姓家破人亡。

相似 窮兵極武

相反 偃武修文

銳不可當

解釋 非常鋒利難以抵擋。

出處 明．凌濛初《初刻拍案驚奇》：「侯元領了千餘人直突其陣，銳不可當。」

用法 形容來勢勇猛，難以阻擋。

例句 那位年輕選手氣勢「銳不可當」，表現非常搶眼。

相似 猛虎下山

相反 一觸即潰

調虎離山

解釋 使老虎離開山頭。

出處 《西遊記》五三回：「我是個調虎離山計，哄你出來爭戰，卻著我師弟取水去了。」

用法 比喻使對方離開原來有利的地勢或防守的地方，以達成目的。

例句 不要中了那群調皮鬼的「調虎離山」計，你不在家裡，他們便要作亂呢！

相似 引蛇出洞

相反 縱虎歸山

養精蓄銳（ㄧㄤˇ ㄐㄧㄥ ㄒㄩˋ ㄖㄨㄟˋ）

解釋 積蓄精神與銳氣。

出處 《三國演義》第三十四回：「且待半年，養精蓄銳，劉表、孫權可一鼓而下也。」

用法 指養足精神，積蓄力量，預備有所動作。

例句 今晚要好好「養精蓄銳」，明天爬山才有充足的體力。

相似 養威蓄銳

相反 窮兵黷武

壁壘分明（ㄅㄧˋ ㄌㄟˇ ㄈㄣ ㄇㄧㄥˊ）

解釋 軍營四周防禦用的圍牆非常清楚。

用法 比喻對立的界限十分清楚。

例句 雙方的支持者「壁壘分明」，隔空叫囂。

龍爭虎鬥（ㄌㄨㄥˊ ㄓㄥ ㄏㄨˇ ㄉㄡˋ）

解釋 強龍和猛虎爭鬥。

出處 元・馬致遠《漢宮秋》第二折：「枉以後龍爭虎鬥，都是俺鸞交鳳友。」

用法 比喻雙方勢均力敵。或形容競賽很激烈，一時分不出高下。

例句 這次選舉，幾位候選人的支持率很接近，「龍爭虎鬥」，不知誰能勝出。

聲東擊西（ㄕㄥ ㄉㄨㄥ ㄐㄧ ㄒㄧ）

解釋 在東邊虛張聲勢，實際上攻打西邊。

出處 唐・杜佑《通典・兵典六》：「聲言擊東，其實擊西。」

用法 本指軍事上出奇制勝，使對方產生錯覺的一種戰術。後來也形容人的行為變化莫測，難以捉摸。

例句 毒販試圖以「聲東擊西」的戰術逃避警方查緝。

相似 圍魏救趙

聲嘶力竭（ㄕㄥ ㄙ ㄌㄧˋ ㄐㄧㄝˊ）

解釋 聲音嘶啞，氣力用盡。

出處 《北史．高亢傳》：「聲嘶投戰，不能一言。」

用法 形容拚命呼喊的樣子。

例句 任憑老婦人哭得「聲嘶力竭」，昏了過去，也挽不回兒子的性命。

相似 力竭聲嘶

相反 鴉雀無聲

臨陣磨槍（ㄌㄧㄣˊ ㄓㄣˋ ㄇㄛˊ ㄑㄧㄤ）

解釋 到了陣前快打仗時才開始磨刀槍。

出處 《紅樓夢》第七十回：「王夫人便道：『臨陣磨槍，也不中用！有這會子著急，天天寫寫念念，有多少完不了的？』」

用法 比喻事到臨頭才倉促準備。

例句 明天就要考試了，與其「臨陣磨槍」，不如早點睡覺養足精神。

相似 江心補漏

相反 未雨綢繆

雞犬不留（ㄐㄧ ㄑㄩㄢˇ ㄅㄨˋ ㄌㄧㄡˊ）

解釋 連雞和狗都不放過。

出處 清．吳趼人《痛史》：「沿江上下全是元兵，江陰已經失守，常州已經被屠，常州城內雞犬不留。」

用法 形容趕盡殺絕，連一個活口也不留。

例句 一陣大海嘯過後，村子裡「雞犬不留」，連房屋都不見蹤影。

相似 趕盡殺絕

相反 秋毫無犯

曠日持久（ㄎㄨㄤˋ ㄖˋ ㄔˊ ㄐㄧㄡˇ）

解釋 拖延、荒廢時日。

出處　《戰國策・趙策四》：「今得強趙之兵，以杜燕將，曠日持久數歲。」

用法　指荒廢時間，拖延很久。

例句　遊樂區業者竊占國土的案子「曠日持久」，如今仍未解決。

相似　曠日引月

相反　一時半刻

穩如泰山（ㄨㄣˇ ㄖㄨˊ ㄊㄞˋ ㄕㄢ）

解釋　牢固得就像泰山一樣。也說「安如泰山」。

出處　《鏡花緣》第三回：「武后恃有高關，又仗武氏弟兄驍勇，自謂穩如泰山，十分得意。」

用法　形容事物很堅固穩定，不可動搖。

例句　他的專長無人可以取代，在公司的地位是「穩如泰山」。

相似　安如磐石

相反　危如累卵

鎩羽而歸（ㄕㄚ ㄩˇ ㄦˊ ㄍㄨㄟ）

解釋　鳥類受傷，羽毛脫落而飛回。

用法　受挫而回。

例句　他初次比賽就「鎩羽而歸」，不免受到打擊。

嚴陣以待（ㄧㄢˊ ㄓㄣˋ ㄧˇ ㄉㄞˋ）

解釋　嚴整軍隊，以備迎敵。

出處　《資治通鑑・漢記・光武帝建武三年》：「甲辰，帝親勒六軍，嚴陣以待之。」

用法　指以整齊嚴正的陣勢，等待敵人。或指做好準備，等待事情來到。

例句　颱風持續增強，防災單位「嚴陣以待」，密切注意它的動向。

相似　枕戈待旦

相反　高枕無憂

轟轟烈烈（ㄏㄨㄥ ㄏㄨㄥ ㄌㄧㄝˋ ㄌㄧㄝˋ）

解釋　巨大聲音連續作響，大火燃燒得很熾熱。

出處 元・尚仲賢《氣英布》第二折：「從今後收拾了喧嚷嚷略地攻城，畢罷了轟轟烈烈奪利爭名。」

用法 形容氣勢浩大而壯烈。

例句 年輕人想闖出一番「轟轟烈烈」的事業，除了自己努力外，有時也要靠機運。

驕兵必敗（ㄐㄧㄠ ㄅㄧㄥ ㄅㄧˋ ㄅㄞˋ）

解釋 恃強輕敵的軍隊一定會戰敗。

出處 《漢書・魏相傳》：「恃國家之大，矜民人之眾，欲見威於敵者，謂之驕兵。兵驕者滅。」

用法 表示自認強大而輕敵的軍隊，必定會打敗仗。

例句 「驕兵必敗」，我們千萬不可輕敵。

相反 哀兵必勝

驚天動地（ㄐㄧㄥ ㄊㄧㄢ ㄉㄨㄥˋ ㄉㄧˋ）

解釋 驚動天上地下。

出處 唐・白居易〈李白墓〉：「可憐荒隴窮泉骨，曾有驚天動地文。」

用法 形容聲勢十分驚人。

例句 產房裡「驚天動地」的哭聲，宣示著又一個新生命來到世間。

相似 震天撼地

相反 無聲無息

針對十二年國教，精熟成語，
閱讀素養題目不用怕！

★如果成語辭典只是成語辭典不夠看！★
團體訂購，免費贈送——
五南／金頭腦國語文評量

替老師減少出題列印的時間！
替家長分攤沉重的經濟負擔！
替考生整理精華重要的試題！

【摘選樣稿】

五南 金頭腦國語文評量

第壹部分　選擇題（占六十分）

一、單選題（每題二分，共二十分）

3.（　）「人生的無常與挫折往往是生命中最珍貴的老師」，這句話的主要含意是什麼？
(A)人生要遭遇到挫折時，好老師才會出現
(B)無常與挫折反而可以激勵我們，以積極樂觀的態度勇往前進
(C)好老師的名字叫無常和挫折
(D)人生最大的挫敗是沒有遇到好老師

二、複選題（每題二分，共二十分）

12.（　）「全學年的整潔比賽，我們班得了最後一名！其實，這也沒什麼好大驚小怪的，因為我們班是（　　　　　）哪！」以上括號可以填入哪則成語或俏皮話？
(A)二十一天孵不出雞——壞蛋
(B)難以為繼
(C)一盤散沙——捏不攏
(D)人心渙散

三、閱讀題組（每題二分，共十分）

請閱讀以下短文後，回答21～25題

人來人往、喧鬧吵雜的夜市，也能成為理想的讀書環境？沒錯！我天天在「夜市」裡讀書、寫功課，早把人聲、車聲統統冰凍起來呢！

因為我家住在夜市，早上，爸媽在自家門口擺攤，賣三明治、蛋餅、奶茶、蘿蔔糕等早點；到了晚上，搖身一變，改賣起流行少女服飾。所以，多年來，堆滿吐司、雞蛋、生菜的工作檯，是我讀書的書桌；為客人找零錢、替家中計帳，是我每日的數學題；幫忙設計促銷海報，搜尋商品資訊，是我定期的家庭作業。

另外，學校的功課、隔日要考的科目，則是我隨身攜帶的「工作」。雖然課本常充滿了汙漬，但是課本愈多斑斑點點，我的成績就愈遙遙領先。

22.（　）短文中的主人翁即使在吵雜的環境也能用功讀書，這是因為他可以靜下心來，以下哪句古人的詩句最能詮釋主人翁的思惟？
(A)行到水窮處，坐看雲起時
(B)問君何能爾？心遠地自偏
(C)蟬噪林逾靜，鳥鳴山更幽
(D)曾經滄海難為水，除卻巫山不是雲

第貳部分　非選擇題（占五十分）

一、填空題（每題二分，共十分）

（如影隨形　　蒸籠　　化為烏有　　遍體鱗傷　　熙來攘往）

1. 盛夏裡家裡沒有冷氣，白天整間屋子像是熱呼呼的（　　　　　），教人快被汗水淹沒了。

二、語　譯（每題五分，共二十分）

3. 煮豆持作羹，漉菽以為汁

三、作　文（二十分）

說明：「助人為快樂之本」、「日行一善」，這是我們從小就知道的道理。善事不分大小，行善更不是有錢人的專利。請你以「一件善事」為題目，寫出一篇涵蓋下列條件的文章，文長不限。
◎寫出你一次行善的來龍去脈。
◎寫出自己行善的感想。

【注意】不得以新詩、兒歌、歌詞、書信的形式書寫。

請翻頁繼續作答。加油！

分類成語典 / 十二年一貫學習小組編著. ——初版.
——臺北市：五南，2013.12
面；公分
ISBN 978-957-11-7402-0（平裝）
1.漢語詞典　2.成語
802.35　102022073
國家圖書館出版品預行編目資料

分類成語典

編　　著　十二年一貫學習小組
總 編 輯　王翠華
執行主編　黃文瓊
編　　輯　黃文瓊　吳雨潔
美術設計　吳佳臻
出 版 者　五南圖書出版股份有限公司
發 行 人　楊榮川
地　　址：台北市大安區 106
和平東路二段三三九號四樓
電　　話：〇二—二七〇五五〇六六（代表號）
傳　　真：〇二—二七〇六六一〇〇
郵政劃撥：〇一〇六八九五—三
網　　址：http://www.wunan.com.tw
電子信箱：wunan@wunan.com.tw
顧　　問　林勝安律師事務所　林勝安律師
版　　刷　中華民國一〇二年十二月初版一刷
訂　　價　三八〇元

（原書名：精編分類成語辭典）